Tsālạl'oasis[1]

泰沙拉绿 1——绿洲与头雕

金刚辰尘　著

“终结房产泡沫和妄想的，是人类对宇宙和自然的崇高敬意，和对一切的爱。这必然是从失去中重得。”

Billson International Ltd.

[1]　Tsālạl'oasis 为组合词 “沉没的绿洲”。
sālạl' 希伯来语意为“沉入（水中），急剧地下降”。第三人称阳性。旧约圣经中的罕用语（hapax legomenon）。当该词为此含义时，仅在出埃及记 15:10 出现过一次：“尔吹以风、海则淹之、如铅之沉、没于洪水。”

Published by
Billson International Ltd
27 Old Gloucester Street
London
WC1N 3AX
Tel:(852)95619525

Website:www.billson.cn
E-mail address:cs@billson.cn

First published 2024

Produced by Billson International Ltd
CDPF/01

ISBN 978-1-80377-101-4

Hebei Zhongban Culture Development Co.,Ltd
Wanda Office Building B, 215 Jianhua South Street, Yuhua District, Shijiazhuang City, Hebei province, 2207

目录

序

以此书献给我的父亲，感恩他给予的关怀和一切支持。

也以此致敬全世界的父亲，如隐没之海般沉静，又蓬勃一触即发的父爱。

在《泰沙拉绿 1》最后完稿前，也就是决定把《绿洲》改为这个复合词之前，我失去了父亲。经过六个月的共同努力，最后他还是西去极乐了。我也体会到什么是“撒手人寰”。

在多重情感和信仰支撑的交织下，自己重拾起笔，再修改自序。我也惊奇地发现，《泰沙拉绿 1》不仅是写宇宙和信仰、人与探索的故事，也是多种父子、父女关系的故事。

无论你的渴求是什么，中间有如何的经历，最终都会发现父爱的寂静、厚重与伟大。

应着骨燃在宇宙另一端的渴求，在写完《面具之惧 1》后，我先着手开始写“绿洲”系列。这是在另一个宇宙的故事，他们忘记了自己的使命，在这个“盖亚”上徘徊，却最终成为某种力量的摆布。

从《面具之惧 1——萨兰教的秘密》到《绿之梦》诞生，看到了疫情中各种百态，以及城市空寂里众生群像。

在此间，《泰沙拉绿》中的角色更是从其他维度倾巢而出，他们比我更急切要解剖开宇宙褶皱的秘密。

“黄沙漫天没地，绿洲在人心中。”

与“面具之惧”系列不同，尽管《泰沙拉绿》中的角色是他们对应的投影，却是异常接近我们的人。他们的职业、烦恼和所处时代，他们出没的书店、酒吧、街道、CBD 也是我曾经生活、工作的城市缩影。重回故乡，更是感受到城市本身裂变的呼吸，促使我更要完成它。

《泰沙拉绿 1》是在疫情中写的，一直持续到后疫情时期，陆续走到这一步。最初取名《绿洲》本意也是希望成为房产泡沫逐渐坍塌，让众生心中清凉的作品。

《面具之惧 1》里我最想讲的是那个世界中，不同民族信仰的人的神性，这让他们能在艰难的环境中活下去，更要对抗风起云涌的黑暗以及无法预判的未来。

而《泰沙拉绿》中更多的是人性和纠缠的命运，神性始终在探索抑或对抗所谓死局、困境中迸发出来的。而无论是哪个角色，他们都在故事开始后逐渐走上我无法预料的未来。

《泰沙拉绿》故事构建的最初，几个重要角色涵盖了我过去、曾经、现在的一些朋友的缩影，甚至包括我自己的过往，都浓缩到了一些，变成了绿之梦的汤。

绿之梦汇入他们，逐渐在故事进展的过程中，更多的角色开始出现，与主角们的命运息息相关。他们甚至在梦中提醒我，催促我，向我展示故事的另一面。

最后，真的感谢我父母的支持，还有我的爱妻马丽给予的所有关怀，信心，爱。

生命是一个生存价值，在为此准备好的三维世界体系中演变

——荣格

于是，他走了千年，走了多世。即使生命不断轮回了几劫几世，也在所不惜。生命没有了，但他的灵魂一直在走，一直在寻找。

——雪漠《西夏咒》

第一章

0

“心有自己的逻辑，而理智对此一无所知。”

他从巷子后面走出来的时候，大约是清晨七八点，脚步散漫，神态慵懒，显得很疲劳。双手一直使劲拍着身上，头上，像是觉得自己很脏一般。当他从巷子的阴影里，走到报刊亭前，被阳光照射时，不禁眯起了双眼，如同在地下室待久一样，还挤出了几滴眼泪。

“你是经历了什么?”报刊亭的老头推推眼镜，想认真看清楚眼前的年轻人。他清了清嗓子，这虽然很失礼，但这小伙子如同被狂风刮了一阵，掉到这里似的。眼见他的杂乱和神情倦怠，老人家递去了一瓶水。

他头发又长又杂乱，两边完全没有修剪的痕迹，像把店里的长假发直接套头上又没有整理。下巴的胡须也是，如同几个月不刮又连续熬夜胡乱疯长的感觉。老头摇摇头，他年轻时做程序员加班，也不至于如此啊。

但要说他是拾荒者，老人家也觉得不可能。除了脸和头发特别脏外，眼下的年轻人五官还算俊朗，一身的装束看着也很得体。休闲风的灰外套，配着深色裤子和长筒便靴，还挺精细的。唯一与时代相悖的，是他腰间那别着的物件，类皮材质，形状如牛角，倒挂在那儿，还显得很鼓囊。估计是年轻人追求的时尚吧！老人家那么想着。

奇怪的是，他的脸庞、衣服和背包上全带着厚厚的白沙，嘴角、脸皮和眼睑都披着酱红色，并且显得干涩、开裂。

年轻人也完全不顾老者的眼光，顾自喝水，并在左右跺脚，甩头掏耳，努力让沙子自己掉落。

“你掉沙坑里了吗？”

“啊？不，不！”皇成纪用双手猛拍头发，更多的沙窜了出来。他无力干笑了几下，微笑着回答。

“是沙漠。”

说着，皇成纪撩起袖子，看自己的腕表，时间停留在 2021 年 11 月 4 日。

他转头问道：“啊，大爷，请问今天几号啊？”

“奇奇怪怪的，今天 5 月 4 号。”老人家翻出一份报纸，右手在上面敲着，大标题写着：“青年的时光，最为宝贵。”

皇成纪愣了下，他一手接住报纸，仔细扫视。虽然日期相同，报纸上的年份却是 2022 年，而大标题下的二版新闻更是扎眼，让他眼前有一黑之感。

“皇氏集团易手他人，原继承人与多名好友离奇失踪半年，扑朔迷离……”新闻下面是他熟悉的一些人、物和小段追踪报道。

“我的天……”他抓抓脑袋，发间还是不断掉落白沙，发出颗粒的碰撞声。

“都半年了，事儿越闹越大了，天哪……”

他感谢了老者，用重启的表刷了支付，拿走了水和报纸。

“我都消失了那么久，他们又怎么样了呢？”皇成纪皱着眉，看着报纸上那条新闻，陷入了思绪。

“还有，父亲，后来发生了什么？”

他喝了口水，平静了片刻，回溯在沙漠中的一切。与此相比，在之后的一切也无足畏惧，当然，现在他知道，自己有必须赶去的地方，时间无多。

1.1

沙漠的更远处，还是沙漠，眼不能见尽处，是无间的地狱。只有残存的绿洲，是暂时的休憩之地。

——拉科耶夫《盖亚的日记》节选

时间回溯到半年又两个月前，大家都在的时候，一切在静待运转，打破人的常识，奔流不息。

此时，“绿洲”还只是卢撒克草稿本上的一个计划。

“艾丝丽。”

他放下手中的瓶子，里面银色的沙子缓缓流动，绿色瓶壁从中间露出菱形的光。

“我想好了。”

撒克望向两人齐坐的白色圆桌后方，一大片白墙前，摆放着一堆画框。大小不一的油画，闪着多层颜色的光泽。这是他一整个半年的作品，将展出在市内最大的美术馆内。

“哦？怎么样？”

他对面的女子微倾着身，刚及肩的金发一半遮着脸庞，而另一边随着摆动，掠过白帆般光洁笔直的锁骨。窗外直射入的阳光划过锁骨，在她白皙肌肤上跳动，并消失在艾丝丽V形衣领间的沟壑之中。

艾丝丽张着红唇，那是让人愉悦的Ruby Woo，总之更衬她，白得发亮。她抿了口杯中的液体，笑了。

“你，真想好了？画展的名字。你这有强迫症的家伙。”说着，她动了下身子，一条长腿从桌下伸来，踢了下撒克。美妙的曲线和恰好的肌肉感从腿侧传递而来，撒克后背一阵抽搐，他又想起和她很多美好的下午、傍晚。他就那样撩开她的金发，从锁骨开始，逐渐探索……

那些纠结、犹豫的时光，而随着之后灵感冬季消磨了他们大量的激情，或是压力带来的冷冻。撒克又见到了刚遇到艾丝丽时她那冰封的眼神，其间还有对他的失望、关心，太多混杂。

“瞥见故乡。”他说道，同时握住了她的小腿，用手掌传去温度，两人对视笑着。

“真正的故乡。”

当然，这些都和那片“绿洲”有关。

卢撒克望着对面的一整片绿色，顿时感觉眼睛舒畅了一阵儿，起先面对油画布的疲劳，短暂消失了。无论如何，目前自己需要休息，画展的事情，还欠多少幅画，全部放一边吧。一个声音那么对他说，休息，眼睛休息，心灵休息。

休息……残忍的死线之前没有休息……他想着，继续在便携的速写本上勾着系列中其余的草图，他需要更多地抓住梦中美景的感觉，更多的细节，能让观者和自己一样，看着画面坠入其中。

他扫了眼架上的新作，那幅只完成一半的《绿洲》，沙漠的黄灰色包围着中间的浅绿色，蓝色的水是干涸中唯一的宝石。但是欠缺一些东西，绿洲是什么，他还没有感觉，或者说无法看见。

目前来说，他的画笔下，只能流出沙漠，而没有绿洲。

撒克就这么手搭着窗户，认真看着，尽管画作依然进展缓慢，他之前焦虑的心情却逐渐放松了下来。艾丝丽真是选了一个超级合适的住宅区，它既具备了远离闹市的僻静，周围的设施又恰好的合适，有撒克喜欢的“7.11”，过一条街又有方便的用具店和少许的商业区。

小区整体属于人流很少，甚至正对的大街连车辆都很稀少。重新回到清晨有鸟鸣和阳光叫醒自己的日子，再次回归密闭创作的感觉，这非常好。他舒了口气，上午构思，下午做一些瑜伽，接着在阳光消逝后，望着夜灯，开始在画布上增加色彩。

撒克想起一周五天要跟进项目，周末两天又要空中飞人去讲课的日子，尽管目前是烧钱创作，却看到一些人生翻页的曙光。不管如何，早点把新画作全卖出去，才是王道。

当然，一直盯着亚麻布上的颜色，眼睛很容易疲劳。于是，在创作的过程里，撒克就这么养成了看对面那片绿色的习惯。它是一大片夹在两幢高档小区楼中间的小树林，从撒克的窗口处看，就像是从T型口长出来的绿胡子一样，弥漫向两边，遮盖了整个小区房屋的下半段。

和其他街区整片的法国梧桐不一样，一入秋就整片黄褐色往下掉，这片绿树林，似乎从来没有枯黄过。无论撒克在白天阳光下，还是深夜的街灯下，透过窗口，看到的永远是这一大片绿色的胡子。

也许，自己该去看看这钢铁沙漠里，真正的绿洲。

卢撒克不明白自己为什么开始起草这个新系列，最初他只是为了画展准备着《起源》系列，向自然、无限、绿色和一切神秘符号致敬。

但撒克看完了那片绿胡子，仿佛永不变黄的树林后，在他开始画第二张时，他发了疯般用刮刀涂抹底料，勾勒出水草、苔藓的纹理，又用褐色包围着它们，画出简单的漩涡轮廓。对，他是要画一幅在水草纠缠中变化的人，他给画取名叫《旋涡》。

他不是沃特豪斯笔下淹死的人，皮肤苍白，具有病态之美。他就是属于那里，从沼泽中分裂而成，属于绿色。像某种凯尔特古画中的精灵，半侧脸看着撒克。他的表情似曾相识，那总在撒克的梦中，男版的《夏洛特夫人》。

在沉睡沼泽中，肤色苍白，从水底浮起，甚至缠满水草的他，从黑水中取出一样白森森的东西，递给撒克。

撒克想起亚瑟王故事里那个浮出剑的绿湖，它带给他所有颜色的感觉。墨绿为主色调，蓝灰色做辅助，漩涡上映照的阳光是画面少有的暖色。就是这样，他喜欢先在脑海里寻找出所有的色调，之后才会逐渐让颜色去还原这瞬间。

许久，水草旋涡中的男子，半个身体在青绿色颜料构成的渐变色彩层里，显露着格外白亮的皮肤，而右瞳孔始终盯着撒克。他用小号笔勾勒着，这该是深潭的眼神，饱含秘密。

不知为何，他看着水中男子的眼睛，有种透出心底的愉悦。

对面究竟是个什么样？撒克一边刷着画布上的底料，一边想着。他又想到了新的题材，关于一位生命形态发生变化的女子。她肤色闪亮，才思敏捷，瞳孔中总有下午阳光的色彩。她与自然有种缘分，在林中漫步时，蝴蝶会蜂拥而出，包裹着她细长、柔软的上臂，直至她开始蜕变……

撒克浅浅笑了，喷涌而出的灵感，伴随在脑海中，连续浮现的画面，仿佛它们早就在那里，只是终于，自己发现了钥匙。他深深吸了口气，自从“那件事”后，长期灵感闭塞，终于……结束了。

从某种角度来说，糟糕的婚姻关系，简直是杀死灵感的毒药，不如没有。幸好，一切都结束了……那心力交瘁的日子，撒克想着，大舒一口气。

尽管毒刺并未完全拔除，但自己重新创作的心境好歹恢复了。他一想到自己终于下了决定，也许是因为妹妹的现状，推了自己一把，不禁再次难受起来。

从“十一”号便利店出来，卢撒克一边咀嚼着法式长棍，一边翻着手机的信息。除了经纪人的催稿信息外，便是寥寥无几的朋友问候，几年歇息，撒克几乎从“朋友圈”消失了。没有需求，就没有问候。

他停了下来，望着天空，云层显得格外厚实，让他想起画布边缘。自己该如何处理团状的云雾，来装饰那位化为植物的女子，她是谁？自己为何会开始望着那片森林，想起这样一位美艳又神秘的女子？

正想着，他发现自己已站在家对面，那片被铁栅栏完全包围的森林建筑群之外。可见的铁门全是紧闭的，铁锁高挂，而靠近墙边的铁艺栏杆顶端，不出十步，便有一架灰白色的监控。

监控如此之多，他却从未见过一人从这豪华小区内出入，甚至连保安人员也没有……真是奇怪……

撒克摸了摸鼻子，快速将手机消息翻到底部，回复平克的最后一条信息。

“好，今晚，蓝眼睛见。”

1.2

这不是撒克头一次去胖子平克的酒吧，那是一家建在废墟下的欢愉之地，胖子称为“蓝眼睛”的 CLUB。时间回溯，这个地方，曾是他和妹妹常去的兰桂坊，现在地上部分只剩下个简约的入口，下面才是平老板的“夜宫”。

白天它是咖啡馆，夜晚才是真正的样子。

里面聚集了他喜爱的色调、气味和人物，撒克甚至能从迷蒙的光芒中闻到不同生命的气味。他们在胖子平克的场子中相识，为不同理由抱在一起，或哭或笑，或是挤在一堆，喝酒狂欢。

“还是不喝酒吗?”胖子笑了笑，撒克快速点了下头。那玩意儿只会让我诅咒自己……该死。

“平克”是他的化名，本名生涩难记，撒克早已不太记得。两人在湖滨广场相识，并逐渐成为好友。在卢撒克每次作品大展开始前，总会去平克的“迷醉巴黎”喝上几杯，但不是酒，一定是他的特酿——名为“微妙”的气泡饮料。

胖子平克还是穿着那件黑灰色的T恤，微带汗渍的布质中心，闪电吉他的图案闪着荧光，只在隆起的腹部位置有些变形。

“啊，哥们，你又带来了什么故事?”平克嘴角咬着半根雪茄，鼓着腮帮，从鼻孔中漫出饱满的烟层。这让撒克几乎看不清平克的脸，而他椭圆的眼球显得有些空洞，并发出紫黑色的光泽。当然，下一个眩光之后，似乎又是那个嬉笑的胖子。

“好久不见。”两人响亮地击掌。

撒克喝了一口“微妙”，看着眼前的胖子。他总是会含着下巴，抽着熏人的粗烟，在雾气中抖肉，讲着稀烂的笑话。但胖子总归还是他最好的朋友，不是么?

他“吨吨吨”喝完了饮料，把杯子摆得正正的，又看看手边的本子，里面画满了撒克的奇思妙想。“所以?”胖子在骨瓷器物边弹了弹烟灰，烟雾从鼻孔中蔓延出来。他盯着撒克，俨然是巧妙掩饰地笑，他在等待这个故事。

“哥们，你要讲的是啥?一片让你灵感重现的森林?……那很好啊?”

“那些……树木，藤蔓……”撒克托着下巴，尽量让自己平静地述说。显然，一瓶“微妙”也没能缓和他的心情，握着杯子的手指在上下挪动着。

“它们在召唤我，我一定要去对面看看，在那片绿洲里一定有些什么。”

胖子弹了下“微妙”的罐子，表情还是照旧的不屑，这是种对“某些可能性”或者“秘密”的质疑。

他抽了下鼻子，说道:“抱歉，我是个彻底的无神论者。”

“不过……那个地方的通行证，我可以简单弄到。”

“我倒觉得这也许是种巨大的场，类似希格斯场那样。”

撒克眉毛舒展开来，又开了一瓶“微妙”，气泡在蓝色液体中旋转。这是他和胖子平克共同创造的饮品，在经过斯里兰卡时，获得的古老配方，之后改良而成。具有蓝莓的口感，而爽感超过曼妥思加雪碧，清凉冲天。因为这个，平克的酒吧重获新生，而撒克也因此有了“睡眠收入”，来维持他一些艺术上的追求。

胖子平克笑了笑，白胖的腮边肉抖动着，生意爆棚以后，他的脂肪也更爆棚了。

“我大约查过，那个小区，早就没人住了。”他眨了眨眼，看着撒克。

“里面唯一的居民，只有那片森林。”

言语间，撒克准备几口喝完“微妙”的动作戛然停止。他瞪着平克，手指晃动，轻敲杯壁。

“所以，你也同意？……那片森林？”

“不同凡响。”两人异口同声道。

“你看这份资料。”胖子平克用左手按了下烟，同时不忘猛吸一口。他右手递来一堆卡在灰色讲义夹中的材料，参差不齐的长度中露出一段段白色的便笺纸。

撒克推开几个杯子，将讲义夹平放在桌面上，展出不同的复印，打印和剪辑的材料。隔几页便有黄色便笺纸的小贴士，那是平克整理的痕迹。在专注开酒吧前，他是个很棒的地产销售商，直至某种泡沫即将破灭，但在整理材料方面高效又精准，他一直做得很好。

平克点了点撒克面前的几页复印纸，说道：“就是这里，四年前，突然收购了这条街，整块区域的房子，以及……”

他吐了口烟，三个烟圈从大至小渐渐消失，又用中指敲了敲正中的一段文字。下方是连续暗红色的公章印，一个叠一个，多到形成了图案。

“这下面整段合约，是对绿地完全不能损坏的各种条款，非常细致。”平克左手拿着，右手轻弹了几下文件，便推到了撒克面前。他重咳了几声，身体强烈震动着，几乎顶起了小桌子的一侧。

“这样的绿地，在沪杭市有八处。”

“你不觉得结合这奇怪的地方，配合你下次画展，必然大卖吗？”胖子平克继续说着，并更加轻巧地弹着烟灰，还几次转头向送饮料的小妹发出难看的笑。

“啊?”撒克摸着额头，干燥导致的脱皮竟然影响到那里，又或者是焦虑症加重了？他想着，又晃了晃瓶子，说道：“还是不了吧，这会让他们觉得我疯了？不是么?”

“疯？哈哈哈!”平克大笑起来，他上下抖动着。身体和椅子撞击下，几乎忘了烟头，快烧到自己的手指。他好不容易稳住了情绪，看着眼前的好友，徐徐说着，语调中还带着笑意。

“你所有跟我讲述的，还不疯吗？一片小树林，就让你灵感爆炸，甚至要投入其中?”他又吐了口烟圈，这次是一个箭头穿过三个圆环，并一起消逝在紫色光影中。

“我只看到疯狂和效应，嗯，爆炸的新闻效应。搞艺术，得疯，你有时候不太够，你还没我们那会儿搞地产疯狂。”

“那都是啥和啥?”撒克笑了，他摇了摇头，又抿了口“微妙”。

“不过，你倒也提了醒，我会和艾丝丽好好聊聊。”

“是吧。”胖子平克咳了几声，仿佛烟雾成为固态，逐渐堵塞他的嗓子眼，声音变得越加沉闷。

“你是要好好聊，她对你的事儿，上心得不得了。”

“话说，你家的章鱼公主，咋样了?”说着，他弹了下烟，望着撒克。

“渐冻的速度，有变慢吗?”

“不……”撒克摇了下头，目光开始转移到眼前的本子。他快速翻着，手中的笔在其中一页反复划着，声音变得断续不安。

“中药，西药，秘方……什么方法都用了，只有指望奇迹了。”

“是吧……”胖子平克重重咳着，便不再说什么，只是快速吞吐着烟雾。

撒克皱着眉，两人只是继续喝着“微妙”，感受一切的微妙。

“呼……”胖子平克吐了几口烟，有些表情是他并不常见的，并在紫色烟雾中转瞬消逝。

“星期三，她……在我记忆里是一直在跳着，为旋律而跳，也为灵魂而跳。那美妙，激昂的灵魂。”他停下来，玩弄手中的杯子，像企图从剥离中看到记忆的投影般专注。

“对吧？在音乐节那些亮眼的表现，热情的独舞。她和舞融合在一起，折服了多少人。”

撒克没有回应，只是小口喝着“微妙”，他看着平克，想着这家伙还苗条时，拿着游戏机对自己述说梦想的状态。是什么将他变成眼前这个死胖子的？是他那糟糕失败的婚姻？还是更早……选择，很多时候和内心的洞，关系密切……

“我曾……希望和她一样，拥抱旋转的激情……”平克喝空了手中的“微妙”，看着天空，吐着烟圈。

“或者，是她……”

卢撒克放下了杯子，拍了拍眼前的多年好友，说道：“你醉了。”

1.3

> 被截肢的人有时会觉得自己并不存在的肢体突然剧烈疼痛或奇痒难忍，他现在的情况大概就是如此。
>
> ——斯蒂芬·金《捕梦网》

平克和这两兄妹认识很久了，几乎超出了酒吧的历史，从这条地下街重建之前，美丽的湖边还是兰桂坊之时，就开始了。

当时他还在地产公司做销售工作，每天面对楼盘和数据，忙得朝九晚五，失去了假期，也失去了身材。肚子长出来的同时，他变得更加迷恋啤酒，湖边的兰桂坊也变成他常去之处。

兰桂坊装修过很多次，算是这“天堂地”繁荣时期的某种象征，曾经“金碧辉煌”，如今却只是一片小憩之地。

就像一去不复返的“房产热时代”，潮流男女们的兰桂坊就如此衰亡了。封闭，拆除，最终只剩旧址前的一大片空地。逐渐，被城建以往的地块，却缓慢拉起铁网，灯架，包围起来，成为一片“夜场”。

“很棒的空地。”平克依然会在那里久坐，看着空地夜间新出现的人群。即使是夏日流火的日子，临近夜晚八点，也适合这“无处可去之人”。

此时，广场舞的热衷者们已经退场，一些更亮更大的夜场灯点了起来。过去因为兰桂坊聚集的“文艺青年”们，都会神出鬼没般出现，在足球场规模的大聚光灯下，被奋力照射着。铁丝网的那边，一对篮球架前，运动少年们开始斗牛，或者是平克爱看的“三对三”。

曾经，他也是个有激情的大前锋，在“房产泡沫”给予他肩周炎和“加班胖”之前。而现在，喝着几罐啤酒，在湖边晚风中，听着“朋友，请玩好”或是“往日金图”——这支本土乐队的专辑。在一种妄图复古的心情中，烤串和他的夜晚，便在这片空地上开始了。

而铁丝网的这边，也就是平克常坐之处，除了有些桌椅，最多的便是在大灯照射下，跳舞的年轻人们。伴随各种旋律，练舞或者 SOLO 秀的男女们，在光芒中各显神通。

而背后的大墙是一整片吸引眼球的“涂鸦”。平克是亲眼看见它从一面破墙，逐渐成为潮流的“幕布”。

为此，他也清楚，这有着叙事意味的独特抽象涂鸦创作者，是他后来的好友。无法想象的兄妹之一，艺术的狂热行者，卢撒克。

那是“兰桂坊”一带成为空地的第三周，平克照样随性走过这里，右手拎着一袋今夜“PPT”大战伴侣——咖啡、可乐、玉米、香肠以及泡面。而左手捏着一根刚点上的骆驼，走几步，嘬一口。

他准备在湖边小憩一会儿，抽完一根，接着回去憋他的“招商方案”。每次呼吸前，他便要吐吐烟圈，目睹它在光幕中变成一个金环，并牵着平克的视线，贴在那片白墙前。

广场灯的照射下，一名青年正挥着手中的工具，扛着梯子上蹿下跳，在墙上拉下横竖，弯曲的线条。

“哎哟！”平克停了下来，无论跟PPT有多亲热，他对动漫，艺术的热爱从未改变。家附近的涂鸦墙被拆了，但这里又开始诞生了，而且还是那么长，L形的墙面，来回总有三，四米吧。

眼前的男子背对着他，身穿白色带帽的外套，衣服整件像是白底上泛着水墨的画布，背后部分正好是半个兽头的阴影。它的犄角盘旋，伸向旁边。

这让他想起了浮世绘，或者更像中国的某种新水墨作品。男子也挺瘦，他在梯子和墙边间活动，画线时，像是一只起舞的白鹤。而他青灰色的裤子如同鸟的尾巴，如此不明显，只在白色翅膀下隐约可见。

平克缓慢吐着烟，他笑着放下了袋子，瞟了眼身边的一个木凳，便坐了下来，便于自己更仔细地观看男子的创作。

在他的手中，平克的视线里，一切开始成型，那是一整片装饰性的森林。有高耸的、弯曲的、低矮可爱的，虽然目前还都只是黑漆漆的轮廓，平克却看到了它们在快速生长，从墙面而出，而它们中间是弹射出的一排英文花字体。

“Dream Land.”他轻声念道，又慢慢吐了口烟。梦想之地？梦之园？平克搔搔头，想着该怎么说这个词语。

“星期三，把彩色喷罐给我。”涂鸦男子转过身，向平克身后指着。他半身弓起，架坐在梯子中间，光照在兜帽的边缘，让白色变得更闪。

他的半张脸在防护面罩里，但平克清楚地看到对方不大的双眼，它们在他高耸的眉弓阴影里闪着兴奋的光芒。他停顿了下，似乎也看到了老实坐在凳子上的平克，两人对视了几秒。椅子上的青年又对平克身后的黑暗叫道：“星期三？”回应他的还是寂静和远处的湖水声。

“今天是周五吧？”平克向后也张望了下，耸了耸肩。

梯子上的青年愣了下，突然大笑起来，像是解开了一条绷着的拉链。他笑着缓慢爬下梯子。

“星期三，是我妹妹的绰号。”他把黑色喷罐往地上一放，同时解开脸上的防护面具，轻轻地挂在腰间的金属挂扣上。

平克笑了笑，他右手递上根烟，问道：“有趣，来一根？”

“啊，谢了，我不沾这个。”对方也笑了，又看看后方，说道，“估计我妹又不知逛去哪儿了？我的其他颜色全在她包里。”

他甩了下手，也很自然地接过平克又递来的饮料，两人便这样盘踞在涂鸦墙前唯一的两张凳子上。

“你似乎是这儿的常客？”男子问道。平克又点了支烟，他这才更仔细看清对方，果不其然的高眉弓，不大的眼睛隐藏在阴影中，同样有立体感的鼻梁，却搭配清秀的眉毛和嘴巴，下巴处又是修剪整齐的胡须。该说他是个亚洲五官拼接在欧洲轮廓上，但也相当协调。

兜帽里露出他显眼的金毛，染得几乎发白了，其他更吸引平克注意的是他双手戴满的戒指，不同的图案和做工，看着每一枚都是独一无二的手工品。

“卢撒克。”平克正想着，对方腾出一只手，做出握手的姿势。

“啊，叫我平克就行。”他赶紧把烟换过手，紧紧握了一下。

“平克·弗洛伊德？”撒克笑着问，他作势摆出弹电吉他的样子。

“哈哈，是啊。”平克深吸了口烟，朝着涂鸦墙与他们之间的虚空之处吐着，烟圈如过海的孤舟，划着划着成为四散的灰烬。

“一部分原因是的。”当然，平克心里说，还有宝贝女儿喜欢的怪物，平克大恐龙……

“你这涂鸦有点意思啊，整整三米，真是野心不小。”平克叼着烟，指着面前的墙。

两人一副相见恨晚中，进行疯狂寒暄。他们话语正酣，进入讨论喜好的主机颜色时，一个清脆又迷幻的声音打断了他们，同时还带着有节奏的铃铛声。

“哥，你真是爱聊天啊，这又是哪个上班族被你祸祸啊？”

"我的喷罐全在你包里，大小姐，你又去哪儿了？"撒克直起身，尴尬地笑着。

平克自然地同时站了起来，他侧身向后看着，这是他第一次遇见"星期三"的记忆。

她一手捏着一根"可爱多"，只剩下一半的巧克力壳了，粉色嘴唇上还沾着少许奶油的白色。站立的她估计有一米七左右吧，平克小心看着叫"星期三"的女子，黑色短皮衣下，深色牛仔裤衬托的双腿显得格外修长。

"闹。"星期三咬了口冰棍，她向撒克递来手中的挎包，同样的黑色双肩包，显得鼓鼓的。撒克探了下身，一手接过，中间的平克收到了满耳朵的金属碰撞声。

此时的"星期三"从阴影的另一面完全站在聚光灯下。一层光的描边，将她美好的身躯完全勾勒出来，半边遮脸的齐肩黑发，另一半是清秀中带着艳丽气质的五官，这对兄妹确实一样。

平克猛吸了几口烟，真是美女都有恰到好处的卧蝉，而她那带着笑意的双眼中有更加诱人的东西，一种超级甜美的活力。

他当时立刻萌生了，和这样美好的生命展开一段恋情，该是多么愉悦的事情。当然，一想到他的女儿，平克又压下了这份激情。

然而，当时的平克并不会想到，这两人仿佛不会枯竭的活力，就这样在某一天消失了。

第二章　蓝眼睛

2.1

两年前的一天，事情还未发生前，一切没有变化，只有临冬前的沉寂。

卢灵宋总是会梦见自己还在中心广场跳舞的日子。无论是公主切还是中发，或者长波浪，她总能巧妙驾驭，搭配各类服装，成为人群中的焦点。

Mamamo 还是金请夏，任何的位置，她都能轻松跳下。尤其是在广场灯映射下，在哥哥亲手绘制的整片涂鸦墙前。获得舞台，并燃烧在舞台前，是她最大的快乐。

然而，生活的礁石，隐藏在平静的水面下，突然让他们的船触礁了。她的哥哥，就这样唱着欢歌，向混乱之地驶去。

而她，从第一次开始感觉小腿发麻之后，就知道糟心也伴随而来了。这在身体不同部位断续发麻之后，宋出了一次严重的交通事故，原因是他开车时脚完全失控，无法踩下刹车，径直撞上了滨江大道的电线杆。

脸部擦伤和额头轻伤外，她居然没有大碍，但悲剧的是，她发现自己下半身完全不能动了。她躺在病床上，看着赶来的哥哥脸上悲伤的表情，以及目睹他和前任，那个该死的拜金娘儿们的争吵。宋内心反而有点喜悦，好吗，哥终于找到了可以摆脱这个催钱鬼的机会了。

宋那么想着，将自己深深沉入白色被单之下，只是听着两人难听的争吵声，这能让自己无视撞车瞬间的感受。

是的，有些画面尽管破碎，但宋清晰记得，在那个瞬间，有个声音提醒了慌神的自己，才避开了碰撞时碎裂的玻璃。

每一片碎玻璃上，都是她的身影，一个骑着骆驼的女人。她的声音一直持续在宋的脑海里，“你还没到时间呢，你还没到时间呢。”那个声音在最后关头，反复地絮叨，让宋摆弄了半圈方向盘，这才使得车头只蹭到电线杠一侧，减少了撞击力。

当然，最该死的是，那个声音听着跟自己的一样。

如今，尽管撒克那糟糕的婚姻结束了，但混乱依然伴随着，宋就这么看着哥哥的状态，但她已经无力帮助，只有冰冷伴随自己。

正吃饭时，卢撒克突然想起某个朋友曾说过的故事。他停下了手中的勺子，快速嚼了几口，看着对面正咬着寿司的妹妹，说道：“你还记得迪隆吗？一跟我们见面就要闲扯他梦境的家伙？”

撒克摸摸头，又用筷子敲敲“星期三”手前的酱油碟子。那是她的代号，来取代自己路人般的真名。

“那个光头吗？爱戴潮人帽子的？跳舞贼尴尬的？”星期三头也没抬，继续娴熟地摆弄筷子，快速吃光面前的几个寿司碟。

“对，爱讲他堕落在噩梦中。”撒克身体向后一靠，望向天顶，几排节能灯向后延伸而去，拉长的阴影和电线融为一体，看上去像是趴在顶上的触手怪物。“巴尔尼亚的噩梦犬[1]，吞噬光芒。”

“比细长影子的故事还要烦人，光跟我，你就说了三遍……哥。”星期三吸了口气泡饮料，用被漆黑眼影过度勾勒的眼睛看着撒克。他吸了口气，撒克知道妹妹过分浓妆的原因，遮盖憔悴的神色和凹陷的眼眶。

那次该死的撞击后，他们都发生了变化。精神的孤舟撞上了剧毒的礁石，他和宋都沉没进了暗沼之中。卢撒克想着，让这个舞蹈姑娘变成这样的……他摸着额头，

[1]　在卢撒克朋友中流传的故事，在人类噩梦中出没的猎犬，追捕迷失在梦世界的人。

继续说着话，目光却瞟向星期三桌边露出的下半身。她曾经能灵巧地踩着点，在地板上弹跳的双腿，现在只是摆放在冰冷轮椅上，藏在菱形花毯下的某种东西罢了。

一根折断的木筷扔了过来，力量不大，却在撒克脑门边弹了好多下，才翻落到桌底。他一下子回过神来，眼前是怒目的“星期三”，右手悬空着，几个手指还在微微颤动。

“哥！说过多少次了……”她的浅黑眼影稍有些花了，泪痕顺着卧蝉下沿一直淌至酒窝。两条断续扭曲的黑带，像是撕裂她浅色皮肤上的疤口，配合红血色的眼球，她有点吓到撒克。

作为哥哥，他点了点桌子，身体紧贴向椅子，双手压在桌面，一动不动。

“我……抱歉，我完全没想提这事。”他慢慢说道。

“你的眼神……我知道你在想什么，哥。”宋清了清嗓子，喝了口饮料，猛地拍了下胸口。她像是要按下悲伤的“关闭”键，眼泪不再去刷新她脸部黑色的轨道。

“不要可怜我，那没有意义！”她双手握紧身下轮椅的把手，用力撑起身体，重新让自己回归方才的端正坐姿。

“我试图让灾难过去，让阳光笼罩自己。”她说道，“我是在逐渐冰冻，从脚趾开始，双腿，最终会淹没我全身……”

“但是……宋……”撒克递过去几张纸巾，妹妹粗暴地接过，对着小梳妆镜，缓慢擦拭脸上糊开的黑蝶影。她右手压着额头，吸了口气，轻轻说道：“哥……你别管我了，我总归要变成沉思者的。在这时间内，让我开心点吧……”

“但……”撒克手指攥得更紧了，他正想再说些什么，妹妹再次挥挥手打断了他。宋已经很快恢复了常态，冷冻的下半身和同样冷冻的眼神。

“哥，管好你自己的事儿吧，你跟艾丝丽姐都拖多久了？啊？还有你那些画不完的布和框。”

“颜色和你的期望，组成的混乱。”宋又说道，细长的手指敲着撒克手边的本子。

“最近怎么全是植物，纠缠不休的，你有那么纠结吗？”

撒克看着妹妹的脸颊，擦拭后的眼影在皮肤上逐渐褪去，像正消亡的黑蝶般，瞳孔中是蝶翅中的骷髅斑。这突然让他觉得好熟悉，有些画面闪现出来。有人望着他，蝴蝶……翅膀遮住了一切。

他晃晃头。

“不，纠缠我的树木不只是看见的，还有看不见的……”

撒克想起梦里被树木缠绕封印的小屋，它的周围和大门都被杂乱的枯木锁住了。他在梦中几次都无法弄开，这时候手里有把小刀多好？那后面会隐藏着什么呢？

“但我一定会打开他的，我知道，我可以的。”撒克那么想着。

“对了，你最开始想说什么？哥。”宋突然抬起头，望着正要出门的撒克。

“……我，也梦到了那些狗。”他侧过头，缓慢地说，“吞噬梦境的野犬。”撒克停顿了下，仿佛在从嗓子眼里挖掘些东西，他的视线也从地面重回妹妹身上，“从巴尔尼亚的故事残渣里追踪来的！”

“宋，那些黑狗在吞吃我的梦，从边缘一点点，烧焦我一切灵感的源头。”

“黑狗……”宋并没有回答撒克，她只是慢慢吃着眼前的寿司，不过食物给的少量快乐已经逐渐消失了。

她想起小时候听过的一个故事，故事里的黑衣人，在梦里会脱下衣服，变成黑狗。他们会在离开灯光的地方，在梦的边缘，带走那些孩子。即使他们侥幸跑回来了，也和之前再也不同了。

到底他们失去了什么呢？宋不记得故事细节了，她也忘了是谁讲的。但此时，她看着卢撒克的眼神，她觉得背脊一凉。

哥，要说谁会被黑狗拐走，那一定是你。或者，你早就被拐走过了。黑狗带走了你的一部分，让你不再具有感知。

有时候，故事真的只是故事么？

卢撒克捂着头，山脉龟裂的感觉从头颅中间发出，刺痛比宿醉后更严重。这几乎让他从梦中醒来。当然，那样也许对撒克更好，而不是深陷在这片崩坏的白色都城之中。

持续的几个月里，撒克在梦中亲手触摸的巨大石柱，构成朝圣大路的石板，他嗅到的海盐味，贝类化石的石灰烟尘味，都开始瓦解。

黑色的狗又出现了，带着血腥味，从梦境边缘翻身而上，爬上一截截破碎梦境的中间。它们所及之处，曾经清晰，具体的景象便开始瓦解，逐渐失去焦距，融入黑暗不可及中。

“我看不清那些画面了……枯槔在远离我。”他说道。

2.2

皇成纪给宋介绍的心理重建医生，住得离家距离也不远，就在过去他们常玩的北山路一带。天气好的状况，皇成纪会帮忙推着她，阳光和煦，会显得北山路的一切稍微美好一些，而不至于只关注疯狂拆迁后的废墟。

毕竟，走过一大片废墟以后，就能看到平克的酒吧了，众人的聚集之地，短暂的休憩处。

“你最近状态怎么样？有好转吗？”为了打破路途的沉默，皇成纪问道。从他的视线只能看到宋的背部，她就是这样静坐着，望着两人的影子，慢慢碾在灰白色的路基线上。皇成纪努力回忆与这两兄妹的过往，他对宋活泼跳动的印象很短暂，漫长的是撒克冷漠的表情，和宋不能动弹的双腿。

这么一来，过去两年了。

“推慢点，震得屁股疼。”宋突然仰起头，反向看着皇成纪，“你能有一会儿不出神么？”两人的视线在阴影里相交，盯着皇的线条眼，她突然笑了。

“难怪白蛇姐说你永远不搭线。”

“不啊，我只是在想着，嗯……”话到嘴边，皇成纪又觉得不妥，无论如何，关于宋以前的情况，已经成为禁句了。他抓了下头发，又环视周围，眼前又走到那片拆迁区域了，过去的“乐土”。现在的“废土”。

之前他们玩耍的区域全被封了，外面是一整排的蓝色软围栏，遮挡内部拆完的残骸地。以前宋跳舞的区域，也就是篮球场边的空地也被围了起来，旁边是已被拆掉一半的长墙。

卢撒克精心绘制的三米长卷——钢铁森林中的绿洲，被他们称为“Dream land”的涂鸦组已经残缺不全。该是郁郁葱葱的图形组成的绿洲，现在只是烧焦墙面上的黑块，和一些难以辨认的划痕。

“破坏比创造简单，还会搞得有点专业。”宋幽幽地说了一句，她清楚记得，涂鸦墙被毁掉的那一天，焚烧和利器划铲，都是再也不可能恢复的伤害。人和墙都一样，而她如今望着焦黑的“绿洲”，便想起这个城区其他被毁掉的绿洲。

她也一样，不过是个被划伤焦黑的废料。看着自己的双腿，她总会想起童年时，那几个摧残蝴蝶的胖小子。她目睹了蝴蝶被戳破翅膀之后，无法飞翔又颤抖的状态。

自己，在皇成纪眼里也是如此么？她想着。

一样，密林倒下，焦土成为商圈的地基。最后，“连卡福”“LV”协同 CBD 一起立起，穿血红高跟鞋的 AL 和“白骨精”们一起踩上发亮的台阶，忘记几千米下的焦黑遗迹。被毁掉的绿洲，估计连煤也变不了。

“到这儿来干吗，缅怀它跟我一起逝去的时光么？”宋想着，侧过身，狠狠瞪着身后的皇。她现在恨不得能站起来，用力踹几脚他的屁股，可惜了。

“我是想着今天还早，要不要推你去后面，南山路那一带逛逛。”皇成纪搔了搔脸，不知是风还是别的，他感觉皮肤表面有点刺痛。

“不小心，就拐到这儿了。”

“哎，现在只是消逝的绿洲了……”皇成纪双手用力，攥紧了轮椅的把手，打算立刻调头，转进南山路。

“就这儿待会儿吧。”宋按住了推圈的手刹。

“让我再看看这些美好的碎片。”

“行，吧。”皇成纪咽了口水，每到尴尬之时，总是咽喉发热。

“推近点。”宋轻轻说着，指了指烧焦的墙面。她右手抓着扶手，尽力让自己更稳定地扣在轮椅中，但身体还能前倾一些，去凝视焦土上残留的“绿洲”。

哥哥曾在连续几周的夜晚，篮球场灯照耀下，在墙上绘制的梦想之地。

“帮我抓稳点。”她回头看了眼皇成纪，这个家伙从一年前开始自愿接送自己，他也确实是闲得到位。即经常不去报社，也不打理酒吧，最终索性转手给了勤恳的平克。

“喂……”宋突然望向皇成纪，慢慢说道，她的声音变得有点陌生。

“你听过弃子这个词语么？”

“弃子？象棋还是什么的术语？”皇成纪摸摸头，努力回想一些父亲教过的术语，丢卒保车？不对……后翼弃兵？

“不，就是被放弃的，无用之人。”宋望着烧焦的墙，她指着墙后的某个方向说道。

“我在看的小说里有这个词语。”

“你别啥都往自己身上套。”

“如此这样，最终都将成为废土。”

“这么高冷又装的话，你是从哪儿看来的？”皇成纪带着讥笑，摸着鼻子。

“那套辰尘写的《黑日系列》里的《白雾》，卡纳维说的话。”

“卡纳维？就是故事里那个厉害的人类天才？直接改变了人对灵魂的认知？”皇成纪继续摸索鼻子，这个故事他可是听宋念过大半本的，怎么对这句话完全没印象？

“天才吗？我倒是觉得他挺可怜的，很孤独。”宋轻轻说道。指望人类超越种族去理解大爱，她觉得卡纳维是在痴人说梦。

“我咋记得还有后半句？”他望着宋，问道。

“我不想说，没有意义。”

“说说看，万一有呢？万一对我有意义呢？”皇成纪还在问着。

“不想说，再说了，你有兴趣自己去看啊。”

“你这就没意思了啊。”皇成纪叹了口气，又轻拍宋的肩膀。她右手一挥，一把甩开了他的手掌。

“别老是那么暴躁，我比较喜欢听你讲书的内容。”皇成纪笑着说，“我看不了，一看书，文字就飞起来了。”

“屁，你不就是静不下心么。”

宋曾经也做过学霸，虽然只持续了初中三年。从她迷上舞蹈后，就很少看书了。而现在，反而给了她更多静下来，品书的时光。

“哎，行万里路，读万卷书啊。现在厉害了，尽说我。”皇耸了耸肩，右手指向道路的另一边，“老样子？诊所完事儿就去平克那儿？”

宋点了点头，便不再说话，手更用力按着腿上的书本。她的计划，今晚在“蓝眼睛”的时光，将消耗在看完这本《白雾》。

在书中，被称为降临者之子的卡纳维，尽管带着如同诅咒的力量，最终还是选择站在人类这边，制造能抵抗“剥幕”的装置。

拥有“白雾”般的瞳孔，也是被剥幕之光刺伤，属于书中骸族人的特点。卡纳维渴望融入人类，却又被同伴们排斥，他们对他的研究并不领情。

相反，接纳他更多的是骸族人，特别是叫骨燃的首领。

宋每次看到书讲述卡纳维的部分，总会不禁内心难受起来，这比自己受委屈更刺激。

“然在灰烬之中重生绿洲。”一个女子的声音在宋耳边响起，似乎很近，又瞬间变得遥远。

“谁？”她猛地甩头，看见的只是皇成纪惊呆的表情。

“啥？现在发展成坐着也能睡着？然后发噩梦吗？”他笑着说。

“不，我听到一个……”宋正要说话，那声音再次响起，像在她耳边如吹气般的轻声。

“嘘……我们的对话，要保密哦。”

"卡纳维的书，我也看过哦。"声音说道，语调中还带着笑意，宋仿佛看到了她咧开的嘴。

"他写的时候，我就在场哦。"

"你是谁？"

声音没有回答，它像打错的电话一般被无情切断了。

宋正四下疑惑中，她望了眼皇成纪，他少有的表情凝重，到处张望，想在寻找什么。

"怎么？"她问道。"看到熟人？"

"不，不，没事。"皇成纪摸摸鼻子，还不忘再向巷子后面看一眼。他晃晃头，难道是自己眼花了，总感觉刚才有几个白色衣服的人，一直在巷子后面盯着他们。但下个刹那，就没有了。

但那个形象，深深映在皇成纪心里。笔挺的白西装，戴着不相称的白礼帽，帽檐的阴影完全遮盖了他们的脸。甚至让他感觉帽子下面只是一片黑暗，想到这里，皇成纪背后一凉，赶紧甩甩手，摸去这可怕的念想。

在这样的疑惑中，宋被推到了文医生的诊所。

正式来说，宋很不喜欢这个文医生，但并不排斥跟她谈一些无聊的对话。最开始，这样的经历打发时间还是很有趣的。她是真有点好奇，这个所谓的"心理治疗专家"会如何解决她的问题，但逐渐成了无聊的下午流程。

"对，你说得对。"第一次，宋经不起皇成纪的啰唆，答应了这个漫长疗程的计划。

"你们俩说得都对，我内心崩溃，需要治疗。聊一聊总是好的，不是吗？她还是你的女朋友，何况我哥花了钱。"

宋瞪了皇成纪一眼，叹了口气。

"一个，又一个。"

"你咋变得那么刻薄呢？"

皇成纪跟文医生对视了一下，表情堆满笑意，一副你忍忍吧的态度。

这种时刻，宋就会皱起眉头，胸口感到恶心。她见太多次两人眉来眼去的状态，恨不得在病人面前就亲热起来。

当然了，这和她有什么关系呢。对于皇成纪来说，不是这个妩媚的女人，就是那个骚包的女人。

“宋小姐，所以你的感受是什么呢？”稍显妩媚的声线敲打着宋的脑门，把她从臆想中强硬拉了出来。宋仔细看着，在她眼前晃动的白色方块是对方手中举的几张卡片，中间是水墨效果般的图案，有纯黑白的，也有掺杂彩色的。

它们如果不是有“分析”的特殊用途，宋会觉得还挺好看，每张都能作为明信片。然而，她从撒克那里听说过，这种叫“罗夏墨迹”的卡片是某种解析意识投射的东西，而且还有点老套无用。

“感受？”宋笑了下，回答道。

“我哥从小就擅长这个，从厕所磨砂门的水汽图案上，他能看出一个宇宙的故事。然后又怎样呢？文医生，他看到的图案每天在变，这能让你得到什么答案？”

文吉真愣了一下，转瞬又用职业的笑容看着宋，她放下了卡片，说道：“那真的要拜访下你哥哥呢，听起来是个很特殊的人啊。”

“那的确，千真万确的特殊。”皇成纪翻着桌上的卡片，说着，“我是啥也看不出来，不就脏兮兮的一堆东西么。”他饶有兴致地一张张看，突然拿出一张卡片，举在文医生面前。

“这个我知道，黑色半透明，跟你的蕾丝内裤形状一样。”说着，皇成纪嘴角带着诡异的笑。

宋“扑哧”一下子笑了，是的，皇成纪流派的典型段子。当然，这墨迹图案是个明显的蝴蝶，用最没想象力的劲儿去看，就是如此。也许，在卢撒克眼中，它会截然不同。

“你，出去！”文医生面色带着红晕，但表情严肃。她使劲把皇成纪推到门外，一把关上治疗室的门。

“就知道干扰病人。”一边轻声说着，又慢慢回到宋身后。

“我们继续吧。”她似乎调整好了呼吸，再次将手指搭上宋的太阳穴。

“你一边放松，一边感受内在。”

文医生的手指很细长，几乎没有什么表皮伤痕，但指尖却传来一种电线烧焦的味道。宋本能地把头向后退了几寸，瞬间屏住了呼吸。是某种药味，并不是福尔马林的气味，那玩意儿和卢撒克的洗笔液闻起来也差不多。

每当闻到时，就会有种刺痛感，直达自己的头部，并向脊椎而去。针扎和电流的感觉，从深处浮现上来，她紧皱眉头，双手努力靠拢，把自己包裹起来。

疼痛，不安全感以及压迫感，伴随气味，会难以消散。还有一些隐约的图像，在她脑海中浮现出来。

这和刚开始腿部无力的感觉不一样，是发自全身的麻痹感，冰凉从肌肉之下传出，这是那个气味导致的么？宋看过一些关于童年阴影，什么绑架后心理障碍的小说，自己是不可能有这样经历的。但这种气味给自己产生的惊恐感是因为什么？她手指尖端一阵悸动，这使得它们紧紧抠住了轮椅把手的胶皮。

“她是不安全的。”那个熟悉的声音说道，同时伴随一阵阵的头疼，像有什么生物要从脑壳中挣扎而出。

“她身上那一股边界的味道，太明显了。”声音还在说，宋眯着眼，望向文医生。她还是保持职业笑容，用手指摸索着自己的太阳穴，烧焦的味道越来越重，这让宋头更疼痛了。

“边界是什么？我唯一知道是，她的手指，要超越我极限的边界了。”宋低声回应那个声音，并准备开始扭动头部，甩开文医生难闻的手指。

“烧，一切都燃烧起来了……”声音说着，从断断续续，逐渐降低，消失了。

宋眼前又闪过一些断裂的画面，灰色建筑在远去，同时伴随着烟雾和燃烧，是它们被熔铸成黑色区域的味道吗？她猛然按住了额头，这是浮现出多么奇怪的一些词汇啊。

更多的画面开始浮现，她能清晰地看到身体处于一团黑色火焰中，从脚踝开始灼烧，并快速爬向手臂。奇异的是这些冷火，完全没有痛感，它们更像是高精度的特效，成为宋臂膀上的美妙花纹。

“什么边界……”宋摸着太阳穴，弯下了腰，她盯着浅蓝色的地板，喃喃自语。

“热带那种无风带吗？穿过去了就是无限的世界？”

《热带》是她最近看过不下三遍的另一本小说，森见登美彦的大作。

“并不是那样的边界……”声音回答道，它开始变得遥远，像是穿过走廊后，慢慢失去力量。

“你该去看看……沙漠的边缘……”

黑色纹样旋转包裹了她半只左手，宋看着它们向内收缩，如莫比乌斯环般成了翻转的手臂，却毫无痛感。

“天哪……”她不禁喊了出来。

“怎么了？宋小姐，按摩那儿里会疼？”文医生狐媚的声音还在继续，她散发硫黄气味的手指也没有停下。

“不……”宋凝视着自己的左手，翻转完成后的黑暗，如透过裂隙看见的宇宙一角，虚空里透出点点星芒。她的左手就这样成了一个漆黑的裂隙。

当然，这是个绝好的，摆脱那个异味手指的机会。

想着，宋把右手向上一伸，用力把文吉真的手推开了。

“确实，不舒服。”

她看了眼文医生，说道：“你抽烟？”

“不啊，怎么了？”

“宋小姐，你老是爱自言自语，可是很不利于疗程的哦。”说着，文吉真那散发怪味的手指，又向宋的头顶伸来。

“放松，敞开。”

从这点来说，她变得更加不喜欢文医生，白蛇姐的味道就格外好闻。除了一层淡淡的香水外，还有她独特的花香，这味道还让宋觉得很熟悉。

要说这个“瓶中的章鱼”觉得哪种状态是最惬意的，那就该说是坐在尧魏的身边，看着书。再加上平克不时送来的饮料，她会很快忘记身体的糟糕状态，沉醉在熟悉的感觉里。

那感觉，让她会陷入一种奇怪的回忆里。自己在一片望不到头的花园中漫步，白紫色的花丛，都弥漫着和尧魏身上一样的味道。

宋的内心，总在告诉她，自己一定在这样的花园里待过，才会如此难忘。但它在哪儿呢？皇成纪曾给过她一本讲如此花园的书，紫藤和丁香环绕的地方。紫藤围绕的结界会让妖怪远离，也能隔离邪恶，那困扰哥哥的黑犬呢？是否也一样，躲藏在紫藤隔绝之外，窥视他的心灵。

想着，宋又看了眼左手，她惊呆了。

那片黑色裂缝消失了，冷火只留下一圈环状的荆棘纹，整个左手臂回来了。但那不是她的左手，那是陌生的左手。

比起自己的手臂，这只手更细巧，皮肤更白皙，却在每一寸充斥了疤痕。

细看下，左手表面没有完好的皮肤，它像被刀群剐过一般，手腕到臂膀，长短不一的疤痕围绕成了一片网状的纹样。

“是我的……”声音说道，宋听着内心一颤，她几乎要从轮椅上弹起来了。

“你先用用吧，在另一边。”

然而，这样的变化，似乎文医生丝毫没有发现。

“另一边？”宋内心喃喃道，“哪一边？”

她瞟了眼自己的手臂，荆棘纹若隐若现，推动肌肤呼吸。宋赶紧把袖子向前拉了拉，但文医生一副完全无视的感觉，她又觉得只有自己能看见？

2.3

卢撒克有过不少有趣而有才的朋友，嗯，或者该说是半途而废的，灵光一现的人。虽然会说出几句惊世的疯话，经典又精美，仿佛撕开了现实与梦的世界，却在那个边缘停了下来。

也许只有他，即使被刺伤，也会继续向前走着。

因为平克的建议，撒克过去创作，多数的作品都挂在了平克的酒吧里。铅笔小稿被装裱精致，标上价牌，摆放在一些显眼的位置，即增加空间效果，也能随时宣传。

他过去的展览，尽管没有太多的所得，却赢得了一些忠实的朋友，他们常聚在一起，聊着现在，过去以及未来。

这就是"蓝眼睛"的由来，撒克曾简单地画过草稿，一个梭形眼睛在正中，背后是等边的三角形。

"三条边是过去、未来和现在的衔接，而我希望我们能窥视到一些真理。"这算是卢撒克的一点简单愿景，注入在他们的小空间中。

平克便将它做成了酒吧的标志，除了挂在外面的铜牌，还印在宣传册、酒单上，各种甚小细微之处，几乎无处不在。当然，最显眼的是推开木门之后，映入眼帘的挂布，其上大大的眼睛。

如同宇宙中的那抹巨大的蓝色，宝瓶座的 NGC7293——上帝之眼。

"蓝眼睛"的成员再次聚集，已是"星期三"事件后的第三年。

伴随着身体越来越冻结的状况，白天不再能到处行动的她，更多的是待在酒吧，直至夜幕，卢撒克来接回家的状态。

在阳光下的等待，咖啡，微妙，还有一堆书本，能让她暂时离开僵硬的世界。

她是尤其爱读小说的，爱伦·坡，斯蒂芬·金的恐怖悬疑类，克苏鲁体系的，还有阿西莫夫的系列，都是宋捧上就很难放下的。哥哥的书房以及两架子的藏书，自从她患病之后，就全部移交给她了。

更别说，还有那个喜欢免费“听书”的家伙，皇成纪自从开始把书陆续搬给宋之后，连“喜马拉雅听书”都不需要了。

要说宋从双腿无法动弹开始，学会了什么，那就是静静观察。她变得不再像过去那样欢快地跟只兔子一样，而是坐在轮椅上审视周围。

皇成纪会说她变得像缩进罐子里的章鱼，蜷缩又警惕，要是她能多长几只手，每一只捧着不同的书，那估计更形象了。

此时，她正捧着尼尔·盖曼的《烟与镜》看着，门发出了轻微的转动声，透过书上面的空档处，宋看到白蛇走了进来。

尧总，她还是英姿飒爽，穿着浅蓝色西装，贴身长西裤，金色小高跟踩在“蓝眼睛”的地板，发出清脆的敲击声。宋会默默数那些节奏，她会想象成无数小松鼠在敲打成熟栗子的外壳，或者是某种生物从坚冰之后努力向外传达信息。她的姿势那么世故，眼神却飞向太空，一副“穿西装的杨丽萍”那样的成分组成。

咔嗒，咔嗒。

白蛇就那样走来，在桌子边放下右手夹着的白色金边手袋，就向几人投来标致的微笑。“都到齐了，我们开始快乐吧。”

“就差那家伙了，一贯是要迟到的。”皇成纪擦着桌子，瞟了眼光闪闪的姐姐。

宋笑了，她转头看向皇成纪，两人默契地对视了几秒，便又各自回到自己的轨迹。

“是的，微妙垒起来，烧烤放起来，准备开始 Party！”他从柜台后面抬出一大箱饮料，小心地搁在大长桌子上。

平克扫了眼时钟，七点五十。他指指门口，说道。“我们开始倒数吧。”

如两人所料，卢撒克在众人从 10 倒数至 0 时，准时推开了酒馆的大门。

“老规矩，最后一个要负责打扫哦。”平克笑着轻拍朋友的肩膀。

“小事，不过你们真是从不迟到啊。”卢撒克环视周围，妹妹正向他耸肩示意，皇成纪倒是照顾得很到位。吃喝都已摆放在长桌上，正在剪开烧烤和鸡肉分装的是白蛇。

她一如既往干练地指挥和布置。在他们聚会时，平克反而会变成下手，笑盈盈地擦着杯子。

白蛇瞟了眼卢撒克，又看了看他夹着的本子，笑着问：“似乎马上要到画展死线了，你准备得如何？”

“他快被他家小艾催死了，哈哈哈，拖延症患者。”平克已经摆好了杯子和刀叉，挥手让他们赶紧入座。

“每周的！蓝眼睛聚会，开始！”他大喊道：“全部放下手中活，扔掉几亿的生意信息，投入欢乐中来！”

卢撒克耸了耸肩，来这儿就是暂时远离死线，狂欢后继续面对成堆的画稿。

“再说说你的创作吧。”白蛇着。要说好奇，她不在意那些成品，她最想获得的是卢撒克的速写本们，蕴含着奇思妙想的“碎片”们。

“有突破，但灵感这东西，稍纵即逝。”撒克喝了几口“微妙”，随意翻着自己的本子，视线总在不确定的地方。

他又到处扫视了一番，向皇成纪点了下头，问道：“你的文医生呢？怎么不带来参加我们的聚会？”

“啊哈，这个。”皇右手快速摸着头顶的乱发，干笑着说，“她那种尊贵的，要进入名媛行列的，用功的人……”他说着，每个形容带着顿挫和间隔，说完猛喝了口饮料。

“怎么会来老城区哦。”

“是么？尊贵？名媛？”平克擦着杯子，牙齿紧咬着干瘪的“利群”，烟雾从嘴角边缓慢溢出来，随着他的话。

“有你姐尊贵，名媛范儿吗？”

“呵呵，我只是个苦兮兮打工人，跟文医生是不能比的。”白蛇站起身，从吧台上端走摆满杯子的托盘，径直走去，放在宋几人面前的桌上。

"开喝!"她快速开了一个微妙的罐子，向上举起，并向几人微笑示意。宋看了眼白蛇，也如法炮制，开罐举杯。

皇窃笑了声，正得意话题一转而过，平克端着烧烤盘，也加入了。他凑过来轻声说道："看你姐给你解围，好意思？而且啊，你是该换换找女朋友的眼光了。"

"切，找谁？这里剩下的还有正常人吗？"皇成纪望着宋迷蒙的眼神，欲言又止。他一把抓过香气四溢的烤肠，话语很快被咀嚼声所掩盖。

"你们还能清楚记得小时候吗？"皇成纪喝着"微妙"，笑着问。他仔细搜索，除了初恋的一幕，再更早的光景就完全一片模糊了。

"我只记得一些破碎的地方，它们之后会偶尔出现在我梦里。"卢撒克耸耸肩。

"我会一直重复一些记忆，重复到我对它产生认知怀疑。"白蛇说道。

"有些片段太熟悉了，却又如此遥远。"

"我当时在看一座楼，它几乎是活的，那让我看得出神了。"

"活的？"平克开始猛吸手中的"骆驼"，但他会把头微弹出窗口，吐出好看的烟圈。

"是在晃动吗？还是你在说它在表达生机？"说着，平克笑了。

"对，又或者说它在诱惑我进去。"白蛇手指在发间摸索着，仿佛在寻找记忆的部件，重新组装。她皱着眉，望着手中的杯子，那座楼总会在一些自己的恍惚里浮现，却又消失在刻意寻找的时段。

它像座灰色的丰碑矗立在一群方盒子般的矮建筑中，显得突兀又气势凌然。在记忆中，白蛇感觉自己视野很低，靠近自己的区域很亮，而靠近丰碑建筑那却显得越来越暗。

她迫切想摆脱这个局面，但身体和视野却离那座丰碑大楼越来越近，细节也看得越来越清楚。大楼表面和远处看到的不同，它从下往上覆盖了厚重的爬山虎群，但灰褐色的它们枯萎无力，跟剥落的墙体混在一起，形成恶心的渐变色铺满建筑。

白蛇被拉得更近，她尝试四处查看。爬山虎们的主体源自地底，但它们在和丰碑大楼缠附的过程里，逐渐失去了生命，成为灰暗的装饰物。她顺着爬山虎的轨迹，向上看去，在堆砌的植物尸体下，白蛇看到一些庞大的印刷字，隐约呈现在建筑表面。正中大丰碑上印着“湖心岛—0”，字体暗红，看着是油漆刷的。

而周围群落的小楼也一样，它们的顶部侧面，都印着“湖心岛—数字”，分别是不同的阿拉伯数字，有大有小。

“湖心岛—0？这还有编号?”她向周围延伸的楼群看去，似乎每栋都粉刷着湖心岛和数字的组合。

每到此时，她内心的不安感会达到顶点，就像清楚知道自己没穿内衣，还不带伞在雨天奔跑一样，糟糕又冰凉。这时刻，她在梦中会立刻去摸索自己的手指，看母亲给自己的戒指还在不在。

祖母绿的光芒总是会起到神奇的作用，它从指头传来，温暖又熟悉。在这之后，这番记忆的景象，便会从尧魏脑海中移走，只留下空白的草地。

大而空旷的草地，远处望不到头，绿色本身和祖母绿戒指一样，深幽的墨绿，让她既不想踩到，也不会踏出一步。

尧魏总是这样，缓慢离开整段回忆，回到自己当下的身躯。

建筑给予的恐惧会淡化，但日常时久，她记住了一个词。

“湖心岛。”

“有些建筑非常奇怪，它本身会传达出一种生机，和住在里面的人还没关系。你靠近它，便会得到信息，一种欢迎或者排斥你的提示。”平克望着白蛇，吐着烟，继续说着。

“哦，那我知道了。”皇成纪双手扶在头后，正靠着一把椅子，偶尔看一眼对面悬挂电视上的球赛。

“比如市政医院，我一进去就浑身难受，手脚冰凉。”

“不是那种，更加类似小时候，小学后面那些屋子。”白蛇看着手边的杯子，慢慢说着，“全部被灰色藤蔓遮挡着的老屋子，半条街都是，我完全不能去看蜘蛛网覆盖的那些破窗子。”

“你这么说，我想起来了，市卫生院后面那条街。”撒克打了个响指，说道，“我们去学校全要经过那条小路，阴森得不得了。”

“你说的，我想起了《邪屋》里描述的那种带着生命，让你难受的屋子。”宋又说道。

“那一排排窗户哦，只能隐约看到里面一张张床，还有白色被单！”皇成纪咧嘴笑着，他边说边敲着桌子。

“哎，超级讨厌这类阴郁的建筑，又老又破，还墙壁剥落。”宋合上了书本，参与了对话。

“一想到那些老屋子，我就想起寂静岭。”

“我能回忆起的大约只有山里的那栋房子了。”白蛇说道，她摇了摇头，静静喝着“微妙”。

能回忆起的，只有冰冷，恐惧，还有莫名的撕裂感。

“山里的房子？”几人的注意力完全被吸引了，特别是皇成纪，他放下了手中的吃喝，专注看着姐姐。

“今天是个好日子啊！哈哈！未曾有的故事时间啊。”他笑着说，又看了眼宋，她还是惯例般抛来鄙视的眼神。

“这是我第一次讲这段记忆，或者说是无法分辨的东西，但一直会浮现出的内容。”她指了指自己的脑袋右侧。

白蛇还能记得的，便是自己在那座深灰色的山里，被独自留在一间屋子中的感受。

在那段混乱而被嚼碎的记忆里，她似乎永远在逃跑的惶恐之中。

光在身后扫射着她，却不知从何而来，周围是一片黑暗。她只知道自己要跑，从这个湿透的房间跑出去，穿过空寂的长廊，冲出去。

无数同样的房间，只有一个小方块和混沌的玻璃能看到里面，她没有勇气停留，只是继续跑着。那些一样的房间，腐蚀斑驳的铁门，她不想知道里面有什么，也不敢去多看一眼。

她一直在奔跑，呼吸越加沉重，长廊还在继续，仿佛永不会结束。

直至一个门形的光亮，她啥也没想，就使劲冲了出去。背后是漆黑高耸的建筑，眼前是一片茂密的丛林。

大部分时刻，尧魏的记忆就到此结束了，她在丛林里经历了什么，都毫无踪迹追寻。每每回忆时，她只能抓到一点割裂感，还有某种恐惧的呼吸声，直到终焉。

关于“山中小屋”，她多次尝试问及母亲，得到的都是一片含糊的解答。

“没有那样的往事啊。”母亲一边整理黑蕾丝的内衣边，一边回答女儿。她并不在意尧魏屡次的发问，女儿那些混杂的记忆，无非是自己多次搬家产生的混乱罢了。

“你只是发噩梦罢了，我们以前搬家确实有点多了。”她努力挤好胸型，又反复看着镜子，确认妆容，才高兴地披上外套。这一定能让皇一凡兴奋起来，让他给女儿更多机会吧。

“妈，不要老是强求那些。”尧魏皱着眉，双手紧按在母亲肩上，她更希望母亲快乐，而不是运用所谓的“技巧”，让自己获得什么所谓的机会。

当然，自幼产生的对“搬家”的恐惧，终于在这个父亲身上会消失吗？

她眼前又浮现出那栋山中的建筑，它像烟尘那样在心周围缠绕自己，从未离开，却又虚无缥缈。

那段记忆，该说是记忆吗？还是梦和记忆无法分辨？尧魏聊起“山中小屋”，就像是从一片残破的废墟里重新寻找某个印记一般困难，但又不得不面对的任务。

为什么呢？她一直搞不明白，这段感受如此立体，却残缺。它会在雨后，微醺或者伤心欲绝时，突然袭来。

尧魏很少聊童年，尤其是住进这个异姓之家，拥有了一位“杰出”的父亲，同时还有一个奇怪的弟弟。从踏进家门之后，似乎拥有了美好的生活，那也许是母亲给的唯一礼物？

逐渐变成“尧总”，她童年怎么被欺负不重要了，甚至已变成了一些模糊的残片。她也记不清怎么在学校走失，如何在黑暗寒冷的山里待了一夜。

这些都只是她从他人转述中得来，细枝末节完全无法在白蛇心里拼凑成完整的童年。“山中学校”这个母亲也已遗忘的事件，她也不得不搁下了。

“巍，你估计是帮爸爸做事，压力太大了。”母亲最后说道，“要不去看下心理医生?”白蛇猛地卡了下手指，又回到当下的状态中。

“闭上眼，我都能想起在梦里奔跑的细节。”尧魏盯着桌面的铁盘说着，双手不禁握成拳状。

“我只记得如何跑进了深山，除了逃离，还在寻找什么?”她细长的手指敲着桌面，发出奇怪的节奏，像是某种曲调的片段。

“寻找? 什么?”平克静静抽着烟，他似乎听得非常认真，灼烧的烟头快接近手指了。

“一棵树。”她望着几人，说着又一副自己也难以置信的表情。

“树?”卢撒克表情一惊，他放下手中的微妙，似乎要说些什么。

“女巫布莱尔那样? 丛林里的树?”皇成纪正嚼着手中的长串羊肉，他面前堆满了签子，在此前他的嘴一直没有停下。

“姐，你这个恐怖故事太精心了，哈哈哈！！”

“那是影响我极大的混乱境地。”

皇成纪大笑起来，丝毫无视白蛇怒意聚集的眉毛，宋猛地用手肘向他撞了几下，他方才稍有收敛，尴尬地擦擦嘴。

“不过，尧总，听上去，离开那个地方和在山里寻找树，都很惊悚啊。”平克在浅灰色烟缸里弹着灰，他双眼凝视着白蛇，以至于灰都在烟缸边缘积成一条不规则的细线。

“不……只有那棵树是正常的。”白蛇摇着头，她望向卢撒克，面露一种期待。

“它是我梦中和记忆里，仅剩的支点，也是我清醒和模糊的边界。”

“一切的感受都很不正常，只有树是我明确的目标。”

“那你为啥要跑呢? 你想过么?”

“那个长廊，还有山里的屋子，山中的一切，都让我窒息。”

而且在白蛇的记忆中，有一种兽类的呼吸声，一直在她背后持续着。在她每次脱离这段记忆的最后，甚至呼吸声已逼近耳边，脑后的触感。那是什么？

而边界的一边，能让她看得超级清晰，并一直镌刻在心的，大约就是“湖心岛”三个字了。

“湖心岛”，那小湖中唯一的乐土，在榕树下遇到的少年。那是她少有的童年朋友，当然……脸，五官，关于这个少年，一切都模糊了，像被撕烂的纸飞机。

想到这里，尧魏笑了。她抚摸着胸口，似乎还有些值得忆念的童年片段，是被美好包裹的。

不过自己在恍惚间看到的“湖心岛”，那些楼宇，又是什么呢？还有那座冰冷的山……自己在找寻的大树……

想起“湖心岛”的部分，她就会头疼，接着记忆就从来到皇家以后开始了，新的弟弟，父亲以及之后繁忙的工作。

很多次，“白蛇”在办公室里，望着大楼正对的景色，江和湖不同，它无法传达这宁静的感觉，它更多的是一种隔断，或者是切断城市之间，一边与另一边。往往隔江之畔，却天差地别。她也想起自己在吉隆坡大厦里，望着江对面的层层矮楼。

对，在澳门也是如此，“威尼斯人”的高大，灯火辉煌，建造得如同哈里发的宫殿般。对比隔了两条街的民居区，简陋低矮，用玩具来比喻，就是高级娃娃屋和火柴盒凑合的区别。

尧魏仔细想来，在当时同去的人里，皇成纪拍了一堆构图诡异的照片，包括跟各种妹子的合影。而卢撒克一直在速写本画着，回来便闭门，创作了《无限的蓝和金》系列。

皇氏集团筹备的百年澳门庆祝活动，她看到了各种描绘这城市楼房林立，赌场繁荣的画卷，也只有卢撒克——这个弟弟介绍的朋友，画出了镜花水月下的真相。

白蛇想着，向身后望了一眼，其中之一就挂在“蓝眼睛”的正厅后面。它以几何抽象风重构的雄伟都市，金橙色光芒笼罩中，屹立在层叠又虚幻的水中。倒影里是截然不同的破旧都市。

它是卢撒克《白色王城》的第一版，与他正在创作的第二版不同，第一版尽显一种未完成中的狂野。

水上的都市虽然雄伟，更吸引眼球的却是水面之下的破旧之处。反方向的建筑群，像是白灰色丝线和骨骼组成，它们互相缠抱，一直向深处延伸，直至深渊灰暗之处。

白蛇很喜欢看着它，不知为何，撒克画中的白骨之城总给她一种熟悉感，甚至是亲切感。如果此地曾在宇宙中的某处星球，就像诺斯替人说的那样，“我们曾来自宇宙深处，却忘记自己的故乡”，那也许能解释，为何她如此孤独。

孤独并不可耻，但若身处白骨之城，自己应该能找一根参天柱，靠在其下，仰望星空，感受异界的美景。她手叉着腰，就那么认真地看着。

“这座城叫什么？撒克？”她突然问。

“枯橾。”卢撒克马上答道，他也不想掩饰这个名字，“圣城”之名。

“有趣的名字。”尧巍没太在意，倒是宋睁大了眼，她看了下皇成纪。

“尧总啊，你那么喜欢这幅，都要看出洞了，你不如买了算了？”平克笑着，从后面的柜子里拿出了一大堆酒水，搁在离她最近的柜面。

“全是你寄存的，要哪瓶你自己拿吧。”

“哈，这幅画，它还是属于大家比较好。”白蛇笑了笑，她看了眼宋，“寒冰女王”还是那样，将目光躲在书本后面，如窥视的蜘蛛。她有时候并不喜欢宋那样盯着人的状态，但转念一想，她能咋样呢？她确实失去了太多，一只折翼的小鸟从粉色天堂堕到谷底。

和曾经的自己一样，直到她走进了这个家庭，承担本该另一个人肩上的分量。不过，“尧总”真是自己希望的吗？也许“白蛇”才是让自己喘口气的身份。

蛇始终是喜欢隐匿自己，躲在暗处的生物。在黑暗中凝视猎物，总是处于捕食者的角度，还背靠着安全的壁垒，或者离洞穴极近。

她舒了口气，不禁想，自己在守护什么，又在依靠什么？也许皇氏集团逐渐成了蛇窝，只要皇一帆在背后，她总是能施展出盘踞之力，守住公司的命脉。

诸行无常，盛者必衰。公司衰败是难免的，也许蛇窝会被时间全部摧毁，一个不剩，就和那些逐渐卖不出去的楼一样。

但皇成纪是什么呢？她望向弟弟，他还在摆弄着吧台上的小摆件，平克只能不厌其烦地再次将它们放回原位。他是这个蛇窝里唯一的老鼠么？还是一只伪装的蜜獾？

在蛇全部睡着的时候，他将登场，并咬断所有蛇的七寸？

她侧着头，望着嬉笑的弟弟，眼睛缓缓眯了起来。还是，小老鼠的背后，其实那条老蛇一直在看着呢？自己只是一个可怜的工具人。她想着皇一帆对自己的严厉，还有某些时刻的眼神，叹了口气。响尾蛇摇着铃，即唤醒提线木偶，又模仿水声，让饥渴之人上钩。

白蛇走向吧台那一堆寄存酒，探着细腰，拿起一瓶苦艾酒，搁在宋面前的桌子上。宋从竖着的《克莱因壶》后面看着她，眼神里带着不解和一种异样的喜悦。她也在期待又一次的喝醉吗？

“你喝不喝？”白蛇接过平克送来的冰可乐，它可以让苦艾酒更加香醇。宋看了她一眼，只是摇摇头。

“我会调午后之死哦？”白蛇还是笑着，眼睛眯得让众人想起倪妮。

皇成纪手靠着椅子，默默望着两人，当宋和姐姐一起出现时，总是会形成一种恬静的氛围。众人话题会逐渐从抱怨，发泄压力，变成讨论书籍和宇宙。这反而会让他放松起来，不然他真不知道如何面对强势又美艳的姐姐。她说话的方式，按住桌子的姿势，还有挥开帘子，那走进来的步伐，皇成纪都会想到一个人——父亲。皇一帆做事的风格，是反复尝试，让对方无法拒绝，最终接受。

这他永远学不会，他也乐得让姐姐去做本来他该做的事儿，自己可以随意搞些父亲看不上眼的小玩意儿。

他有时候觉得，自己被套在一种“人设”里，尽管别扭，但也仅是和姐姐不一样的“人设”罢了。

如皇成纪预料般，最终宋还是接过了白蛇推过去的杯子，慢慢喝着她调的苦艾鸡尾酒，并适当完成一些互动和对话。

几杯苦艾酒下去，白蛇的表情开始变化，她脱下外套，露出里面白色真丝衬衣，一颗松开的领口下露出她白皙的皮肤。酒精的效果，让白色下透出一点玫红，显得非常美好，至少平克看上去是这样的。

他一边擦着酒杯，一边看着尧魏说话时微带红晕的脸庞，她被干练衬衣和西裤勾勒的纤细身材，谈话的内容已变得不太重要。平克很清楚，要毫无遮掩地欣赏这个女人，只有在此情此景——微醺的“白蛇”。当她走出蓝眼睛的大门，只有眼神冷酷的“尧总”。

“你们，对湖心岛这个地方有印象吗?”白蛇突然问道。

“湖心岛?”宋听到这个，几乎是立刻把注意力从书拉了出来，她圆瞪着眼，盯着白蛇。宋的心中浮现出一些画面，眼前却有一大片雾气，像眼镜结满霜一般，将隐约的图像完全遮蔽。

“怎么?”白蛇用带着倦意的眼神看着宋，她细长的手指径直抚摸着宋的脸庞。

“你知道些什么呢? 小美女，你的皮肤真是白皙，跟那个雕像好像……”

她直视着宋，不管何时看，宋的脸都那么清秀，即使失去了笑容，双眼里还在燃烧些什么。

皇成纪一拍脑门，叹了口气。

“完蛋，一喝酒，姐的怪大叔心本质又出来了。”

“也许我在某个地方，宇宙的某一头，就是个怪大叔吧?”说着，她作势要去抱宋，却没控制好平衡，在沙发上展得更开。

“湖心岛……”也许是酒精的作用，白蛇平日紧绷的注意力像泡水的海绵一般全部展开，滑进了奇怪的黑色区域。

巨大的黑色沉淀，她轻抚额头，失重感从身躯内部传来，她不禁向后一靠，斜躺在宋旁边，半个脑袋倚靠在对方肩上。

“怎么? 姐你这就醉了?”宋看着白蛇，轻声问道。

“不，不……是更奇怪的感觉。”

此刻，沙发并不再是熟悉的青灰皮质物体，它们都在向黑色沉淀中融解，汇聚而去。白蛇眯着眼，仔细看着，除了身边的宋，其余的一切都在变化着，和下沉的自己一样。

一阵刺痛从手指而来，所有的感觉都消逝了。

白蛇瞪大了双眼，所谓的“清醒”比沿海滩涂的退潮还快，还直接躲到了无法触及的海底。

她晃晃头，周围还是熟悉的“蓝眼睛”，熟悉的那些人。同时，“蓝眼睛”图形在灯光下向外扩散，一些线条向周围逐渐扩张，企图去描绘另一个图形。

这个她似曾相识的几何图形在她记忆深处存在，却像留在涂鸦过的废纸上，黑雾遮盖了大部分的细节。白蛇只能看清那大约是个三角锥，下方是一些奇怪符号。

她左手猛盖住右手，刺痛的位置还在，只剩余隐隐的感觉。像被针烧灼一样，又绕着手指反复旋转了好几圈。

灯光下，白蛇移开左手，细长手指下，痛感位置是她右手食指的戒指。在她标准的记忆中，是母亲留下的祖母绿戒指。

“我今天不是没戴它吗?”

正想着，皇成纪侧身看向卢撒克，右手打了好几个响指，才将对方从绘画的沉浸中拉出来。

“啊?”撒克缓慢地敲着铅笔，脸上弥漫茫然。

“你最近还失眠?”皇问道。

“嗯，老样子。”

“不做梦，一切都变得干涩起来。”卢撒克打了个哈欠，说道。

“雨季不下雨，全部都缺水。”

他们都会梦到童年的街道，房间，以及细节到墙壁破损，从触感到霉味儿的真实。

这些像藤蔓缠绕那样一直围绕着众人，他们总会在“蓝眼睛”活动上，作为分享讲述自己梦魇的一部分。

皇成纪的部分总是那阳光灿烂的校园，他第一次见到她，但更难忘的是大雨交加那天，自己在奶奶家楼梯下看到她。

记忆里，自己爱上的最有特征的美丽少女，她有着林青霞般的五官，只是时间的痕迹要退到她十八岁时。

反复梦到那一幕，皇成纪都开始怀疑，那曾确凿无疑的童年记忆到底存在过吗？

如果这个人在你未来的日子再也见不到，甚至梦也梦不到，她对你来说，似乎毫无“真实”可言罢？

她对于自己来说，存在过么？如果只剩下这段记忆，那到底是梦让自己忆起？还是某种执着让自己忘不了？抑或，梦的编织，使自己深刻觉得她存在过？

皇成纪使劲摸着头发，这个疑问就像打湿的浴巾一样，始终缠绕着他，并越来越窒息。

而卢撒克，最不愿在梦中街道看见的便是黑色的犬。

他并没有被狗追得满街跑的记忆，但梦中，每当他要靠近最终小屋时，总会在身后，看见一头头黑雾般的猎犬。它们用幽蓝的眼神盯着，并如影随形。

“最终小屋”是他过去做梦一直心念的目标，似乎有些什么在等待他。

这一切，卢撒克全用画笔记录了下来，在他的《梦魇女王》中，在国际获奖的第一作，其实就是撒克那仿佛永续的梦中碎片的写照。

在画面中，红色骨状头冠下，苍白皮肤的女王看着一切外在之物，她像是爱伦·坡笔下的角色，而她的身后，是阴影覆盖的废墟。

尤其是几段残破的石柱，在它们的遮挡中，有几只隐匿并窥伺的黑犬。

它们在寻找什么？撒克一直想不明白。

而某一天，他突然搞懂了，它们在找他心中的一张地图，一个道标。通往“白色王城”的一切线索。

2.4

没有谁能长时间活在绝对的现实中而保持理智，即使是云雀和蝈蝈，恐怕也是要做梦的。

——雪莉·杰克逊《邪屋》

卢撒克梦醒时，总会盯着自己的速写本很久，像是能看穿稿纸，让内容自己打印出来。当然，从学画开始，直至以此为生，他都秉承一句话："内容从不是你从虚无中分娩的，它们一直在那里，你只是去挖掘，清扫化石上的沙土，修复，最终呈现在世界面前。"

很多人都有看地板花纹，或者窗上污渍出神的童年。而盯着云端的变化，总能看出些隐藏在其中的生命。你跟着生命的踪迹，在众人忽视的地方，会找出秘宝。

例如清晨薄暮下，被打湿的枯藤。

它们棕褐色成片生长，蜿蜒扭曲，与围绕的枯枝灰形成极美的画幕。卢撒克曾举起双手，用一个框围住这片景色，框便成了一道门，门内是属于灰烬世界的森林。雨后的大片水渍，除了映照这个世界的影像外，在他眼中，蜗牛爬过的痕迹，鸟屎被浸透后散开形成的白雾，都在水铸造的画布上，渲染出很多东西。

他每次望向这画布深处，白雾间透出多张人脸，有男有女，有动物也有植物。这样的化境会随着他年龄增长，变得更加清晰和繁复。

又或是路边一坡黄土。

他人眼中的沙砾垃圾，在他眼里，却是层层向下，递进变化的城堡。所有眼目所及被挖出的原材料，都会被撒克放到心中的沙滩里。

他就那样从小到大凝视自己的"沙滩"，一直挖着，也曾乐此不疲。

"一铲又一铲，挖出大城堡。"他想起曾听过的儿歌，那些曾围在他身边，观看他从白纸大变图形的孩子，最终全变成了催促他的甲方。

他在黑暗中注视成长路上的自己，就那样寂寞地从心深处挖出了梦魇女王的骨架宫殿。它深埋在血红色海洋中，卢撒克只有深潜下去，才能看清那里的一切。

他闭上眼，就像深憋一口气，把脸埋进水盆中一样，观看迷幻又变化的蜃景。

深潜的过程犹如穿过一层膜，望着另一个世界。有一大段时间里，也是他最快乐的时光，如同他在涂鸦墙绘制的“Dreamland”一样，他如此称呼那个王国。从自己内心挖出的巨大宝藏，他能一直望下去，深处闪着幽光的庞大世界。

在画笔下，他穿过整片的绿色螺旋林，那是“幻梦界”（撒克那么称呼它们）最外围，宏伟又闪耀的参天树林。枝叶呈螺旋向上，环状生长，从坠落的角度看像极张开的大伞，簇拥在一起。

在很多日子里，撒克闭上眼，便能潜入“螺旋林”。他一直在探索，每片叶子缝隙，每棵树之间，互相交叠的斑驳影像中。而在它们的深处，是通往“白色王城”的入口。

尽管他不能描绘出整个“白色王城”，但目前的进展，他已经开始在稿纸上重拾搜寻它，那淡淡的轮廓和入口。

梦是很愉快的获取灵感的方式，卢撒克尤其如此。他深信特斯拉在梦中世界，这五维空间里继续探索的方法，来同时向前。

但梦之后，更让人愉悦的是图像在不同媒介上的显现。在卢撒克眼中，一切会产生痕迹的位置，全是画布本身，自然和宇宙的画布。

重新获取图像，这让卢撒克有些兴奋，对于他来说，最佳的状态莫过于此。盯着一片水雾，地板的污渍，画面和一切细节就展现出来了，还有那些图形后面的故事。这就有点像在白天做梦了，他曾盯着浴后的梳妆镜，足足半小时，那逐渐褪去的雾，随后留下几层的斑，就变成了“面具天使集会”——如此的画作。

聚沙成塔，这些自然而然的画面，从线稿开始，变成色稿。第一页会慢慢和第四页一个角落的元素连接起来，之后再混合第八页，第十三页，十五页，诸如此类。在卢撒克完全进入“打印机”的状态，就能如此这般，从“浮影”里截取片段，成为画中素材，最终还能慢慢拼合成一个世界的局部。

当然，刚搬到这里的愉悦，很快又被焦虑缠绕。卢撒克的梦中再次出现阴影，它们如惯性一般，潜入心智，重新降临。

阳光和煦的下午，皇成纪护送妹妹去诊所了，小艾也在卧室进入了午后小睡。卢撒克喝完一整杯“微妙”，平躺在蓝色长沙发里，闭上眼睛，松松肩膀。他努力让自己放松，尝试再次以熟悉的频率去感觉，进入梦境。

他跟自己轻轻说着，“黑狗滚蛋，我没问题了，没问题了……”在如此话语后，伴随着蓝牙音响中有韵律的雨声里，他又一次“来到”了螺旋林。

暮色笼罩密林，和他记忆中的青绿丛林，在阳光下的感觉不同，更多的是阴郁。

但顺着几缕透在地面的光道，卢撒克还是在螺旋林里找到了唯一的小路，穿过去，就是久违的巨大藤桥。

“萨克瓦利”残骸所铸，绿色树胶孕育了螺旋林，它们带来生命，同时也给黑暗有了一些机会。

卢撒克也暗自吃惊，这句话就是如此浮现出来，自然如诗，却又那么熟悉。他的身躯在蓝沙发上躺得很安静，眼球却在眼皮下剧烈运动，而手指更是交错抽搐着。

伴随着抽动，在螺旋林中，暮光里闪电偶尔划破天空，也让通向藤桥的小路更加清晰，线条凌厉。

“你记得，你熟悉。”

他感觉自己走得很慢，呼吸也是，生怕招来它们。

这次，卢撒克差点便要成功了，在每次进入的唯一时刻时，躲开噩梦折射来的暗光，找到光照射的缝隙，一点点靠近入口。

然而，“黑犬们”终究出现了。它们的来临，与刺中撒克生命中最糟时刻的毒匕首，在同一条波长之中，几乎分毫不差。

漆黑的身体如诅咒的煤块，还向外散发真实的臭味，一种烂香蕉夹杂发霉抹布的味道。它们出现在“螺旋林”桥梁的另一头，从树木阴影中闪现，露出尖锐的脑袋。

有几只黑犬带着烟雾，从四边爬上来，伴随着诡异的声响。它们一边逼近撒克，居然慢慢站立起来，褪去黑烟的伪装，显现为人形的梦魇。

卢撒克一惊，他记得过去它们出现时，跟剪纸一般，黑色扁平，现在却变得越来越立体，活跃。

在幽光照射下，其中一只手中握着匕首，刀尖泛的冷光还映照出部分的脸庞，那褪去犬形后，变成他熟悉的样子。

“怎么是你！”尽管五官间带着邪恶，以及黑犬瞳孔的黄橙色，他还是认出了她的脸。毫无笑意的脸，充满恨意的匕首，只为再次扎入卢撒克的心中。

卢撒克记得那些时刻，带毒的匕首刺下去的时候，总是充满力量，并毫无愧疚。

“你不要重复那句话！”他向后退着，双手妄图挡住耳朵听到一丝恶语，但它们依然从黑犬之嘴中吐出，声音还如此熟悉。

“我并不相信你，卢撒克，你所说的那些奇迹。”

卢撒克想大声喊出来，却无法发出声音，他瞬间明白，自己是在梦中，但这种真实感，为何一天天在加深？

那个女人曾如此对他说，轻描淡写，毒素都蔓延开来，从表面渗透到心里。

曾经的时光，毫无梦想的毒药，差点让他死去。而现在，黑狗变成他们，要在这里让他重温苦难吗？

“你卖不出去的，别想了。”

其他的黑犬也站立着，脸部变成冷漠的人们，总是在关键时刻，伤害他人热忱的脸孔。

他又往后退了几步，匕首和狗牙靠得更近了，而螺旋林的风声在脚边呼啸。

卢撒克向后望去，这长藤般的巨桥，让他感觉如此熟悉。它螺旋而上，脚下是巨蟒般的影像，细节全被浅绿的雾气包裹。

有一些残影在桥的另一头向他招手，他看不清楚样子，却明白那些是过去的伙伴，他们在等待自己跨过这关键的难关。

在卢撒克迟疑中，三只完全显现人形的黑狗，站得更直了。它们漆黑的身躯如硬拉的橡胶，力量都聚焦在了上半身，显得手和后肢更为瘦长干枯，握着匕首的手指也像损坏的钢丝衣架那样扭曲动作。

而暮光闪耀下的脸，现在更清晰了。一半的狗头面具遮盖下，另一半是勉强维持成人脸的黑雾。

沙发上的卢撒克，全身抽动得更加剧烈了，他的一部分很想立刻弄醒他。但撒克的大部分，却完全沉浸在藤桥之上，被黑狗团团围住。

在卢撒克眼中，它们现在分别是三个他很熟悉的脸，三个伤害他最深的人。眼下它们拿着匕首，离他越来越近。

“你还愣着做什么？”声音从藤桥深处穿出，片刻后便从藤桥下飞出数十条白色长藤。它们充满尖刺，卷裹怒意般，在空中昂起尖端，环绕几个半圈，直冲向三只黑狗。

狗们被刺穿，又化为乌有，只是弹指间的事。

“这边的一切，让你吃惊吗？这些只是小玩意儿，那些白疙瘩里的才是大手笔。”在螺旋林的植物桥上，旋转藤蔓围成的几何背景中，有一段逐渐形成的人形，他一冲眼觉得有点像自己。

撒克又觉得这不单是自己形象的仿品，他脸部的表情，头部植物变成的长发，向周围蔓延，形成装饰感极强的背景，仿佛整个螺旋林都是他的头发形成的。

透过他的眼睛，撒克看到自己的身后，是他童年的世界。而他的身后那螺旋状的绿色海洋，显得超级庞大。撒克在醒来时，也记得他的代号，“树中人”。

“哦？看来你忘得一干二净啊，或者是……”树中人说道，慢慢隐没入螺旋林的阴影之中，“我们之间，还有一层雾。”

“时间未到，我们还会再见面的……更具体的，完整的……会面。”

2.5

当你连骨头都燃烧了，一切挫骨扬灰，从内往外燃烧，那力量将成为震动寰宇之剑。

——骨燃

撒克再一次在梦中看见它们，黑雾般的形体，鬼魅状移动着。最近的那只，身躯瘦削，雾气经过它时，油亮的骨骸表面缓慢形成皮膜态的外壳，梭形眼珠发着幽光，蓝色从瞳孔中向三角锥脑袋后蔓延而去。

那该是狗吗？更像是被沥青完全浸透又风干的小猎犬。它们从黑雾中来，又如粉末般消失。

撒克努力望向周围，总有浓雾阻碍着视野。他勉强辨认出那是童年生活的小屋，不同的是它处在整片紫黑色的密林中，藤蔓和荆棘从底部包裹着它。

“我为什么总要梦到这里？童年的小屋，对于我来说，代表了什么？”撒克想着，却无法抑制地更靠近它，脚下传来硌脚的咔嚓声和尖锐荆棘抵住脚底的触感。但下个瞬间，撒克却感觉它们变软了，而眼前的紫黑色竟是包裹着半面围栏的紫藤和铁线兰组成的花幕。

“有什么，需要我进去屋子。有些东西是我必须去看，才会明白的。”撒克的意识还在向前行走，他知道清明梦的状态，能更多探索自己梦中的视野，最终将成为他画布上的一切。

黑犬的声音又开始响起，随着犬吠，一些黑影在花幕后面移动着。同时，撒克还听到一些口水吞咽和咀嚼声。

“它们在吞吃什么？糟心的狗……”他想着，无论是夏洛克的猎犬，还是洛氏的，都给他留下了深刻的阴影。而在自己的梦中，潜意识化为了什么？

童年的街道是熟悉的潮湿，它在梦里变得粉碎，又再次诡异地重组。垃圾处理场，旧楼的入口，通往医院的走道，学校的大门，都是那些元件。但位置，组合完全不同。

它们是被重组以后的迷宫，唯一在黑影中清晰的只有远处的小屋，在亮着一点光。

卢撒克弯下腰，他非常小心，有个声音甚至在提醒他：“当心，要十分谨慎，避开所有斗篷下的它们。”

这不是他第一次看见它们聚会，而且是如此规模，一切被火光照耀得刺眼。

黑犬会穿上衣服，那些形似华贵的外套，和有着荆棘纹的斗篷。它们一旦钻进衣服，便会缓缓站起，端着手，遮住嘴，像人类那样穿行在梦的大路中。

撒克又一次经过那条街道，它像是童年走过的小道，穿过老街，和有着紫藤花幕的凉亭，便能看见那幢小屋。

他想起白蛇说的童年故事，除了“山中小屋”那样的诡异故事，对于他来说，黑犬是他即使醒来也不会想再提的感受。那腥臭和窒息的逼迫感，它们扮成人类，在各个拐角用眯眼盯着自己的姿势。

它们扮演的人，蜷缩在西装革履里，让他想起浮士德里的魔鬼，比人类还要像人。

他走得越来越快，不回头也知道那些披着衣服的黑犬，沿着小道紧追不舍。撒克几乎变成了快跑，越过紫藤花幕下，拉开那扇破旧的门，直入小屋之内！

"当它们化为人形时，一定要远离。"小屋里，光芒下的那段人影，指着撒克说道："黑犬，总是跟踪着你，追随你的脚步，并用来找到我，找到你。"

他的形态仍然模糊着，卢撒克望着他在小屋正中，光幕般的身形隐约挥舞着双手，像在模拟着什么，却总是言语充值不足的感觉。

他指向小屋的深处，有一条长廊通向屋后的某处，它们被遮蔽在周围扭曲的阴影里。

"不能被黑犬追到，跟着你到达另一边。坐标，将被我们隐藏，直到谜底揭开。"

"在两边之间，这是唯一的连接点，我们曾称它们为安全屋。"

在紧张的此刻，卢撒克的脑海中却浮现出这样的声音，他知道是骨燃的声音。他在看《面具之惧》时，无数次用这样的声音，去读那些漂浮的文字，它们除了变成画面，还能自带声响。

"伪装成你熟悉的童年碎片，会显得比较熟悉，不是吗？"人影说道，撒克想努力看清，但始终就是个模糊的亮光剪影，更像是底片上烧出的人形空洞。

"我一直非常小心，我记得你说的一切。"撒克抚着门边，还小心地向后看，透过门上的小窗，看到的只有寂静的小路。黑犬们全部消失了，它们如同被周围的密林吸收般，没有了。

"你能找到中间缝隙，只要耐心，并且仔细。"人影说着，他像不稳定的传输图像，即不清楚，也不稳定。

撒克顺着人影的手指方向看去，他从怀疑转为了惊讶。

他看到了两个月亮。

一个在小屋的左侧，透过充满污垢的窗户，看见银色而朦胧的它。而顺着人影手指的划动，他看到了对应的另一边，是一轮红色的月亮。或者该说是黑色的，如同黑洞般，向内旋转，外围发出红色的光晕。

他侧过头，在两轮球体中间，有一段扭曲景色，又充满雾状的东西，一层膜。

"顺着薄膜去寻找，一切的中间。"

卢撒克贴着小屋的墙面，顺着声音的指引，轻轻摸索着。

与视觉呈现的不同，手指在粗糙的墙面上，感受到的却是柔软的水波，或者是更接近薄膜那样的东西。它们顺着撒克的手，凹陷下去，墙的景象坍塌着，取而代之的是如波纹般逐渐散开的彩虹纹，徐徐向外扩大。

"这是什么？天哪？"

"这，就是界膜吗？"撒克脱口而出，即使是在梦中，他也立刻想起了《面具之惧》中，骨燃的描述。界膜，阻隔在两个世界中间的那层东西。

在灰色调的屋内，中间融解般出现的一个空洞，里面浮现的是截然不同的景色。

"为什么，是这儿？"卢撒克急切地问道，他觉得自己有无数的问题，要在这个短暂的时间里，倾泻而出。

"还有，它为什么是我童年小屋的样子？"他没等回应，就继续追问道。

光影停滞了它缓慢的波动，仿佛在看着撒克，许久，他发出了声音。

"第一个问题，你自己会明白的，而第二个问题，黑狗只能在安全屋附近溜达，它们只在混乱地带监视你们。"影子说道，声音在熟悉和陌生间切换。

"哎，你还是全忘了。"他发出些许遗憾的声响，迟疑片刻后，他指了指空洞里。

"看。"

卢撒克看到了自己。

他穿着异族的服装，右手持着白色的骨杖，正拨开两边层叠浓密的蒿草，在泥泞的沼泽里向前行走。

影像里的自己，处境与在这边不同，他不再是猎物，他是猎手。

“他只记得自己叫做撒克，出生在一片浓雾的中心，世界中永远不断的是那些黑影，噩梦和猎杀。男孩是个从不犹豫的性格，他和女孩约好，从梦境的两头挖起，直到挖通，两人相遇的一天。”

“熟悉么？将由你自己打造的过去。”

人影右手似乎端着本书，他翻着，并念出其中的一段。“已发生，便是即将发生的。”

“那是什么意思？”撒克面对着空洞中的景象，他熟悉这感觉，玩 VR 游戏时一样的沉浸感，但这像素也太清晰了，太真实了。

“我从这头挖向另一头，会看到什么？”他知道，此刻，挖并不是完全字面的意思了。

“你要去找寻绿洲的深处，想起你是谁。”声音继续说着，周围的震动在减弱，整个屋子的景象也变得模糊起来。

“以及，你的使命。”

一阵头痛之后，卢撒克在自己松软的沙发上醒来，周围是漆黑的，他摸索着拿到附近的手机，时间还是精确的深夜 4：20。

他自从搬到此处，每天一定会在此时此刻醒来，无论他几时入睡，入睡前在做什么。

撒克叹了口气，右手摸亮感应灯，他准备去厨房倒杯水喝。

站起身时，他瞟了眼桌子侧面，在桌角边搁着他最近的画作。《入口》已初具规模，迷雾中的门廊，远处是闪烁的银光。

在那里，他也看到了黑犬们的轮廓。卢撒克不禁皱了皱眉，自己还是逃不过潜意识的痕迹，让它们就这样横陈画上。

他想拿起刮刀，把背景的黑犬全部划掉，但转念一想，这样岂不可惜。

一来二去，撒克睡意全无，索性泡了咖啡，坐在桌前，思索着深入画作的细节。

此时他突然发现桌边放着一个褐色的盒子，包括一本塑封包装的书。盒子侧面写着“拆”，他颠了颠，不重也不轻。这是谁拿来的？小艾送的礼物？撒克完全没有印象，他又看了眼书，没有讨厌的腰封，直接看到黑色封面上写着《过去再从头》。

皇成纪？估计又是送给宋的新书。他左右翻了几下，只瞥见熟悉的作者名字，便又放进了盒子。明天晚些时候，一并连其他的东西，一起交给妹妹吧。

他摸摸头，自己从开始绘制下一个画展的作品集始，出门次数越来越少，除了忍不住要去看看“绿洲”，还有楼下的小超市。

卢撒克曾在梦中收到过一个崭新的铅笔盒，表面的图案是一棵茂盛的榕树，盒子中心图案几乎一直在流动。只要你用力注视它，树本身一定在动。

那时他刚好十二岁，醒来时，觉得心情棒极了，能立刻用自己的那盒破蜡笔画出一幅好画，惊艳众人的那种。

当然，他绝不会想到接下来发生的事，会在一天之内。

他收到了陌生的包裹，就那样放在家的牛奶箱里。父亲很随意地拿了进来，是一个铅笔盒，和梦里见到的一模一样。唯一有别的是盒盖上的榕树，并不会动。

盒子里有一张手写的纸条，字体老练陌生，起初卢撒克以为是父亲写的，作为礼物附带的字谜。

“有绿洲的地方，总有很多树。你沿着树，会找到它们，直至你找到属于你的榕树，最大的一棵。”

时隔二十年，卢撒克再次从纸箱里拿出铅笔盒时，发现自己的炭条，铅笔都在，整整齐齐躺着，比流水线上的冷冻鸡块还要乖巧。

纸条也在，这么多年，它只是边缘发黄，而字迹清晰无比，带着邪恶的生命力，被压缩在这张不老的白纸上。

"……属于你的榕树，最大的一棵。"撒克盯着自己微微颤抖的手指，摸索在纸条上的最后一句。

"属于我的榕树，最大的一棵。"

他过去从未觉得这话有意义，也许只是父亲为了鼓励自己写的鸡汤，但这一刻，他觉得完全不同。这个纸条和铅笔盒，是自己命中注定之物，寻找那棵榕树的坐标。

在"绿洲"之中的榕树。

而他也不会想到，那些图案与"绿洲"里的"树中人"如此相似。他们都在某一部分，如榕树般扭动起来。

而现在，当"绿洲"又出现在他生命中，一些东西重新开始运转起来。

他也质疑过铅笔盒，到底是谁放的纸条。

这预言般的暗示。

第三章　皇成纪和头雕之谜

3.1

要说皇成纪难得对艺术藏品产生兴趣，还是逐渐被熏陶的，但今天卢撒克秀的两件东西实在是吸引了他。

他眼前的这块翡翠，被雕刻成了奇异的形状，很难说是哪一点戳中了他，但皇成纪捏着它时，眼光总是无法移开，这墨绿的“怪胎”。

他转动着它，手掌中形似半块贝壳的奇物，在灯光下从中心透着诡异的冷光。没有任何杂质的本胚，并且后天的造型……该说是能工巧匠呢，还是脑回路奇异。它在皇成纪眼里，就像是玉猫头鹰被卡在融化的徽章里一样，除了半个环状结构里的眼睛和眉弓外，它的周围全被处理成向外婉转扭曲的弧线形。

“撒克，这真不是你雕的？从透光的成色看，真是块极品墨翠。”皇成纪又用小电筒照着手中扇状的“变形墨翠”，它表面全黑，在不受光时，如同雕琢细腻的侧身猫头鹰，眼睛和头部充满细节，羽毛边缘尖锐有力。而光照之下，是另一番光景，它一般的黑色变成透明的绿色，如同魔法般转换，大部分的鸟身躯变成向外展开的绿色曲线，翡翠本身的耀眼和奇妙的结构浑然一体。

“啧啧，真是不错。”他赞叹一番，望向好友，挣扎在一线城市坚持着所谓“正能量艺术之路”的青年艺术家——卢撒克。他又端详了多次手上的珍宝，才小心放进面前的金属盒中。墨翠严密地卡进盒中间的锦缎凹陷之中，离开悬空的光照，它又变回了黑色的猫头鹰。

“雕刻来说，我是不敢破坏如此绝顶的成色的。”卢撒克摊了摊手，朝皇成纪点了点手指，就立刻翻转盖上了盖子。

“这东西是我一个好朋友的藏品，出于一些原因，在我这里放几天。”卢撒克小心翼翼地锁好金属盒，放进身边的小柜子里。瞬间，这块奇珍和他那些书籍混为一体。

“他除了收集奇珍外，还会做很多精细的模型。”撒克笑着说，“比如仿真的昆虫，鱼类，专门给博物馆制作。过阵子，他也许会从大连过来，给海洋博物馆做一批仿真模型。”

说着，撒克拉开柜门，拿出另一个被一米多宽玻璃盒保护起来的精细手作。

皇成纪瞪大着眼，看着他小心翼翼搬出来，放置在中间的桌子上。

玻璃盒里，一条半透明的鲸鱼，以它慵懒的眼神和平静的身姿呈现在他们面前。它的内部结构很特殊，似乎是用不同的骨骼拼接而成的骨架，在其外是用树脂做成的半透身躯。树脂加上调色和涂装，鲸鱼周身带着绚烂的星光，而内部的骨骼若隐若现。

同时，在鲸鱼悬空的外围，整个容器被注入了三分之二的特调树脂，它带有青绿色和深蓝色两种，在底层和中层两次混合而成。这使得看上去，这条神奇的鲸鱼在孤独的海中停留着。

皇成纪绕着容器，仔细看鲸鱼的各个角度，他露出惊讶的神情：“哇，真是厉害的手艺啊！这个鲸鱼的骨骼等于是用其他骨头拼接改造出来的咯。”

“嗯，据说他用了超过八种水生生物的骨骼，加上一点假结构，做出来的。”卢撒克叉着腰，每次介绍这个藏品，也是他的一种乐趣。

“他就那么送你了啊?”皇成纪问道，他还在看着鲸鱼外围的树脂海，它层次分明，居然在静态表现出了海水那样的氛围，火候到位啊。

“是啊，他要求我用画来交换的。”卢撒克摊了摊手，指了指角落的某张油画，“过阵子他会来取的。”

“嗯，这个吉真肯定也喜欢，我姐就更加喜欢了。”皇成纪拿出手机，认真拍起照片来。

“哦？文医生我不意外，你姐会喜欢这类迷幻类的？”撒克耸耸肩。他转念一想，尧巍确实跟宋走得很近，有些接近的喜好，他也未必知道。

“是呢，吉真喜欢亮闪闪，华丽的艺术品，我姐么……”皇成纪拍了各个角度的照，使劲发着朋友圈，“她很喜欢鲸鱼，特别是空灵的那种表现方式。”

“是吗？她好像一次没讲过。”卢撒克笑着说，“东西就放这儿，你慢慢欣赏，我去泡茶。”话语间，他拐去厨房，很快里面传来开金属罐和烧水的声音。

“红茶？绿茶？”

“绿的吧，我最近上火严重。”皇成纪吐吐舌头，又拍了几张鲸鱼细节，便一起发送微信给一干人炫耀。

“我姐之前说过一次，她经常梦见在一个城市里，有一群鲸鱼在里面游着。它们在月光下，身体发光，还在唱着歌，听起来很孤独。”

摆弄茶具的卢撒克突然停下了动作，他叹了口气，说道：“确实是好孤独的梦，你们关系最近咋样啊，你姐一直压力很大的样子。”

“没事儿，她跟我爸都是特别能抗的，精英人士，跟我不一样。”

“行吧，还是要记得陪陪她们。话说，书我都整理好了，你记得帮着带给宋。”

皇成纪抓着头发，和卢撒克有一搭没一搭聊着日常，他突然看到老石发来的微信，明天又要去那个小办公室陪读了。他这才想起，今天来的正事儿，是要问点东西。

“说到神奇的藏品，我想到一个事儿，是最近发生的大事。”皇成纪挠了挠鼻子，他总是感觉脸上有掸不尽的猫毛。“蓝眼睛”的几人除了平克，都有养猫，白，灰，棕色的软毛会跟着几人的衣服，来回飘舞。当然，每每如此，他便想起自己养的老伙计——胖猫“煎饼”。

文吉真对猫毛过敏，一直放在姐那里也不是办法，下次要不养在卢撒克这里看看，他绝对细心。

“不要说事儿就出神啊。”卢撒克打了个响指，便递来一杯热茶，白色杯子里传来一阵草木香，又是他擅长的花草煎茶，让人安心。皇成纪抿了一口，突然想起

《面具之惧》里爱喝绿萝饮品的图拉真，他也非常想尝尝，尤其是描述中的爽口又辛辣，是比雪碧加曼妥思还刺激么？

“那么故事呢？走神大王。”撒克已经抱着杯子，很笃定地靠在他堆满书的沙发上，有空档的另一边。

“啊，这个绝对有趣。”皇笑了，他最得意的便是有幸进入了这“整”个故事。

“关于 108 头雕的故事。”他说道，“堪比图坦卡蒙的头雕。”

“图坦卡蒙？那不是最年轻就死亡的法老吗？”

“没错，孩童皇帝之谜。不过，这个更惊悚。”

“头雕是个孩子，他也是个首领。”他说道，“比图坦卡蒙的更小，比他更狡诈，更聪慧。”

皇成纪又抿了口茶，表情突然变得凝重起来，这不是他惯有的坏笑开场：“故事最开始，跟你的同行有点关系。”

“不是每个人都跟你现在这样幸运。”皇说道，他手向外指了指，仿佛在对准某个明确的位置，“能熬过漫长的低潮。”

卢撒克皱着眉，他认真盯着这个老朋友，此刻皇成纪的五官和表情组成了一个他不熟悉的人。皇成纪在和他说话时，像是某种生命在他躯壳里发声，或是他在某处经历了无法想象的事。

这个朋友，开始让他觉得陌生了。

“记得后四巷那幢老楼吗？以前是个印刷厂，后来改成电影公司的地方。”

“后四巷？那地方传说太多了。”卢撒克挑挑眉，他喝了口茶，起身去翻看身后架子上的一堆东西。

“我记得本土乐队，往日金图有首歌就叫后四巷的乌鸦？”他继续翻着那一整盒杂七杂八的东西，“我还买了他们的专辑，丧得一塌糊涂，但特别适合雨天创作的背景音乐。”

“对。”皇成纪摆了摆手，“我也听过，我那会儿常去电影公司那个院子玩，印刷厂里很多幢二层的楼，据说往日金图也租过一阵那种楼。”

他说着，开始盯着手中的杯子，里面的花茶叶旋转着。皇有点走神，他即忆起后四巷那幢楼里的老艺术家，放满阳台的头雕。他又不禁想着那本书，《面具之惧》里的幻梦界。

骨燃提到的界膜……薄薄的，跟梦一样。皇成纪觉得自己在大部分时间中，都跟在做梦一样，时常是连续几天的闹剧，让他从天上降落到地面。

“我们不仅生活在白天，我们也生活在梦中，有时候我们是在梦中完成我们最伟大的事业。”他想起荣格在《红书》里的这句话，这和骨燃说的岂不类似。

皇不禁开始怀疑起《面具之惧》小说的作者了，金刚辰尘，这个人真的存在么？或许自己和撒克全是活在这几条折叠起来的“世界”里的符号罢了。起码，皇觉得自己总是分裂的，处在这边和“那边”之间。

眷恋彼岸之人，却没找到渡船……

宋也跟他聊过很多次，哥哥有很多秘密，变得越来越多。

他看着卢撒克，这家伙有着一根筋的执着，无论对艺术还是对认定的一切事。他还在翻着《后四巷的乌鸦》那张专辑，对故事的好奇似乎减弱了不少。

皇成纪又喝了口茶，他四处张望着，卢的客厅在大部分时间就是简易画室，沙发，桌边，窗外搁满了画框。距离画展时间并不远了，撒克几乎每天闭门不出，专注系列创作。除了经纪人艾丝丽的探望，会带食物和照料的便是皇了，从他来看，撒克是“全村人的希望”，也是他无聊人生中愿意看着的风景。

“继续讲，别停下。”卢撒克隔着沙发向他挥挥手。

“我记得事情最开始是这样的。”皇摸着耳钉，徐徐道来。

“记得我爸有个警察朋友吧，中长发，但是头顶半秃了，经常戴个帽子，使劲盖住。他常年负责处理经济案件，特别是 CBD 欠款，相关企业倒闭的，算是个狠角色。”

“我爸是在景德镇那批货的案子里遇到他的，确实解决了问题，一来一去。”皇笑着说，“你知道我爸这人，很快就熟络了。”

“然后，2019 年的时候，后四巷园区拆迁，就出事儿了。那时候，我家的房产业在全面缩水，我妈投的金融 APP 也暴雷了。”他望着撒克的《白色王城》说道，“之后，父亲希望能快速解决园区，来变现现金流，就出那一连串事儿了。”

卢撒克认真地听着，这看似无关，却不止与他们有千丝万缕的事情就这样再次浮出。

3.2

“啧。这尸体，真是……”老石皱了皱鼻子，便站了起来。他看了眼正做拍照记录的小警察，说道，“形式感十足的，非激情谋杀。”

眼睛，嘴巴，全被缝起来了，针脚很细致，但这还不是最惊人的。鼻孔，耳孔，还有眼皮下面全被黏住了。

他蹲着看了会，便站了起来，将现场完全交给同行和法医。更细致的记录等之后实验室的报告吧，他搔搔头，走出这间凶杀的小房间。

真是不宁静的上午……警官老石点起根烟，在小平台站定，看着四周。这片园区，也就是三，四年光景，就到了要给新高速挪地，全部搬家的老路了。之前园区因为入驻了几家影视公司，人流多了起来，还添了不少咖啡馆，最后一些多余的独楼成了工作室的最爱。

最近几周，临近拆迁死线，该搬的基本搬完了，只剩下少许几户小工作室了。死者身份是名记者，这里似乎是她租赁的工作间，用于存放大量资料。除了她常用的工具，白色的 IMac 本，就是保存在两个金属柜中的大量文件。

她的遗物里有好几台相机，除去昂贵的两台单反，还有一台白色的立可拍，但没有胶片了。有个放胶片的盒子也空了，似乎有一叠成片被谁取走了。

老石清楚凶杀案对园区出售的麻烦，皇氏地产的老板几乎在第一时间给了他们压力，不然无法挽救低迷期的价格了。即使他们如愿清空了所有小租户，要再招商也是很难了，没人愿意待在有“死人案”的地方。

“啧，死者被搞成这样子，也是够烦的了。”老石在平台边缘看着整个园区，这个记者，失去执照已经不上三个月了。她几乎是在离开报社后，立刻租赁了这里，并囤积了大量资料。

那个铁书柜里，关于古埃及、三星堆、良渚文化，还有流线建筑的书就占了多数。而其他的是一些考据类的文物研究书。光从这点看，她是在做一个艺术和考古的专栏吗？也许，女记者陷入了某种与文物相关的阴谋？

老石在天水分局有“闪电”的称号，不仅是办案快，分析快，推论是更快。他已经开始就这个有“仪式感”的怪案子，开始搜索脑中记录的几种嫌疑人了。

如此思索，他思绪转得飞快，在随身的本子上记着“符号学”“文物”“稀有”。随后，老石又在“文物”上划了几下重圈。

而此时，新丁的呼声打断了他。老石立刻从脑中构筑的线索板里脱离了出来。

“怎么？别大惊小怪的！”

“老石，不，石队……”新丁面色惨白，鼻子又因为快跑激烈张合，充满红色。

“这一层，还有个死者。”

“什么？”老石一拍右腿，立刻卡灭了烟蒂。“看看去。”

3.3

有多少影子，在时间的帷幕之后看着我们。是我，是你，是他，是所有。

骨燃・炎嗣

打开另一扇门，老石叼在嘴边的烟几乎掉了下来。他右手一捏，这根一直没点上，他只是爱如此咬着，作为戒断时期的过渡。他看了眼，一把塞进了口袋，两人犹豫了下，钻进了拉满黄色警示带的现场。

“石守义，你总算来了。”房间里挤满了人，一堆同行中间站着园区的所有者，皇一帆，皇氏地产的老板。他一身深青色西装，右手夹着黑色的皮包，一边不耐烦地和一名警察沟通着，一边还在点着手机。

“啊，皇总，案发现场不止一个呢。”老石看着皇一帆，他与自己年龄相仿，时值知天命，却天地相差啊。皇一帆看着才四十左右，除了两鬓唯有白发，笔挺壮实的身躯，搭配少有皱纹的立体脸，一看便是商界大佬。

老石就不一样了，一把年纪，还在天水小警局做分局警察，再多荣誉也抵不上解决不了女儿的未来。还在小房子里挤着的一家三口，他警局的工作和妻子在诊所做护工，勒紧裤腰带，才正好解决女儿的学费，以及留出未来出国深造的储备。

他向皇一帆递出一支烟，并叩开 zippo，准备点火。

不过，老石心里讥笑了下。从认识这个商人开始，整个警局都知道他的痛在哪里，那个无法约束的儿子。

皇成纪，一个打扮潮流，拥有俊朗五官却总是配着慵懒神情的青年，他怎么样也无法与眼前的皇氏集团总裁联系起来。也许，母亲的基因更强？不管如何，他如同雕像——朱利亚诺·美帝奇般的容貌是无法忽视的。老石头一次看到，便是这父子俩无休止的争吵。当时，那孩子是老皇的助理。

老石心里又一笑，小心地帮皇一帆点上烟。对方抽了两口，满脸的焦虑也缓和了下来。他说道：“老石啊，我没少照顾你们啊，我也是优秀的纳税人，对吧。”

他说着，捂住胸口，咳嗽了几声，又说道：“这事儿不解决，这 CBD 全完了，没法转手建商场了！”

“不要急，皇总。嗯，老皇。”老石向他身后望了几眼，这个房间更加糟糕，它似乎属于一名艺术家。房间不像那名女记者般整洁，相反，杂乱的画架、画框、纸箱和成堆的书放在一起，还有一张布满颜料的桌子，以及死者。

这名瘦长的老艺术家也一样，双眼和嘴唇被缝合，他在现场被摆成了一种虔诚的姿势，结束了生命。

“这里交给我们，你在这儿会影响勘察。”老石露出职业化的微笑，皇一帆点了点头，又开始接起电话。

双方陷入了一种暂停般的沉默，许久，老石问道：“你儿子没来帮忙吗？”

沉默在烟雾中蔓延延续着，皇一帆看了眼对方，按住手机，回了句：“别提了，跟我闹矛盾，不干了。”说着，他继续讲起电话，这次他退到一边，让出了一条小通路。

“啊，是吧，年轻人么……正常。”老石点头示意了，便不再寒暄，投入案发现场了。不过，皇成纪的形象还是浮现了一阵。这戴铁三角耳机，穿兜帽衫，滑板裤的小伙子，跟父亲的方向截然不同，他是散漫派的。也许，一切在出生后，便被安排得太细致、紧密，他才会选择避开父亲的所有投影。

当然，此时老石也不会想到，这孩子之后，会和自己如此亲近，无法想象的那种。

3.4

“你觉得那作者写的书全是密码吗？”

皇成纪皱着眉，用右手指敲着脑门，显然，他和卢撒克都在回忆看过的章节。《面具之惧》中的章节，与撒克梦中的“白色王城”有太多重叠之处，诸多细节，让他们疑惑不已。

该说是作者从撒克脑袋里摘取了内容呢？还是撒克恰巧梦见了同样的东西？那这也太巧了吧？……皇不禁想到自己看得最多的，克苏鲁的故事……

而后四巷的事情，让两人更急切想见到书的作者了。尤其是在那“108头雕”的案件里，那一堆证物里，后四巷的小房间中，那名记者的遗物里，还有该作者的另一本书——《白雾》。

"最终，所有人的瞳孔将被白色沉淀，成为泛白的圆孔，如同蒙上一层白雾。"

"白色的瞳孔，对，所有的死者都变成了浅白色的眼睛。"老石想到了白内障的眼球，不，更像是死透的黄鱼。

他从小在海边见得太多，被宁波渔民大网捞起，一堆堆囤积在甲板的光景。那些鱼嘴微微张合着，拥挤地迎接干涸的死亡。

它们的眼睛便是如此逐渐白化，像一层膜般失去水分，直至如此。老石的父亲经常会警告他，不要去掺和捕鱼，容易造下"杀生之业"。何况水族嗔心大，极爱报复，他从警多年，长记在心。甚至遇到路边干枯的鸟尸，老石也会一边念六字大明咒，一边埋起来。

"oṃ-ma-ṇi- pad-me-hong。"他心里一边念诵着，一边看着法医的操作。

而"后四巷"的两名死者，并不是死后的角膜浑浊，融开缝合他们眼皮的丝线，以及去除堵塞的那些不明凝胶。法医王镜一边录制过程，一边向老石演示问题所在。她指着两具尸体的双眼，在拆开的眼皮下，它们完全没有物理损伤，只是眼球上多了一层雾气般的白色。

老石瞟了眼王镜白大褂下露出的血红色高跟鞋，耸了耸眉，看来今天又是早退约会的节奏。一会儿，就只剩他跟小警官留守了。

"我盯着窗外，望着烟雨朦胧的天气，不知是我的眼睛出问题，还是视神经末梢的损伤。所有东西开始带着白雾，这让新画很难进行了……

明天必须去医院检查一下，不然根本没法继续创作了……非常糟糕……希望不是，什么大问题……

万青毫，4 月 6 日"

"这个万青毫，是天水大学的美术老师，很有艺术造诣，在学生里，口碑很好。"

菜鸟吴念着老艺术家的日记，边和老石交流着，两人除了来了趟停尸房，已经两天没出会议室了。正中的投影仪刚熄灯休息，边上堆积的资料、书籍，受害人物件铺满了一整桌。两人只在极小一个角落吃泡面和摆放咖啡。

“这位万老师似乎在死前就开始受白眼球影响了。”菜鸟吴说道。老石左手端着新咖啡，右手在一张大白板上贴着照片，复印资料等，准备构成“人物关系表”。

他喝了口咖啡，便放在一旁的小矮柜上，边上也堆满了各种证物：老艺术家，万青毫的残画就有二十几张，大小不一。两箱纸，大部分是他的手稿，每一段时间他都归了类，放置在一个文件夹中。光这些文件夹，每个能容纳四，五十张画，箱子里就放了三十几个。

“真是勤奋，可惜啊……”老石不懂艺术，但他的女儿深爱这学科，常年在周末带着小画板，小颜料盒，到处写生。她的本子上满是老石看不明白的水彩小画，上面带着女儿特有的靓丽色彩，他看上去如同天边的虹光一般。

“早知道，让万老师教教小石也好啊，太可惜了……”他咕哝着，同时不忘指挥菜鸟吴继续整理女记者的遗物。

“太多了，这两人的东西加起来，可以开小博览会了，老石。”

“别废话，赶紧理，有能互相关联的念给我。”老石用红笔连着已有证物，推论之间的关系，组成初步“脑图”。

“有需要复制的，赶紧去影印室复印给我。”

“这个万青毫所有画作都有标注创作日期，但截至今年 5 月，就没有任何作品了。连一张速写也没有，看上去是眼睛白化的影响。”老石盯着脑图板上的几张照片说道，“暂且无法与女记者的眼睛问题联系起来，但他们的死亡时间都很接近，都是在三天内，也就是本月的 4—6 日。”

“当然，这不是最值得怀疑的，目前暂定两者恰好涉入了某件与走私有关的案件之中。”老石如是说道。

吴警官一脸茫然地望着他，显然他陷入疯狂阅读各种资料的混乱中。

“为什么呢？他们的死亡只有状况是接近的，动机与背景毫无联系啊！”

“有的，所以你还是个菜鸡！”老石敲了下板子，直指中间的三张图片，他从四边划的红笔线也全部从其他图片连到这里。

“细节，最重要的细节！”

三张照片分别是几个角度拍摄的小雕像，它们出现在女记者与万青毫的房间里，尽管都被存放在黑色包装盒中，并刻意放在书架的深处，还是被老石翻了出来。

它们大小一样，通体白色，每个都是有着半张人脸搭配半个面具装饰的头雕。该怎么形容这批雕塑呢？它看着年龄不大，是一张稚嫩的亚洲脸型，每一尊有细微的不同，大致是眼角，嘴唇的区别。似乎是男，女的微妙不同。

鉴证科也确实分析了头雕的材质，充满手工痕迹，并经过后期打磨，看得出是巧匠之作。它们每款有明显不同细节，显然也不是流水线批量制作的。

老石两手卡着一个头雕，认真看着，它们的雕工极其精湛，头部上覆盖的半截面具也有完整的细节。而头的后半部分，头发被逐渐处理成植物的样子。

"这是雪松木雕啊。"一个熟悉的声音从老石身后传来，以及一阵烤鸡肉的香味。

老石向身后一看，吴警官正从皇成纪手中接过一大袋外卖与更多的咖啡，香味正是从其中的全家桶传来的。皇递完手中的货物，便把目光投向会议室里容纳的案件物品，他从父亲的烦恼中已耳闻少许，对这园区内的连续凶杀案，好奇心已达顶点。

当然，眼下最吸引他的，不是贴满资料，被红线们连接的脑图板，也不是影印到最大，贴在正中的"白色瞳孔"照。而是桌子中间，被石警官像举宝贝女儿那样捧起的头雕。

老石眉头锁到了一起，他小心翼翼放下了头雕，并再次关掉了投影仪和照亮脑图板的 LED 灯。

"石叔，别那么小气，我可是按我爸意思，每天准时来帮助你们后勤的哦。"皇成纪从桶里抽了个鸡腿，吃了起来。

"我是全权的代理人，为石叔服务。"

他一边咬着，很自然地向桌子正中的头雕走去。

"对啊，就是雪松木雕的，这工艺和料子，简直一流。"皇成纪弓着身，仔细看着，片刻，他鼻子努力抽动几下，"石叔，你问问这木料香味，不一般的。"

"这里除了鸡肉味，我什么也闻不到啊？"菜鸟吴嘴里嚼着汉堡，口齿不清地说道。石守义又瞪了他一眼，转身去开办公室的窗户："除了鸡肉味，还有满屋子的咖啡味。"他挥了挥手，又看着皇成纪，"你小子这也闻得出来？还雪松木？"

他张开手掌对着自己嘴巴，哈了口气，使劲闻着，这不是咖啡味吗？老石又忘了眼皇成纪，这小子正打算去举起头雕。

“这真能闻出来？怎么可能？”

“你这鼻子，烟酒过度。”皇成纪右手托底，左手捏着头雕举到面前。

“哪能和我这样的嗅香鼻子比？”这点，皇成纪一直很得意，父亲的那个秘书，他一闻就知道是哪个牌子的香水，不是纳茜素，就是Kenzo的。老头子有几次一身那个味，我都不想说啥，只求我妈闻不到也罢……

还有他的女朋友——故作高深的文医生，一身的甜香，充满了费列罗。套路，全是套路，虽然，他也不反感就是了，身处其中总是兴致勃勃。当然，天然清香是最好的，比如小石，豆蔻少女的纯洁着实让人愉悦。

说着，他拿着头雕靠近灯光，雪松木的白色在黄光下，依然没有被罩染，只是透着一种淡暖光晕。而表面手工切削的痕迹在雕像的头发，包围他的藤蔓，脖子后方，都显露出来。最深的刻痕是眉弓下，眼眶中那几条，深成了阴影。

皇凑得更近，认真嗅着，如早春探草的小猫，细心又陶醉。

“这里味道更浓郁，天然木制。”

三人正聊着，办公室的门开了，侧身进来一名小女警。她朝吴警官打了个招呼，便把手里的一份档案袋递给了他。

“那名女记者，具体情况已经调查清楚了，你们可以对照遗物查证。”

老石顺手接过递来的档案袋，他看了眼皇成纪，招呼他去桌子另一端坐下。

“你，去那边继续研究头雕，我们看下死者资料。”

“怎么，除了万老师，还有别人？”皇成纪捧着头雕向桌子另一边走去。他只听父亲说天水美院的万青豪不幸遇害了，他也是自己和卢撒克曾经的美术老师。一个名不见经却实至名归的大师。

“是啊，很棘手的案子。”吴警官还在鼓捣遗物中的一打地图和纸张的捆绑物。

老石安坐了下来，他喝了几口咖啡，便轻手绕开档案袋的绳结，从里面抽出一大沓用黑铁夹子固定住的资料。

“啪”地摊在桌上，死者照片正夹在资料左上角，下面是一叠的资料，中间还钻出不少横列的标签纸，似乎这份档案之前已做了大量“功课”。

后四巷连环杀人案——卷宗 I

死者：李奚瑶，24 岁，杭报集团记者。

2019 年离开所属集团，单独租赁后四巷 7#104 室，登记为摄影工作室。

租期为三年，现租一年半，园区拆迁将退还租金与部分损失。她与四户业主同时为拆迁赔偿做多次诉讼。

死亡原因：

身体无致命外伤，无肌肉损伤，无性侵伤。

手腕，脖子，脚腕有多处红肿，并包含撕扯擦伤，疑似麻绳或固定物伤害。

老石正边看边念着，桌子对面的皇成纪却拍了两下桌案，他瞪大眼睛看着老石。

“你干吗？一惊一乍？”石守义猛指着他，这小子不是一两次古灵精怪了，是不是该赶出办公室？

“石叔，死者的……名字？”皇成纪皱着眉，表情显得不太舒适，他右手指着档案，轻颤着。

“李，奚瑶？能给我仔细看下照片吗？”

“嗯？怎么？”老石摸了摸鼻子，小心打开黑夹子，取下几张照片。他一张张散开，并排摆在两人中间。

三张照片，其中两张是现场的死照，记录了死者半靠在墙边的状态。她两手向边缘摊开，双腿笔直，衣物整齐，也显得很放松。

第三张照片，似乎是她的一张生活照，被抓拍得很突然。在照片中，她惊讶地望向镜头，齐肩发散开，阳光映射在她圆而亮的眼睛上。但瞳孔所显却极为不同，一只漆黑闪亮，而右眼却一片苍白，如雾中的湿地。

“白雾般的眼睛……李奚瑶……”皇成纪双手按在长桌边，垂着头，话语中带着咬牙的摩擦声。

“你？认识死者？”老石身体向前微倾，盯着眼前的年轻人，他又转头看了眼吴警官，他也是一脸茫然。

“这照片就是我拍的。”皇成纪抬起头看着老石，他右手抓着头发，在其中反复骚动。

“我们在法喜寺的前面，那时阳光很好，照在我们四人之间。这张，是我当时用佳能 400D 拍的，记忆犹新。”

他眼中带着泪光，眼眶也红润起来。皇停顿了下，头向天深呼吸了几次，待到平静，他看向疑惑的警官二人。

“瑶瑶是我曾经的好朋友，也是我现任女友的表妹。”皇成纪又搔搔头，说道。

“啊，你果然是纨绔子弟！”吴警官内心呸了一声，高指着。老石目瞪了他一眼，他赶紧一缩，又埋头整理资料。

“啊，小子。”石守义双手一分，支撑在长桌边缘，凝视着皇成纪。

“那你有很多问题要回答了。”

“啊，我最不喜欢回忆了。”皇成纪拍了下脸，尽力维持着平静的表情。

“如果不是卢撒克介绍，我怎么可能会去摄影展那种地方。还是三毛的回忆展，看得某些人眼泪汪汪。”皇成纪缓慢说着，回忆也如此袭来。

“当然，最开始还是书店，好歹我最爱的就是书了，看书，收集书。”

“我最初遇到她们，是在九道门，我最喜欢的书店里。”皇成纪看着手中的杯子，泪还在眼眶里转着，但他想尽力让它们不淌出来，只是反复加重眼皮的负担。

“皇氏集团”接手吴山路扩建工程时，正是皇一帆意气风发时，新华书店为首的几条街也因此顺便翻新了一番。皇成纪路过时，还特意看了眼，整条焕然一新的吴山路，充满父亲那种所谓的精英气息，简而言之，没有“人味”的高级感。

二十七岁的他，沉浸在“Link Park”“Nirvana”等一堆让他双眼放光的音乐中。他对兴起的“女团”什么毫无兴趣，却又会关注其中几个嗓音很棒的单飞女伶。比如“椎名林檎”这类风格的，是他的歌单常客。

皇就那么在午后，枫影四洒满地的吴山后街走着。过去的老店面几乎换成了配合吴山新区的枣红色与白色的搭配，无聊至极。

然而闲庭信步不久，映入眼帘的是几乎没多大变化，只是多个门头的老书店，

“九道门”。它居然还叫这个名字，想来瘦老板也是电影迷？他保养上好的宝马 X5 还停在门口，后轮胎边上也睡着一只慵懒的暹罗。

它打了个哈欠，望了眼贴边走过的皇成纪，他下巴点了下，仿佛打了招呼，猫也继续满意地瘫下了。

“这好像是对面理发店的猫，那个纤瘦美女店长的。”他推开门，跟瘦老板寒暄的第一句就是这个。

“你居然还开着啊，不错。”

“啊，好久不见。”不知为何，书店老板一眼看到身材高大，蓬松头发上卡着暗红铁三角的皇成纪，立马露出了熟悉又收敛的笑容，显得异常谨小慎微。

“老客户啊，你忘了啊。”皇把耳机向后一推，耸肩道。

“哪里敢忘，后面两排全是最近新书，你还是七折。”瘦小男人把汗湿的手在裤子上擦了下，便走进了收银台那狭小的空间。

也许是为了留出给顾客更多的观赏空间，皇的视线也确实开阔了，一眼便看到几排放满书的柜子和架子，高低错落向书店不大的内部延伸而去。

但更让他注目的是两名正挑着“推荐”这一栏书的女子。其中一名梳着干脆的马尾辫，黑发显得很光亮，半张侧脸清秀，从皇的角度能看到细巧的鼻子与同样较小的下巴。她整个人被青色职业装裹得曲线毕露，上身还套着一件浅色小马甲，腰间露出一条粉色小皮带，分割腰线，它和女子腰间挎包还是一种色系。

当然，让皇成纪视线多停留了几秒的都是她在套裙下露出的一双细腿，它们显得笔直，又划出美好曲线，在细腻黑丝袜装饰下，引人注目。

对方并没有任何反应，她只是在一缕阳光下，安静看着手中捧的书，封面露出的是一截黑色，好像还有白色的图案。打开的书页中是密麻的字，似乎也挺厚的。“九道门”开始卖小说了？

皇好不容易将视角从那双美腿移开时，却对上了另一名女子恶狠狠的视线。她站在看书女子身旁，穿得相当中性，不仅染着发光的金发，还戴着新潮的帽子。帽檐很长，紧紧扣在她不大的脑袋上，头和脖子的比例很好，但比起来，即使有帽子遮着，也能知道该女子有着不小的额头。

“想来，一定很聪明的。”皇成纪尴尬地笑了笑，又转念一动，恢复了平常的神态。他左手指着女子手中的书，问道："我就是很好奇什么书那么放不下，很好看吗?"

"你真的是在关注书吗?"戴帽子的女子说道。她推了推脸上精巧的墨镜，露出一双隐藏在其中的眼睛。让皇成纪惊讶的是，该女子除了一只棕褐的左眼外，右眼居然是带着雾状感觉的白色眼球。

皇又眨了下眼，确认那并不是白色美瞳，而是整个左眼球发白，像蒙上一层不透光的膜一样。

"这么年轻就白内障了?"他心里叹息了声，可惜了靓丽的外形。

"你要盯着我俩看到什么时候?"白瞳女子咬着嘴角，眉头微拧起来，她推了一下还专注看书的同伴。

对方从一阵恍如隔世的表情中抽离出来，一手盖上了书，一边侧过脸，看着前方。

看书女子却是显得过于反应得体，她把书放在一堆书上方，自己靠在推荐书桌的边缘，双手向后撩了撩头发，让马尾辫重新回到职业装竖起的领子后面。

"我叫文吉真，你呢?"她嘴角带笑，左手展开向皇成纪伸来，悬停在两人之间。

皇成纪惊讶于两人不同的反应，以及面前女子的坦然。他又快速扫了眼文姓女子一袭职业装下包裹的纤细身材，视线最后才离开笔直并拢的大腿。他笑着轻轻捏了捏对方的手掌，同时不忘用食指在她掌心挠了几下。

"我是皇成纪，这里的 VIP 客户。"他双手向外展开，露出儿时抢到棒棒糖般的笑，仿佛书店是他的所有一般。

"姐，你看他那色眯眯的眼神。"白瞳女子一手握着文吉真的手臂，半靠着，一边轻声说着。

"又是盯着不放，还只看大腿。"

"你看，美女的身上，如果抖一抖，掉下来的不会只有我的眼珠的。"皇成纪朝白瞳女子做了个鬼脸，继续看着文吉真。她有着自己喜欢的味道，一种基调，像是大灰狼与小红帽兼具的感觉。他舔了下牙，这不是谁"吃"谁的问题，是怎么样更开心的问题。

皇成纪每每回忆起与李奚瑶两人遇见的时刻，总是充满着春日，在书店前的阳光照耀感。然而再次看到她的照片，却已经相隔两端，他与文吉真一直在追寻的妹妹，成了冰冷的证物。

现在，他与石警官只能一起在李奚瑶留下的笔记和地图里寻找线索，抵达真相的丝线到底在哪里？

死亡，确实如此逼近时，显得如此虚假，又真实得可怕。

皇成纪抱着脑袋，肩膀也开始颤抖，随着身体剧烈地颤动，他向椅子一边倒下。

"妈……你也是这样消失的吗？……"他残存的记忆中，只有生母抛下父子俩，消逝在雾中的最后身影。

"操！怎么说晕倒就晕了？"老石一看不对，赶紧起身，去扶住皇成纪倾斜的身体。他摸了下皇的额头，立刻按了几下人中，又回头朝吴警官吼道，"打120，愣个什么鬼？"

皇成纪躺在椅子上，感觉天和地都倒转过来，窗户都在扭转成后现代装饰风的扭曲样。耳边是老石在说一些奇怪的话，他听不清楚，更多的是风刮起来的声响，里面还带着嘈杂的声音。

"你爬这些小格子能赚多少钱？"

"你看看隔壁王老板，那些金器，他楼下的那辆宝马，暗红色的，你怎么搞不定？"

"你啥情况，贫血？"皇成纪除了再次听到母亲和父亲曾经的争吵外，还有电流震荡的声响，夹杂着老石阵阵的呼喊声。

"你太吵了，老石……"这是皇成纪最后记得自己说的话，接着便陷入了深层的黑色之中。

"我头疼。"

"又是……沙漠。"

皇成纪每次昏睡中都会出现在一辆破旧的大巴中，它停在一整片庞大的沙漠里。

大巴很像他以前寄宿学校的那一辆，但永远只有他一人，在灼热阳光下醒来。在很长的光景里，他没有梦到沙漠了。

而现在这感觉却变得越加真实了。

他环视大巴，这破旧感让他想起了校车，但后半截又不太对劲，如同它改装了尾部和动力系统，看着像火箭车撞进了沙漠。

那段记忆错乱了，他只记得一些冲撞的画面，同学们飞来飞去，血溅在玻璃窗上，以及震动后的一片黑暗。当然，之后他也是在一辆破大巴里醒来。

皇成纪总觉得失去了一些很重要的东西，对于自己。为此，每次在梦中，在大巴里苏醒，总是如此孤独。

他抚着车门，谨慎地打算走出大巴，看看这个宏大的沙漠。灼热的空气和模糊的视线，让他望而却步。皇成纪努力看着巴士残破的车体，它在此刻如同在沙漠休息的长虫，下半部油漆剥落，白沙覆盖它缓慢沉入的下半截。他尝试小心触摸腐蚀斑斑的表面，那虫壳般扎手并渗出黏液的奇怪质感，让他难以忘却。

沙漠里带着一种自然的呼吸，温暖又诱人，像邻家姐姐的手指在他童年的脸颊上划过。皇成纪有点不舍，他看着脚下的白沙，左脚向前努力迈了一步。

温柔的呼吸立刻停止了，沙漠的热气扑面而来，在他面前遮蔽了远处的一切视野。

只有一种铃铛声，在遥远的地方响着，陌生又熟悉。

“时间未到，快回去吧，傻瓜。”温柔的女声，把皇成纪打回了现实。

在他苏醒前的几秒，皇成纪看到巴士车体侧面，一整片被腐蚀剥落的漆面残骸上，有着一排字母，湖心岛 1—8。但那只有一瞬，沙风又起，将他带离那片区域，而大巴和那些信息也化为沙尘，消失殆尽。

3.5

“最后半小时，你们还需要食物和酒水吗?”平克在柜台里问道。他正在烹饪最后一批香肠和薯条，咖啡豆在皇成纪手里慢慢磨着。

“忙完你休息吧，烟雾时间到了。”皇快速转了几圈，把豆子倒进大杯子，向柜台走去，“再煮一大份咖啡，咱们抽一口。”

“你知道诺斯替人吗?”白蛇正翻着书，她突然从蜡烛的光芒后面望着卢撒克，并指着书本中间的一张图。

“诺斯替人?”他立刻停下了手中的铅笔，“那帮认为人类来自更高维度的群体吗?”

“尧魏姐你这么说，我倒是想到克苏鲁体系，城市的角落到处是无尽宇宙的奥秘。”宋也抬起头，停止了手中的阅读。

“远古种族伊思之类，还有尼伽美波人，宇宙鲸的驭手。”

“尼伽美波人?”白蛇一脸惊讶的表情，这是个她熟悉的词语，但却不知所终，难道自己大学宇宙学遗漏了什么?

“姐，小说，科幻小说。”皇成纪苦笑道：“宇宙的游牧民，尼伽美波人。”

“别插嘴！搞得你很有文化似的?”白蛇眉毛微蹙，弹了皇成纪一个脑瓜嘣，又立刻笑脸对着宋说道，“我喜欢鲸鱼，这个书借我看看。”

她右手顺势伸向宋，轻按在对方手中的书封边缘，让自己看得更清楚一些。《寰宇驭手》，特殊字体的标题盖在璀璨宇宙的封面上，中间是梦幻炫彩的鲸鱼以及前方装饰线条包围的尼伽美波人。

“好啊，姐，我也挺喜欢鲸鱼的，这本正好我看完了。”宋一说到书，就会特别开心，她想了想，朝皇成纪看了眼。“正好也是那个作者写的，他最近有新书吗?”

“啊? 我咋知道，我又不是书商。”皇成纪噘着嘴，一副不高兴的样子，但他又马上补上一句。

“他一年多没出新的了，之前那么高产，我会帮你盯着的。”

“那就对啦。”宋一下子乐了。

“不愧是我的好采购员。”

“我记得卢撒克还画过诺斯替人吧?”平克正缓慢洗着杯子，头一直没有转过来，只是在放杯子的间歇，说上几句。他刷完一个，就会举起来，对着光，看好几遍。

杯子折射顶上的灯光，如彩虹般洒在平克的额头，这感觉让他很舒服。无论是重复洗漱时的放松，还是每一个杯子归置进格子的整齐感。当然最重要的是，那圈圈虹光总让平克想起一些自己曾向往，又失去的东西。

他在盯着杯子，或是女儿时，总会在她们的边缘看到，泛射出的亮光。平克打扫完所有的用具，双手在架上的白布仔细擦拭几下，便点上一支烟，聆听着几人的对话。

“诺斯替大天使吗?”白蛇问道，她隐约记得在卢撒克旧作品集里有一张抽象的图，从光芒中产生多张脸的形象。既让她想起宇宙，也想到人的“群体意识结合”。

“我最初接触这个，还是从游戏呢。”撒克说道，“女神异闻录，人格面具，群体无意识。”他挥了挥手，看着宋。

“有些时候，真是感慨，有多少相似之处。”

“人类和宇宙的关系，也不止这一种说法，很多。无论是宗教还是科学，都在揭示，验证，或者是探索。”平克继续擦着杯子，偶尔搭上几句。

“我也有看什么黑洞的书哦。”他露牙笑着，又看了看白蛇，对方丝毫没有对他做出回应。平克失望地又把注意力放回到手中的杯子。

“话说，那有多少人回去了呢? 回归了宇宙的中心? 或者是我们来的故乡呢。”宋问道。几人聊到这里，她再次想起了卡纳维，那个孤独的天才。无论和黑日大地如何融合，他总是会抬头，仰望遮盖一切的天幕，思念降临者跟他描述过的那个故乡。

“据说，居客们，最终都能回归宇宙中心，曾经的故乡。”

“居客。”白蛇说道，她脸上流过一丝陌生的神情，又立刻被什么埋了起来。

“这个词语，总是让我有熟悉感。”

“居客？”卢撒克问，当然他感到一些意外，自己很少和尧魏聊到这些，一般仅限于打屁和表现艺术。卢撒克很不喜欢跟地产有关的任何人，他觉得他们毁灭了人类仅剩的创造力。

钢铁坟墓立起，围住光芒，也围住灵感。

不过，最近他发现有些什么在白蛇眼里出现了，不是火光，也许是厌倦？疲劳还是别的渴望呢？

“居住的客人……有意思。”宋答了一句，她瞟了眼自己的左手，它还是那只布满伤痕的，别人的手。

“仅是客人，尘也是客，人也是客。”

“对，我们只是在地球暂住，最终目的还是回家。这些曾是宇宙来客，却忘记自己的使命，被称为居客。”卢撒克说道，他看着手中的饮料罐，也许又闪现了什么灵感。

“尽管，我们最终都爱上了地球吧，念念不忘的执着。”

白蛇笑了笑，深深喝了几口“微妙”，又晃了晃罐子，才稳稳搁在桌面。

“也许我们都忘了，自己真正要做什么？”

皇成纪望着姐姐，许久，他说道：“我是一定不记得了。”他双手一圈，就向沙发一倒，摊在浅蓝的深处。

“我也只是个可爱的混子了。”他说完，便没有再出声了。

“平克，你那架子上的东西是什么？新收集的玩具吗？”白蛇喝着手中的“微妙”，注意力被吧台后方，平克工作区域中的一个白色物体吸引了。

它体型很小，白乎乎的呈半圆形，挤在平克的一堆玻璃酒瓶和玩具摆设中间。

“我没记错，那应该是万老师送我的一个艺术品吧。”

“这和你喜欢的类型可大不一样哦。”

白蛇缓缓走过去，靠得离吧台更近。她向下挥了几下右手，示意平克把白东西给自己看看。

“你不是最爱那些小辣妹，身材凹凸的吗？”

那是个白色类木材质，半侧脸的少女小胸像。乍一看没什么特别的，但翻到另一面，发现小小雕像上另有乾坤。

她的左侧脸是完整的少女，头发向后梳着，发辫之间雕得非常细致，但右半部分却截然不同。从发际线处开始，逐渐表现为海浪漩涡般，向后形成大片波浪。从右侧看，少女的半张脸和头后，更像是俯视的海绵，波涛中还隐约有其他巨物要从中一跃而出。

“这方寸之地，万老师雕得真是不赖。”

白蛇接过小雕像，又仔细闻着，特殊的清香，应该是上好的材料所制。

“很香吧，我闻着跟古巴雪茄似的，万老师的选材全是高级货。”平克在白色围裙上擦擦手，从裤兜中摸出手机。

他快速翻着图片，仔细搜索了会，便举着手机，划着给白蛇展示一系列的照片：“看，万老师的这批作品，我觉得是最牛掰的。”

白蛇眯着眼看着，平克似乎拍摄了万青毫工作室的很多东西。他的工作台，堆积的颜料，稿纸，还有照片中间的一些头雕。虽然未完成，但看着和平克拥有的是一种风格。

她继续向下划动，更多的照片内容是万老师工作室内一人多高的群雕组合，这才让白蛇产生背后一凉的感觉。它们下半部还被白布包裹着，各自只有不同的三分之一显山露水，造型和手法却已让观者足够震惊。

最中间的一尊，身躯细长却充满堆积的肌肉曲线，从腰部向上膨胀，胸骨部分更是极其夸张的倒三角，粗壮又长的脖子一看就不是地球的生物。它的头颅像是个三角盘，几对复眼长在两个侧边，从颅顶向头后长出两排犄角，边缘布满了短粗的骨刺。

它以冲锋般的姿势，挥舞两只螳螂前肢般的巨爪，气势汹涌，一股立刻要撕破白布，从里面跃出的感觉。

“这个想象力很惊人，跟他亲自看到的一样。”尧巍赞叹道，“而且还创造了一个族群，可怕啊。”她看向卢撒克，说道，“万老师似乎更喜欢雕塑，撒克，你好像只喜欢画是么?”

“嗯，万老师手很巧，能做很多东西。”卢撒克无奈地说，“我这方面不行，我擅长用画召唤世界。”

“你画的那些，要是真雕出来，还不吓死人。画已经足够了，哥，不要太贪。”宋吐槽着，一边内心比较着两人。从作品的角度来说，如果把万老师比作宇宙的旅行者，他东一枪西一枪，表现各种奇妙的文明艺术，但从不深入。所以万青毫的系列总是做完一批，下一批不知道又是什么大转360度的内容。

而哥哥不一样，他更像“长住客”，找到那个星球，就一直住下去，直到每一寸，每个人，他都如数家珍，再表现到画面上。

她自己暗暗想着，要这么说，确实是亲哥有意思啊。一个堪比吟游诗人，而他有着君主之心啊。

宋转头望了眼卢撒克，叹了口气，可惜除开艺术，哥哥本人就是个迷糊蛋，生活能乱成二五八万。

尧薇并不喜欢自己的生父，一个存在感极低的文人，总是沉默不语。无论面对插队的人也好，还是朝母亲吹口哨的混混，他都是一样的闪烁眼神，身体佝偻，甚至想躲到女儿的背后去。

这也让从小纤瘦的她总想要变得更强硬一些，在面对男性横立的世界里，活得自主。但她的母亲并不是如此，她有着先天的美貌，特别是眼睛，盯着人看会拉走很多人的视线。最初这拉走了尧薇父亲的眼神，从她立体艳丽的五官到她显赫的胸部，那充满弹性的曲线，最终是让人骄傲的长腿。把衣服拉开的时候，对于这个胆怯的男人来说，就像拆开了久违的大礼包般兴奋。不过一年之后，他便逐渐开始清楚，自己受不住这个风情四溢的礼包，行走的荷尔蒙。

在经历两次动荡之后，女人从一个落魄的文人处，来到了另一个放弃文人的男人身边，安心待了下来。皇一帆，这个不会再笑的中年商人，是可以握住她引以为傲身躯的人。

尧薇也见到了她继父的儿子，皇成纪，第一眼就会让人产生，“这个废物”如此评价的人。而他见到自己的第一眼，就举着手说道：“蛇，你眼睛像蛇。”

“白蛇”便这样被弟弟叫了十年，她不想停留在母亲进这个家门前的任何时刻。她变得越加向前走，并开始帮助皇一帆打理国际事务和园区管理。

迈进皇氏集团大楼的第一天，她还特别准备了几小时。无论是正装的到位，还是会议时记录准备的整叠资料，“白蛇”都不希望出任何差错。她继承了母亲的俊俏五官，修长身材被职业装包裹，显得秀丽中带着英气。尧魏常常庆幸的是自己在发育过程中，出于不知的原因，并没有继承母亲那傲人的上围，反而全身显得平均，略带消瘦。这让自己在西装包裹下，显得更为干练，有力而知性。

当皇一帆看到继女两手列成三角状，搭在嘴唇前思考问题时，他不禁笑了。他居然从她在会议室内举手投足中，看到了自己的影子，这使得皇一帆将更多的公司管理交给了“白蛇”。

另一个家伙，就想做什么就做什么吧？皇一帆是这么理想地想着，也变得越来越不关注儿子，更多的便是皇成纪那仿佛不会干涸的信用卡。起码，他不断送去家里的书，如果真的买来认真看，似乎也是和自己还很像的部分。

书香墨香，也曾让皇一帆随时沉浸其中，而不是如今的合同。当然，他也不会知道，大部分儿子采购的书，都寄去了宋那空荡的家里。

除了一些无法割舍的珍藏，其他的书，不如送给会认真看的人。它们的生命力才会被巧妙发现，从作者的心血之中，这是皇成纪一贯的想法。

与其书籍堆灰，让宋能用另种方式飞翔，也不失为“办法”。

3.6

只有湖心岛没有被粉碎，它清清楚楚地坐落在光芒照射的中间，与周围粉碎，扭曲，重装的童年故乡完全不同。它是单独的存在，孤寂，但让皇成纪觉得安全。

——记述者

尽管在聚会上，皇成纪没有说什么，他突然感觉自己内心被装了东西，而埋藏秘密也是很艰难的，他觉得有点窒息。

李奚瑶和万老师的死，始终对他是个冲击，把逍遥的闲散青年从软榻上硬生生拉到了现实，还不断在渗透他们的生活。

他清楚，这事情没那么简单，冰山之下不知道埋了什么怪物。

皇成纪当晚做了一个漫长的梦，他醒来时，冷汗几乎浸透了半张床单。

他右手抄起件睡衣，反手一披，就匆忙翻下了床。他洗了把脸，却发现客厅还亮着灯。

皇成纪倒了杯水，倚在门边，看着在客厅忙碌的她。文吉真还是几小时前的浴后装束，苗条身躯裹在浅紫色浴衣里，头发向后用夹子束起，白天的妆容全已清洗，显出不常见的稚嫩五官。

文吉真正在客厅台灯下认真翻读着几本书籍，而一贯严谨的她自然同时做着笔记，还在书的各处夹着小卡片，边角贴着黄色便笺。

她突然感受到了目光，猛一抬头，看到喝着水的皇成纪，大拍胸口，高喊道："大半夜，不出声装柱子，吓到我！你搞锤子哦！"

"还说我，你这是忙到现在吗？"皇成纪还是睡眼惺忪，他打了个哈欠，慢慢向文吉真走去。

"你不是一贯睡到天亮吗？这才四点，起来闲逛吗？"文吉真问道，她推了下眼镜，又专注在手边的书中。

"发噩梦，根本没法睡下去了。"皇成纪抓了几下头发，靠在文吉真边上，看着她手边的工作。文吉真面前的茶几上，堆满了讲义夹和书籍，其中不乏她个人专业的书，但还有几本引起了皇成纪的注意。

《白雾》《过去再重头》《黯光的秘密》，书籍封面崭新，看着刚买不久。皇成纪皱着眉，自己的脑袋里还在转一团猛烈的飓风，信息和感知依然无法黏合。他甩甩头，再次看了文手中的书一眼。黑色封面，中央是一张碎裂的白色面具。

"面具之惧？"皇成纪肩撞了下文吉真，说道，"你啥时候跟宋一个书单了？你不是跟我姐一样，不看小说吗？你们所谓的杂书，啧啧。"

文吉真看了他一眼，又在书中贴上一个黄标签，并在笔记上标注了一句。皇成纪清楚地看到她写了："第二次奇点打开，碰撞，就是——大大的问号。"

她匆忙夹上书签，又合上书和文件夹，一并堆在面前。一手撑脸，手肘架在翘起的长腿上。

"老板的要求，研究它们，所以哈，改变下自己。"

"是吗？这还跟你的研究扯上关系了是吗？"皇又打了个哈欠，方才漫长的噩梦影响未退，他总感觉自己有一部分还深陷其中。

俗话说，魂不齐，他现在就一丝魂儿在身躯里一般，左右脚轻颤着，要双手抚着才不会感觉到震动。

"你没兴趣的，倒是你，怎么了？什么噩梦，能影响心大的皇少爷？"吉真笑了，她双手抚摸着皇成纪的脸颊，眼神略带温柔和惯有的妩媚。她同时又向皇紧靠了靠，洁白的长腿从浴袍中露出更多，像刚剥出的笋一般夺目。

让她意外的是，“皇少爷”没用惯有的色眯眯表情和立刻上手的动作。他只是双手抱着，一副更为防御的姿势。

“我总觉得自己在沙漠中，还没出来。”他看着茶几，自顾自说道。

“这次很久，久到如同人生一般。感觉我在沙漠里度过了好几年一样，漫长……”

文吉真一下兴奋起来，她表情更妩媚了，但也掩饰不了瞳仁中激动的光芒。

“又是沙漠公交车和旅行吗？这次哪里不一样了？让我可爱的皇少爷变得惆怅了？”

“这次不一样，我走出了大巴。”皇成纪望着文吉真，开始叙述。随着她起身跨坐在身上，同时掀开浴袍，他便自然地搂住女友的身躯，右手揉搓起柔软的胸来。他似乎感到了一丝安心，在这熟悉的前奏里。

文吉真顺着皇的节奏，更贴近他，一边咬着他耳垂，一边继续轻声说着话。

“然后呢，告诉我吧，小皇。”

“嗯……”皇成纪惯性地闭上眼，复述起噩梦来，而那个当下，他又和另一种“自己”重叠起来。

文吉真见状，顺势将浴袍口袋的录音笔按下开关，手轻轻一送，便落在了沙发靠枕的一边。它平稳躺在不起眼的边缘，不动声色地开始记录皇的噩梦细节：

“最开始，我还是在大巴车上醒来，你知道，空无一人，荒凉孤寂。没有BGM，我是很想配游鸿明或者米津宏师的歌。当然，我惯例惆怅了会，即习惯是空的巴士，也庆幸还是空荡的它。”

“为什么？”文吉真忍不住提了问，她看着一边说话，一边吸着自己胸部的皇成纪，故作腼腆地笑了。

“如果它装满了什么，我可能就会更早醒来，对吧。你不会喜欢的，那种卢撒克风格的僵尸片。”

说完，他朝文白皙的胸部点了点头，一副“我继续了”的意思。

“左边也要。”文笑着，嘴巴泛着光。

“某种不同的感觉，驱使我下了车。”皇成纪动作依旧，但表情凝重了起来。

“我不知道自己在那片沙漠的破车里停留过多少次，但这回终于踏了出去。

属实不易，但我踏上那白沙的时候，熟悉的感觉让我愉悦了。该说值得，还是久违？

太熟悉了，那热风，我的小白鞋踩在厚沙之上，那个脚感。”我感觉这片沙地走了无数次，每一脚都那么熟悉。

皇成纪说着，两人还持续在一种缓慢升温的激情中。

“嗯……然后呢？”文医生嗓子眼里开始透出甜味。

“我就那样走进了沙漠。

“走了不长的一段，沙风消停，热雾也小了。周围居然开始陆续出现高低不平的废墟。

“光影也在一些残壁和凸起的高墙间，变得斑驳。我在一处交叉成三角状的空隙间，看了很久。

“那并不是我们这个时代，这个地球的建筑，绝对不是。”

皇成纪停顿了下，此刻他回忆起那些画面，让他立刻想起卢撒克的画。

“低处是棱角磨损的三角锥，它们像是黑金属制的大金字塔。一些是完整的，更多的四分五裂，它们原来可能属于什么古怪的巨型东西。

“而我则站在一堆这样坏掉的黑金字塔，坍塌下来压成的废墟前面。隐约通过三角锥的门廊，它也是废料堆成的，能看见远方更多的废墟。”

“嗯……壮观吗？它们。”文吉真问，她闭着眼，声音中带着柔情，同时呼吸沉重起来，而腰也在皇成纪腿上不自觉动起来。

当然，她心里还是有个声音，在关注噩梦的后续，以及沙发垫后的录音笔。

“壮观？我不觉得，该说是恶心吧。”皇看了眼茶几上的书籍，说到这里，他其实想起了《面具之惧》结尾的那一章节。

眼前是一片非常庞大的区域，浓雾密布四处，高度达到众人的小腿，却完全无碍视野。从众人眼前一直延伸到深远处，都是残破的高耸建筑群。它们并不是众人熟悉的风格，不属于骸族或者任何人类王国，而是一种未知的建筑结构。虽然破损严重，仍能从部分的大半完整结构看出与这个世界迥异的外观。

视野中所见最高的几座，整体外形如同完美切割的几何物一样简洁，上小下大的矩形，除了横竖的一些凹陷切线外，几乎是几片完整的白色外壳包裹组成，它们反射着天空中的光芒，那是一股暗红色的泛光。

“这和我们的世界不同。”诵·阿努拉点了点天空，众人的目光也都聚焦而去。这里的高空正中，与他们熟悉的被剥幕遮蔽的暗色天幕完全不同。

在眼前林立高耸的白色丰碑建筑顶端，广阔的天空中是一轮血红色的球体，它由中心向周围扩散暗红的气状雾体，越靠近外围越偏向黑色，仿佛在逐渐吸收光芒。并且，它给众人一种诡异的感觉，这高悬的硕大球体，使得整个区域沐在昏暗红色之中。

但不同的是，他并没有看到那个血红的球体，四周只是一片昏黄的沙尘。

很快，他略过了这个回想，只是继续说道：“通道之外，后面的一整片，跟巨大保龄球砸开的遗骸一样，丰碑样的建筑向四边倒着，高低不一，看着是被炸得参差不齐。”

“吉真，你记得有一次我们去厦门，经过的那片黑色高楼吗？跟空心巨龙骨头似的，一根根插在厦门郊区，却让人望而却步。”

说着，皇贴在文吉真右乳上，轻轻说着：“跟我爸造的楼一样恶心，最后全是空心鬼楼。最好，全卖不出去。”

“跟那些类似，但它们更加未来感，更冷酷。就那样断裂，破烂的一路全是。”

“当然，这不是最惊悚的部分。”皇成纪停下了动作，某种内心中的感受，也许是再次复述深刻噩梦的分量，像咖啡机那般重压，让他的欲望冷却了下来。

他眼神里一部分的火光消失了，文也感到了他身体变凉的变化，脸上略有不悦。但似乎皇成纪没打算停止继续述说，她索性一脚跨下，把白晃晃的脚伸进红色低跟拖鞋里，拉紧衣服，向桌子对面的茶水柜走去。

“慢慢说，我不急。”她回头看了眼皇成纪，他又回到了平日那松散的眼神了，只是确实，有种“一部分没有回来”的味道。

“茶？咖啡？”文吉真轻巧地拿出两个杯子，用日本造灰色金属壶煮上水。她还是惯例给自己准备起锡兰红茶，皇成纪么，一旦他没了“性”致，接着就是失眠，打游戏，咖啡便是常有选择。

“老样子，美式，啥也不加。”

“无趣，你好歹变一次看看？”文笑了笑，搅拌着自己的茶杯，汤匙发出清脆的声响。

皇成纪望着她，自己的确感觉还相融在噩梦中的那个世界，他一直在沙漠中行走，那疲劳又不知前后的感觉。

也许他真该试试文吉真的研究成就，那个他曾一睹过的“心灵宫殿具象化”项目。但，这样目睹梦和内心，实在是……

汤匙的叮当声，打断了他的臆想，咖啡的味道也让他的失魂状态提前结束了。

“啊，对，我一直会听到铃铛声，就那么清脆。还有迷雾里的骆驼，有个女人……”他抓着头发，慢慢说着。

“哦？什么样的，骑着骆驼？”文吉真揣着两个杯子走过来，白皙的身躯在半敞开的浴袍中闪现，皇并没有再次流露出对其的灼热眼神。

她把大咖啡杯一把递给对方，便轻巧坐在了皇成纪的右侧。紧靠坐垫，正好能自然向后一伸右手，随时关闭忙碌的录音笔。

“骆驼么，特别大，双峰的那种，比伊犁见到的大多了。”皇成纪盯着咖啡杯，喝了几口。它还是熟悉的苦涩味儿，没有突然变成图拉真调制的什么绿艾酒。他还在这里，文和他的公寓里。

皇握着杯子，继续说：“它很普通，除了是白色外，通体白色。那个女人就坐在双峰之间，身上有发出声音的铃铛。”

“女人，长什么样啊？异域风又让你魂牵梦绕了吗？”文吉真点了点皇成纪的脑门，她带着妩媚的微笑，贴近他的脸，呼着气：“比我还吸引你吗？”

“切，梦里没那么清楚，我哪记得住。”皇成纪耸了耸肩，似乎不想再继续这个话题了。

当然，皇成纪绝不会说，在这次的梦中，他其实清晰看见，如 4K 般的细节。在白骆驼上，会发出熟悉铃声的女子，兜帽下的脸，正是宋，她那无可替代的脸庞。

他绝对不会说的，也不会告诉任何人。

话题结束，文吉真又进入了工作状态。皇成纪看着喝空的杯子，内部变得像黑洞般，没有光芒可以进入。

他慢慢站起身，准备去厨房再泡杯咖啡。经过拐角时，他不慎踢到了墙角，好久不剪的大脚指甲一下子翻了起来。

“啧。”皇成纪倒吸一口凉气，连忙扶墙看起脚来，脚趾边缘渗出血来，但并不严重。

他看到被血慢慢渗透变红的脚趾头，想到了什么，突然转头说道：“吉真啊，关于你妹妹……”

“什么?”文吉真没有抬头，她继续专注在翻书和记录上，似乎也没听清楚这句话的细节。

“啊，没事，我去泡咖啡。你红茶续杯，是吧。”皇成纪吸了口气，走进了厨房。

他内心有种愤恨，无奈，挠着他内里最深处，此刻却又不知道如何倾诉，只有最深处的自己，在躯壳里，呐喊。

“混蛋。”

周二上午，尧魏如往常般进入皇氏集团，穿过一群加班设计师的房间，进入尽头的办公室。除了父亲偶尔会来，只有她使用这里。

一种熟悉的音乐传到尧巍耳边，旋律的爪子攀着深黑色的长桌向她而来。《致爱丽丝》，精致音乐盒里的音量，还非常清晰。她单手扶桌，打算静静听着，旋律快接近结束时，却从金色音乐盒里发出几句低语般的声响。

“危险……临近……”

她一惊，一把抓住音乐盒，声音消失了，只有钢琴曲的调子在持续着。但此时，音乐声已不再悦耳，更多的是惊悚。

在办公室的一角，放置加湿机和一堆文件夹的小方桌上，多了一束用黑色厚纸包装的鲜花。蓝色的花束从蕾丝翻边纸托里露出一部分，显得非常扎眼，而它的旁边是一个不起眼的盒子。

一张长方卡片，紧紧卡在盒子边上。

从办公室露台窗照进来的一缕阳光，确实恰到好处打在卡片之上，边缘闪着粉色朦胧的光斑。

她看着窗户，这个区域只有在早晨七点到八点才有正好照到此处的光芒，想的人真是有心了。

“那些烧毁绿洲得到的钢铁森林，最终也将回归自然。”尧魏举起盒子上卡着的小长方卡片，对着光看着。卡片本身裁剪得很精巧，绒丝般的表面还散发一点点草木香，这是她喜欢的味道。字本身是钢笔正楷写的，但这句话……

她不认为弟弟会有这样的文采，将一句踢馆的话写得如此美妙，像是普希金拿着钢剑划出的组合。卡片和花并不是一体的，它不是生日礼物的恶作剧，而是突出盒子的引线。

尧魏凝视着盒子，它拿在手中并不沉重，但无法给人安心的感觉。相反，她总觉得取走“引线”后，在盒子里有她会后悔看到的东西。

“潘多拉总是忍不住要打开盒子……想来也是手贱。”她谨慎又缓慢地将盒子贴近耳边，自己聆听着，并没有机关启动或者齿轮类的声音。她这才放松一些，轻晃了一下盒子，并不深刻的质量感。

“呼……”她长出了口气，又不禁回身看了眼办公室外，隔着半截的磨砂遮挡，能看到工作区埋头苦干的设计师们。他们应该是丝毫没有关注过自己在小玻璃间里的动作，即使刚才的那一刻，一贯表情冷峻的“白蛇”，也紧张了起来。此刻一些反应才到达小腿，它们传递着微微的酸胀。

“看来，最多是个小丑箱吧，嘣——弹出来。”她把盒子放回到身边的桌上，又上下翻看着卡片。这该是哪个愤怒的业主写的呢？

越来越多的矛盾，发生在这个曾经鼎盛如今式微的产业。她也看到过售楼处被泼脏水，抗议楼盘质量和反对房价过高的诸多例子。

“白蛇”叹了口气，的确连父亲也曾说过：“这也许是个已经被诅咒的高速列车，最终也不会有平稳刹车的结局。”

但她也无法不管父亲多年的心血，逃离这沉重的铁船。

也许执着到最后，只是还了上一辈的怨恨罢了。

想着，尧巍打开了盒子。

里面是个灰白色的物件，拳头那么大，仔细看去是个头雕，半个裂开状的少女形象。

她皱着眉，仔细看着，并不是自己的样子。相反来说……这个五官，无论怎样的破碎感，她都会立刻想到一个人。

宋，那个在轮椅上一直捧着书的姑娘。

而这个雕像，眼神中充满了空洞和一种陌生。

不过这玩意儿，怎么跟平克酒吧里的那个白东西那么像？那个万青毫特别签名的头雕，脸长得像宋，以至于让大家不禁浮想联翩，却错过重要的讯息。

万老师为什么要送这东西给平克，而如今又一个它，出现在自己的礼物里？是谁送的，又和万老师有什么关系？

白蛇咬着嘴唇，她不禁想起一些奇怪的记忆，它们像浮在牛奶上的麦片们一样，上下林列，却看不出整合的关系。她的头疼又开始了，从眉心处向太阳穴还有脖子后面走去，如同疯癫的毒蛇，咬着她纤细的神经。

一直在向下滴水的房间，周围墙面剥落，脚下也是积水，一切显得那么潮湿……这是多次浮现在她脑海中的片段，如今变得更加清晰。

她把头雕扔向沙发垫，右手紧按着头，向前走了几步，便半倒在深蓝色的长条沙发上。

“难道变得严重了？”尧巍捏着右手手指，左手还轻轻转动着什么，“我已经不需要看着它，就会来到那个城市吗？”

充满潮湿和黑衣人的地方……

此刻的白蛇，天旋地转地倒在沙发里，侧脸紧贴蓝色绒布表面。距离她细巧又笔挺的鼻子不远，就是这个中间裂开的头雕。尽管卢撒克是最爱讲故事的人，但他们在蓝眼睛时，从不讲那些带着噩梦的，比如在童年时能把你吓回被窝那种。

像《闪灵》或者《山村老尸》那样，几个关键词就能把人拉到那个氛围。哦，还有《女巫布莱尔》……

想着，她展开自己的右手，盯着细长手指，无名指上的绿色戒指闪着幽幽的光。它总能让自己进入状态，离开这疲惫的身躯，感受不同的景象。

尧魏的戒指从没有离开过她的秘密房间，女孩卧室的小箱子里，比性感内衣和美元藏的还要深的一格，它躺在那长条的盒子里。

她十二岁获得以后，这枚墨绿色的戒指，整个缩小的绿色四角锥形，卡在暗金框子里的精致金字塔。

最初她以为是母亲的戒指，就这样一直摆在不起眼的小盒子中。黑色锦缎布的盒子，显得华贵的镶边，里面却简约得吓人。充满划痕的金属内胆，四边排布向中间聚焦的切线，形成一个凹陷的四方形位置。

绿金字塔就卡在里面，附带一张纸条。

“十八岁时，她便是你的。”那一刻，她戴上它，戒指就像和手指融为一体。如此清凉，舒畅，又像有种深层的东西缠绕了她，再不曾分开。

即使是洗澡，她也不会取下，更多时候会盯着它，在细长手指上闪烁。绿色仿佛能化为蛇形，绕手指而上，吸收月亮的魔力。

现在，尧魏再次盯着它，让细碎的画面浮现出来，以此不断询问自己，来拼装她关于童年的多个疑问。

“那个城市是哪儿？绿之梦是什么？湖心岛又是什么？”她皱着眉，望向绿色金字塔深处。此刻，她朦胧的状态，会带着自己，直接跳入戒指的顶端，进入绿色核心。

就像跳进植物的梦里，穿过大片的绿藻，沉到底部。随后才透过顶端的光束，看到自然显现的影像。

尧魏最喜欢的，凝视后的“电影时间”。

在这些景象里，她能美好地睡着，既看不到那串数字，也不想再回忆起关于“山中学校”的任何碎片。

她穿过绿藻，顺着阳光形成的光缕道路，向上游着。这的确是在水中的感觉，周围的绿色植物并未让她反感，相反是种熟悉又安全的记忆。

越靠近水面，阳光产生的光斑越多而瑰丽，在尧魏严重如虹色天盖，围绕它的是多层藻类形成的花边。

"到时间了，从绿之梦里出来吧。"一个声音提醒她。

憋气结束，她从散着绿光的池中猛地冲出，双手搭在池边，抚着带锈的扶梯快速爬了出来。

她望着水池外，稍显陈旧的空间，地砖都在长期浸泡下变得失去原有色泽，一副肮脏绿腻的颜色。

这些砖块，她赤脚都不想踩上去，滑溜溜的太恶心人了。

想着，她又望向空间上方，顶部是全透明的玻璃结构房顶，金属柜架将它们分割成众多等边三角形，整个形成金字塔尖般的穹顶。

对于整池和空间里的植物来说，就是天堂般的阳光房。无论是外圈的"补给"植物还是遮挡植物，都是维持生态圈，让"绿之梦"野蛮生长的"材料们"。

不过就他们来说，这些在"绿金字塔"区观察的"玻璃蝴蝶"们，也和材料无异，只是整个计划的试验品。

然而，她知道，光是茧的深处，就有好几个这样的金字塔区域，养殖着大批"绿之梦"。

据尧魏在湖心岛里听到的传闻，培养它们的技术全来自什么金图人，过去遗留的秘宝，似乎还属于某个深层政府所有。

而他们，包括她在内，都是那些白大褂和中山装的"领导们"口中的试验品——"玻璃蝴蝶"。

用他们来测试药性，与植物的共同关系，"绿之梦"的反应。

休息时间结束，一群白大褂与穿白西装的人走进金字塔房，与水池边的工作人员耳语几句后。为首的白西装还仔细看了观测记录，便挥手招呼白大褂把玻璃房内的孩子全部带走。

尧魏在孩子群中隐藏着，躲在一些高个子男孩后面，便于她更好观察白西装，倾听一些需要的信息。

“全部转走，时间紧急。”

“这么急，什么情况?”

“出大事儿，其他别问。”为首的使劲挥挥手，又向防爆门望了眼，“能收的全收了，这些小鬼全部转去湖心岛 2 号。”

她小心听着，并让身体尽量贴近前一名男孩，随着队伍缓慢向外走着。

她不清楚“湖心岛 –5”是哪儿，接下会如何。但 0 号的朋友需要她完成的事很重要，自己无论如何都要想尽办法。

就尧魏的回忆，当然她一直被浸在那一池绿色中，还被迫与荧光一起同池很久，记忆变得有些紊乱。

时而是她感知到自己身处在一座大楼中，周围是各种金属的柜子，还有闪着光的屏障，上面是绿色，红色的曲线和数字。

她只感到自己不得不要对一些事物负责，直至她快要窒息，才最终离开了那个场所的感觉。

而后，唯一在尧魏被绿液体浸泡时光中感到愉悦的回忆，是她对中厅的碎片。

在她们这些“二区”的“玻璃蝶”有限的休息时光，可以穿过这片金字塔群，到达后面的休息区，那是少有的真阳光照射地带。还有不知方位的窗户，其中吹出的凉风拂面，让她能停步享受一阵，那应该是真的“自然”中的气息吧。

她也曾站在中厅，看着与渺小的身躯比较，齐腰高的蒿草与铃兰花之间，疯跑的同伴们。

他们似乎从未想过要跑，离开这仅有一方天地的牢笼。

当然，自己在遇见他之间，也从未想过。

在那个午后，是这个方形地牢最热的几天之一。中厅的植物从黄化到干枯，小天窗中吹出的风也是烫手的。

她不清楚外面的湿度，但在每年这几天，整个区域除了绿池子，唯一还不那么像腌货地牢的只有中厅了。

其他“方格子”正在清扫时间，白大褂们会开放每间格子间顶的出水口，涌出的水会充满这些房间，逐渐浸透，做所谓的消毒，清洗。

最后完成，水会从房间内部两排脱水槽流完。脏水去了哪里，尧魏一点也不想知道。

她偶尔会观看“大白们”清洗她们的居所——眼前的方格子。水流光之后，他们会用清洁刷去除里面所有的杂物，据说包括皮屑、体液等等。毛发会优先收集走，作为研究材料。

起初，她什么也不明白，只是泡在绿池子里，又被拉去做各种能力试验。负责后勤的“湖心岛 -2”管理员是个羞怯的青年，他会和玻璃蝴蝶们做交流，也许是套话，又或是寂寞。

一些关于茧的传闻，也会因为他的呓语，显山露水出来。

这些零散的信息，也在混杂的他们口中反复传递，逐渐变成“湖心岛 -2”住民唯一对“茧”全貌的一丝了解。

据说“茧”是有唯一出口的。

但它除了“茧”的首领外，无人知晓。玻璃蝶们除了待在自己所属的湖心岛住所区外，能走出方格子活动的范围只有泡在绿色里的金字塔区，以及中午一小时的中间花园。

玻璃蝶们其他能去的空间不多，除了中间花园旁边的食堂，厕所以及浴室，就是偶尔人员移动能远远望见的一大块空地。据说那里是“茧”旧址的一部分，只剩下一棵巨大的榕树。

它被严加看守，不准靠近，听说只有部分管理者和茧的首领有在树下冥想的权限。

“茧”里唯一的图书馆建得很好，包含大量的不同书籍，甚至有些珍本。但玻璃蝶除了一些被研究课题，需要进入，其他时间只有每周稀有的一次。

尧魏有时会望着榕树的方向，一边咬手指，一边想着。如果榕树是曾经旧址的一部分，难道它的后面，或者下面某处才是所谓的唯一出口吗？

她狠狠咬了一口指甲，又将思绪转移到别的地方。“湖心岛 –3”的伙伴有不同的想法，他觉得也许在浴室下面。那些热锅炉管道走向很奇特，绕来绕去，组合成一团扭曲黑蟒，堆积在地下区域。他只在被管理员从“湖心岛 –3”带到“湖心岛 –4”时见过一次，粗大的管道最终走向一个深邃的管道井，看不清的大量楼梯通往暗处。

这有可能吗？过于复杂的出口，也许组织成员自己也会走岔。她拍了下小腿，也打算放弃这个可能的妄想。

但一些小伙伴传来的耳语告诉她，通过中间花园有一条深长通道，在路径的另一边是被严加看守的“蛾区”。蛾区右边紧挨着很难去一次的图书馆，左边是环形包围的森林。

“蛾子们”能随意去图书馆和森林，但也不能去榕树。她们窃窃私语里，不外乎还是觉得榕树附近，有出口的概率最大。

曾有玻璃蝶想和蛾子合作溜出去，但很快被发现，两个孩子都悄然失踪了。据烟鬼管理员酒醉后的碎语中的信息，他们是被组织扔进了那个深邃的管道井里。之后，玻璃蝶群便再没有其他的声响了。

尧魏偶尔看着向图书馆走去的一些蛾子，她便会想，若是能再次制造一些机会，认识几只胆大的蛾子便好。

就是在这一天，汗滴能聚成线，从她白皙皮肤上流下，湿透外衣的时刻。所有大白们全忙着清洁方格房间时，中厅只有休息的他们。

唯一的看守，也很巧合地与管理员小哥去蒿草地另一头抽烟了。尧魏望着两人勾肩搭背的灰制服背影，又看向枯萎蒿草丛的另一头。铃兰已经过了开花季，少有的残留也在如此闷热的中厅下快速凋谢了。

目前残留的只有被踩烂的枝叶与黑土间的残骸，一部分已被大白处理了，配上灰色废料灰，来年再开。

在她关注常态的时刻，却又感受到与往常不同的片刻，周围的一切仿佛在一种恍惚感里变慢了？

汗滴流淌的速度变了，旁边的少年脖子上的汗珠除了闪光，一直黏在脖颈侧面不动了。远处，管理员手中的烟烧到了一半，他鼻腔和烟头上散出的烟气像棉花糖般堆积起来，却没有向上散去。

尧魏向前踏了一步，蒿草秆触碰到腿边，只是出现了缓慢的形变，却没有如惯例般快速弹开。

"这不是自己的能力。"她很清楚自己对外界产生不了任何影响，即使假定的也不行。

那会是谁呢？

正想着，蒿草秆群如跳舞般弯曲散开，灰沙地上出现两排脚印，向她缓慢靠近。

而下个瞬间，她还未第二次眨眼，两个人已经在她对面，不远不近，大约半手臂的距离。

上一瞬的汗刹然流下，她背后就湿了一大块，而流到指尖的汗又停滞了。

眼前的一男一女，年龄与自己相仿，他们在距白蛇一拳的距离站定。

少年脸被拉起的兜帽重重遮住了，除了嘴，几乎都淹没在阴影之中。他双手插在带帽外套的口袋中，腿上的牛仔裤显得很破，整体的蓝色布料上除了破洞、撕口显出血痕，还有些像烟熏的痕迹。

她又望向少年露出的手臂，手腕上都有好几处深浅不同的疤痕，有些鲜红的在脱皮，看着是最近的灼伤。

少年身边的女孩戴着一顶青色棒球帽，帽身订满了贴纸和一些针织物。"管理员倒是一直没限制他们其他喜好，除了自由。"白蛇想着，边端详着少女。

少女与她不同，眼神中充满倔强，与她双耳，嘴唇边的钉环，如此契合。她紧捏着少年的臂膀，只是在一种庇护下紧盯着这世界。

她露出的双手非常干净，与少年的浑身疤痕毫不相同，两人只有紧抿的嘴角透着相近的感觉。

当然，最吸引人的是少女瞳孔中偶尔闪过的金色漩状光芒，想必少年隐匿在阴影中的双眼也是如此。

双方僵持的时间很短，空气也毫无流动感。此时，少年张开了嘴。

他细长的眼望着她，说话声很轻，却清晰传到了她耳中。

“我们聊的时间很短，你不要提问，听我说完。”说着，头发及眼的少年向左瞟了眼。在极其缓慢逝去的阳光里，管理员与巡逻员背对着他们，无法飘走的烟雾，如涨大棉花糖般挤压在两人头部。

尧魏没有眨眼，她按了下右手拇指，努力让其他画面不再乱流，再点了下头。

“如果想逃跑的话，三天后，傍晚七点，中厅见。”少年说道，看了眼身边的少女，她同频点了点头，“守卫的问题，她会解决。”

“有十分钟时间，换来我们两小时。”他说道。尧魏盯着少女橙色的瞳仁，面对如此霸道又诡异的开场，她对这要求竟无法拒绝。

“这也是能力吗？”她想着，揉着鼻翼，依然是不着实处的感觉。

他指了下对方，说道：“我需要你做一件事。”

“钥匙。”少年手臂没有动弹，仅是手指换了方向，正好对准远处那管理员的后背，“他腰上第二把，复制给我。”

“记得，复制材料会有人给你。”说完，少年拉起少女右手，便转头向蒿草丛深处走去。

“为什么是我？”尧魏面无表情地问。

“必须，只能，是你。”少年的话语随着踩铃兰和枯草地表的响声，飘至耳边就同时消失了。

周围的粉尘向外散开，刚才的脚步也从灰泥上失去踪迹。风再次流动，随着嘈杂声响起，少男少女从未出现过般，“啪”，从尧魏视野中消失。

“咳！咳！”管理员在远处大声咳嗽，以及巡逻的大笑并刺耳的声音：“这破烟，太次了，瞧烟雾散不掉的样！”

他几乎用鸭嗓喊着话，又挥手散着周围堆积的白烟层。“下次不要抽骆驼了，烟太大！还臭得要死！”

“今天怎么烟那么缠人！”他一边骂骂咧咧，一边拉紧裤子，向另一边走去。中厅上方的窗户开始关紧，阳光逐渐减少，休息即将结束。

尧魏顺着人流慢慢向方格子区走去，接着又将是漫长的训练时间，直至晚间在绿池浸泡，被收集数据。

但今天，烦琐事已无法影响她。此刻的她心中，只是反复浮现那句话。

“必须，只能，是你。”

但尧魏现在来看，她并不再觉得绿戒指让自己安心，相反她讨厌起这类依赖它的感觉。某方面来说，她期望自己依赖戒指的次数越来越少，但每次关键时刻总是会握住它，触发跳过“那些死命奔跑”的电影。

直到有一天，白蛇开始对“尧魏快跑”这类不断重复的闪回，好奇起来。

她思量着，在睡前拔了戒指，会怎么样？她一直跑，会跑到尽头吗？而尽头是哪里？也许自己才能真的摆脱恐惧本身。

事与愿违的是，真正的恐惧并不是“尧魏快跑”，而是她几次醒来时，发现绿戒指赫然还戴在手指上。她不禁望着床边的珠宝盒，自己确凿无疑，在睡前摘下，深深嵌入盒子暗红色的沟槽里。

为什么，它生根一般，又在手指上？自己在没知觉的状态下，又把它套上了？

尧魏想着，再次扔下戒指，往沙发上一甩。它在蓝色丝绒表面轻弹了几下，就撞在先前的头雕上。她皱了下眉，却没有听到预想的刺耳撞击声，戒指像遇到软胶般陷入了雕像之中。

“这？”她对之前头雕的手感记忆犹新，白色木质，握在掌中，皮肤触感舒适，略带木刺。轻触戒指，它却凹得更深，雕像的质感变得完全不同了。

白蛇的好奇心再次泛起，她对准戒指旁的一侧，手指轻戳，意料外的柔软，如同刺入果酱般，绵软里带弹性。

她望了眼沙发后的窗台，正午时分的阳光从半截缝隙里照射进来，沙发表面是有点烫，但不至于木头晒软了吧？白蛇又戳了一下，头雕的弹性又变弱了，手指着力的位置，继续凹陷，很久没有弹回原位。

“居然更软了？”头雕像是从来没有坚硬过一般，还在阳光下缓慢向下坍塌。戒指也越加凹陷，如同雕像本具的心脏一般，只是它不再跳动。

尧魏摸着鼻梁，右手向侧面移动了一点，又缩了回来。她咽了口水，四处张望着，还是熟悉的办公室。从布局到细节，从光线到气味，都是自己熟悉的，“安全”的设置。

眼下，只有蓝丝绒沙发上的戒指和头雕是与众不同的，究竟是哪个导致的异常呢？

头雕还在向下瘫软，像晒化了的巧克力，从底部糊开，逐渐向绒布边渗去。仿佛是戒指的重量压垮了它，绿金字塔越向内凹陷，头雕的中央受力部分越软化。

它就如此在她眼前结构坍塌，和划掉的冰砖一样，在沙发上越来越平软。

这景象让白蛇目瞪口呆，眼前发生的一切，比前几年告诉客户那片楼全部会跌破底价般不可信，但她的好奇还是驱使右手缓慢向戒指靠近。

“这个戒指曾被其他人触碰过。”是此时尧魏唯一的念头。

那个人改变了它，它改变了她的感受。让她分不清真和假，抑或都是真的？还是全部皆假？

3.7

卢撒克踏过一长串冒出水的松动地板，又经过L型的露天洗手池，便再次看见隐藏在紫藤花幕后的“安全屋”。

对它的感觉是越来越真实的，尤其是自己面对屋子刷着旧漆的大门，摸出一把钥匙时。

卢撒克几乎是从梦中惊醒的。

这是一把八棱锥的钥匙，磨具特殊，打磨也不一般。

它是从一整串八棱锥钥匙串上取下来，用囤积的陈年口香糖渣淬取了磨具，悄悄打造出来的。卢撒克记不清那个老头是不是故意放水，把钥匙漏放在凳子后的衣兜里一个下午，让他完成了复制。

但想出存管理员除口气的口香糖渣，真是天才的点子，它完美避过了每次的例行检查。谁会管被关方格子的孩子捡嚼过的口香糖干吗呢，都是带着厌恶的表情，挥手让过。

无法想象清理的蝴蝶，从管理员吐东西的每个角落抠下带着口水和烟臭的黑色胶基，自己呕了多少次。但“小王子”最后给的这一大坨，黏性和硬度都是恰到好处，完整拓下了钥匙。

打磨钥匙是“小王子”教他的，虽然他已很久没能见到好友了。也许他早被转移了房间，远离了他们这片区域，一旦离开“湖心岛 -1”，便不知去向何方。

手中冰凉触感的真实，让他感到“D é j à vu”，法语常说的似曾相识。他似乎真的去过那样一间屋子，尝试用藏起的钥匙，去打开秘密的小屋。

他记得钥匙的模具，在月光下，那张古旧工作台上，刻着“湖心岛 -1”的凹痕模具。卢撒克有些恐惧，但他能依稀记得，自己在某个时刻，在同样的工作台，磨制出这把钥匙。

“用来打开最重要的房间，所有带有湖心岛编号的。”

摩好钥匙，他才能打开那些封闭的房间，把朋友全部放出来……

但卢撒克完全想不起那些过程，只有碎裂的片段充斥其中，闪烁在眼前。

其中包括混杂的电波音，他激烈的心跳，某种奇异的呼吸声，以及插钥匙时的紧迫感，还有，最后自己陷入一片漆黑。

他和不甘心的孩子一样，被一种力量拖走了，离开了自己本应在的轨道。他像失控的子星，怅然若失地望着消失的母星，将在宇宙中无望漂泊。

少女被释放出来，并未想太多，她凝视了表情慌乱的少年，想努力记住他的脸和特征。

近期连续的训练让她疲惫不堪，加上“格子间”里潮湿的地板和刺鼻的气味，少女一直处在头痛欲裂之中。她在恍惚中回忆对方，却又不敢确定。

但那种隐约的香气和少年深邃忧伤的眼神，让她再次认定，他们在中厅花园一定见过。

“别磨蹭，快跑!”

她狂奔着，头也不回，顺着眼下唯一的通道，径直向外跑去。

之后是人群嘈杂，翻腾的爆炸声后，仿佛永恒的寂静。

不明的记忆还是梦给予的幻觉，始终萦绕着卢撒克，在他每次摸到钥匙时，都猝然浮起，播映此段。

下午的树海中，除了享受热量被吸收殆尽后的凉爽，还有聆听树冠摆动的沙声。

于是，卢撒克沉浸着。他张开双臂，抱着树枝干投下的阴影，光斑沿着路径，爬过他的身躯。

他笑了起来，嘴巴咧得很开。

坐标，位置和梦中得到的信息一样。

是的，我听到了，我真的听到了！他对自己说道。那些声音，在摩擦声中夹杂的喃喃低语，并不是自己过劳后的幻听。它们，确实在说话。

最初，撒克认为那是香樟树冠在秋季转冬的风中发出的窸窣声，但每次他走过这“绿洲”外，便会逐渐听见。与其说像猫小心地在落叶上走，它更像从撒克耳郭深处产生的鸣动。

他几次走过，又停步望向硕大的香樟。

在逆光处，隔着围栏，这六株香樟的枝干显得森绿又带着一丝黑色，这让他想起了《金枝》里的树妖，努力直着身躯迎接更多的阳光。而他直立的树荫中，黑色阴影里，却传来一些细微的声响。

"深处，一切在绿洲的……深处……"

喃喃低语中，碎片段的细声，最后凝聚成了这句。

被大片槲蕨包裹着的雕像发出模糊的声音，效果类似他最早看的，二十世纪八十年代的劣质科幻片，或是《魔晶传说》那样的片。

但它又很真实，处在藤蔓和蕨类植物之间，卢撒克看到一片"形状"。待靠近阳光的部分能看清动作时，显出勾勒的轮廓边线。

它细长，身躯由植物，木块碎料和一些地衣组成，活像个大型粗壮竹节虫与纸片人的结合物。生硬十足的边缘，如从植被里剪切了一块出来。

"哦……这是树丛和我说过的……那本书里的玩意儿。"他向后退了几步，好奇心激起的肾上腺素又让他立即停下了。

看清楚，画下来，不才是所谓的"专业性"吗？

不过，这个家伙，显然是个"比湿"。如《面具之惧》所言，在萨兰教统治的沼泽中，那些具有智慧的植物生命。

它还在继续说着："你，忘了太多事了！"他再定睛看时，眼前又只剩下绿色的一丛植被。

这之后，卢撒克一直处于一种微醺的恍惚之中，待他稍微清醒，已经站在家附近的超市里了。

"你知道对面那个绿地里面是怎么回事吗？"卢撒克一边挑选饮料，一边问道。"7&11"的店长是个矮个子的女人，她常带着两个孩子，日夜照顾着这家小超市。超市确实像家一样，容纳了这些勤劳的普通人，她也几乎全年无休，一人处理这小超市大量的事务。

她总是耐心地帮撒克装好水，食物，并仔细告知最近有什么优惠可以使用。

不过这一天，撒克打听对面绿地时，她脸上露出了带着惊慌的神色。

“那真不是个能去的地方！”

“为什么？”卢撒克一脸不解，他快速刷完手机付账，一手挎着袋子，盯着店长露出恐惧色彩的脸庞。

“失踪了好多人呢，你不知道吗？”她低着头，悄悄说道。

“失踪？对面有这样的传闻，难怪一直空着啊。”卢撒克一边踹回手机，一边说着。但他又下意识笑了，按平克的思路，用这样的传闻来掩盖内部的秘密，这是惯用伎俩了。

这更激发了他的好奇。

我要进去，必须进去。他在速写本的一角反复写着，一排排围绕在他画的藤蔓大门的周围，如同闪现的符咒。

他用着熟悉的笔，让手腕自然带动，画出心中浮现的所有画面，跟本来就存在一样。

又是伴随牛奶瓶的叮当声，又一个凌晨四点，一些人的沉睡时间，一些人的工作开始。撒克喝着热茶，坐在飘窗，望着楼下。街灯照耀下的大香樟，左右两棵抱着灯柱，树冠像温暖的心脏般闪着暖光。

他又一次度过了失眠夜，转头看着身边的艾丝丽，她在深色旋草纹毯子里睡得正香，腮边也泛着好看的潮红。天已经那么暖和了吗？

撒克翻着手边大宽画本中的稿子，被藤蔓环绕的大桥，最终会迈向哪里？他还不知道，如同不清楚“画展”之后，他的路会迈向何方。他希望能通达“白色王城”，那被护盾包裹而神圣的地方。

整理奶瓶声结束了，之后是熟悉的垃圾车开走的声响。他又喝了口茶，很多天了，四点二十，他的失眠会持续到太阳高照之时，身体开始疲倦，才能战胜不眠的精神。

而此时，总会有个拾荒者出现，清点夜宵摊全部结束后的残骸，装入他破旧的蛇皮袋中。接着，他会沿着香樟树大道，消逝于路的尽头。

卢撒克每天会拍张照，从他的飘窗向下，那名拾荒者推着车的一幕。车上破旧的椅子和物什堆积着，危险却又整齐，你几乎不会担心他捆绑的结构会像“黑洞形成”那样轰然崩塌。

每天的四点五十，白色旧式衣服的他，会出现在两棵树冠间，停下疲倦的步伐。他接着点上根烟，看着空中，休息会儿。

撒克就此按下快门，立可拍会留下一张不太清晰，却颜色饱满的“今日收录”。心形树冠下，一个白色的人形，寂寞又温暖吗？他想着，每天稍有不同，排列起来，却是不一样的“时间陈列感”。

他会在工作区域挂起来，照片和其他素材一起，像东印度公司船上的船帆一般，轻轻晃着。

有时候，他会深刻感到，隔着窗，这个空间的切口，他看到的一切都如此不真实。唯有不变的香樟与中间的拾荒者，让撒克觉得是时空没有崩塌。

今天还与昨日相仿，平静而继续向前，如不紧不慢的直达车。但，那可能吗，车轮总是无情碾过，在命运多舛面前，天空之下的全是蝼蚁。

他正感慨着，却发现今晨，这个心形下的白影未像往常一样，休憩片刻后，边踩车离开。他直望着天空，口中叼的烟在白雾中闪着红光，半塌的肩带动身体一直颤。

“这是怎么了？”撒克向窗外探了点身，想看得更清楚些。

许久，拾荒者挺了挺身体，右手一送，手中的袋子直落在地。他肩膀还保持着上下耸动，僵硬地跨开双脚，向树后的阴影走去。

很快，撒克便看不到他的身影了，在街灯下，只有拾荒者剩下的装束，如同蝉蜕完遗弃的壳。他在窗台一直等着，直到街灯自动熄灭，也没有再看到拾荒者来收拾他的东西。曾经他因为生存而紧紧抓住的工具，全被落在路边。

之后的日子也是，他的“今日收录”里再也没有这个人的身影了。

这名熟悉又陌生的人，就如此消失了，如同从未出现过。

撒克不禁想起超市店长说的那个传闻。“失踪了好多人呢。”

“得到的信息该如何拼接呢，还是离真相很远啊。”

宋看着周围的空间，稍许乐了会。不管如何，哥很快就要彻底搬走，拿光他过去躯壳般的那些东西。这个朝西的小屋子，要完全变成自己的“小避世之地”了。

她瞥了眼桌上的东西，搬家以后整理缓慢，现在剩余的包裹和箱子全部堆积在客厅，等着皇几人来帮助分类，组装。

宋急着要寻找一本自己的笔记，她斜倚着桌子，快速翻找着，一些打包好的衣服，就被她反手扔到一边。

“啊，找到了!”她少许有点高兴，急着想抽出杂物堆下的蓝色厚本子。匆忙之间，一个圆形的物件，卡在杂物间也被带了出来。宋只看到了它透明的表面，里面的雪花颗粒随着晃动，而变成一个白色漩涡。至于中间的屋子是什么，也不重要了。

那个刹那，宋深知在轮椅上的自己是无法触及的，她也不想努力。好像这东西很重要，但为什么呢？她想不起来，罢了。

也许是某个圣诞节的礼物吧，当它落地的刹那，伴随清脆的响声，宋一阵头疼，直接昏了过去。

一阵模糊的感觉后，宋又闻到了烧焦的味道，这让她猛地睁开双眼。

映入她眼帘的不是熟悉的卧室，尘埃与烟尘遍布四周，近处是深黑的焦土，远处被更多向高空而去的红黑烟雾完全遮盖。

宋感到身体的一阵疼痛，她需要从地上起来，更清楚地观察眼前这陌生的地方。

那是一种耳膜震动的感觉，声音却全消失了，如溶解在硝烟之中。

她一声巨响后被震出车体的，或者曾是车体的东西，现在已是暂时飘在空中的各种残块。

震惊宋的不是那些车块，而是掺杂在其中，和飞溅的血浆裹在一起的一些东西。

它们从车的残骸中飞出来，掠过宋那仿佛无形的躯体，最终分插或是散落在周边的沙地上，组成环状的血环。

那和船帆一样插在地上的躯干组件里，有一只手最是明显。半截戳进沙地里，一边渗血，手指还在抖动着。宋在这个视野中感到更大的情绪，那是从残躯里流出的恐惧。

不长的手指显得手本身很稚嫩，也许它的所属非常年轻，比宋坐校车的年纪更小。"看仔细了。"她身后传来深邃的贴耳呼吸，熟悉的声音在宋妄图追逐时，又立刻消失了。闪过的只有沉没入硝烟内的影子，久散不去的血味。

宋真的仔细看了，停止颤动的手指上，戴着一枚不合衬的戒指。它的造型熟得很，绿色的金字塔。水晶摧残，映着血滴，只是它碎了。

B 面：

今天的测试，她再次呈现了短暂的感知，画面散碎，但似乎与"某种未来"有关。

在一阵头痛中，白蛇站立在一条长廊之前，白墙上挂着大小不一的画。

长廊的地上铺着有花纹的地毯，图案是四方连续，由埃舍尔阴阳搭配的方式出现。

"叙述你所看到的画面。"监视她的声音说道。

"我看到了长廊，两边全挂满了画。它们大小不同，似乎在等待主人。"

"主人？"监视仪外的声音说道。

"画本身充满了孤独，每一章都是如此。"白蛇闭着眼，她只是简单叙述着浮现的零散画面。她一边说，双手紧按着太阳穴，缓解随图像而来的刺痛。

"我继续在画廊里漫步，沿着长廊往最里走。"她继续说道，画面带着轻微晃动，将她的视界带到尽头的一张大画面前。

白蛇的呼吸凝重起来，她平素端放在双膝的手紧压在胸口，身体变得更加紧绷。

"这，这幅画！"她大喊起来，呼吸变得更加急促。监视者按住了红色按钮，他转头望向数据仪。白蛇的心率与血压在几何级数升高，峰线向上，并毫无停下的迹象。

是否要立刻停止今天的试验？监视者咽了咽口水，狠狠抓了下自己的领带，好让窒息的压力减轻。

但信息的探索，让他们又无法说出“停止”两字。

眼前这只“玻璃蝴蝶”的能力虽然不稳定，却已逐渐展现端倪，未来的水池在被蓄满。

停顿了半晌，他还是移开了终止按钮上的手，按了两下通话键，大声问道。

“画的内容是什么？白蛇，立刻回答我。”

她并没有答话，双眼紧瞪着天花板，如同画漂浮在顶端。白衣人们清楚，她已深陷在目睹的“预言视野”中。

“我拒绝。”她迟疑了一会，说道。

3.8

B 面，

当她冲进电话亭时，黑衣人们已经距离很近了，但白蛇知道，她一定要打这个电话，通知那位重要的少年。

现在的时间与过去重合，少年能在心里听到这个电话吗？

白蛇从口袋里摸出唯一的硬币，另一边是蝴蝶的图案。迟疑了片刻，她往眼前充满锈迹的孔洞里扔进了硬币，拨下手中卡片上的号码。

“喂，你找谁？”那熟悉又陌生的声音从话筒另一边传出来。说完这话，对方便保持沉寂，像是在等待来电方的回答。

白蛇捏紧了话筒，她向外望了几下，雨更大了。电话亭在暴雨的烟幕中，仿佛成了苍茫中唯一的存在。

"喂？你是谁？"对方再次问道，"开玩笑的话，我挂了哦。"

"不。"白蛇赶紧说，"这是条关键信息。"她停顿了，又说道，"只有你能做到，以后一定会明白。"

"什么？我不明白。"对方沉默了片刻，立即说，似乎没挂电话的意思。

"世界，是有 B 面的。"她说着，语气变得更坚定起来，飞快地说完了后面的话，"同时也有 C 面，还有其他面。只不过，目前你还在 A 面，还无法与我碰面。"

"啊？ A、B ？是唱片吗？还是某种暗号？"对方发出带着笑意的声音，接着又问道，"你是谁？声音好熟悉，是谁在戏耍我是吗？"

"要记住，抓住翻到 B 面的机会。"白蛇平静地举过话筒，反转对着自己。她凝视话筒，如同能看到对面。

"我说完了，记住吧。"她突然翻转手腕，用力挂上了电话。

白蛇再次看向外，雨和雾气完全遮盖了视野。世界只剩下她和这个暗红褪色的电话亭。

平克给的 ID 卡非常有效，卢撒克绕过多个监控摄像头，发现它能打开一扇极其隐蔽的安全门。

他侧着身刷开了门，刺耳的门轴转动声让他身体瞬间僵硬了。撒克左手紧贴门，装作是头晕的路人，并缓缓瞥过脸，看向后方。他再三确认，这破门发出的声音并没有呼唤来任何门卫或者其他人。

空中开始洒起小雨，水滴在半锈的安全门上，让锈红色显得更深了。门下半部分几乎全腐蚀了，多层斑驳如同紧密贴着的蝴蝶群。

"居然烂成这样，是多久没有治理这了？"卢撒克小心地关上门，防止再发出那样的噪声。跨入门的瞬间，他着实愣了一下，不禁认真观察门背好久。与腐烂的门面不同，它的背部，看着更像特质古木所制。青栗色斜木纹，说是门，更该形容为矩形的古木断面才好。

雨点开始变大，落在鼻梁和眼皮上，有种被"鬼出去"游戏针对的痛感。撒克拉上了套衫的兜帽，手指还上下擦拭着门的木质表面，他挤着眼，反复看着。"它的年轮，内外圈间距很小，直径还很大，这该是多古老的树做的？而且这年轮……完全不是同心的，简直是混乱大漩涡的图案。”

前一分钟，卢撒克没想到会这么顺利，毫无阻碍打开这唯一的门。

“打开门”从小时候起，便是他特别喜欢的一种事情，推门的瞬间有种未知的快感，你不会知道下一瞬间，会看到和经历什么。

就像《JOJO》里的露伴那样，在黑暗的隧道里，唯一的光亮是一扇半掩的门，给出的光束，你能忍住不看其内是什么吗？特别是瞥见一点某人的背影，无论男女，都会好奇门后面发生了什么。

推门的时候，撒克脑中浮现出一段画面，甚至带着字幕：“它在光与暗之间，你现在正在穿越的不仅是这个维度，还是思维和想象的极限……”哼，阴阳魔界的小开头，每次看还是很有感觉，他想着。

而现在，他推开这扇腐烂不堪的铁门后，竟踏进了“爱丽丝”那样的地方，没有“三月兔”指引他来到这儿，只有自己。因为重回的灵感，傻里傻气地打开这扇门。

烂门的背后，除了不一样的古木材质外，门的下半部分附着好多藤蔓类的植物，一些熟悉的蕨类也混在其中。骨碎补附着粗大的灰藤，它们和爬山虎缠抱着，像是门下半部自然生长的胡须，夹带蘑菇，蹄盖蕨这些较小，参差不齐向深处而去。

灰藤如冻结的水流，环绕经过所有建筑和物件，将下半截染成青绿色。

卢撒克皱了皱眉，矫正过的门牙抵在下嘴唇上。我居然又开始咬嘴唇了，他想着。这糟糕的习惯，在自己焦虑时便会重新侵袭他，像夜晚沉重的睡意那样迅速。

他又咽了咽口水，右手盖在干涸的嘴唇上，左手架着右臂，努力看着眼前的绿荫大路。

这里曾有条大路，却不知从何时起，被完全废弃了。从深处长出的绿色植物成堆地覆盖原有的结构，地衣和藤蔓。

在扶手椅，灯柱，台阶，还有隐约可见的铁门间，都被浓密的苔藓覆盖着，堆积起各异的外形，之上更是生长着多样的寄生植物。

与其说缺乏管理，让其野蛮生长，更不如说是这块庞大的绿带区域被植物本身完全接管了。

除了他用平克搞来的“ID 卡”打开的小门外，其余的通道并不是无人打开，应该是无法打开。所有的铁栅栏，排风口，井字护栏，甚至消防门，全被植物封闭了。

大路两旁高高伫立的香樟，越靠近路远处，树冠越加茂盛蓬勃。树身表面比普通樟树显得结实很多，深灰的外皮层层堆叠，沿着木瘤边缘向外闪电纹般裂开，每块树皮表面都像犰狳壳那样厚实并微张。

在植物们构成的漩涡里，他看到自己熟悉的身影，这个当下，让他惊讶又有些寒意。也许跟他一样发现了暗门，但对方的身姿和动作并不像个正常的样子。

此时，他正背对着卢撒克，灰白色的背心下是瘦弱佝偻的身躯。他发出牙齿摩擦的嘎嘣声，身体一抖一抖，缓慢行动着。

撒克半蹲下来，他微捂着口鼻，隐藏在一丛灌木之后。它们大部分是瓜子黄杨和络石，脚边长满了红叶石楠，以及一些鸟生蕨。隐匿在混合的植物丛中，让他有种回归丛林，观察狩猎的感觉。呼吸缓慢，平稳，但脉搏和心跳是高速的，仿佛只为了捕杀猎物的刹那，咬断喉咙的瞬间。

他想起宋桌上那本书的描述：“他只记得自己叫撒克，出生在一片浓雾的中心，世界中永远不断的是那些黑影，噩梦和猎杀……”此刻的感受很像，卢撒克在梦中曾亲自扮演过那样的噩梦猎人。他好像也戴着面具，手持一种古老的短刀，在齐腰的沼泽中向前行走，漂浮过的是那些古虫的尸骸，而他要狩猎的是凶残的噩梦本身。从意识虚无中诞生的怪物，它们能吞噬“美好”的边缘。

撒克无法清晰辨识和记忆下来的，是在梦中，陪伴他狩猎的同伴。他能记得那几人的声音，是一种不明了的语言，但在梦中，他张嘴就会脱口而出。

忆起梦中的感觉，他不自觉充满了猎手的感觉，身体居然在响应一种练习依旧般的本能，绷紧着。念头到这，他想起了在树丛中见过的那个“比湿”，熟悉的另一边的生命。

而那个在缓缓行动的白色身影，居然是失踪已久的“拾荒者”。他已经有两个月没出现在卢撒克的照片集里了，如蒸发般的消失，为何会在此处蹒跚移动。

撒克尝试贴着几丛缠满铁线兰的网格门，向右移动，即不被他发现，还能再增加些视野，一窥顾自前行的“拾荒者”细节。

正午阳光下的他，比卢撒克熟悉的身板还要瘦削不少，双眼透着空荡，瞳仁里是浑浊白烟，人类的眼神已不复存在。

“这……简直了……”卢撒克再次捂住嘴，不让声音发出，而惊动到眼前一幕。拾荒者继续向榕树反向走去，周围的苔藓和蕨类植物开始猛烈生长，并向他汇聚。从脚向上，至躯干，并包裹头部。他，或者该说它们，在拾荒者身躯上形成层层绿色漩涡，青蓝色的藻类从他皮肤开裂的缝隙中直长出来。

卢撒克目瞪口呆，这超过了任何变身题材大片和海底景观片。“它”本身皱缩的皮肤被蓝藻们撑得很大，在身体各处如洞开的巨眼。原有的人体若是画布，那现在描绘的是暴怒海洋中，风暴下如何诞生百眼巨人的故事。

“那是什么?”卢撒克一屁股坐在地上，潮湿感瞬间从牛仔裤向内渗透，一股能触发心跳加速的冰凉感。用力撑住的双手清楚穿插在透着水的苔藓丛里，却如插在了迷离的雾气中。

爆裂，膨胀声中，它鼓胀的背部中突出新生的藤条和枝丫。伴随拾荒者发出的嘶叫声，它们停了下来。蓝青色的沸腾波浪也停止了，替代的是更多炉灰色的枝干从破败身躯中向外绽放。

卢撒克看着它被四散扎出成长的柏木组织变成一头很难描述的生物。它全身的皮肤被一层树油包裹，浅黄棕变成了发白的浅青色，倒是与白木组织显得很搭。

嘶吼声逐渐枯竭，它们还在努力向前伸展变形的大手。它变得细长，干瘪，手指如在融化的蜡烛，还在滴着黏稠的树脂。

它很想触摸到眼前的巨大榕树，却在距离很近时停滞住了。

卢撒克看着那棵中心的榕树，开始感觉害怕，恐惧感从内在向外弥漫，让他手脚发凉。

"太可惜了，意志力，对未来的渴望才是转化的关键……"声音从榕树中传来，它的树干中央开始向外伸展，变化。卢撒克这才注意到，在大榕树的中间，曾被植物遮挡之处，凸显出一处不同于自然的部分。

树皮浅层破口中，黑色六边形的装置显露出来，它的内部深邃黑暗，没有一点光的痕迹。它像是在树干中硬生生被虚空挖走一块，深不见底，而藤蔓和声音却是从中而来。

他死盯着缓慢蠕动的植物，它们从榕树中六边形的部分，向外游动，并在他脚边围绕，如同警觉的蛇群。蛇群形成的却不是美杜莎，而是男子的脸。

榕树正中，灰藤聚向六边形装置，包裹住了它，却逐渐变成了一张人脸。

卢撒克愣在当场，屁股已经完全无视湿透的感觉了。他看着拾荒者如此变成苍白的木巨人，而榕树就这样变幻着。藤蔓与苔藓里，那个黑窟窿里推出了半个人形！他如植物中的浮雕，半侧身躯逐渐成形，并向卢撒克指了一下。

"你，是有勇气之人吗？你是敢面对真相之人吗？"

人常说叶公好龙，卢撒克热衷从梦中吸取灵感，但当熟悉的树中人，在这个诡异的空间里，重组出来时，他还是惊呆了。

在卢撒克扶着僵硬的双腿，勉强站起时，树中人已经完全成形，站在他不远处，凝视着他。两者互相对视，树中人微倾着头，全白的眼珠泛着湖面的光泽。

许久，他举起右手，一些藤蔓手指向上延伸，变成如同刀锋般的形状。卢撒克猛地撑地，正向发力向后逃去，树中人却右手一挥，直接砍掉了自己一小截的左手。

它掉落在地上，部分手指立刻变回跳动的藤蔓，而树中人的左手臂上又立刻长出了完整的手掌。

"吃了它，你会明白的。"树中人指了指地上的残枝，大约是笑了笑，一副跟卢撒克相熟的感觉。

"绿之梦是你如此熟悉的东西，你也不是头一次吃了，少年。"他再次说道，并用苍白双眼盯着撒克，像是在看他的反应。

"什么？……"

最终，卢撒克面对逼视自己的树中人，他抓起地上的断肢，它的一部分已经分散成灰色的藤蔓，还渗出绿色的液体。他把它往衣服大口袋里一塞，便转身仓促而逃。

逃跑的路上，他再次目视那些被植物包住，四处横亘的建筑和灯塔，观感和来时已大不一样。这里是它们的地盘，他心里清楚地明白，维持跟跄的自己，勉强平衡地快速跨过湿漉的苔藓石路，朝大门而去。

而绿洲也一副不想挽留他的意思，卢撒克脚步触及之处，青苔向边缘褪去，留出干燥的石板，树木也避开枝丫，让他勉强能通行。

“再吃一次，你总会想起来。”卢撒克在植物堆里勉强地抽出脚，一深一浅，终于抓住那扇门的把手。背后是树中人的声音，从藤蔓枝叶间传来，连续而持久，贯穿至此。

他一咬牙，猛地拉开门，一跃而出。

卢撒克用尽关上门，外面还是一片寂静又正常的路边，阳光和煦，少量行人在马路对面行走，聊天。他看着对面，里面发生的事如梦一般，还有树中人。然而，卢撒克左手在口袋中摸索着，湿漉漉的藤蔓，那是真实的。

离开前，他再次回望紧闭的铁门几眼，深呼一口气，才踱步而去。

3.9

在警队的休息室醒来，皇成纪朦胧间看到老石在一旁整理着卷宗，戴着老花镜的他，有些和皇一凡重叠起来。

对，是曾经每晚会给自己讲故事的父亲，那些皇成纪热衷的故事。洛夫克拉夫特的拉莱耶城，艾泽拉斯大陆的风云，地下的魔索布莱城之影，荒坂集团的野心……曾经都在书里的浪漫，从父亲口中而出。当然，这些都荡然无存了。现在的父亲，嘴里估计只有大数据了。

母亲离开后的父亲，专注商业，再也没有枕边故事了。父亲再婚后，艳丽的后妈带来了冷漠的姐姐，也就是"白蛇"。

那一刻，皇成纪想着，太好了，我再也不用操心任何跟他有关的事情了。如此想来，我也不再认识父亲了。皇成纪看着那三个非常和谐的人，热闹地聊在一起，顿时觉得自己无比多余。

最后一次，皇成纪看着办公室里，表情严肃却又带着赞许的父亲，他就那样认真地和姐姐聊着工作。他知道，那种快乐跟自己不会再有关系。

"我，就做个奇怪的躺平男吧。"皇成纪如此践行着自己的想法，至今不变。

"躺平万岁，躺平无罪!"他那么想着。

"终于醒了吗?"老石紧盯着皇成纪，眼神中带着关心和怀疑。

"你这孩子，该不是碰不该碰的了吧?怎么会说晕就晕呢?"

"爸?我睡多久了?"他努力支起身子，缓慢说道。皇成纪抓着杂乱的顶发，朦胧地看着老石。两人呆视了一会儿，皇成纪尴尬地笑笑，"我睡迷糊了。"

"少贫了，赶紧喝了。"老石折起老花镜，放在一边。他递来一杯冒着白气的牛奶，摆在皇成纪面前。

"你爸才没空管你呢。"

皇成纪望着杯子，脑海中依然在浮现刚才的刹那。沙漠，熟悉的大巴，以及不熟悉的女声。

"时间未到，快回去吧，傻瓜。"

"那是我第一次碰到李奚瑶……"皇成纪摸着额头，认真思索着，翻找混乱的记忆。

"之后么，就是我泡上文医生。"他皱着眉，又瞟瞟边上怒视的警官，继续说道，"瑶瑶开始帮她姐姐，文吉真那本书的出版，做大量摄影的时候。"

"她找我帮忙，于是，我们又见面了。"

“从某种角度来说，她其实比姐姐要更有吸引力，但显得更脆弱。”皇成纪看着办公室顶上的日光灯，恍惚地说着。

“说关键的，小鬼。”

“嗯……别这么看我。”他突然盯着老石布满皱纹的脸，说道，“对于她，你产生不了男女的感受，她不一样。她就像是，这个世界的旅人，一直在寻找自己的碎片一般。”

“我曾经把她介绍给平克认识，但完全没对上眼。”皇成纪苦笑了下，继续说道。

“她基本将精力献给了摄影和工作。”

皇成纪暗自回忆着，那段根本称不上恋情的关系，让平克更加饱受了挫折感，越加缩回到自己的安全屋里。

李奚瑶怎么会喜欢普通人呢，他那么想着。

“所以，这本子里，很多地点的照片，她很早就拍了。”皇成纪继续说着，又来回看着照片副本。

“都是不太稀罕的地方，她之前做酒店项目，去的好地方不少。”

他对着几张日本的照片，手指点来点去，又自顾自点点头：“对，她那段时间做的全是星级酒店采访，整个电脑的亮闪闪照片。这本子里，全是什么犄角旮旯。”说着，皇指着一张带着青苔岩石，以及一些陌生雕像的照片。

“你们看看，这几张，看着就是什么小县角落拍的。没有显眼的特色，没有地标，照片里人都没。”

“也不是特别的景区，比如被标注上星，或者大众好评的打卡处。”吴警官也说道，“但她关注的是什么？更像一些正常人不会看的，遗忘的角落。”

“遗忘是个重点。”老石笑了笑，开始整理照片堆。

“来，我们按她的时间顺序排列，对应贴到她那张地图去。”

“要藏匿秘密，一定是选这些生僻之地。”老石一边贴照片，一边说着。

皇成纪对着照片墙，眼睛半眯，显得很使劲地在看。这会儿眯成柳叶了，倒是有点让人想起蛇了。

“怎么？你看出什么了？”老石问道，连续的撞墙已让他头脑发胀，此时真想出去抽一口。想着，他又使劲把手里的烟向桌子一杵，它皱缩成了一团，烟草向边缘四散。

老石抽着鼻子，少许的烟草渣味，让他感觉要飘走的理智再次回到身躯中。但他清楚，要破这吊诡之案，就要离开理智。

“不觉得，这张很特殊吗？”皇成纪敲敲桌子，示意两人专注当前投影机展示的照片。

照片大约 A4 纸那么大，呈现出数码时代少有的昏黄感，边缘还有药水的痕迹，似乎是古老的洗印方式而成。它整体色调已变得褪色，但仍能分出色彩的区域。

一名男子蜷缩躺在沼泽中唯一的一小块浅处。他右手枕着头，左手扶地，闭目静躺，看似在这沼泽中小憩。

若只是如此，你都会怀疑那是在禅定中的行者，但老旧的照片又拍出了一丝危险。在他远远的身后，是几只黑色犬类生物的影像。

它们似乎不想被沉睡者发现，只是保持距离，在沼泽深处，监视着他。

“这尖长的耳朵，瘦黑的躯干，等等，我有点印象。”皇成纪托着下巴，他认真回溯着父亲曾经那些书籍里的图像，某本埃及文化的书中的插图。

“阿努比斯。”他打了个响指，终于挤出了词语。

“这么去想，确实。”石守义盯着照片看了会，大步走向证物原件堆，翻找许久后，找出这张照片的原件，“或是某种黑色的灵缇，狩猎用的。”

他小心从牛皮纸袋中取出它，在正中的桌子上再次翻看。它的材质确是老式的冲印纸，这也增加了照片内容的真实可能性。

老石摸着照片纸的每一处，试图发现有任何隐藏的夹层。当他看到照片背面时，眼睛顿时亮了。在它背面的右下方有一行很小的字：

“我们一直在盯着你。”

而照片最下方，有一处浅浅凹下的印记，目测是一块很隐蔽的水印。

“真的，有东西。”老石看了眼两人，示意吴警官把蓝光笔拿来。

啧，当局者迷，他暗暗想着。

“哇，哇。”皇成纪也凑过去，三人挤在一起，看着蓝光笔下的那块角落。

“熟悉的桥段啊，老石。”

石守义点点头，他深刻记得那个禅宗的故事：在寒冷的冬天，寺院会用火盆烤火，但炭并不多，所以僧人们很节俭。一名弟子去找大师，他坐在师父身边烤火，却发现炭火快灭了。

眼见火光将熄，大殿的温暖会逐渐消失，着急的小沙弥拿火钳用力翻炭，想找出还在烧的“火种”，却怎样找也只有冷炭。

师父笑了，他拿过钳子，向下又翻了翻，就找到一颗还在燃烧的炭，很快火盆又烧了起来。

“在灰烬之下，翻得更深一些。”

老石一直秉承这个原则，如咬钩般不放弃那一丝可能，翻找灰烬中的线索。

“高级相纸上的精细水印，看着是个狗头图案啊。”

“我一定是在那一堆里见过类似的。”老石指了指证物堆，他大笑几声，说道，“继续吧，奶奶的。”

“小皇，泡咖啡去。”说着，老石捏着照片，便开始盯着证物中的一堆杂质，琢磨起来。

“全球有很多处‘绿洲’，通往另一边的‘门’，中国内地，香港，法国，埃及，日本，英国，遍布多处。

“它们都在消失，不动声色地消失。我赶到时，都已成为荒原，或者是一片空地。

“没了，就是凭空，消失了。”

女记者的本子中如此记载着，尽管部分书页被撕去，但大部分摘抄和记录全留了下来。

“什么消失了，她在寻找的某种东西。”

老石接过菜鸟吴递来的咖啡，喝了几口，小心翻着记者的标色记事本，它很厚的收纳区也被内容撑开了。中间用粘贴、钉扣，加了太多东西。“或者是某些地方？有一些隐藏的秘密。”

“我们还有多少时间阻止？”本子的中间写着这样一段话，它还被反复划线，显得非常重要。这页中间还附了一张破旧的地图，2019年版的世界全图，比例尺和地貌没什么特殊，极为常见的一版。

要说特异的地方，就是上面用红色记号笔做满的标记，在地图的多处地点，遍布各国大小城市，郊区，甚至靠近湖泊，荒野，都勾上了“三菱锥”样的图形。

“你觉得这些是什么？”菜鸟吴一边收拾文件，一边小心翼翼地问老石。他刚调来天水分局，并不能参与太多大案，却在这次意料之外的拆迁案中，和“石头”——自己的带班警司一起遇到了疑似“连环杀人”的事件。

老石左手拿着地图，右手调着电脑上航拍图的位置，他眯眼核对着“红色三棱锥”标记地点与实际坐标的位置。

许久，他将地图扔在一边，向后一靠，倚在椅子上喝着咖啡。“啧，没有明显的联系，除了后四巷仓库，其他城市和地区对应关系很混乱，几乎是一些偏远的地带。你看，开罗偏远的沙漠有一个点，还有这儿，上海的一片住宅区中间，日本高野山周边的一个点。”

“你瞧瞧，这都是什么？”老石哈了口气，伸向桌边的烟盒。他顿了下来，又伸回了手。还是算了，女儿的禁烟令可了不得，衣服上染了味都不行。他又大口饮下几口咖啡，只能靠这个顶着了，除了疲劳还有一丝焦虑从老石内心深处向上爬升。

“坐标对应着什么呢？”

“应该是她所描述的，绿洲？”皇成纪点了点图上的某个三棱锥标记。

“同时，似乎她每次都迟到了，或者说落空了。”

老石猛力抓着头，短硬又密的板刷变得更加混乱。

“绿洲，坐标，我们在调查一个自然保护主义者的死亡？这还是我怀疑的文物盗窃凶杀案吗？”

“也许是仓库？”吴警官突然大喊，他显得有点激动，觉得自己抓住了一缕线索。

“你们想，如果绿洲是某种组织仓库的代号，那么李奚瑶要去截获，或者曝光线索。”

“所以，你认为，组织全部赶在她前面，隐藏了地点，并且转移了物资？”老石在桌面上继续敲着烟，白杆子在缓慢蜷曲，少许烟丝散落在深色桌面上。

“而物资恰恰和万老师有关么？”皇成纪一脸狐疑地问道。他站起身，小心地用一张硬纸刮走烟丝，沿着桌边，扫进脚下的垃圾桶。

“也许。”老石看着手中完全弯曲的烟，用力捏了捏，就一把扔进了垃圾桶。

不，这不会如此简单，他心里想着。

“对了，小皇。”老石扶着窗台，突然转头问道，“文医生，嗯，也就是你女朋友，写的那本什么书？”

“啊？”皇成纪搔着头，想了许久。

“你这么说来，吉真的那本书，很多图是她妹妹，也就是瑶瑶拍的。”

“你不要又跳到别的细节去，名字！”

老石摸摸额头，双手重重甩了几下，他已经翻那对证物杂志到第二叠了，他记忆里那本有图案的在哪儿呢？又记忆错乱了？不可能啊。

“名字大概哦，《真实的心灵宫殿》。”皇成纪皱着眉，撇着嘴，又想了会，说道，“不对，是《心灵宫殿和鸦影》！”

“你确定？”

“错不了，封面用的是我朋友的一张画，一堆乌乌泱泱的。”他说道，又看着天花板，再次想了想，才点点头。

“哦？有意思，我想想。”石守义朝吴警官发出一声信号，又陷入了翻找和沉思。

“你身边的人都很有趣么，小皇同学。”老石在桌上敲着烟，突然看向皇成纪，冷冷地说道。

第四章 解密者，李奚瑶

4.1

对于李奚瑶来说，时间总是不够，特别是她见过世界的“缝隙”之后。

世界被“一分为二”，乃至更多份，或者说原来的认知，变得更加多重起来。

有多少人，在见到这一瞬间后，内心深处的一些东西被震荡，同时逐渐开始沉没，沉入无法揣测的深远黑暗之中。而她最开始是着迷的，她很兴奋能抓住如此的机会，却发现如此的“奇景”，始于一次艺术家采访。

因为万老师的缘故，她完全打开了新的认知，而人的认知乃至意识被改变，世界也发生了巨变。

在她生命的最后几天，仍在标记着“绿洲”的位置，如此阻止“一切崩坏”的因子，远离那个精确的时刻？

“绿洲曾作为圣地，反复存在于人类历史之中，它既接近真相，又靠近宇宙奥秘本身。”

“距离我失去理智，完全被疯狂吞噬，还有多久？我不清楚，这是对身体和精神的双重摧残……”

3 月 4 日

我越靠近绿洲，黑犬的攻击越加频繁，在找到正确的“入口”和“居客们”前，我的心智要坚持住。

李奚瑶又写道：

4 月 9 日，我找到了三个点的“居客”，他们似乎都还没有觉醒。但附近，应该有“绿洲”的线索。

我必须找到一处，起码一处。

4 月 12 日

文身师，男，25 岁，印裔华人。他是万老师生前指定的“绿洲导游 [1]”。我会尝试接近他，并深入交谈。我大约会在澳门待一个月，除了正常的酒店采访外，调查他应该是足够了。

4 月 14 日

借着采访的名义，见到了他本人。李克用，杰出的文身师，以设计特异图形闻名，他的风格里充满了“另一边”的元素。这是个显而易见的居客，与我一样。我们需要留下线索，等其他居客们醒来 [2]。

4 月 20 日

我看了李克用的作品，线条浓烈，细节颇多。值得注意的是他系列图样中，会使用一种黑色太阳般的符号，周围呈荆棘散开。

这是我熟悉的纹饰，和盒子里那张纸一模一样风格的感觉，那是吗？应该是吧？

我希望自己还没疯。

[1]　老石批注：导游？绿洲是可去之处？
[2]　老石批注：如何醒来？

5 月初……

那是一种图纸吗？我从头雕里拆出来的，是某张巨大纸张的一部分 [1]。它只是那么一小块三角纸片，泛黄的纸张，有着偏厚的质地。在破损的表面，只能看到一小段线条，它是庞大冰山的一点。

到此刻，我才明白万老师留给我的头雕，是多么重要，同时伴随的是背脊中的寒意。

但我还不能把它们组合起来，这……也许需要太多的纸片！从拥有它们的"居客"手里。

5 月中

我终于明白了，在李克用的帮助下，我开始能看懂它们，那些是文字，居客们曾经的……文字。

或者说是，骸族的文字，它们古老而神秘。

5 月 22

我在这个光辉的城市中，却感觉前所未有的寒冷，但一经踏出此步，便再也没有退路。

我不能联系姐姐，更不能找她……那会让危险蔓延，它会像毒藤，爬到每个人的心中。只有走下去，拼完这张图纸，打开那道"门"。

把所有的记忆，都要在睡前转变成奇怪的碎片，这才能保证它们的安全……

对，这是李克用告诉我的，唯一的方法。

6 月初

在如此背腹受敌的状态下，我也不能联系她。事到如今，我只有更向前一步，去找万老师本要做的下一步。

[1] 老石批注：拼图啊。

6 月中，晴

不能再用正常语言记录，“黑狗”越来越近。[1]

李奚瑶合上日记本，小心翼翼地放入随身的背包里，这和录音笔一样，绝不能被偷走，或者丢失了。她压低帽檐，拉高衣领，夹紧包带，让自己显得更瘦小一些，能混进人流中。

李奚瑶拉了拉帽檐，把黑色的“Batman”潮帽压得更低些，加上软皮的黑色口罩，它们如同天地线般上下压制，只露出她一小段的脸庞。

再加上银色眼镜，除了一截鼻梁，连自己母亲也无法认出她了。

“这样，黑狗们便失去骨头了吧。”她暗想着，抱紧手中的皮包，一手把“7&11”的大袋食物甩进座椅，便侧身坐进了青色漆壳的出租车。

“花园公寓 117，沿着新加坡路一直往下，快到了我跟你说，最后怎么走。”她对着司机说道。他没有转头，只是职业化地点了点头。汽车发动，稳步沿机场道路向高架而去。

李克用没有再发文字信息过来，最后的讯息是一张简单如儿童涂鸦的方向图，中间用 X 表示了最后目的地的位置。他不仅换了见面的地方，还换了记录方式。李奚瑶望着手机中的潦草涂鸦，不禁叹了口气。希望能顺利找到，这不仅是迷糊黑狗，她也觉得很困难啊。

出租车一个平稳的小拐，便已驶上高架，开始景色重复的路段。李奚瑶向后看了会，确认没有可疑车辆跟随，才缓缓放松起来。她小心喝了几口橙汁，便又拉上口罩，望着车窗外移动的云层。阳光从翻卷连绵的厚云中穿刺而出，在移动的云流中留下环状的群光。按丁一的口吻来说，眼下是庄严的幻光所编织的景象。

终究是不用再看沪市那灰暗的雾霾，她的心情不免也亮丽起来。

李奚瑶看着辉光，逐渐专注在放松又愉悦的状态中。她悠闲地哼起“last smile”来，以打发高架上枯燥却难得的时光。

视线随着云层的移动，她甚至感到一些倦意袭来。

[1] 老石批注：我该理解为凶手的组织了？

她眼皮突然抽动起来，同时映入眼帘的是整块云，它上方是一架浅银白色的飞机正划过车窗那段的视野，向更上方而去。此刻正是高架拱起上行的部分，竟然显得离飞机如此之近。

李奚瑶盯着机尾翼的图标，隐约能看到瞪羚羊的图形，又是一架卡塔尔航班的飞机。

眼皮抽搐的频率更高了，眼泪也开始从眼眶周围聚集。李奚瑶连忙从裤兜中摸索纸巾，这是熟悉的感觉，伴随瞳孔变化和眼中的刺痛。

白雾散去，她的白瞳顷刻变为一片通透的清湖。

她在视野的黑洞中，如盯着大屏显示仪，认真看着，抓住转瞬即逝的细节信息。

李奚瑶看到了皇成纪，他穿着熟悉的白色带风帽套头衫，带着褐色随身小包，正慌张通过登机通道。

然而通道如海市蜃楼般缥缈不定，在皇成纪向深处走时，身后的边缘已开始瓦解，如沙暴向下泄出。

他却没有回头看，只是坚定地绕过通道侧弯，向幻彩幕布般的机身走去。

一身冷汗从李奚瑶背后整齐流下，她的鸡皮疙瘩也立刻布满手面。让她紧张的不是正消逝的登机通道，而是紧随皇成纪身后，向飞机机身而去的数条黑影。

他们只是大跨步跟了一小段，便扔下整齐划一的单调礼帽，向地上一趴。他们连同散开的长衣，在触地后化为细长狰狞的犬类黑影，向通道深处狂奔而去。

“黑狗！”李奚瑶脱口而出，更多的泪水夺眶而出。她再也无法坚持白瞳的稳定，一个踉跄向后倒去。

她想起丁一，他会准确地托住她，撑在怀中，紧紧抱住，直至自己震动的身躯完全停顿下来，恢复平静。他知道，使用“白雾之眼”的休息时间到来，要小心照料虚弱的她。

但此刻不同，李奚瑶刺痛的背接触到的只是出租车硌人的后座。她像触电一般在椅背上弹了几下，引来司机象征性的疑问：“你没事吧？”

她拉了下口罩，努力调整呼吸，让自己还能坐定，而不是即刻瘫软倒下。片刻，李奚瑶挥挥手，表示没事，便侧倚车窗边，一言不发。

现在不是在大连，而是在绝不能倒下的路上。

在阵阵头痛中，她闭着眼睛，整理过往的线索，也忆起上一次见李克用的光景。

不仅如此，她还要留下一些信息，给皇成纪。

4.2

"我第一次见到李克用，只是想给自己的右手添上具有纪念意义的图案，他特有的风格，黑色火焰般的花纹。"

李奚瑶对着录音笔说着，"当然，我立刻被吸引了。他用文满图案如被黑蛇缠绕的右手，向我展示那些预选的文身图案。方形宇宙中装着旋转的光环，三角形中的光辉人影，众多翅膀围绕的太阳，很多特殊又具有装饰感的图形。"

"太多了，我有点选择障碍。呃，你有推荐的吗？"

李克用咧嘴笑着，他展示着黑火描边的太阳图形，说道："你会喜欢的，美女。"

（按下录音笔的声音）：

"给他写专栏也是一瞬间的念头，就在看着眼前黑色太阳时，我就坚定了要做的决心，甚至连标题都想好了。"

他的那些图案，灵感的来源，有些东西连接着李克用和万青毫之间。

"你的创作灵感是什么？"

李克用眯眼望着女记者，一脸看笼中金丝雀的表情。许久，他说："看来，你没见过万青毫真正的作品。"

"真正的？"李奚瑶问道。

“他那些，直击真相的，让人震惊的东西。”

“你是说，被白布覆盖，不同大小的雕像吗？”

“还有更多，在他那惊人的脑袋里。”李克用声音响了起来，眼中遍布激情和一种渴望。

“我只见过一次，与那一边的联通。”他看了看录音笔，欲言又止。

“你只要看一次，就不会忘记它，无法忘怀，那璀璨的光芒。”

“万老师是个天才，到目前为止，只有他画出了图纸。”

“是啊……”李克用转着椅子，把自己稍移向身后的柜子，拿出几本画册。

“但第二次就不一样了，这次和万老师的路线相关。”李奚瑶继续对着录音笔说着，断续中她还连续咳嗽了一阵。

“再次约定见面，他表现得完全不同上次，显得非常谨慎和慌张。”

李克用并没有按照约定去机场接李奚瑶，她在落地后收到了几条连续的消息。

“两小时后机场见，甜心。”

“我被黑狗锁定了，原定计划取消。”

“暂时摆脱跟踪，我给你个地址，你来找我。”

此刻的李奚瑶并未了解过“黑狗”的可怕，她只是在万老师的笔记中见过简略的描述。

“噩梦夹缝中的浑蛋。”

“就是以上的地址，速度来，不要做任何停留。”李奚瑶迅速地离开机场，在7&11买了简单的食物和饮料，立刻向目的地出发。

“你们全被骗了，不要遵循以往的习惯，那会要了你的命。”

这是李克用多次强调的一句话，它一直萦绕在李奚瑶心中，直到她倒下的瞬间，她还没有明白深意。

但它用红笔画了很多道，留在残存的笔记本的角落里，只待有人真正注意到它。

“过去的习惯，你每个行动里的下意识……”李克用一边用文身枪在李奚瑶手臂上划动着，一边缓慢说着。

“你都要检查，或者说观察……”

他停下手，看着瑶瑶疑惑的眼神。他从那只白雾眼里看到自己的表情，李克用明白，他的恐惧遍布在每个毛孔和角落，并被她轻易发现。

“不然，将陷入如枷锁般的禁锢。”

“什么意思？李克用，你一直说些奇奇怪怪的，这跟万老师的嘱托有关系吗？”瑶瑶问道。她看了眼边上的桌子，录音笔在顺畅运转，所有他们的对话，哪怕是半句废话，都将收录。

所有细节和碎片，都会成为解开秘密的一部分。

“有关系，当然有关系……”李克用又喃喃着，声音变得越来越轻。他停下了手中的文身笔，搁在一边，深呼吸了几下，似乎要继续说。面对瑶瑶的凝视，他又摇摇头。半晌，他放弃了挣扎，陷入自己的椅子里。

“怎么？万老师嘱托第二站就是你。你必须说出碎片，还有，”李奚瑶侧身拿过录音笔，让它离得更近一些，便于她继续逼问，“我要知道万老师的计划，还有，绿洲，下一个点在哪里？”

听到“绿洲”两个字，李克用像触电一样，从椅子上弹了一下，又用手使劲按住扶手，让身体在挪动中停了下来。仿佛没有重力，他会被这句话震慑至飞出这个房间。

“别！别说这个词语！”李克用双手挥舞，手指间充满了绷紧的力量。他在空中抓着莫名的东西，转而又陷入无力，放下手，再次搁在扶手上。

“黑……黑犬会听到，不要讲。”

“什么？又是黑犬，到底是什么？”李奚瑶继续追问，她隐约感觉自己快接近某种“真实”了，而不是过去纯粹在“白雾”中见到的一些碎片。

"你真想知道吗？这可不是什么侦探小说的情节，轻松愉快地就混过去了。"李克用盯着她，右眼是他早已得知的"天赋"，但还是太早了，不是吗……

"那我说什么？布满苔藓的圣地？荒芜之地的隐匿处，有着你需要的秘密？"李奚瑶问，"诗歌般的文字，或者是密码语那种吗？"

"随便你，发挥想象力，用最合适的隐喻，譬喻。"李克用声音越来越轻。

"比如万老师的方式，还有我的……"他敲了敲文身的图案本子。

"说话的细节，必须运用语言的艺术，将密码藏在其中，或者是图形的艺术……抽象，解构等等。"李克用很低沉的耳语说，他还反复向窗外扫了几眼，才继续把话说下去。

"藏，埋伏，把意思埋藏在语句中，你明白吗？瑶瑶。"他说道，同时用手指敲着自己的那些图案草稿，"伏藏有很多，我们要留下的宇宙秘密，用奇异的方式藏起来。"

"为什么？"她异常不解，看着眼前这个文身师，变得越来越古怪，甚至疯狂的话语，没有逻辑。

"你听到，看到的，还有你理解形成的画面……"他表情严肃地说道，"都会成为他们能汲取情报的来源。"

"什么？怎么做到的？"

"不管如何，你不能停下脚步，瑶瑶。"李克用递来一张名片。他很谨慎地，还是翻转塞过去的。

"我不看它，上面的信息，只会短暂驻留在表层世界里。"他又捏了捏名片，盯着李奚瑶的双眼，郑重说道。

"这个居客，和那个地方，都在那里，海边的一角。你看完，立刻烧掉，要努力让信息留在记忆深处。"

"不要反复念叨，要用其他代号去记忆这个地点，这个名字。"李克用又说，他右手胡乱挥舞着。

"比如用鸟，残破的羽毛之类，随便什么有趣，奇怪的词语，去替代他的名字，来让你记忆。"

"好。"李奚瑶看了眼名片上的两行字，便捏成一团，扔进了垃圾桶。在两人目睹下，用酒精灯把它烧成了黑焦碎片，无法辨识。

"你记住了吗?"

"嗯。"李奚瑶点了点头，并没有说下去。她心里刻下了那个代号——海边的丁一。关于下一站，她将在心里使用最简单的笔画，最简单的代码。

在自己拍的照片上留下能忆起的线索，他人难以解读之意。如同封入神殿宝箱的秘密，钥匙只有她才能从灰烬中重塑。

李奚瑶关于李克用的记录就到这了，之后的笔记被撕去了大量的章节。似乎关于他们的研究，以及万青豪的嘱托中，最重要的目标，全部遗失在消失的页面里了。

最后的记录中，李克用透露了他的一种恐惧，对"暗水"这样的物质。这似乎和他所见有关，但其余情况也被他用"暗语"隐藏了，所谓的骗过"黑狗"们。

他也没有留下解密的任何后门，即使有，也伴随李奚瑶逝去了。

当然，以老石的观点，无论"黑狗们"是谁，或是什么，她和李克用的信息也难住了警方。

不，简直是一塌糊涂，老石内心不断打着鼓，一边是突然发现的拼图，一边又是无法拼接起来的版图。

老石盖上了卷宗，他猛搔了几下头发，很多白色干枯的发簇从指间弹出来。连续的加班，他们几个都没有洗头和洗澡，目前窝在烟雾缭绕的办公室中，调查又陷入了困局。

"暗水"是什么?"黑狗"又是什么?

老石感觉如同解开一套文字体系般艰难，需要第一个字符的对照词典。埃及象形文字是如何破译的?还有头一个甲骨文的解读，那人若不是受到神启，便是连通了宇宙的意志。

4.3

尽管李奚瑶的遗物和照片被整理出来，瞳色问题并不简单，但鉴证科还是给了老石一个“疑似中毒”的判断。

说实话，石守义很失望，程度还不低。

“官僚主义，应付了事。”他愤愤地说道，把卷宗狠狠甩在桌上。

“什么叫疑似?”吴警官问道。

老石敲着桌子，从杂乱打击逐渐变成某种熟悉的韵律：“疑似就是症状符合，但试剂无效，也找不出对应毒素的残留。”

众所周知，“恐惧”是对人类影响最大的一种情绪，它来自不同种无明导致的畏惧。

大多数恐惧情绪产生后，便会对身体造成不同的毒素沉积，如果不以各种方式面对并排除，将造成巨大伤害。

“组织”内做过一些试验，包括让李克用陷入断电房间，阻塞的电梯，甚至深夜临时停运的地铁，都未能完全击溃他。

黑暗对于他的效果没有那么强烈，深海，却能产生可怕的效果。

早晨在屋顶房间晨练是李克用的习惯。换上宽松的衣服，喝下一大杯牛奶，他将在瑜伽垫上完成一个小时的冥想与舒展运动。应李奚瑶的希望，他需要振作起来，应对黑狗的影响。

按照惯例，李克用换上舒适的衣服，打开音乐功效，准备进入状态。此时，门铃突然响了，他半站起身，躯干猛然僵硬，神色紧张起来。

“是……是谁?”他向右移动几步，抄起茶几后面的碳素钢棒球棍。难道是黑狗们找到了他？该死，自己不该多问一句的。

“联邦快递的，李先生，你的包裹，麻烦签收。”门外传来平稳的声音。

李克用紧握球棒的手丝毫未松，他都能听到捏紧手指的关节声。“你放门口吧，我现在不方便。”

门外沉默了一阵，李克用似乎听到了电话声。短暂的僵持后，外面传来快递员继续程序化的声音。“没办法呢，李克用先生，这是对方付费，需要你本人签收。”他咳嗽了下，又说道，“而且是超大件，易碎。”

“啧，我最近没有快递啊。”李克用快速翻看了手机，对着门外喊道。

“我这里显示就是你的大件，李先生。麻烦不要为难我们，你签收下很快的。”

快递员继续不厌其烦地说着。

李克用叉着腰，一手拄着棒球棍，他有一点怀疑是丁一寄来的大件。自己确实找他要过一些礼物，比如他做的那些小型鱼鸟标本。但这也太突然了吧？

“李先生？”门外，快递员的声音变得不耐烦起来。

“行吧，稍等。”李克用想了想，拿起放在沙发肩上的灰色套头衫，使劲扎在腰间。他把黑棒球棍向后一竖，径直从衣服绕成的腰带上插了进去。他又看了下腰间，把衣服扎得更紧一些，棍子被包在其中，如一条黑色的尾巴。

这样，若有危险，他也该来得及拔出武器。

摆弄再三，他应了快递员一声，唰地打开了门。

一眼便看到门口的大箱子，两人互视了一阵，视线就再次回到眼前的巨物。门前杵的是个齐人高的木箱，外面还打着紧实的防护框，齐腰的位置贴着“危险，易碎”以及红色的“向上”图标。

快递员从箱子后面侧出身来，显出木讷表情，把单子和笔递了过来说：“李先生，这里签字，到付 1127 元。我会把付款码发给你。”

“这些没问题，你帮我搬进家就行。”李克用向楼道看了几眼，安静如同往常。他住的楼在一个白天鲜有人出没的所谓高档小区，日常寂静是李克用喜好环境的要求。但今天，这一切显得有些让他背后发凉。

快递员收完了单子，看了眼门框，长叹了口气。

“箱子进不去，我给您拆了拿进去？”

李克用点点头，把门又开得更大了些，同时倚在一边，看着对方麻利地拆着箱子。他如此熟练地卸掉保护框，再去掉四边钉子，从边侧打开箱子。这看着不像是黑狗扮的。

快递员哼着小曲，自顾自运作。他终于卸光了两边的木板，把剩一半的箱子从侧面慢慢拖出一截，露出包裹中的东西。“哇，这。”他不禁惊呼了一声，同样吃惊的是探头看戏的李克用。

沉重的玻璃水箱从木箱中剥离出来，变得更加显眼。李克用叉着腰，一边付了钱，一边思索。暂且不管快递员如何费劲搬运箱子，中间经过如何的旅程，箱里的东西居然完好活着。他也理解了高昂的到付费，这是运了个什么啊……

水箱中的骨舌鱼，颜色漆黑的鱼鳞表面泛着红光，超过一臂的长度在水里看着更为庞大。鱼用古老的眼神看着箱外的人，边缓慢游着，空运对它似乎没造成什么影响。

李克用目视快递员费了吃奶的劲，小心勒上运输带，边推边移地把水箱拉进了客厅。他递了一瓶水给对方，兀自看起鱼来。

水箱能被阳台外射入的光芒照到，它在折射屏障中显得更大了。从李克用的角度目测，鱼的长度超过了后面的工具箱，它起码超过 1.5 米。

快递员迅捷地带着单子和水离去了，只余下李克用与这个水箱中的巨物。

李克用摸着脑袋，另一手还扶在腰间的棒球棍上，想着要不要打个电话给丁一，确认一下。

骨舌鱼盯了箱外的这个人一会儿，在水里慢慢转圈游动着。李克用瞟了眼墙角，那里躺着一小袋鱼食，似乎是一起快递来的。他想了想，决定先喂食骨舌鱼，再电话不迟。

一间潮湿的房间里，灯光昏暗，还传来阵阵霉烂味儿。在方桌的侧面，有人倚着身，显得很悠闲。

“有些谨慎的对手，对任何陌生人来访都会非常小心，这让暗杀难度变得更高了。”

“但如果是用一些熟悉的物件，来搭载这类致命的信息，会如何呢?”

在传给白衣人的一段短讯里，年轻女子的声音是这么说的："所以，危机潜伏在他们最熟悉的元件里，会如何呢？"

"会防不胜防。"方桌边的身影笑着回答，显得得意万分。

"只需，一，二，三。"

4.4

李克用也死了，他的死状现场与两人雷同，唯一差别的是留在地上的这句话。

"这是什么意思？"老石摸着下巴，暗语充满了整个案件，不透气的雾笼罩了真相。而越剖析，他感到内幕越复杂，像是被揉成一团的重重黑纸，而纸上写满了外星密码。

4 月 9 日，是李克用记在随身本子的最后一页便签，数字下面用黄色黏胶粘着李奚瑶的名片。记者？客户？还是？

老石依然不明白两者之间细微的关系，但李奚瑶的路线，如同死神的规划板，她绕了地球整整一圈，带去死神的印记。

李克用在跟她多次见面后，如同被宣告一般，最终引来死亡。

为什么？他烦躁地敲着桌子，希望能再次往下挖掘。

李奚瑶没能第三次见到李克用，即使是她从大连返回的过程，继续和他确认最后的疑问。

她们分别在不同时间死了，以不同的形式。

老石接到新加坡电话时，正在证物室仓促地吃午饭，对方讲到一分钟，他便果断按下了免提键。

声音直接传了出来，响亮中带着一些忧虑。

“那个文身师，李克用，也就是上名死者李奚瑶二次联络过的人，死亡报告出来了。老石，你确定不用加派人手吗？”

“讲案子，都等着呢。”石守义看了眼快餐盒里的番茄蛋，马上要凉了。

对面沉默了几秒，又说道：“情况会影印传真给你，简直一塌糊涂，我们也毫无头绪。而且，石守义！”

“怎么？”老石望了眼周围的两人，严格来说之前的内容都让皇成纪过度参与了，但目前涉案的人却因为李奚瑶和他的间接关系，变得越来越复杂了。

也罢，作为线人，他也许能拉出不同的线索。加上皇氏集团对这次事件施加的压力，带着他，应该有所减弱。

“和之前两期现场情况不同，他很特殊，相当特殊。”声音咳嗽了下，继续说，“他是淹死的，但又不是淹死的。”

“什么？”老石回答着，右手又不停在桌下转着烟，最近的依赖确实越来越小了，但焦虑并没有减少。案子调查总在原地绕圈，少许有进展，又立刻被一堵墙挡住。

他觉得自己像被塞住嘴巴，又蒙上眼的驴，按着某些人的想法在走向偏差的方向吗？几次感觉对了，也许所谓的线索碎片全是安排？南辕北辙，浪费时间？

“淹死，又没有淹死？”吴警官纳闷地问道，对方又重复了一遍。

“是的，你们自己看传真吧，这边也焦头烂额了。老石，我先挂了，又有其他压力下来了，你赶紧吧。”

电话挂掉的半分钟内，随着传真机的声音，大量文档和图片打印了出来，而数张照片也传到了内部的微信。

吴警官一番快速的操作，照片出现在投影布上。

“这……”

皇成纪盯着投影仪上的照片，使劲咽了咽口水。他并不认识李克用，只是从李奚瑶的笔记中，他和老石一起补充了他的少许特征。

第一次见到真人照片，便是这么刺激，多少让他无话可说。一旁是吴警官的连番告诫：“你所有看到的，都只能留在证物室哦！”

“是，是，是。”皇成纪像啄米鸡那样点着头。

老石凝视着法医处传来的照片，李克用脸部皮肤呈现青紫，双眼充血，口腔中布满血泡沫。

他其余细节照也是，手掌、手指、腿部静脉曲张，以及通体苍白，局部发紫，除了没有鼓胀，其他都显出在水中死去多日的状况。诊断报告附加的脑切面，更显示他脑灰质部分严重受损，似乎死前经历了极大刺激。

“是被迫溺水，在挣扎中的惊吓，导致吗?”吴警官自言自语着，但他立刻又否决了自己的判断。

“不，不可能。”他望向老石，石守义抓着头，右手拿烟敲着桌子。

他走上前，距离投影布非常近，想更清晰观看肺片的细节。

李克用的肺泡是黑的，而且萎缩严重，显得很干燥。嗯，抽烟过度，典型焦油肺，老石看着不禁捂了下自己的胸口。

而其他的现场照片更简单的得发指。李克用的第一死亡现场在客厅与靠近小阳台之间，他身穿宽松上衣和紧身运动裤，倾倒在两个空间之间。房间里除了日常家具，无有特别。唯一亮眼的是和“水”“淹死”有点关系的物件。

一口特大的水箱。水箱和水都很完整，地板也没有过量水吸收和阴干的痕迹，死者身上也没有。他和水，完全没有关系。

“玩脱的新加坡胡迪尼么。”吴警官嘴里念念有词，不断咬着手中的笔头。

“根据传来的法医报告看，身体其他器官没有任何在水中浸泡，或吸入水导致窒息的痕迹。”

“而从脑切片来看，李克用有严重脑灰质异常，脑白质有巨大阴影，受损率高。”吴警官手持 Ipad 翻页，一边念着。

“脑部长时间缺氧，才会导致白质区间受损。脑灰质异常已不是短期，显示李克用有近半年脑灰质异常过程了。”

吴警官说到这，老石打断了他，并说道：“他的病史可以拉出来对照下，长时间失眠，失忆等，还有焦虑并发症。”

“等等。”老石像是想起了什么，示意吴警官递来 Ipad。他皱眉凝视着相关文件，又上下快速来回翻看。

“小皇，你来看一下，是不是她？”石守义严肃地指着Ipad上其中一份文件和两张照片。这些也是在李克用遗物中找到的，其中文件表面皱褶满满，一半还浸透了咖啡渍。

“即日起，诊所对该患者一切资料保密，包括咨询记录以及患者数据。……”

上述问诊记录，收据上心理咨询师是文吉真，文件底部是大大的“金莲花”的Logo印章。仔细看来，这朵烫金的莲花是倒置的，如同水中的阴影。

而照片收录了午后阳光下，文吉真受访的一幕。照片光线很好，文医生端坐在白色长桌右侧，手前是她展示的新书——《心灵宫殿与鸦影》，想必这是推广宣传的硬照。

“拍得真不错啊，应该李克用是看到文医生新书发售，媒体对她的宣传，了解到信息的吗？”老石想了想，看向皇成纪。

“不过，从新加坡慕名而来，你女朋友不简单啊。她的心理咨询很知名吗？还是因为她那个特殊研究？”老石问道。他一手撑着桌子，以便更仔细地盯着照片的细节。

他发现一些有趣的地方，右手摆弄着自己的胡须。片刻，老石望了眼两人，又停止了动作，也许这样显得自己太得意了。

他指着照片的中间，大声说：“文医生的气质确实会分散专注力，但照片里，该还有更多的线索，看仔细了！”

文吉真的桌上，除了她的新书外，还堆叠着两堆讲义夹，一些文具以及几本黑色皮质笔记。在她右手肘后，粉色书立和一个多彩琉璃花瓶之间，有个白色的雕塑。

皇成纪和吴警官同时双眼一亮，三人几乎齐声说出那句话：“头雕，那个该死的头雕！”

“你们觉得是万青毫给她的呢？还是李克用给她的？又或者反过来？”老石笑着说，但皇成纪并没感到那是喜悦的表达，相反他觉得老家伙快要爆炸了。

“你的女朋友这个头雕，和李克用那个是一个？又或者……”

“石警官，我承认也许有联系，但请不要随意增加嫌疑人吧？”皇成纪显得有些懊恼，但他立刻又回到了故作热情，咋咋呼呼的状态。

“吉真有很多暗恋者，我也很烦恼的，这真心证明不了什么啦。”他说着，又拍拍老石的肩。

“对不，老石。啊，吴警官，你觉得呢？”

“你们漏了这个吧。”吴警官突然说，而他手指的位置，是照片中极不显眼的地方，但却是皇成纪熟悉的细节。

在文医生瘦白的胳膊旁边，那堆讲义之间，被笔记本遮盖一半的阴影处，露出的两本书。

《面具之惧》，还有一本他们都熟悉的杂志——十四行诗出版的某期刊物。

老石沉默了半晌，慢慢地说道：“无论死者见文医生是为了咨询，还是别的。这些贯穿案件的物件，都在她的桌上出现了。”

皇成纪抚着额头，若有所思地想着，那几本书他都曾在自己和吉真的浪漫小屋里见过，但是在何时呢？他皱着眉，此时总觉得自己脑袋里充满了水汽。

《心灵宫殿与鸦影》节选

作者：文吉真

我们常称人类最深的潜意识为心灵的投影，它们在深流之下，被各种杂物隐藏。

杂物们，我愿视为荣格标注的那些“Persona”，人格的“面具们”，满足我们的扮演欲。

但它们从何而来呢，这便是我最初研究的课题由来——“某处”，源源不断制造它们，不间断地为人类提供制造多巴胺的“影像”和各种工具。抑或它们一直在某处，只是被激活，从其他宇宙的角落。

在这个研究课题中，我们先且不论心灵为何物，更多的研究是关于“某处”的。

看到这里，老石不禁切了一声，他是个有内在信仰的人，对这样把人摆弄来，摆弄去，但不着深处的文章异常反感。但案子还是案子，他只能提提老花镜，继续看下去。

我将其描述为各种的“心灵宫殿”，也有同行称其为“梦龛”，经由梦触发，而去展现的“真相”。最终心将其连接，铺陈为完整，复杂交错的“殿堂”。

我的投资人和其背后的力量，对我的研究产生了兴趣，并试图将学术模型再现化，以新的 MR 技术还原个人的“宫殿”，达到深入了解的目的。

老石又看了一段，便夹上书签，折好老花镜，按摩起太阳穴来。

“不行了，太学术了，看着头疼。”吴警官也眉头紧蹙，也许他们认为文医生著作里有线索，是个更遥远的坐标。

当然，也不是毫无收获，在这本论文集般沉重的著作里，老石翻到了与死者有关的部分，那些奇异的照片。

被文吉真称为“鸦影”的，在世界各处拍摄的奇异影像。显然，与死者笔记中留下的照片风格比对，以及皇成纪提供的信息。他们更加明确，大部分书中具有特色的配图和照片皆出自李奚瑶之手。

他摆摆手，让皇成纪接手，继续念下去，而自己可以好好缓冲下堵塞的思绪。

老石只是闭目，认真听着。

最初，我们用“鸦影”来理解这边和那边相撞后产生的缝隙，在对象成为展现“另一边”，我们所不知的宇宙景象时，会以“鸦影”般缥缈不定，又充满诱惑力，浮现在表面。

我们所认知的“器世界”（这个，我将在其他章节讲述，这个容易破损的世界。）表面，充满了各种膜，其中“时空膜”如肥皂泡般，只有“鸦影”出现时，才能短暂窥见。

这个实体化项目，就是在此需求上发起的，旨在使用“另一边”的技术，帮助我们更多理解心中“鸦影[1]”展现的含义，并去了解其他宇宙的奥秘。

“奥秘?”吴警官一脸迷惑，简直应了那句话：“小朋友你是否有很多的问号?”

石守义快速喝着咖啡，回溯众多的词汇。他望着皇成纪，伏案朗读的他也是一脸茫然，显然过于专业的术语难住了他们，也让老石有些挫败感。

某种角度来说，他的知觉触角精准找到文医生和事件有千丝万缕关系，但展现出的情况，却又毫无联系。

“更让我在意的是鸦影这个词。”

下面这一整段，文吉真曾仔细写在研究笔记上，但最终没有使用在《心灵宫殿与鸦影》的正本上，所以三人并无缘得见。

当然，这样使用人类情绪和生物电引发的周围情景化，需要巨大的能量。这不是地球科技可以解决的，但投资者给予了巨大的“奇迹”。

郑向我展示了它，那个黑色球体。

在她笔记的那一页，文吉真附加了几张照片，其中一张是相对模糊的黑白照，有些抖动，像是偷拍所得。它就这样夹在本子里，与其他印刷物格格不入。

黑色球体，一副地球上无法制作的感觉，表面布满细纹的材质凸显着沧桑。它被放在一张普通的木桌上，显出它的不普通。

“人类是有希望的。”文吉真的书里那么写道，“最初，他们用梦提醒你，更多的还有鸦影，浮现在这个世界的蜃影。但，方法越来越无用了，也许是人类神经耐性更高了，在钢铁森林和霓虹中的沉溺，绿洲的呼唤也无济于事了。”

郑荡波是这样说服我的，将心灵完全具象化，让人直接面对它，宇宙展示的自己。在任何处所，在那边的可能性。

[1]　老石批注：这个标签，不知为何，我总会想到卢撒克的画。

这比疲软的心理按摩要高出太多。

听完这一段，老石打断了皇成纪的朗读，他问道："小皇，你女朋友应该算是个学霸吧？你知道，她在学院的时候，跟导师关系如何吗？"

"怎么突然这么问？"皇成纪抓抓脸，暗自惊叹老石的跳跃思维。

"我在尝试对照人和论文间的关键，怎么说呢。"老石停顿了下，似乎在调整语态，接着才说完下半句话。

"我感觉你女朋友在学院受到了不公的对待，或者说，被某些选拔制度所害……"

他看着皇成纪，脸上露出一些父亲般的苦笑，这样的表情，皇成纪只在老石和女儿说话时看到。

"她确实讲过课题被导师否决的只言片语。"

"也许，她所谓的投资人，对她来说很不一般。"

"这我倒感觉不明显。"皇成纪回想着文吉真与自己相处的各种细节，她是个工作和生活很割裂的人，为此留给他的都是美好和虹色的一面。

"但说到这个投资人，他似乎做了很多和他人不太一样的事情。"皇成纪想了想，肯定地说："郑荡波，我没记错的话，我朋友的画展也是他策展的。"

"什么？"老石大为惊讶，他猛按桌面，又向后靠去，陷入更长的沉思。

"但代价是什么呢？"文吉真在书的结尾写道。

4.5

"我已经被黑狗追踪了，只能想办法躲着，藏起秘密。"李克用指了指自己的太阳穴，又按住自己的嘴。他双腿蜷缩蹲坐在沙发上，加上手部的动作，神似日本能剧中的某个片段。

一个吓坏又故作镇定的人，所有的表现，不外乎如此了。

李奚瑶惊愕地望着他，这个最初见面的网红文身师，众人趋之若骛。然而，只是她来的第二次，李克用几乎闭门不出，也不接任何生意。

他的工作区域和之前的井然有序完全不同，现在变成了战时仓库，成箱泡面，大桶水，以及各类压缩食品、罐头。

而李克用变得头发杂乱，四处开叉，胡茬和野菜地般疯长，从嘴角覆盖到两腮。下巴也是稀稀拉拉，神色加剧衰落，如饥荒下的老山羊一般。黑眼圈重重框住他细长的双眼，显得更无活力，而不是初见时闪着光芒的他。

“你是多久没出门了？李克用。”李奚瑶一边帮着收拾满地的垃圾，快速扔进大垃圾袋中，一边吐槽。

“三周？一个月……吧……”李克用张着疲惫的双眼，他抖着手拆开一包烟，发黄的手指挑出一根就塞进嘴里。

“我也不知道，他们一直在找我，哪里都是……”说着，他捂着眼，重重叹着气。

“你就一直躲着吃泡面？天哪！”李奚瑶在垃圾中穿行，已经塞满了三大袋，通往厨房的路上依然被破纸箱、堆叠泡面盒和大小不一的瓶子占据。

“你至于怕成这样吗？万老师让我找你，你就这么副怂样？”她没好气地说着，一边还在折叠纸盒，努力清理到厨房的通口。

“被发现就完了……你是不知道他们的手段。”他打了多次火，Zipoo 差点掉在地上，才勉强点上了烟，整截耷拉在他嘴唇上微微抖动燃烧着。

“什么手段？比你把自己变成个叫花子更厉害？”李奚瑶拖着垃圾袋，猛地一拉，拖到厨房尽头。她拍拍手，不管如何，总算是能使用厨房了。

她打开冰箱，审视着里面的备货，面露难色。除了过期的牛奶，颜色老如吸油布的苹果，只有一盒发霉的饭了。

“啧啧，不管怎么样，你没被黑狗抓住，你也要把自己弄死了。连像样的食物也不弄，万老师的遗愿看样子是让我来救你吗？”李奚瑶转过头，看向缩着的男人，何谈第一次见的风趣幽默，气质优雅，简直跟风干的苦行者一样。

李奚瑶乔装买了大堆补给，完全塞满了李克用的冰箱，她煮完杂烩面之后，静静地看着面前这个家伙，拼命吃着。

“你们这些人都一个样。”她笑着，此刻除了想起那个丁一，还有大连的时光。

“你不要问我为什么，在我的规则局限里，你只能叫丁一。”李奚瑶看着他，说道。

“这也是万老师的意思吗？”他皱着眉，但努力默许了这个称号。

“因为那个规则吗？秘密语言？”

“没错，秘密语言。”她打了个响指，说道，“延缓被黑狗找到的时间。”

李奚瑶最后的快乐时光是待在海边的日子，大连，尽管波涛未曾宁静，却让她在远离北上广喧嚣的时光里，遇到了重要的人。

丁一，其实是个矮小的家伙，但在大连这样的地方，并未显得显眼的渺小。两人相遇也特别简单，只因为万青毫的一次展览。

而李克用的因缘将两人再次相连。

致命的邂逅，也让李奚瑶体验到真的有无法忘怀的吸引力，灵魂的伴侣。

万老师的“自然空间”展布置在整个天然植物生态区内，他在其中隔出了一大圈玻璃外墙的展示区。作为沪杭市植物园也大力参与了他的展览，每个特色植物生态区内，加入了万青豪的那些外星生物雕塑，立刻让本土植物保护区里，出现了一个“阿凡达”区域。

它们体型各异，大的占据了单个玻璃隔断区的三分之二，绿植丛中尽是它漆黑瘦长，又充满肌肉线条的身躯。那些小的外星种，则被万青豪安排放置在藤蔓植物，蒿草丛中，沼泽深处，都时隐时现它们的身形。

仔细观察那些生物雕像的细节，它们的关节和突出的骨刺，外骨骼结构都制作极其细致，而一些材料上还能看出真实材料的痕迹。

“这是鸟类骨骼吗？还有这，看着是兽类骨骼，表皮居然还用了真羽毛？”她惊讶地拍着照，并按着录音笔，做着记录。

“惊奇吧，这些真实材料的部分，都是丁一做的。”万青豪笑着做介绍，他一路引导众人，穿过植物密布的生态区，向深处走去。

对，连我的记忆里，你也只能叫“丁一”。

当时的李克用戴着墨镜，随时捏着“偶像派头”，一副浅黄色蛤蟆镜，从进展览开始就没拿下来过。

“我是代表那小子来的，他有社恐，所以我来帮他拍点照，顺便亲眼看看他参与的震撼部分。”

“意思是，你是社交牛人吗？”李奚瑶一脸不屑，在拍照之余，不忘冷嘲一番。

“这我哪里敢呢，社交牛人一定是万老师，游走政府，搞这么大排场。”李克用说着，还端着姿势边看边走。两人拐过一片阔叶林交错，笼罩之处，他突然指着一处，惊呼起来。

“就是那个了！外星软体杰作！”

李奚瑶顺着他指的方向看去，前方阔叶林的正中，一尊庞大的生物雕像，正在顶上灯带照耀下发出霓虹般的表面闪光。她瞪大了眼，当然也没忘记拿着莱卡，使劲拍照，这绝对是下个专栏头版的靓照。

它像是一头被软体水蛭包裹的鸟类，但并没有完成进化。半透明的外膜带着水的光泽，看来是一种硬树脂做的外壳，内部又浇灌了软液，它完全浸泡了中间的混合骨架。

“很惊人，也很像史莱姆吃下了一堆乱糟糟的生物，又熔铸成一坨冰淇淋，还是七彩绚烂的。”李奚瑶说道。

“但震撼是没得说啊，你会好奇它生长在什么宇宙，何等星球，又发生了怎样的故事。”李克用推推蛤蟆镜，也拿出手机四处拍摄。

“中间那个刷新进化论的骨骼，就是丁一的作品么？”李奚瑶转头问道，万老师正和另名记者聊着什么，脸上却看不到成功的笑意。

“对啊，它完美展示了本则大陆，新软体生物进化到鸟类之间，一种间隔生命体。”万老师向记者示意稍等，便拿着小激光笔，照着雕像，介绍起来。

“他使用了各种禽类骨骼，爬行类骨骼，骨板以及筋膜，加上制作的软骨，就构成了眼前这进化中间体了。”万青豪笑着说，他看着李奚瑶，点点她手中的书。

“差不多就是书里说的，那种姆神的原型。”

“啊，我会补课的。”她浅浅笑了，《面具之惧》么，还有《骸族生物研究》，又是万老师那位神秘朋友的作品。

4.6

“……图案的花纹边缘都有轻微烧焦一样的黑晕。而图案本身特色鲜明，剥幕是一个黑色的荆棘圈 [1]……”

李奚瑶随身带着万老师给的那本书，《面具之惧》，它已经被两人翻得很烂，封面和内页早已边缘破旧，划痕累累。

“它记载的全是已发生的事情，既是未来，也是过去。”万老师是那么形容的，眼神中带着光彩，同时也难以掩饰一种慌张。

“当然，不属于我们这个时空，不属于地球所在的宇宙。”老艺术家说起这个，就开始双手活跃，指着工作室中各种草图，开始描绘李奚瑶此前无法理解的事物。

“我啊，很快就要变成他的双眼了，看到的也不是这边的阳光了。”万青豪轻轻说着，拿起锉刀，打磨起手上一块白灰色木制的东西。李奚瑶皱眉看着，许久，她又凑得更近，丝毫不减对白色东西的好奇。

[1] 老石批注：我一定在哪儿见过……

“怎么？又对木雕有兴趣了？”万青毫笑了笑，停下锉刀，反手转了两下手里的白色东西。

“他？”李奚瑶问道。

“对，他，我将从这边转换到另一边。”万青毫又笑了，他从桌上拿起一个指尖陀螺仪，展示在他掌心。它看着和市面上的有些微不同，除了常有的几个圆弧外，在弧面和轴心还附带着一些圆形球体，会随着圆弧转动而移动位置。

“是不是很精巧？”万青毫右手食指一转，圆弧以此转动，而球体也上下移位，此时它结构如放射的细胞增殖态，又形似星体模型一般。

“这个很特殊啊，这也是你做的？”李奚瑶一副迷妹的表情，万老师索性把陀螺仪直接放在她手中，又笑着说，“它的作用很特殊的，你以后会明白的，结合你的天赋。”

“我的？天赋？”李奚瑶一头雾水，但欣然收下了精美的礼物。

“随着星轨移动，我的任务基本完成了，按照他的安排。”万青毫显得少有的热情，一扫之前几次瑶瑶造访时，他的颓态。

“当群星聚集到一条线时，就是门再次打开的时间，我就可以走了。”万老师又看了眼陀螺仪，它最后旋停的形状很美，如卢瑟福原子模型。他也清楚，当中间的能量开始放射时，宇宙周围全会觉醒的，无论是原子核，还是宇宙星系群。

他只要做好点燃的引线就好，即使成为超新星，产生瞬间的高亮，也是值得的。

万青豪想得出神，回神来时，李奚瑶正兴趣盎然地看着他的作品。

她瞟了眼工作室大批堆积物中，除了包裹整齐的大叠油画框外，还有好多尊大型的物体，它们被白布盖着，却隐约透露出其中怪异和多变的外形。

“万老师，那些又是什么新作品啊？”李奚瑶的好奇又浮现出来，她一边说，一边想去掀开某一堆上的白布。

万青毫抽了抽鼻子，他站起身，帮忙掀开了正中那尊的白布。

“骸族的召唤，是这组的名字，算是我最后的得意之作吧。”他说道，望着中间最大的那尊，有点出神。

"之前的展览获得好评，意外得到一笔大订单。"万老师指指被白布裹住的雕像堆，说道，"文化公司的大老板，据说是用来装饰他的日式庭院。"

"啊，那也不错啊。"李奚瑶笑着，她右手轻摸着雕像表面，心里想着。说实话，这些外星生物，风格跟日式庭院会搭吗？真是奇怪的富豪心理。

她仔细端详着它，漆黑泛着油光的表皮，从三角状头颅后瘦长充满肌肉之美，骨刺从直立脊一直延伸到尾巴，充斥着力量和诡美。

"这做的是降临者吗？"她问道。要说雕像的回旋镖式的脑袋，两侧双排的复眼，反向关节的六条腿，李奚瑶唯一能想到的就是"那个大坑中的降临者，剥幕的一部分"。

"是的。"万青豪点点头，他继续揉着手中的油泥，面前是这个系列最后一幅的草图，《人形的阿西卡》。

"其他的全是降临者的进化线。"他说道。

她又看到万老师书桌后墙上方的一张书法，被金框装裱，上面用行书体写着：

"心如工画师，能画诸时间；

五阴悉从生，无法而不造。

觉林菩萨偈云"

"好字啊！"李奚瑶拍起手，大为赞叹。她做酒店专栏时，走访世界，见过不少行书作品，很少见到如此奔放的墨宝。整个偈子被书者用黑墨表现得如行云流水，黑龙在宣纸上奔腾而过，才造就如此佳作。

"墨龙舞空，气冲云霄！"李奚瑶比了个心，喊着，"好字，绝佳啊！"

"哈哈，是啊，超级佳作，可惜我也看不了多久了。"万老师笑着指了指《面具之惧》，说道，"他的字，回头我不在了，你就帮我收藏起来吧？啊？"

"这……好吧。"李奚瑶低下头，陷入了沉默。

而后，万老师又给了她一本《白雾》，并指着她的脸，笑着说："这也是他写的，你拿回去仔细看看。你会明白，你的天赋是如何重要的。"

李奚瑶从收到《白雾》开始，便隐约感到自己的生命将发生剧变。接受一种可能性，甚至改变了自己对原有所谓“缺陷”的认知。

她那让自己曾痛苦不已的“白色浑浊”瞳仁，并不再是一种疾病，而是早已给予自己的，却被“某些力量”刻意隐瞒，是真正所谓的“天赋”。

她放下书，对着镜子，盯着自己的左眼。只要情绪激烈时，那白雾般的瞳孔便会翻腾，如充满烟气的水晶球。

过去的她会极度恐慌，但现在的李奚瑶却胸有成竹，白雾会有静下来的时间。

如《白雾》一书中所述，骨燃对其的研究已有部分成效。骸族人长期被剥幕的黯光[1]影响，它更像某种特殊的辐射，这使得他们部分人的双眼成为“白雾”。但也使得他们能清晰地看到不同的“界膜”，即世界和宇宙的缝隙，只要能控制这神赐之瞳。

但同时，李奚瑶内心有了更大的新疑惑，她的“白雾”眼又是在何处获得？或是受到特殊“辐射”呢？

还是，她简直不敢想，如果是某种遗传……

真的如同李克用所说，“曾所信任的一切，都可能是假的？”言语和图像，在记忆中，都是被掩饰过的假象。那我如何判断什么是真实呢？李奚瑶对着镜子，疑惑再次几何级倍增。

《白雾》节选：

我在黑格的时间超过了很多人，在那里跟剥幕中心很接近，接近无限的自己，也超越了时间。

在大段空白的禅定之中，我反复思考过卡纳维提过的骸族天赋。我们的“白雾”——白色如雾的瞳孔，它会如打散的膏粉让整对眼珠都变得浑浊。

很长时间里，如此的瞳仁被解读为无情的象征，但事实却是相反的，我们的热情超过了其他瞳色的生命。

[1]　如《面具之惧》中所描述，骸族人面对的巨大天体－剥幕，它所发出的特殊光芒，黯淡却刺眼，逐渐改变被照射的所有人。

热情，勇气，慈悲，是所有生命超然的基础，这也像浓缩在我们瞳仁中的烈火一般存在，永不消逝。

当热情与专注超过一切杂染和情绪种子时，白雾便会开始散去。我在散去之后的时光里，窥见了真实，我们的世界并不孤单。

在那之后，李奚瑶开始了观察，与过往不同的方式。她用另一只眼，抓住偶尔雾气散开之时，看着"此地"的缝隙。

于是，她发现，宇宙在呼吸，每条弦都在弹奏音乐，在这里和那里。

因为她酒店专栏作者的缘故，李奚瑶便于游历各地，更多掌握"白雾"褪去的诀窍后，她开始关注"无名之地"。那些地方与网红地截然相反，是罕见偏僻之地。

更加原始，生态，不为人知，都充满了"裂隙"，与"另个宇宙"相交的裂口。稍纵即逝，但一旦捕捉，便能感受更多。

第一次见到皇成纪时，这位同龄人，在玩世不恭的面具下，她看到的只有悲伤。

但让她一直瞩目的是，只要和姐姐在一起，皇成纪的身上就会出现一些波纹，或者该说是种折射，"宇宙之光"的折射。

在白雾褪去的几十秒内，她能看到，皇成纪成了扇窗户，或是闪烁的幕布。与他本身重叠而映现的，是另一个世界的景象。

那是一棵庞大的榕树，离她们很远，处于孤寂的无限之中。

树冠硕大，根系却在地下隐没不清，树冠的上部因为那些"另个世界"的狂风，而低垂在地。

"你这么看我是啥意思?"皇成纪搔搔头皮，作势嬉笑。

"你……有些不太一样。"李奚瑶几乎没有眨眼，她白雾的瞳孔还在努力凝聚着，而皇成纪的半透明状态也呈现着不同的景象。至于姐姐，还在专注她的论文，认真得旁若无人。

她快速看着，榕树之后是一整片的湿地，上面漂浮朦胧的雾气。深远的墨绿色中，她却看到一个很小的身影在走动，似乎要靠近无法捉摸距离的远方。

“我只是持久的行者。”她听到一个声音说。她还想捕捉更多的话语频率时，人声沉没了，只剩余阵阵风沙声。

转瞬间，极度专注的刺痛影响了她的眼睛，泪水一下涌出，冲刷了她简单的眼影，划下几道淡紫色的轨迹。李奚瑶立即闭上眼，死命眨着，另一手向皇成纪挥着。

“什么？看到我的不同成分，你需要这么感动吗？”皇成纪表示不解，但他确定对瑶瑶的白色眼睛更有兴趣了，被文吉真称为“牛奶眼”的妹妹。

“纸巾，快啊！”对方右手还在挥着，直到皇成纪递去了几张纸巾，她仰着头，小心地擦拭几下，才逐渐恢复正常。

“你咋了啊？别啊，你姐还以为我欺负你呢。”

“等等。”李奚瑶还仰着头，她感觉额头剧痛，用眼过度的感觉似乎延伸到了眉心。这是什么样的变化，这颗白色，奇异的眼珠啊……

跟那本奇怪的书指导的一样……

她想着，脑海中又浮现出万老师说过的话：“啊，奚瑶啊，你的白色，是一种天赋，不是问题哦。”

李奚瑶还记得万老师祥和平静的表情，并特意展示的那张惊人画作。同样有着全白眼珠的人群画像，不同的他（她们）如同隐藏在大群中的异类，熟悉又陌生。

“你终会明白的。”万老师最后那么说。一想起万青毫对他最终结果的预告，李奚瑶眼角又感觉湿润起来。她赶紧拿纸巾捂住眼睛，几次深呼吸，才稍稍缓和下来。

“你跟吉真，确实很不一样。”皇成纪笑着打趣，但让他介怀的还是瑶瑶的白色眼睛。它确有那么几分钟，注视自己的几分钟里，它变了，清澈过，不是那样浑浊。仿佛她看进了自己心里，那是为什么呢？

“什么不一样啊，你不就会关注丝袜和大腿吗？跟在我姐后面嗅阿嗅的，秀儿一个。”

李奚瑶又擦拭几下眼睛，痛感终于减弱了，右眼回到了接近失明的老样子了。当然，不是眼睛的进展，也许永远无法改变对皇成纪的看法。

啃老色胚，废物点心，幼稚混子？该如何恰如其分形容，自己对皇成纪一贯的标签？姐姐看男人的标准一直很烂，完全无法成为一种规范。李奚瑶望着皇成纪，“界膜”的景象消失了，下次她会再看清楚些。他和大榕树，湿地还有远方那个追寻之物的关联。

少年啊，去追寻远方的梦吧，她心里浮现出这样的歌词。李奚瑶不禁浅笑了一下，差劲啊。

“喂，我是在说你啊，怎么扯到我了呢？”皇成纪还在笑着，他寻思是自己眼花了？这会儿，看瑶瑶的右眼又变成那让人生怜的白茫茫了。除了泪痕和花掉的眼影证明发生过五分钟前的对话，一切都成为屁一样的玩意儿了。

但，她那是什么意思呢？说话也是越来越迷人了。

“你姐，怎么说呢，充满了计划和目的，马不停蹄。”皇说着，还朝客厅看了眼，文吉真依然在 Mac 本前奋力工作着，无视他们的小插曲。他摆着手，一副无处安放，恨不得砍掉的尴尬。

“你不一样，瑶瑶。”

“我咋了？我是漫无目的，是吗？”

“不，不是啊。”皇成纪支起腰，望着天花板，那个灯带偶尔会闪，看着是要换了。他想了很久，又回身看着李奚瑶的眼睛，说道，“我倒是觉得你有种莫名的使命感，不是利益驱使那种。”他顿了下，搔了搔鼻子。

“那种，天生要做点大事儿的样子。”

“啥？哈哈哈，鬼扯吧，你。”李奚瑶倒是笑了起来，其中也带着些无奈。她并不认为自己比姐姐优秀。相反，她内心更多的是困惑，自己除了摄影，写点小文字专栏，啥也没了。而姐姐，一直学业优秀，现在又是研究生，导师那么坑爹，她也扛下来了。现在又有人投资她的项目，简直是“邻居家的孩子”。

“我自己都没那么觉得，不过，你这么说，我少许有些高兴。”她看了眼刚搁在桌边的大文件夹，暗暗又坚定了决心。关于万老师和“绿洲”的研究应该继续下去。这是所谓的大事么？她一直不明白什么是大事，什么是小事。

“你果然会哄女孩子，姐姐说得很精准，不光是个摆设。”她甩甩手，准备结束这个尴尬但还算愉快的对话。

“我要先闪了，下午要飞，采访一个文身师。”

“是吗，期待看到通稿啊。”皇成纪还在想眼睛的事儿，视线开始发飘起来，关注点变得上下游离，但也忘不了客套，“那回头见，又要我帮的，尽管讲。”

“我闲得很。”他说道。

“行。”李奚瑶想了想，点头示意。

“也许之后真有事要问你。”

两人就此别过，却是皇成纪最后一次见到她。

新加坡一行后，他们完全失去了联系，连文吉真也再找不到曾忽略的妹妹。

除了她为姐姐新书《心灵宫殿与鸦影》拍的所有照片，绘制的配图外，在沪市的家里，她没有留下任何其他信息。

不过，让石守义也未曾想到的是，就是这些老人家觉得乱七八糟的迷幻风照片，增加了解码这个秘密的可能性。

4.7

对“十四行诗”的调查非常顺利，这是老石意料之外的，似乎没有黑幕遮蔽了这个“关键词”。

“十四行诗”作为一个出版社下的分组织，除了发掘各种诗人，编集诗集出版，并搞定期活动外，它还会有成员随机与郑荡波互动的环节。

老石看着一张照片，一群人聚集在商业街的中心地区，繁华地带里的最高处，经贸的宴会厅，齐聚名流和文人中的翘楚。他们是老石无论如何加入不到的那群阶层，显然照片中的时刻，这群人如同众星拱月般围绕在郑大商人的周围。

他并没有显得不可一世，反而面带谦逊。但怎么说呢，老石皱了皱眉，他的直觉告诉他，这人确实有问题。是什么呢？不知道，直觉目前能给的线索太少了，比他的工资还少。

老石发现，"十四行诗"的Logo有两种变化。2014年到2018年的版本，它的图案只是普通的多环交缠，一股凯尔特艺术的感觉，同时还会想起被光环包围的"红山玉龙"。

吴警官收来了所有"十四行诗"期刊，厚厚的一整叠，中间囊括了期刊"分水岭"般的审美变化，以及Logo的骤变。

2018年11月起，"十四行诗"的整体风格开始远离过去的文雅韵味，变得带有"黑暗森林"般的疯狂感。无论字体、配图，都转为狂野中夹带鬼魅的搭配。

例如字体边缘的荆棘花纹，甚至是一些环形，分形的图案搭配。而封面配图用得更多的是，迷雾丛林中渺小的男孩，深处是庞大的野兽，同时也伴随细节概括，隐匿在黑影之中。

老石眯着眼，右手努力抚着老花镜脚，它的一边还被自己不慎用屁股压了一次，只能勉强维持固定。他快翻着11月后的每一本，一样的主题，迷雾中的奥秘，渺小的人，不可知的猛兽。仿佛期刊的拥有者，在用契合的元素，表达自己变化的心境吗？

而之前的Logo，环状的钩形，变成了三个剪影的空心环。每个剪影是同样的黑色，它们像折纸的动物，嘴大张着，紧盯着前头的尾巴，就如此环成一圈。

总之，这Logo充满了埃舍尔的装饰感。这名词，老石还是从女儿那里听来的，据说是著名的"图与底"形式大师。

"它们好像是黑色的狗，还是不太正常的那种。"吴警官指着图案，轻轻说道，"我都想到巴斯克维尔的猎犬了！"

"你小说看太多了！这是意向！一种抽象方式去解读的暗喻！"老石瞪了吴警官一眼，继续翻着期刊。

"说到暗喻，石叔，这个环的排列本来不稀奇。"皇成纪突然插话，他也正仔细翻着其中一本，从封面到内页，无不仔细，眼睛瞪得要看穿纸张一般，“但首尾相连，我想到了衔尾蛇……”他停顿了下，手做了些比画，“或者大嘴巴咬住前面，又互相牵制，也有点饕餮的味道。”

“你这么说，我还想到人体蜈蚣了……”吴警官又喃喃道，立刻被老石的眼神打了回去。“抱歉……”

石守义右手转着一支烟，不能点，只能闻闻味道，缓解一些他的焦虑。他又拿起另一本期刊，同样的黑色图形在右上角醒目又低调的存在，他点了点头，说道：“的确，小皇的观点，我赞成的。这种图形意象，联系到饕餮，这种代表贪婪的凶兽，那简直投射出一种狂妄。”

“但吴哥说的黑狗……”皇成纪眉心皱了起来，他隐约有种不好的感觉。无论是卢撒克的画，还是他跟自己讲的梦中故事，以及……这位大佬随身物品的一些图案，比如他笔挺的领带上的狗头。无一不和眼前期刊上的元素有着千丝万缕的关系……

当然，2019 年 1 月号的杂志中间，长长的拉页海报上，皇成纪看到了熟悉的声影。

卢撒克站在人群正中，被一群上流围着，背后悬挂着多张艺术作品。他身边除了熟悉的几人，包括最高的平克，还有他的美女经纪人——艾丝丽。而 C 位最显眼的是那位知名的商人，光芒照在他锃亮的头顶，郑荡波。

皇成纪也大略想起来了，这个所谓的巨鳄，从吉真介绍他进入他们的圈子开始，就表现出了惊人的兴趣。无论是对万老师的雕塑，还是卢撒克的话，甚至包括主动介绍医生，给宋看病。

“不过，巴斯维尔猎犬，这个故事的特性是什么。”老石手指还转着烟，他看了眼烟，狠狠地塞进了口袋。

“是隐秘性吗？还是刻意制造的形象呢？类似真探那样？”

“不，巴斯维尔猎犬，在传言中制造这个恐怖的化身，是为了掩盖真正的邪恶。”老石大声说着，脖子微微泛红，显得有点激动。

“无论如何，这个和黑犬形象有关的组织，是很明确存在的了，表面的一套和背后一套。”他说道，“触手还伸得很长!”

此间，吴警官一直在翻阅其他的《十四行诗》期间，他突然高呼起来，并举起了右手。他在其中一本期刊里翻到一页纸，上面画着几个符号，几条线，以及一段文字，看起来是个地址的速记。

纪蕴路 410 号，靠近呼兰西路……

皇成纪摸着脑袋，又揉揉眼，怎么是看着如此眼熟的地址。他努力回忆着，突然猛拍脑门，对着老石大喊：“我知道是哪儿了！我的天!”

“哪儿？你又知道了?”

“纪蕴路 220 号，是我朋友的新住址。”皇成纪胡乱挥着手，又使劲点着小段地址，发出闷闷的响声。

“纪蕰路是条 T 字路，对面号码反着来，会变得更大。410 号，绝对就是他住的公寓群，正对面。”

“哪里有什么?”老石推开期刊垒成的巨大“国际象棋”，身体向前一顷，钢刷般的胡须几乎顶到皇成纪脸上。

“或者说该有什么?”

“不，不知道。”皇成纪显得有点慌张，他用力向后一推椅子，发出刺耳的响声，但远离了老石灼热的呼吸。

“好像没啥特别的，我记得就是一排旧公寓，还有一片废弃的绿地。”

“废弃的？绿地?”老石向后撤了一步，双手紧紧反向扣住手肘。他闷哼了几声，又望向吴警官，大声说道，“卫星地图，精细的，速度。”

“于是，我们将沿着她的足迹，走上找寻真相之路。”

卢撒克在冷静之余，他一边翻着书，一边盯着桌子正中的植物，它也曾是树中人手臂的一部分。它如书中描述般，像生物似的生长，尖端还四处摸索试探着。

他想着，要如书中记载一样，像骨燃那样做，把藤蔓放入玻璃器皿。果然，它们像睡着一样，缓慢呼吸，静滞其中。

紧接着，像是从深处涌出的无名暗泉，一种绿色液体逐渐在器皿中堆积起来。

它如同果冻，卢撒克知道，那就是树中人说的——绿之梦。

4.8

“当它们化为人形时，一定要远离。”小屋里，光芒的那段人影，指着卢撒克说道。

“黑犬，总是跟踪着你，追随你的脚步，并企图找到我。”

声音还未说完，他便被震动打断了，周围的景象不再稳定，他也被拉离了。

将卢撒克从黑犬侵蚀的梦魇中，拉扯出来的是手机的铃声，熟悉的目黑将司的曲子。尽管如此，还未完全恢复百分百清醒的他，声音像是在用劲敲击他的脑袋。

他甩了甩头，侧过身拿过震动中的手机，缓慢举到面前，铃声没有像其他电话那样及时停止。它继续响着，而来电提示是“文医生”。

啊……撒克拍了几下额头，终于拉回头绪和记忆，从“白色王都”崩坏的梦中回归。她是宋的主治医生，对，没错……

在市立康复医院，他曾经拿过她的名片，嗯……文，文什么来着？撒克好久没见过那样的姓，他当时皱着眉，左右翻看名片，医生居然也有如此文艺范的名字，仿佛是个女频作家的……这蓝色的纸张加上烫金字，除去很小的两行介绍外，便是一朵反转金花在正中，下面是亮眼的名字：文吉真。

啊，文吉真……文医生……最近发生的事情太多，以至于撒克努力回想，还是很难确认相关的日程，只有一些细碎的画面……诸如这个小医生递上名片后，表面冷漠下，嘴角和眉间露出的一些红晕。在当时，他并没有细品那是什么，只是快速办理了宋康复相关的手续。蓝色名片也就一直躺在他某个口袋之中，最终和稿纸一起发皱，被遗忘。

“喂……”卢撒克接起了电话，又踉跄起身，把抱枕扔到一边，脖子夹着手机，用劲拉开窗帘。灌入的阳光让他双眼一眯，但随后看见的便是让人愉悦的绿洲。

“你是宋的哥哥吗?”文医生略为温吞的声音继续传过来，撒克努力搜索脑中混乱的事务，是忘了医药费还是别的？爽约了？

“对，有事吗?”他很不确定地回答着，换手拿稳手机，又侧身望向昨晚工作所得，那长形画布里逐渐展现的世界。那是窗口，“白色王都”的一切，正从塔顶向下呈现褐红色的一排大色调，之后那些藏红色人群的位置。

“宋已经两周没有来理疗了，是安排上出了什么问题吗?”文医生清了下嗓子，说道。

“这……”卢撒克一惊，他急忙翻了下手机，结果让他眉头一锁。确实，他的微信，连续很多条，从上周至今，宋都没有回复过。

“我会赶紧确认，非常抱歉。”宋不是一直皇成纪在接送的么？怎么突然？当然，撒克也来不及去细想其中关联，他看了眼沙发，赶紧套上自己浅灰色的大衣，并在沙发垫下翻到了钥匙。

挂了电话，他立刻赶往两条街后的商业区，绕过一片落叶林装饰的弯道，便是妹妹居住的街区。撒克瞥了眼很熟悉的三层大酒店，“潮王”，哼……残破的灯管至今没有修缮，也快是要倒闭了吧……改叫“土寇”差不多。

酒店后的一条单独的小道，笔直到底，便是宋居住的独栋小孤套。

几盆多肉类的“静夜”还放在外窗的小花架里，在楼道拐角处的它们依然宁静而美好地生长着，也不需要太多水分。卢撒克看了眼花架边，毫无水渍的痕迹，旁边一盆兔子花整个蔫了，向下收缩着。撒克绕过花架，外窗被里面的窗帘完全遮挡。他想了一下，重重地敲着门。

“星期三？你在不在？喂?”他叹了口气，又继续敲着。

电话与敲门无果，撒克只能拿出备用钥匙，缓慢打开，推了进去。

他扶着穆夏风格的孔雀屏风，脱下了鞋，扔到一侧，没换拖鞋就赶紧跑了进去。

客厅和厨房一如既往的平静，卢撒克听着自己的轻呼吸声，映入眼帘的只有盖着白布的沙发和硕大的钢琴。从妹妹坐上轮椅开始，这些东西被完全舍弃了，最终被遮挡起来。

他和这些白色的块状怪物们对视了一阵，眼见没有活过来的可能，便转向了宋的卧室。

熟悉的粉色装饰和床垫，宽大的枕头压在整齐的被子上。撒克摸了下被面，冰冷干燥，外加薄薄的一层灰，她是多久没在家了？

他向右看了眼，靠床的桌上放着两本《金枝》，J.G. 弗雷泽的，白色封面，绿色书背，是他没见过的新版。

"宋怎么开始看这些了？"撒克举起书的下册，一条细长的雕花书签夹在中间。

第六十一章，巴尔德尔的神话，608 页。

宋常用的勾眉笔，黑色带粉，在几行字上重重划着线。

有一天，巴尔德尔做了个噩梦，好像是它要死去的征兆。

卢撒克咽了下口水，又向下看去，黑线在"槲寄生"上反复划着圈。它在边缘还有化开又干燥的痕迹，像被什么融开了。

"她都在关注什么？"撒克停顿了下，扫视周围。确实，这个他曾很熟悉的环境，正发生巨大的变化。

宋曾堆满海报，音乐书籍和诸多牌子口红的柜子被一扫而空，只剩下东倒西歪的奖杯。空旷的长桌，除了个空果盘，只有几条腐坏的香蕉，剩下就是一堆参差不齐的书籍。在白色《金枝》下面，还有罗杰·泽拉兹尼的《光明王》，《魔符》，那是斯蒂芬·金的大作，很厚的一本，也是撒克的最爱之一。

宋看了一半的还有《神经漫游者》，以及压在最下面的《面具之惧》。撒克凝视着封面，图片中搁置在一片密林中的骨色面具，总让他有似曾相识感。

接着，他看到与这些书籍并排的一本偏厚又鼓胀的本子，青色的封皮边缘都已发黑，连书页边也严重黑化。卢撒克一手拿起来，嗅了嗅，一股皮革的焦味。他转念一想，立刻明白了，这是宋出入一直放在她随身那个黑色皮革，"水雷"小包里的记事本。

打……开……

有一些细微的声音在撒克耳边响起，他皱着眉，想努力听清楚。但这回和在绿洲树丛中不同，语句没有继续清晰化，它们只是诱惑和加深了他的一个愿望。于是，卢撒克毅然端好本子，顺着另张彩绘风的书签，就势看下去。

书签的位置，写满了密密麻麻的字迹，字角偏圆又笔画清楚，一看便是宋的笔迹。一些整段的文字下还用色笔划出了出处，标注指向何处。

这俨然是宋的“新”读书笔记，本来是没啥稀奇之处，撒克也有这样的习惯。而妹妹过去常见的是大段美妆或者健体素食的摘要，但，这本，完全不同。

“万物流转，唯有本质长存，所以说，你们就坐在一个梦境之中。”

“本质会梦到形式。形式消逝了，本质仍在那里，做着新的梦。人类为这些梦境命名，自认为已攫取本质……”

撒克记得这些，是泽拉兹尼《光明王》中“佛陀”一角所说的话，宋为何要摘抄这些？

“有时会出现一个特别的梦者，他意识到自己在做梦。他可以选择控制梦中的某些元素，按自己的意愿改变它们……”

“……因此，智者告诉人们，这梦境便是人的命运，是人解脱的必经之路……”

撒克猛地抽着鼻子，那种无法呼吸，从太阳穴向中心疼痛的感觉又来了。一种蜂鸣声如同旋转的钻头在他脑海中旋转，也转着这些摘抄的字迹。

他调整了呼吸，又继续向下翻着，一段文字如“命运”本身一般出现在撒克眼前，雷击一般驱动他的手指颤动，只想抓住发滑的书页和空荡的世界本身。

摘自：崩坏的凡人之梦

“撒克从粘连的梦里醒来，看着周围。它们和腻味腥臭的酸糖浆一样一直缠着他，不愿离开。

黑色的犬群，始终窥视着自己，在提醒着他，永远属于黑暗和虚空本身……”

宋在文字和橙色标记下，用她圆而整齐的字体写着：撒克和黑狗……我以为是哥说的疯话，但这书是什么？……

撒克向后一靠，半个身子贴着床就滑了下去，直坐在地上。

他明白，自己的妹妹在尝试搞懂这胡乱运转世界的真相，聪慧，如父母期望的一样。卢撒克明白，宋对这一切的认知进度，并不比自己慢，甚至，也许超过了他。

但同样地，危险也超过了他。

在宋的笔记本最后，夹杂着几张她粗糙的手绘稿。尽管她不像卢撒克那么专业，却多少有些遗传的天赋。

水笔勾勒的线条组成的画面占满了夹入的水彩纸，带着抖动的黑线间铺着少许的淡水彩。画面让卢撒克并不吃惊，他的手指在图画周围摸索，伴随着一阵颤抖，那是一些围绕中央图案的文字。

准确说是象形文字，卷曲或带角的符号从本子左侧书写到右侧，从两边包围正中的图画。

“这……”他掏出手机，快速翻看相册中“骨纹”这一栏的照片。其中有几张是在《面具之惧》附录中拍下的，还有李奚瑶的文身照，记得是皇成纪发来的。她整只右手的花臂，图案是由文字组成的黑色火焰。

以及倒数三张，万老师书桌上某本记录中留下的象形文字，它们一眼看去都是一个体系，只是书写习惯和笔法不同罢了。

而宋的本子里，那些文字是俨然相同的。

当然，这部分还不是最惊人的。卢撒克继续向后翻了一页，从页面中间向外绘制了各种潦草的线稿。

如果以跨页的正中图案为中心，那确是呈现出辐射状的扩散方式。宋是从正中开始画，慢慢增加相关内容的。卢撒克盯着页面正中，口中不禁发出牙齿轻磨的声音，他自己也吃惊地皱起眉头。

宋画的是一棵粗壮的榕树，通体白色，只用简单的水墨做了勾勒，却在散开的气根和枝丫边缘用了大量墨彩做罩染。

墨晕之上透出绿色的色团，尽管技法拙劣，卢撒克都看得出来，那些是树冠的形态和覆盖气根和地表的青苔。

他熟悉的湖心岛，布满苔藓的榕树……

第五章 二入绿洲

5.1

老石仔细看着眼前这片建筑，从外围能清楚地看到不少墨绿的树冠群从带着铁花的围墙里呲出来。整个绿化面积极好的小区，过去该是个高档住宅区，可能宣传口号还是“人与自然无限接近”之类的噱头。

但现在，荒凉笼罩在它的外围，这也是让老石觉得迥异的部分，肉眼可见的茂密树梢和小区内露出的植物，绿得发黑。而一墙之隔，曾经的婚庆大院，透过破烂生锈的铁门，能窥见满地枯叶和野草。

“差距太大了。”老石自言自语着，为了效率，他安排吴警官去了新加坡，快速证实李克用诡异的报告，他决定只身调查这片特殊地带。

卢撒克站在封闭的大门前，驻足与老石当前同样的位置。

换一个月前，别人跟他讲这件事，他也许会觉得那人疯了。但心中的声音，指引着他，再次回到这里，隐匿的“绿洲”。

在看到眼前这一幕前，卢撒克并不觉得在这片绿洲里会遇到别人，它们就如此野蛮生长，如在“法外之地”。

遍布植物之处，居然除了人，也没有任何动物？他通过那扇两面截然不同的“门”后，穿过香樟树区，到达曾经的建筑群中心，该是住宅区中间的环湖景观带。

当然，是在那些灌木，蕨类和藤蔓没有疯长盖住台阶、走廊之前。他还能辨认出哪些是曾经的凳子、柱子、凉亭，以及围绕中间活动区的灯柱。

啊，说到这里，尤其是灯柱，它们让撒克直接想到了达利，植物们具有一种惊悚的艺术感。所有灯柱都被某种巨力拧成了扭曲弯折的造型，有上段U型，下段Z型，还有直接变成克里姆特画作里那些完全纹样化，像金羊毛那样插在地上。剩下的全是被大堆灰色藤蔓层层缠住，只露出一截顶部装饰灯罩。

而从卢撒克的视线看，这些都变矮了一大段，半截柱子似乎被周围植物的重力压进了地里。

在植物们构成的漩涡里，他居然看到一名身着华丽的男子，这个当下，让他惊讶又有些寒意。先不论对方是如何进来的，也许跟他一样发现了暗门，但对方的身姿和动作却并不像个正常的样子。

此时，他正背对着卢撒克，身躯扭曲，从胸廓到腰部似乎被巨力折了，腰间扭曲成了莫比乌斯环的结构。一些绿色的东西从他背脊和手臂各处钻出来，还在不断撕扯他身上白色西服的华丽表面。

男子瘦长精干的身躯，就这样在他面前逐渐变成植物状的东西，水分是完全抽干了，只是个藤蔓组成的枯瘦之物。但它还在向前行走，无视一切，走向“绿洲”深处。

再向前去，左右的灌木和绿植雕塑间多了一些动作各异的模型。

老石在绿地中穿行着，这里看着是个被物业、居民完全抛弃的住宅区，而被植物们接管了。

他一边四处张望，欣赏着与区域建筑共生的植物，一边观察楼房的各扇窗户，希望发现一些正常的人类踪迹。

让老石意外的是，人类的痕迹似乎被自然融解很久。没有晾晒的衣物，匆忙离开留下的物件，甚至清扫都未有发生。他看了看手表，走进住宅区已超过四十分钟，眼前还是一望无际的被绿植与大树群包裹的不净视野。

“树冠遮蔽那么厉害？联通联不通啊。”他把手机举得很高，它还是显示失去信号，完全无法向外部收发消息。“我不是让他们换电信了吗，也没信号啊。”

“明明是5G，几棵树就完蛋了，什么玩意儿。”老石一阵焦虑，情不自禁地要去掏口袋里的烟盒。他啧了一声，盖上手机，狠狠塞进口袋，压住已经皱巴巴的烟盒。

其实那只是个空盒子，却还在那儿折磨老石，不坚定的决心。

老石用随身带的卡片机快速拍着沿路，他紧皱眉头，内心却在被植物们拯救，越来越多的绿色一扫他在案件中的阴霾。他四周环视，自己已经走了很久的直路，两边全是被爬山虎群，粗大的灰藤覆盖大半的废楼。隐约还能看到表面露出的一些符号，老石一一用相机捕了下来。

“奇怪，已经快一个小时了，这个住宅区有这么大？”相机的一节电池发出报警声，显示红色弱点图标。老石大感疑惑，他停下脚步，再次定睛扫视周围环境。

眼前是一处正中的圆形小广场，顶棚和柱子都是罗马风格，上下爬满了紫藤，花开得正艳。老石用卡片机最后拍下这个紫发覆盖的凉亭，他立刻认出这是一种仿图拉真风格的凉亭，但被赋予了新时代的风格。

除了主结构的石质感，顶部的扇形弧面覆盖了大量六边形聚合成的玻璃。

卢撒克盯着眼前的圆顶建筑，紫藤花如同爆裂的瀑布吞下了整座凉亭，它如紫发般只让建筑露出少许脚面。他小心向内窥视，生怕会从中跑出数只黑狗。

然而半天，紫藤帘布中只是传来阵阵香味和凉风，没有黑暗中的幽幽黄眼。他突然想起宋曾说过的传闻，紫藤花用来隔绝邪恶的功能，也许这是黑狗避而远之的一个屏障吧？但除了新鲜的花蔓外，建筑本身却透露古老残破。凉亭顶端裂口众多，而上方的空白几处，过去该是镶嵌玻璃穹顶的位置。

“奇怪，已经快一个小时了……”卢撒克突然听到身后传来一个中年人的声音，他一惊，身体向侧面跳开，几乎双膝跪地滑了几步。

惊魂未定的他匆忙向后看去，却什么人也没有。只有断续的声音在凉亭附近传来。

他半蹲着，一边缓慢爬向紫藤蔓幕，一边继续张望。声音越靠近凉亭中心，越感清晰。

“这个住宅区有这么大?”

“大……大……”几句话后，又如被海绵吸收，从变闷而逐渐消逝。这是卢撒克有点熟悉的声音，但在这气泡中融化般的效果里消逝，他实在难以忆起是谁。

在疑虑与忐忑中，他清了清嗓子，左右环视后，向凉亭深处的藤蔓通道走去。

在老石眼中，穿过紫藤瀑布后的景色却截然不同，至少与卢撒克眼中的毫无相似。

他穿着老式黑牛皮鞋的脚一踏过紫藤花幕，金橙色的阳光便照射而来，他不禁右手快速遮挡，只让少许温暖从指缝通过。不多不少的光芒，让他突然感到舒心，这一脚踏得如此沉重，却又在坚决后如此释然。

此时，石守义想到登月新闻的话外音：“这该是人类的一大步。”

为什么会有这样的感觉? 胸中涌出的澎湃激情，胜过了他几十年的阴郁和压抑。

许久，老石长舒一口气，注视着眼前的美景：“想不到还有如此的景色，啧啧。”

他目光所及之处，竟是被植物包容的大片遗迹，大块白灰色地表被绿色切割径直向前。前方左右布满的粗壮大树，气根从植被满覆的石柱下穿过，顶起多块石板。

老石仔细盯着石板上的细致花纹，沿着数根粗大的断裂石柱，能看到下半部青苔与藤蔓包裹的雕像残骸。

在这亦幻亦真的区域里，老石并无感到不适，他只感觉步入了多个古寺景象的组合展示区。只不过，它们是生硬的组合，如把历史图片上的遗迹照片剪切，拼到一起。

而在他眼前，它们是真实的拼接物，静悄悄停滞在绿色之间。下半部和柱头，墙梁都覆盖青苔，苔藓好像成了建筑组合的黏合剂。

如果作为普通警察，他该立刻猛敲脑袋，觉得自己疯了，看到吃了毒蘑菇后的景色。但老石继承了父亲那被称为“疯狂石头”的基因，反而越加兴奋。

他正向拿起手机，对准眼前的组装寺院正门拍上一张，却只听“啪”一声刺耳声响，从侧面刷来一根粗硬的藤蔓，直接插进他可怜手机的屏幕！

“见鬼！”他破口大喊，像触电般甩了甩手，又立刻看着手机。藤蔓只是进攻了一次，像隐士那样快速缩回寺院墙壁的苔藓阴影里了。老石叹了口气，这个电子玩意儿从中间被穿了透心凉，一个电线粗的洞透着微风。

“看来这里的主人不欢迎我拍照留念。”他苦笑了一番，把残破的手机塞进了裤兜。余下的奇景，只有用眼睛记下，容自己独享了。

想着，他深吸了口气，一步跨过寺院的高门槛，走了进去。

后脚踏过时，老石又回头看了眼，门槛单面彩漆，涂满他熟悉的种子字。但奇怪的是，门槛的另一边呈现焦黑，如同经过浩劫之火，尽显残破。

而一踏入前殿残骸，他立刻想起了小昭寺。

右手边覆盖青苔的半段骏马像，又让老石想起了白马寺。马头雕像充满历史感的双眼望着他，这与石守义童年时最后一次见闻经历很像。或者说，这地方直接复制出了当时，父亲带他在未毁白马寺前的那个刹那。

老石稍长大些，父亲便因为一个悬案深陷迷局，最终失踪在一座古城中。父亲带着童年的他，曾游访各处寺院，也成了老石少有的完整记忆。

此刻的景象，本该让石守义惊叹不已，却反而为他带来了一些感动。逝去的童年如浮上的皮球，再次显现斑驳的影子。

眼前的光景，让老石想到了文医生著作中提到的“鸦影”。

它们仿佛从他的记忆，梦境和愿望中摘取出景象，以一种方式排列，组合在此地的绿洲之内。当然，它们也不一样，一切，更像父亲描述的那个年代。

那个疯癫，失控又蛊惑人心，催生罪恶的浩劫。

老石继续向深处走去，脚踩着破损的瓦砾，空气中还散着一种烟雾殆尽的余味。

穿过残破的门廊和曾经的偏殿大门，现在它只剩下一个牌楼主体和上方简陋的牌匾——时思寺。

和老石曾经独自越野探险，在丽水附近的白象山，属于畲族遗迹的区域，发现的一模一样。透过偏门柱之间的空间，透出深绿巨蟒般的古树质感和长藤缠绕，

他确实是去过时思寺的，它的废墟中间的古树一直让老石无法忘怀，那是历史尘埃中残留的生命力，变迁光幻景象中的见证者。

他抚着根系形成的穹顶，缓慢穿过时思寺中层的榕树。它的根系繁多，从粗壮中心向四周辐射长开。它们从地下隐秘而过，在其他角落，顶起地表，缠起别的景观。

沿着根系的指引，他一直向前走着，直至一处堆砌成金字塔形的石砖群。它们正中是一条往上的石阶。

“这是在哪儿?”老石满脸惊讶和难掩的兴奋。此刻，他的心情仿佛处于菩提伽耶，即将面对金刚座。

他沿着长满青苔的石阶，拾级而上，抬头望去，隐约可见的顶端是被月光般光辉照射的卧佛头。

当然在卧佛头像前，他看见的不是金刚座，那是在藤蔓和青苔包裹簇拥下的一个石碗。

碗里盛着一半的水，水里没有任何漂浮的孑孓，显得格外清澈。从卧佛像顶端，仍在向碗里缓慢滴着水。水滴经过佛头，滑入碗中，激起小圈涟漪。

老石左膝跪地，半蹲下来，以便更仔细观看碗的细节。透过水滴震开的环状涟漪，依然清晰地看到碗底的花纹，和纹路间的字符。

那是他熟悉的种子字。

为何在此时，会情不自禁想起父亲。

“世界是有 A,B 面的。”他脑海中的灵光迅速闪动。父亲留下的磁带中，着重的话再次浮现而出。

这曾让他迷惑不已的遗言，为何会再次想起?

“纵然一切有为法坏灭，真心不生不灭。”老石又想起自己师父所言，望着四处顶起而生的手印手，心中再次涌起一股热。

它不同以往查案的热情，更多是对生命的热心。他也想起女儿，自己微小而重要的家。赶快破案，用假期陪伴家人。

以及，老石一直潜藏的小妄想，父亲并非如同事们所述的被杀害，而是与那个案件一起，深入了他说的“叠起来的城市”之中。

卢撒克拨开一些阻挡的藤条，向打开的空间看去，他几乎是撑开了整张嘴，有谁能描绘眼前的景象，如卡梅隆的阿凡达密林般展开，却又被张大千的墨晕笼罩在其中。

“哇靠……”他大喊一声，从藤条墙后钻出，狠狠地伸展身体，看着眼前的一切。

那是片存在于大雾中的湿地，巨型的，估计超过西溪大小了。

天……他已无法平衡对空间的感知，只觉得是一种绿从心里向外流出，变成了这一切。

这是我心中流淌的小河吗？如此哀愁的墨绿，将我引向哪里？

亚藤巴把“绿洲”的深处全变成了一片湿地。这让卢撒克震惊不已，这简直超越了任何他所见的湿地公园。蒿草其高，沼水其深，浮萍遍布，红绣密集，一切皆是杭市西溪湿地的放大版。

他没有任何的惧怕感，撒克只是觉得回到了童年的“湖心岛”。

放大的美好，被包裹在浓雾中，难辨方向。鼻息间闻到的是充分的湿润与泥土味，再细细品之，就被沼泽的腥味覆盖了。

为了取回失去的“灵感”，卢撒克知道自己付出了什么。酒精，咖啡，瑜伽，冥想，一些奇怪的草药，他都做了尝试，然而最终源头是内心中的剧毒，不到消融之时，他怎会明了呢。

比起那些，“绿之梦”又算什么呢？

面对“树中人”伸来的青藤，他想到《爱丽丝梦游奇境》中的“吃我”。单独耷出的这根藤蔓，树叶还缓慢向外生长着，而细嫩的表面，有一些青色的软膏状液体正在渗出，看着很像含氟牙膏。

卢撒克用手指轻蘸了一小坨，他看着这绿水滴般的黏糊物，半透明还带着流光，又像是一只微小的“史莱姆”蹲在他的指尖，对视着他。

“这就是绿之梦？”他再次问亚藤巴。

“嗯，叶绿素的梦，绿洲的一部分，幻梦界的一部分。”亚藤巴说道，“吃下去，你将与绿洲连接，与梦本身连接，与界的意识连接。”

“你熟悉的，曾经的绿之梦。”

“我们称为 Ts ā lạl’ oasis。”亚藤巴说道。

“遗失的绿洲？”卢撒克不知为何，听懂了这奇特的语言。

“对。”

卢撒克从小便喜欢自然，沉浸在植物，阳光的怀抱。大到参天古木，小到一整片闪着绿莹水光的青苔。它们遍布在老房门的下半部分，还有常被雨水浸透的一大片石板路。

他小时候住的老街区中间就有着一片小湖组成的湿地，正中的湖心小岛还有一座极微小的废墟。

一棵榕树从废墟正中向外长出，庞大而扩展的树根撕裂了正中建筑，它们过去的矮墙被撞向了两边。而榕树的根一分为二，向上猛烈生长。

在少年时的卢撒克看去，它像是一道竖在青色城墙中的门一样，吸引他去观察，并穿过它。

榕树的下半部分和废墟的残件早被植物融为一体，它们表面布满了青苔，柔顺又弯曲，如绿色军团，遍满湖心岛。

他和一些玩伴会来“湖心岛”，这片植物密所，聚集在青苔装饰的废墟中，与大榕树共处。

这群人都叫它为“昼度树”。

少有大人来干扰的“湖心岛”，少年们会在绿荫中搞煞有介事的野餐，或是在树空洞之下，听着音乐，玩不同的童年游戏。

许久，他们更是想着把此处作为属于他们独有的“避难所”，从小便热爱绘画的撒克便在捡来的破木门上，用多种油彩画出月牙状的图案，两边接近对称。

他们将它一关，便和榕树闭合，形成简陋但像样的“秘密基地”了。

想来，所有的少男少女们，都拥有过这样的“巢穴”吗？

卢撒克深吸了口气，再次把注意力从回忆，拉回手指尖上的绿凝胶，吃下去，就和吞下牙膏一样，辣一下，就能取回灵感了。

“不仅是灵感那么简单。”亚藤巴如同听到了撒克心中的声音，他说道：“你的生命也已被改变。”

他的手指缓慢靠近自己，嘴也慢慢打开，绿凝胶在靠近舌头时，居然如软滑的果冻一般，跳了一下，便离开指尖，直接滑入咽中！

初始的淡淡腥味在喉中便消逝了，接着撒克感到的只是愉悦，绿色的梦境在他心中开始散开，融解，并开始融化他心中的礁石。

他心头深处有一片海，最开始是个小湖。他记得那个静湖，周围长满了芦苇，湿地植物，中间那难忘的湖心岛，卢撒克忘记西湖也不会忘记它。

湖心岛的榕树洞，他冥想的密所，自己与自然相融，获得灵感的圣地。树荫的交错里，他看到的是上古的战争，被水浸透的青苔中，他看到的是能生出青玉巨兽的王国。还有那些鸟影，它们与树杈之间，几何状的分割，全都是画面。

从那时开始，卢撒克发现他的双眼与自然同在，任何自然形成的痕迹，都是他“灵感”的来源，水渍，泥浆的干燥物，雨后的枯枝堆，甚至是杂乱的鸟窝，散开的头发与墙壁的阴影。

这片湖在他心中复制下来，并越来越大，滋养着他的艺术。

直至，有人投入了巨大的礁石。

深黑的礁石带着剧毒，缓慢沉入他心中的湖水，腐蚀着湖心岛的一切。那一段时光，他失去了“湖心岛”的一切幻想，他什么也画不出来了。

他也忘了“湖心岛”，以及曾在榕树下的朋友。而更早，更早的一切记忆，在卢撒克心里似乎跟没有存在过一般，搜寻不到。

他的内心传来一种恐惧，不在于失忆，而是被擦去般的冰冷触感，让他毛骨悚然。

绿之梦再次出现在生命中，但性质已完全不同。

不，“湖心岛”并没有如此简单……

卢撒克还在感受绿之梦与自己融为一体的感受。且不论深层的变化，他现在整个咽喉开始，冷气向下，贯穿全身，都和浸透了曼妥思薄荷水一样。

“我去，这凉的。”他长出一口气，这比每年第一次冬泳，下水时全身的感受还要强，简直从内向外，冷到脚指头。

“湖心岛并不是你们认为的湖心岛。”亚藤巴说道，他身上的灰藤在肩头扭动着，形成的形状让卢撒克觉得非常眼熟。

有那么一幕，异常熟悉，他肯定自己曾见过，却又会在未来身临其境。他在一个站立的位置，看着亚藤巴与另一堆人围坐着对话，他们也在讨论植物的枯萎，灾难。其中一人视线正对撒克，她身形不高，看似异族的装束，却似乎穿过烟雾看到了他。

卢撒克晃晃头，一种自己要远离身躯，沉入了这个绿洲的眩晕感：“这绿之梦会让人醉吗？我感觉很不好。”

“绿之梦不是那种低劣的草药，它是完全诱发，复原居客力量的催化剂。”亚藤巴似乎在笑，他停顿了会，继续说，“想起湖心岛，它会让你很安心，但真正的湖心岛是什么，你想起来了吗？”

“湖心岛，有我记忆中的榕树，但从没有梦见过你。”卢撒克问道：“为什么？我现在才有关于你的碎片印象，它被隐藏了吗？还是你隐藏了自己？亚藤巴。”

“不，撒克。”亚藤巴双眼呈现出白雾色，卢撒克难以判断他是否在看着自己，但依然有种被穿透感。

“你记忆中，或者说你以为的那部分真实，是一种烟雾。”他说道，白眼仍在望不知所终的远方。

“隐藏居客的真相。”

“嗯？我不太明白，亚藤巴。”卢撒克捂着脑袋，显得有些焦躁，更多的画面和记忆碎片出现在他脑海，但之间缺乏有效的连接。

“你这是想把我打醒，又告诉我还在梦里？”

“哈哈哈，你这话说出了我一个熟人的感觉了。”亚藤巴双手交叉着，双眼扔失去方向般凝视远方。

“但还差少许。”

白色的雾为何无法散去，他在看什么？想什么？他真的如自己所述般，通过绿洲来传达信息，自身只是个拷贝，真正的他在那个沼泽遍布的萨兰教境地吗？

那另个宇宙的“地球”吗？他们口中的母亲，盖亚？

卢撒克想着，持续的头疼让他时而出离此处，只有快结冰的躯壳在看着亚藤巴。

“我在观察你们，同时在注视另一边的衰变。”亚藤巴稍转过头来，肩上的藤蔓仍不厌其烦运动着。

“不是只有你，卢撒克，黑狗们一直在绿洲边缘徘徊，试图找到入口，并制造麻烦，让这片区域不保。”

“那些黑犬，白天也那么麻烦吗？”卢撒克问道，他回忆起在中间地带——梦中的状况，便不寒而栗。它们不断尾随的毅力，恶心的身形，站起躲在兜帽衣服下的佝偻样子。

“组织有办法，在白天，它们躲在很多弃子里，行走方便。”亚藤巴又转向另一边，他弯腰一手按着榕树，像在倾听什么。一会儿，他眉头一皱，大喊一声，“啊，又一个！嘭！”

“你操纵植物干掉了它？只待在榕树中心？”

“是的，你进来过两次，沿途那么多奇怪的植物雕像，都是它们。”亚藤巴又聆听了会，才站直起来，再次转向卢撒克。

他转着右手手腕，继续用不高的声线说：“有多少弃子，就有多少黑狗，你在那些钢铁森林里见得还不够多么？你和骨燃都不喜欢他们，不是吗？”

“嗯，我知道他，图拉真的弃子们……”卢撒克抹了把头发，绿洲里的雨一直没有停，头发和眼睛都在蒙上一层水雾。

“不会讨人喜欢的，都一样。”他低下头看着开始积水的泥地，植物们在微微动着，它们代表了亚藤巴细腻的心吗？

“面具之惧，它把一部分的事情写得那么清楚，不怕被组织抓住吗？那人。”他望着亚藤巴，问道，“作者，也是居客吗？和我们一样？”

“关于他，我无可奉告。”亚藤巴用白雾之眼看向卢撒克，似笑非笑，那非活人般的脸上居然浮现出一些童真样的光芒。

“我和骨燃都在寻找他，但毫无头绪。他如同在夹缝中一样，既不在这边，也不在那边。又或者都存在，存在于多个宇宙。”亚藤巴说道。

“跟拉柯耶夫一样？穿梭者是吗？”卢撒克继续问道，疑点太多了，这超过了一切过往的认知。

“只是态度不同，关于如何对待这个宇宙，你们在的宇宙。”

“你试试吧，找到他，亲自问他。”亚藤巴又凝视着榕树，他触摸的地方，青苔，藤蔓穿过他的手臂，又游回树干本身。

“在组织找到他之前。”

卢撒克还没有回答，亚藤巴又说道。

“这个宇宙，还剩一年零三个月，又四天。”

他说完，便只是那样望着卢撒克，双眼继续看向没有止境的远方。

5.2

“这个宇宙，还剩一年零三个月，又四天。”

卢撒克脑海中满是这倒计时的话，亚藤巴的眼神也挥之不去。

“滴答，滴答。”

要是这样，还有多少事没做完呢？他看着身边的朋友，出神地想着。

“喂，刚问你呢？”

“啊？”在恍惚间，卢撒克再度回到当下。

时间已是3月2日，天气却还是偏冷。撒克双手握着他特有的大咖啡杯，就那样看着对面，脸上写满了尴尬。

从《绿洲》开始，撒克变得注意起几何本身在画面中的效果呈现，而留白。这项他在水彩画中的爱好也开始衍生到油画之中。这些新系列画里，都会有一些部分是完全白色的，只有堆砌得很漂亮的造型膏和薄涂上的象牙色。

“哎？”皇成纪抹了把脸，一口喝完手中的饮料。他甩了甩头，摸摸鼻子，皱眉间盯着自己的指甲。撒克知道他在克制自己的情绪，不然便会破口大骂，为此，皇只是点了点头。

“你的意思是？你的灵感，之前全被狗吃了？还真的是狗啊。”皇成纪看完了指甲，又开始数桌上的水滴。他努力不看对方，抑制自己想马上站起来的欲望。

“然后我和平克的礼物全泡汤了？”

“不只是你们，恐怕我自己也差点歇菜了。”卢撒克向后靠了点，像在躲避什么，但双手依然没离开装满摩卡的杯子。

“什么也想不出来，之前完全的，失去了画面。”

“不过，问题已经解决了。”撒克笑了笑，双手自然地伸展向背后，“礼物，是小意思啦。”

那一刻，一周前的自己，是多么的坚决。

无论是怎样的理由，都无法阻止他，吃下眼前的“绿之梦”了。他站在画室正中，手中捏着这一小瓶绿色的液体。比上次吞下这个绿色孢芽要轻松得多，他内心只有对看到“另一边”的期望。

接着，卢撒克感到身躯自己在震动，那不是平日在办公室窥见的那些抖腿人的共振，也不是某些情绪失控者的摇桌。全身的震动，从皮肤下向外震动，那如同插了电一般，让自己内在高速地撞击。像迎接重生的宇宙，大洪水后生机盎然的感觉。

电流感从右腿向上冲刺，带动左右手，直至胸腔，撞击着它。他脑中只想着一幅画面，白色的光芒变化着，要冲破自己的心口，向外迸发。撒克努力压住身体，右手更是摸索着心口，他对自己说道：“又来了，再一次的……光爆，我知道……”

“我知道，能突破这个坎的。”汗水几乎是洒在浅灰的木地板上，他就这样看着它们汇成一摊，并反射出自己苍白但喜悦的脸。身体内的震动减弱了，更多的是激昂感流淌在他双手中，最终聚焦在右手。

撒克站了起来，狠狠深呼吸了几口，力量感变得更足了。他望了眼身边的工具台，便抓起一支灰棕色的画笔，坐在圆形矮凳前，面对 A3 大小，长形的画框。白黄色的画布上只有寥寥几笔浅痕，几乎无法辨识是什么。这是他看了三个月的画布，颗粒无收的日子，还要面对年底画展时间的压力。

那些该死的狗，吃光了我的梦境，恨不得潜入那片紫色沼泽，砍死所有的黑犬！撒克快速调着颜料，几个手指间还夹着两支小笔，被迷雾隐藏的世界，在画布上逐渐出现了。

终于，久违的你们，枯搡，光耀下的城市，白色巨柱簇拥的圣城……你又浮现在我心中了，我再次看见，藏红色长袍的人群，走向一切的中心……撒克开始等不及要完成它，他有点高兴，拿过摔在沙发一角的手机，划了几下，点开艾丝丽的微信。

他快速写道："微妙和新画在等你，系列完成就在月底。"打完，撒克又看了遍，加上"枯搡的台阶会在画布上发出淡紫色的光芒，你懂的……"，便按了发送。

画面重回的感觉真是很好，把"它"的轮廓画下来时，撒克内心有种安全感重回的感受，就是这种"居予定所"感消失的愉悦。

他躺在青灰色沙发中，望着直竖的画框上，紧绷的画布，亚麻底上已经描绘完的浅褐色轮廓线，就这么微笑着，睡着了。一阵沉入水底的感觉后，撒克知道，久违的"好梦"，他再次回到"白色王城"，他心中的城市。

"枯橾"，他曾为画中的城市取名。

他并不是嗜睡的人，卢撒克不像胖子平克，日夜颠倒，除了在酒吧吞云吐雾时格外清醒外，他大多时便是半露肚子，横亘在他家客厅的软皮沙发上，舒展一米八以上的身躯。

卢撒克每次去便会看到如此的平克，只要是白天，迎接他的便是一桌杂物，包括"三角"牌的薯片，"11"的气泡饮，一排"青岛"空罐，还有像占卜签一样插满圆圆蛤蟆口形缸里的烟屁股。

"你这又是躺够了一个周末吗？兄弟？"卢撒克用力扇满屋烟雾状的烟味。蛤蟆嘴边缘圈圈泛开的黄焦色晕，这家伙是几天没倒烟缸了？

他扫了眼搭在一堆泡面盒上的材料，边缘弯曲发黄的纸袋，冲平克摆摆手，说道："你就用文件袋盖泡面的啊？"

胖子侧过身，眼袋和卧蚕完全融合在了一起，天知道他是合着几点的日光入睡的。他甩了甩灰色睡裤下的大腿，弯起上半身，靠在绿色鳄鱼的长抱枕上，抽了几下鼻子。

"加班，音乐节，无限疲劳后还要出力……我都懒得翻身……"

许久，他从沙发垫下抽出烟盒，拿了支，缓缓塞入嘴中。撒克递去了桌上的ZIPPO，平克抽了几口后，像是被氮气重新填好，浮起来的玩偶般，精神起来了。

"我不是查资料么，太多了……"他用焦黄的手指点了点桌上的文件杂物混合体，说道。

“关于你拿来的那簇寄生植物，嗯……”平克又猛吸了一口糙烟，撒克向后退了一步，靠在打开的夏窗边，避开已经成型的烟团。

“它怎么说呢，该说是另种东西吧。”平克搔了搔头，头指在鸟窝般的棕发堆里探索了会，又放到眼前端详了半天，仿佛自己在和右手说话，而不是撒克。

“我们曾怀疑是冬虫夏草那样的东西，但它并不是，本质来说，它们全活着。”胖子脸转向桌边，暗色茶几上放的玻璃盒子，里面装着撒克从“绿洲”带来的一株“比湿”。

那玩意儿在离开树中人的身躯之前，还是手的一部分。

平克又吸了几口，他问道：“虫草那东西，就是植物附着虫子，你拿来的东西……啧啧，怎么说呢。”他扶了下沙发，微昂起身，夹烟的手灵巧地拿过那个六边形的收纳盒。

平克在面前再次打开了它，盒子中间是几条灰色的藤蔓，它们向内缠绕着。尽管离开了主藤，这些灰蛇仍然在不断缠绕中间一叠紫藤花和络石的茎秆。靠近灰藤的部分正被缓慢吸收进去，卷曲成露滴状的半透明结晶。

打开盖子的一会儿，灰蛇通过吞噬再生，已产生出三四个结晶。平克看着撒克，他的表情在烟雾中显得异常陌生，同时语速变得缓慢起来。

“哥们，这东西，只要在空气里搁着，就开始制造这些结晶，扔多少植物进去，都会被这灰藤转化了。”他停了停，立刻又盖上了盖子。

“最初，我觉得绿洲只是你又一个疯想法而已，如同你的那些……”平克浅笑了下，挥了挥手。

“白色故乡啦，远在某个时空的，你梦中的那些东西。”说着，他盯着撒克，对方并没有任何反感的表情，只是靠着窗，在日光中回视着他。

“但这个，绝不是普通的，不，绝不是正常的！”平克缓和了一下，一口气说完了下半句。

“不该是地球上的玩意儿！它有生物意识，尽管形似植物！”

撒克笑了笑，他清楚头一次目睹这些“东西”的震惊感。比湿是种神奇的生命，它们与“树中人”更是紧密相连，灰藤和寄生孢芽都像是亚藤巴的分身。

看到这些，他更想再次回到“绿洲”。

此刻，他和平克在酒吧盯着装结晶的空盒子，为什么会有人要偷这个？如此精确无误，进入卢撒克“宇宙中心”般嘈杂的客厅，从架子上拿走盒子，就想偷走中间的绿旮沓？

显然这个微妙的盗窃动机，最多让小偷多拘留两天，毕竟是流程上太不起眼的东西了……平克斜靠着一把深红的椅子，弹着烟灰，看着撒克。

“报警？你让我跟石老头说啥？我家啥也没动静，然后一棵草被偷了？”

“除了你，没人还会相信这个东西，吃下去不仅不拉肚子，还有奇迹发生。”

“但就是会有奇迹出现啊。平克你个丧气家伙。”卢撒克盯着平克，表情严肃。

平克望着朋友，啥也没说，只是缓慢抽着烟。

“你记得湖心岛吗？”卢撒克望向平克，突然说道。

“兄弟，你对这个词有印象吗？”

“怎么，你干吗跟尧巍问一样的问题？”平克抽着烟，他显然对这些疑问兴趣不大，“我还真没什么概念，你们老爱玩谜语人。”

“哦，一些小事儿。”卢撒克顾自想着，看来平克不时没有觉醒，或者记忆被完全消除了。抑或，他与“居客”和“湖心岛计划”毫无关系。

作为卢撒克在意的朋友之一，这该说是“悲伤”呢，还是好消息。起码，平克不用面对“这些”吧。

这超纲的宇宙法则……

第六章　边缘崩坏

倒计时：1.03.0

6.1

我猜它必是我的意念之旗，由代表希望的绿色物质组成。

——惠特曼

从平克的角度来说，那些灰色的藤蔓，尽管如不死之蛇般产生结晶，流淌着墨绿的树液。但光放在那个盒子里，谁也不会有兴趣去偷那样的东西。

确实，只有熟悉的人才会偷如此不起眼的东西，这是常态，也是死角。会那样做的人非人中龙凤，就是思维奇葩。

“我最喜欢的植物是青苔，它看似渺小，却以同样之力组成军团般的力量，柔软地覆盖所及之处，又并未摧毁那些住所。它们只是寂静地，整片与世界各个角落，以它的方式共存。”

宋在她的日记本中写道，此刻她正凝视着离自己不远的池子。周围早已长满了青苔，涓涓细流从高处而下，汇入这缺乏打理的小空间。

水流覆盖之处，长期的滋养让苔藓长势喜人，它们几乎成为水池和周围水泥平台以及一些古旧小陶瓷饰物的完美贴图。

“太漂亮了，寂静之美。”宋不禁说道。

“看个青污头，又写又煽情，你感慨成这样，至于么?”皇成纪从后方走来，他双手叉着腰，显然看了很久。

“你书真没白看啊，要变诗人了是吗?”

“切。”宋一把抓过皇成纪买的爆米花，反手盖上了日记本，“不懂自然之美。”

“行吧。”皇成纪耸耸肩，在衣口袋里摸索着。

“不过，既然你那么喜欢它们。”片刻，他拿出一个小型的盒子，半透明的材质里透出一些绿色。

他沉默了会儿，便猛地打开，举在宋面前。

“你肯定会喜欢这个。”

皇成纪只是很顺手地，发现了卢撒克的小秘密，那个盒子里奇怪的东西。他想着，自己昨天的拜访，并没有空手而归。

那一刻，他的内心在想：如果能马上拍下来，卢撒克惊讶的眼神应该可以算上摄影展的 TOP 五之一。他正讲完了万青豪的案件，开始说到李奚瑶的部分，整个头雕案真正复杂的开端。

“什么，李奚瑶死了？为什么?”他问道，右手紧抓着皇成纪的肩膀，猛地晃了几下，才突然停了下来。

那个当下，卢撒克的一些神思如脱离了身躯，在不知名的地方徘徊，直至自己脸色苍白，才大吸一口气，回到了当下。

俨然，李奚瑶的去世，对他来说，是个赫然的冲击。皇成纪也记得，她也采访过卢撒克，作为沪杭市艺术家专栏的第二期，紧排在万青豪之后。李奚瑶也坚持认为，他的作品中的疯狂创造力和氛围，还有那些异界色彩，必须更多地展示给世人。

皇成纪抓抓头发，两人略微把话题劈叉到一年前的采访，大约也是她的稿件，让郑荡波——这位大金主，对卢撒克产生了兴趣。当然，撒克和瑶瑶的关系也仅此而已了，也许是一种感激之情，让他此时大受震撼。

而他的内心深处，更加感到一种深深的触动，这越加复杂的内幕。

皇成纪用漠然的眼神看着对方，在跟老石追踪李奚瑶“遗产”轨迹的过程里，他所有的惊愕和悲伤都死光了，或者说沉了下去，成为心湖底的石块堆。

它们一直让他很沉重，像贴身带着“无法发声”的标签，与他的身躯同在了。别的只有他对瑶瑶所做的一切，之后殒命的叹息了。

值得吗？他目前还不得而知。

他抓了把桌上的零食，猛咬了几口，继续平静地述说这惊悚的故事。掉落的花生皮不禁让他追溯到熟悉的感觉，沙漠中那辆巴士上斑驳的掉漆，还有时常闪现在脑海中，某栋陈旧，墙皮如蛇蜕的老楼。

为什么……

当然，他很快回到了当下的对话中，此行目的不能忘记……

“老石也没有拼凑出根本的路线，在这案件里真正的路。万老师留下了脚印，瑶瑶留下了追踪的线索，但我们无法还原它们。”

他看着卢撒克，说道：“但一些关键词反复出现着，似乎和你也有千丝万缕的关系。”

“我？”卢撒克一脸茫然，他当然察觉到了什么，但这并不让他觉得与凶案有关。

“湖心岛计划，绿洲，头雕，还有那些引导的书和文字……”皇成纪缓缓说着，另一手还在剥着花生。

“你作为万老师的爱徒，没有收到那个头雕吗？”他突然问道。

卢撒克愣了下，皱起眉头，片刻便站起身来。

“并没有，我和他许久没有联系了。自从……我妹的事儿之后。”

“这些事让我很痛心，但是，小皇……”他转过头，面色略带怒意。

“你这是跟警察学了什么？捕风捉影，还是话术？”

“不，兄弟。”皇成纪站起身，他倒是显得相对平静，眼神中也闪烁着些东西。

“李奚瑶，瑶瑶和万老师是为了一些秘密而死的！”皇成纪按住了卢撒克的双肩，说道，“我觉得老石的方向完全错了，我们应该按自己的方式找出问题。”

“嗯……”卢撒克习惯性靠在窗边，四处看着。

“所以，我需要做些什么？”

“撒克，我们需要共享信息，才能更好理解秘密！”皇成纪放松下来，他双手抱头，向后一靠，瘫倒在蓝沙发上。

“前阵子，我可是被老石追问得够呛。”

“比如，白色头雕，你应该也见过的，万老师的那一堆。还有她笔记里的标签，关键词啦。例如，绿之梦啊，沙漠，湖心岛啥的？”

“等等，她的笔记里有湖心岛？”卢撒克立刻冲了过来，又顷刻坐到一边。

“湖心岛……我的天。”他手扶额头，长发被拢到一边。

“那，关于这个，你跟我姐都念念不忘的噩梦，到底是怎样的？”皇成纪看着对方，等待着他的诉说。

他眨着眼，同时抿着下唇，咬得很用力。

“湖心岛 -1”，皇成纪心里反复浮现那个画面，大巴边缘鲜血般锈迹的边缘，那残缺中显出的文字。

6.2

郑荡波是个成功的商人，每当他坐在两层楼的办公室里，盯着两缸闪着红光的“发财鱼”，他便心生喜意。

点上一根巴西雪茄，深吸一口，望着褐色烟柄上燃烧的红点。他摸着光滑的头顶，笑着。

“从螺壳吹来的风，在台北的街上，最后带来了爬行者的一缕凄凉，那是……”荡波又摸摸光头，吐了口烟，最后加上。“一声啪嗒！”他笑了几声，这段他自鸣得意的短诗，是在台北街上看见一只被机车压死的蜗牛，产生的灵感。

荡波看着窗外，那一年，是他得到了“所需之物”，和“失去重要之物”的时光。

他曾在花莲，伊斯坦布尔望着夜空，和现在一样，看着同样又不同的夜空，皎白的圆月。这总让他想起，有那么一刻，他和另一边的“自己”同时面对白色的“圆”，或者说是圆形的门。

那个瞬间，荡波知道，在商人躯壳中，一直汹涌的“诗人”灵魂，与另一个“自己”联络了起来。荡波能感觉到，在苍白月光下，“他”通过自己，传达另一个世界的声音。同样作为“诗人”，他能体会这种感受，燃烧的热情与枷锁的冲突。

“你在这里的一切，都与我相关，而你，也不得不去完成那样必须做的事。”

荡波深吸了口雪茄，任凭几缕烟气从鼻腔中缓缓溢出，他摸摸光头，把雪茄搁在黑盒子边缘晾着，等待它自己熄灭之后剪裁，继续放好。

诚然……每次“拉柯耶夫”的出现，都是如此突然，在荡波的心中，抢夺他的核心位置，传达那无畏的是敏感。

我要做的事，你要做的事……他左手还摸着光头，按住桌角的右手却攥紧了。

“事情……什么事情，能比过我正在做的事儿?”荡波对着落地玻璃大吼着，他拉开“克里姆特”图案的窗帘，让自己正对露台，夜晚的沪市正在散发欲望的骚动气息。这是属于他，郑荡波的棋盘。

“你的事情算什么？能比过我的商业帝国?”他咽下血色的十二年酒，指着玻璃中模糊的自己说道。他知道，不醉下去，很快，另一个自己要出现了。

荡波是个极有活力和激情的商人，说到在出版和文艺界的龙头，他是不遑多让的。二十七岁北上，便力挽狂澜，在“一片沙漠”中建起文艺的帝国，独占大部分出版和文艺资源。直至不惑，多少人要在此时，看着他的脸色行事，才能在阳光下获得一些露脸的机会。

眼前的这栋楼，也是他野心的象征。曾经同行的前辈，现在也只是他诗歌中的笑料和灵感边角，如同“另一边”的自己一样，力量和悲伤同时增长。

两杯红酒下去，微醺的感觉从腹部直冲头部，一些暖意让“拉柯耶夫”的声音变弱了，这让荡波觉得舒服了起来。

“醉死你，你太啰唆了。”他向褐色软沙发上一靠，又倒了一杯，随手拿起多边形茶几上的一本册子翻了起来。

他看着手边的宣传册，继续摸着光滑的脑袋，轻声念着：

《彼岸》，站在此岸，观看彼岸，你和你自己。

这短而简洁的楔子让他感到荣格的味道。册子封面全黑，正中是一堆分裂的面具，它们向外延伸，逐渐变成飞走的灰鸟。荡波笑了，“有点意思”浮上他的心头，同时好奇心开始敲起他的门。

“蓝眼睛，青年艺术沙龙？”他又喝了两口，加重的呼吸让他眼前有点恍惚，荡波眯起眼，更仔细翻看册子，这该是上次聚会那个女策展人塞给自己的吧？他依稀记得那个冷餐会，是在推广几个青年艺术家的作品，这也是荡波关注的领域，而且女作家和文青少年总能给他不一样的热情。

就这点，他的本质，和“拉柯耶夫”那家伙完全不同，“他”只会执着失去的那个金发少女。

他向外吐了口酒气，继续向后翻着，换算成流程的记忆也逐渐清晰。嗯，他确实答应了出席，并有购买部分艺术家作品的可能。这场下个月将在沪市中心美术馆展出的合展，主要有五名青年艺术家的作品系列组成，其中主打的切题《彼岸》的卢撒克，他的《无限的蓝和金》系列。

荡波快速略过长段的人物介绍，眯眼下的目光聚焦在几页的作品展示上。它们保持了封面画作的风格延续，并且在画面中心的具象与边缘的抽象形成极强的装饰感，色彩和传达意图多少都击中了他的喜好。它们具有克里姆特那样的排列感，但又传达这个时代的质感。他又摩挲着头顶，光溜的质感突然让他想到某个古希腊的家伙，也是才华横溢，虽然最终被同样光溜的蛋砸死了。想着，他停下了抚摸头部的右手，又仿佛无处安放般，悬停了半天，才压在膝盖上。

他微点着头，从《鸟群》《门》《宇宙鲸》扫过去，最终停留在第四页整拉页展示的一张画——《漩涡》。

《鸟群》是他喜欢的解构主义风格，很多意象状的面具从画面正中向外扩散，面具的间隔中隐藏不少黑影，它们逐渐形成向四周飞散的鸟。

荡波想起他曾经饲养的大鸟，德国朋友送的青灰色渡鸦。从近处看羽毛油光发亮，像刷了黑色油漆一般，喙坚硬形似倒转的舰船。他望着它时，总想起幼时，父亲描述的雪原猎人，肩上停着海东青到处捕猎的故事。这样的猛禽，要是有一头，能随时调遣，该是多么舒畅的事儿。

可惜，渡鸦不好驯服，最终只是荡波收藏中的一个玩物而已。

《鸟群》中的剪影鸟，看着便是渡鸦般的群像，如埃舍尔的手法，从面具的底部扇形飞出，成为更多的图像。“图与底”，阴和阳的老套路，这个作者倒是用蓝与金这特殊的色调，让鸟群和阴影在酱红的色调中显得古典又诡异。《门》《宇宙鲸》尽管内容不同，但手法是接近的，装饰与写实，解构又重组的画面效果。

而《旋涡》，荡波举起册子，不禁又喝了几大口红酒。他瞪着泛血丝的红眼看着，呼出的酒气在册子表面蒙上白色，又缓慢褪去。

恩，该说是旋涡中的男子呢，还是男子引起的旋涡？他笑着，的确。引力波总爱说人与人的关系，都会引申到希格斯场，人和星球相同，产生的波长互相吸引。

而更强的人格，会散发吸引他人的波，最终产生旋涡……无论是这边，还是那边，总会像上好烤肠那样，飘过半条街，也能闻到那勾人的香味……他也轻易吸引到了文医生的青睐，甚至是忠诚般的情感。

多多少少，这让荡波想起了自己的一部分，他和“拉柯耶夫”在找“居客”，似乎居客们也在找他。

画的作者并没有发觉，自己悄悄留下的“信息”。但他确实都看到了，在不可知的维度之中，他们隐秘操作的一幕幕。

“你大概想到他是如何做到的吧？”拉柯耶夫的声音又传了出来。“你要再犯之前的错误吗？”

荡波身体向前直了点，他的酒几乎醒了。

又是一名“阅读者”，还在眼皮底下。

对郑荡波来说，达摩克利斯之剑一直高悬在头，让他从未松懈，便是在那一天。称为“另一边的自己”，名为拉柯耶夫的声音告诉自己，一切都将终结。

所珍视的，执着的，和要追求的都会在不久终结？荡波起初完全不接受这样的概念，他甚至自抽了下耳光，来验证所谓的“另个自己”，是否只是个幻听。

一声轻响后，交谈声结束了，他揉揉脸，便投入公司规模扩大的计划中去了。

然而之后的主动交流变得更多了，荡波在熟悉的清晨，正刮着胡子。他喜欢下巴和头顶一样光洁，为此会一丝不苟地顺着刮去胡茬，并顺势处理下头顶少量的胎毛。

一切刮完停当，他会用清水拍脸，感受冲击顶峰的一天。

突然，一些声响从他身后传来，头顶节能灯的光芒似乎也被什么遮挡了。他只能感到房间中的氛围变了，对着洗脸槽前的玻璃也能看见几缕弯曲的虹光，荡波咽了下口水，他抹了下镜子上的水汽，还想着自己是否眼花了。

此时，“咯嘣”一声，面前的镜子从正中裂开，将他的脸从中分为两半。荡波看着他一半面容顺着镜面向下倾斜，而另半张，属于另一个人的长相，出现在崩塌的景象中。

与他闪亮的光头不同，这另半张脸属于一个轮廓分明，眉弓高耸，鼻梁笔直的人，还有着在阴影中透出杀气的双眼。

他满头白发，没有一丝灰色，像用曲线调过头的黑白底片般，而满脸皮肤却显得很光滑。荡波猛咽口水，灼烧的干燥感更强了，他又不禁摸摸自己发黑破裂的表皮。

“终于见面了，另一边的我。”他在半面镜中开口了，声音是意料之外的磁性。

“我是拉柯耶夫。”

他身后的镜面闪着光，这使得他看起来像在一块高级 AR 功能屏幕里说话。

“之前的对话很短暂，想必你也很不习惯。”拉柯耶夫在碎镜中说道。

“我需要你去找到绿洲，所有的。抓住所有的居客，完成清扫前的准备。”

“那是什么?”荡波按着额头。他没有不良嗜好，伴随他的只有公司上市前徒增的无尽压力。但最近的幻听和幻视是什么? 他猛地向后退，背脊撞上了卫生间的大门，刺痛也没能让半边镜的景象和声音消失。

那个声音还在延续着，用荡波极不喜欢的口吻说道:“所有的居客，肃清他们，才能完成每次的清理。”拉柯耶夫说着，又看向一角的荡波。

他摸着自己发亮的头，从来到京以后，压力便让他再也没长出一根头发，便索性常年光溜了。他瘫坐在冰凉的地板上，并没有再听拉柯耶夫任何一句话，或者只是尽力不听。

碎镜面中的拉柯耶夫只是继续说着："也许这会吓到你，不过你迟早要接受这个……缠，不会离开你的。"

房间中，随机播放的歌单里划到了"往日金图"的一首歌。

"后四巷的乌鸦"。

清明雨后第一天，漫步在后四巷，
巷口还是熟悉样，两个大鼓立两旁。
牌楼还是老牌楼，只是灰雨湿了琉璃瓦金边。
啊，哇哇哇，哇哇哇，
声声慢，声声炸。

后四巷的乌鸦，总是那么黑，那么肥，
你们是在等谁？
还是谁让你们在等待？
等着谁，断肠的一缕心魂，经过你们身边，
穿过后四巷牌楼下，深深走向里面。
是谁，又是谁，头也不回，
消失在后四巷的里面，
和这条街一样成为历史的浓烟。

"既然是安排的，为什么还要让他们是兄妹？你们是蠢蛋吗？"格子房间里，那个声音对着仪器继续大吼道。

"这种缠的共振，你们不知道多可怕吗？最终，他俩会挖开墙壁，发现我们！"

"淡定，那也是必须的。"女声回答道，显得很平静，"何况，那是首领的命令。"

"首领，好吧。"声音显得平静了少许，接着又说道，"我们是多久没见到他了？"

第七章　镜，阿努拉在呼唤

“幻身若灭，幻心即灭”

——《圆觉经》

7.1

三个月前。

“不，小美女，我觉得你没必要那么沮丧了。”

终于，这个亚裔混血的医生给出了一个精确的希望，他开始尝试用口音奇怪的中文告诉面前的病人，三次会诊以后的结果。

“你这真不是 ALS，你的肢体是健康的，纯从物理角度来说。”

“哦？不是 ALS？确实是个好消息呢。”光头商人没等宋说话，便拍了下她的肩膀，继续问医生。

“但是她仍然在逐渐失去对肢体的控制，不是吗？”

“唔……”宋燃咬着嘴唇，她并没有说话，只是看着对面这位肤色偏暗褐的医生，他五官不错，但似乎过于热爱日光浴之类，让他有种亚洲人染色的奇怪感。而身旁这位商人——郑荡波，他购买了哥哥大部分的油画，以不错的价格，甚至过于爽快了，还预约了哥哥接下来两年内所有的画作。唯一的要求是，依然延续那个《无限的蓝与金》系列。

理由是他除了喜欢那些绚烂的用色，还特爱画面中运用符号学的理解。

这点固然很棒，卢撒克的系列还真被小艾姐卖了出去，他俩往后的生活完全没问题了。哥哥可以一扫过去被前妻一家人背后指着骂的晦气了，这点宋作为妹妹是极其清楚的，她当然高兴，但兴奋之余，她心中更多的是疑虑。

因为郑荡波不仅阔绰如此，居然还通过文医生了解到她的病情，自说自话安排了几个大专家给她会诊。

二得要死的哥哥自然乐于接受，就这样，宋便被送到沪杭市最大的医院，面对老专家们了。而其中的专家头，就是这位海归的中年人了。

但到现在，他给的判断是，自己并不是 ALS，那该说是好事呢？还是？宋叹了口气，等待几人的回答。

“众所周知，ALS，渐冻症是无法治愈的。”咖喱脸医生看着两人，说道，“但这位小姐不是，我们非常确定，她属于另一种疑难病症。”

“是什么？”郑荡波和一边的皇成纪同时说道。

“肢体认知障碍。”中年医生停顿了下，说出了严肃的答案。

“即她的大脑无法认知身体的存在，并逐渐否定身体的健康，也失去控制。”他转过身，指着挂 X 光片的灯箱，其中几张是宋四肢的透视片，它们带着明显的萎缩迹象。

“所以，该说是好消息，如果能找到认知障碍的源头，宋小姐就有可能逐渐恢复了。”日烧色医生继续说着。

“这估计要费点劲了。”郑荡波双手交叉着，眉头紧皱的状态完全没有缓解。

“应该要保持乐观的态度，认知障碍，从冥想治疗和心理侧写开始吧。”中年医生笑了笑，他看了眼郑荡波，说道：“这个，郑总也一起安排吧，有你最熟悉的胜任者吧。”

郑点了下头，确实，这个意外之喜让他的计划能加快了。

但宋并没有放松心情，也许会好，也许永远不会好。她心里有个声音告诉自己，身体的每个部分只是在缓慢向她告别，去成为另一个自己的躯壳。

她瓦解了，那边的自己就完整了。她变得对自己的理解更为深信不疑了，尤其是在深夜，与另一边的自己有了更多的交流，那是不言而喻的感受。

宋知道，她需要一点点地传输自己，来到达，或是成为另一边的自己。诵·阿努拉，她在呼唤我，宋心里那么反复念叨着。她看了眼光头商人，他正和医生激烈地沟通着，仿佛生病的是自己的女儿，而不是一个客户的妹妹。那是为什么呢？宋对他们回以礼貌性的微笑，便陷入了长久的沉默之中。

“我就觉得自己是个缓慢分解出去的玻璃娃娃了。”最开始的几年，卢灵宋还每天会狂躁，突然歇斯底里，扔东西是常态。最初是看见什么扔什么，软的，硬的，固体，液体一概不顾。

只要她看到其他音乐，舞蹈节目，必然抓起身边的某样东西直接扔出去。

但在诵·阿努拉出现后，宋开始变得平静。而诵也开始从另一边，看到环被打破的可能。

她抚摸自己额头，未来，那将是诛摩刺会留下的痕迹。

诵只要静静等待，无论是哪个自己，都会迎来这必然的一击，让一切分离，成为碎片。这样，才有当下寻找的意义。

此刻，诵开始浮现一些不一样的记忆，与枯槔无关，与信徒无关。只关乎自己，做着不一样的事。

这个记忆，像醒着做梦，她那样看着，另一个不同的自己。

在这个温暖的梦中，她叫宋，曾是个快乐、性感而充满激情的金发少女。

在镜般的水面视野中，她在跳舞，热情燃烧。头发与胸部一起抖动着，她同时也在感受狂热的音乐。

“这就是另一边的快乐吗？”

十二岁开始，诵·阿努拉便要开始接受训练，专注骨纹的研究。逐渐将骨纹钉，也就是骸族人控制全身骨纹阵的精髓植入皮下，深埋在脊椎之中。

之后每个月，“骨纹锻化”会在诵的全身开始延展，她将获得超凡的力量。但她看到，另一边的自己在逐渐失去力量，“她”会再也无法跳动起来。

诵盯着一盘水，另一边的自己第一次开始无法控制右腿，去完成一个蹬腿动作。

“一切都开始了……”她叹了口气。

以“两边”碰撞为起点，迈向某个结局。

7.2

“我以前有个女儿。”郑荡波抽了口烟，又皱了皱眉，果然除了雪茄，其他的烟就是燃烧的纸。一头是时间，一头是命，就看先烧光那头。

幸而自己还有诗和远方，向命要诗，诗也给他命。

他又抽了口，还顺势出了口长气，像是一口吸进时间一般。骆驼的烟在他周围飘着，郑又看了眼宋，立刻作势用手扇了几下。

“是吗？然后呢？”宋只是坐在轮椅里，手里捧着没有看完的书。有皇成纪这只聒噪的喇叭，她已经到了即使被打断，也能持续，友好地和人对话的状态了。更何况，不是ALS，还有人买单治疗。我的天，这个商人不知道是哪里脑子烧坏了。

“没什么。”郑荡波在金属垃圾桶上按灭了还有一半的烟，扔了进去。他在宋边上缓缓坐下，看着取药窗口前漫长的队伍，皇成纪正耐心地排在中间一排最后的位置。他和拉柯耶夫都很清楚，自己为了今天的一切，失去了什么。

皇成纪在平克的酒吧聚会时，曾盯着宋的脸看了一阵，突然问：“那个光头不会是想一树梨花压海棠吧？”

他又看看卢撒克，说道："感觉很危险啊。"

撒克正想着图的构思，心思全在速写本上，只是随意点了几下头。倒是平克，一边倒酒，一边说："不至于，他又买画，又包场画展，看得出赏识撒克，是真的。"

说着，他又擦干几瓶冰镇"微妙"上的水，缓慢地推给宋，皇几人。宋望了众人几眼，并没有说话，只是拉开罐口，像看着宇宙一样，盯着"微妙"。皇成纪又用手肘撞了撞她，小声说着："你要小心点哦，小姑娘的，大叔里面有变态的。"

几颗花生立刻飞到了皇的侧脸，在他充满骨点的俊俏脸上弹了几下，又落在方桌面，滚了好久。

"闭上你的鸟嘴，从来不会出正气。"白蛇严肃地说道。

皇看了几眼桌上的花生粒，目光便闪烁起来。他最怕的还是姐姐，"白蛇"般的表情和直接的做派，尧魏是他父亲前任的女儿，同父异母。那位阿姨皇成纪不太熟悉，他只记得自己从小有个姐姐，相貌清秀，身材婀娜，却出手极重，说话更重。她时常一句话让皇氏父子都端着饭在桌前愣住许久。

"你说话一定要把人一句噎死吗？"皇一凡总是把筷子一放，与女儿对视起来。然而皇成纪知道，谁和姐姐的蛇眼对上，都是个闷屁的下场。

"吃饭，吃饭。"一贯的结局。在很长一段时间里，皇成纪总觉得姐姐恨他，因为她母亲就这样把她扔给了父亲，独自改嫁去了巴黎。

但他二十一岁时，明白了些东西。当时，"白蛇"握住他的手，"蛇眼"一动不动盯着客厅。两人一起看着父亲和母亲扭打在一起，吵闹，摔东西。之后父亲甚至抬起了桌子，拖到大门，直接扔了下去。

接着又是其他的东西，诸如母亲的衣服，化妆品，一边扔一边讲："这是谁送的？又是哪个当官的？每天去你店里找你？"

"你不要变成他那样。"皇成纪始终记得那一天，姐姐静静说的话。

半个月后，母亲走了，据说她最终如愿嫁给了一名部长。半年后，皇一帆贱卖掉了所有的书，包括从小念给儿子听的名著。他转身投入浩瀚房市，变成大家尊重的皇总。文学，皇成纪再也没听父亲提起只字。

但听父亲讲述《世界神话》《白蛇传》《七侠五义》的皇成纪，从小养成了阅读的好习惯。即使是漫画书，他也会翻看好几遍，先快速看完画面，了解故事梗概，再细细品味每格里的话语。

现在想来，父亲已是遥不可及之人。而那位部长，好像被抓，最后判了三十年。这也是几年前的事儿了。

熟悉的父亲，和烧掉的书一样，成了烟尘。

“大多时候，你会怎么去形容父亲？或者说你的家族？”皇成纪跷着腿，坐在“蓝眼睛”大本营——平克酒吧正中的环形沙发上。晚上，它们会成为足球迷的专属地，一堆腿围着大堆啤酒，拉着脖子看着左上方的电视屏。而白天，它很孤零零，像一条白色的羊角面包，一般是皇成纪瘫坐的地方，供他看周而复始的肥皂剧。

当然，更多的是他和宋之间的一些关于图书的交谈。他曾经很爱看书，但逐渐更迷上了买一大堆书给宋看，接着听她的评述。

“这太方便了，你读比自动读书有声有色多了。”

“你怎么想到问我这个？”平克眯着眼，大口抽着烟，烟雾开始围绕他。

“我们很少聊父亲，平克。”皇成纪笑着说：“你不也是父亲吗？”

“他啊，是个爱数落我的人。”平克说道。目光不知去向，“但也都说得没错。”

“话说，你见过卢撒克的父亲吗？”皇成纪突然想起什么，拍了拍平克的肩，问道。他又开始抓右边的头发，有些记忆总是如同被垃圾堆满的抽屉，怎么也翻找不出重要但遗忘的东西。

平克手里夹着烟，正要喝“微妙”的他也悬臂而呆滞，眼珠左右转动着。两人互相对视半晌，脑海中都在仔细搜寻一丝相关记忆。

平克最初的记忆是与卢撒克两人认识，之后一直到今时，但仔细想来，完全没有卢父母的任何信息。

这不仅是卢撒克没有讲过父母，提及，他们甚至也没有见过一次。严重的是，以上的任何细枝末节，他们却什么也想不起来。卢撒克和宋的部分，在他们的脑海数据中，无论怎样，都缺失“父母”相关的任何信息。

皇成纪瞪大了眼，转而双手插入头发，妄图以折磨发型来获取记忆。很快，他又换了姿势，双手托起腮帮，目视前方。他眼神飘忽，即没落在桌上，也没看着平克。

这个话题产生的疑问是让他微微发生的，关于“卢撒克父母”，何止是无处搜寻，连卢撒克和他们的关系——好，不好？分开住，一起住？甚至是他不愿意提，我们问了很尴尬，这些碎片在脑海中也毫无存在！

“我们可是认识了他们十八年！平克！”皇成纪深吐了口气，大声喊道，这几乎震掉平克手指间烧得很短的烟。

“你敢信他一直没提过父母吗？我们也没见过？”他说道。

“我记忆里，我们也没问过啊？”平克猛甩右手，烟烧到了手指，烟灰在指尖大把飘落。他狠狠往瓷缸中间按灭了烟头，又嘬了几口饮料，将胳膊肘重重搁在桌前。

平克盯着桌面上的布垫，上面是卢撒克设计的“蓝眼睛”图标，他记得自己很喜欢。但这是什么时候设计的呢？哪家店做的？他毫无印象，在脑子里了无痕迹。

“我觉得不只是一件事，还不是第一次。”他望着皇成纪，对方正盯着桌子，一副要看出洞的眼神，最终念念有词。

“我现在感觉很不好，或者是不对劲！”

“总不至于，我们全失忆了？”

平克眯着眼，又大口抽了几下烟，突然口腔内的烟雾呛到了他。他猛然咳嗽，激烈至捶胸顿足，平复了好久才平静下来。他喝了几口饮料，愤然在瓷烟缸里按灭了烟头。

“你悠着点，老陈。”皇成纪耸耸肩，他像是想起什么，兀自拿近“微妙”的瓶子，对半透明的瓶身和包装细看起来。

“怎么？”平克揉揉腮帮子，又急忙抽出几张纸巾，狠狠擤着鼻子。他瞅了眼自己的鼻涕，便团起来，扔进脚边的垃圾桶。

皇成纪皱着眉，把“微妙”空瓶转了半圈，朝向平克，慢慢摆正。瓶身中间包装纸的音乐猴子正对着他，他们都熟悉的戏谑风格，卢撒克的杰作之一。

“你记得这是卢撒克设计的对吧？”他表情凝重地问道，“我们都很喜欢，称它为被世人嘲笑的猴子。”

“是啊，所以？”平克右手惦着皱巴巴的烟盒，数着根数。他打算再抽一根，缓解身体隐隐传来的疼痛。

“但，你能想起和他设计出这猴子相关的其他细节吗？”皇成纪手指抵着脑门，看上去在尽力回忆的样子，五官逐渐狰狞，在向一起靠拢。

平克一愣，看似简单的问题却让他产生了空滞感，一种觉得要走下去，却永无终点的寒意涌上心头。“该不会，这些，我们也想不起来吗？”

他搔着杂乱的头发，回望皇成纪，一边又把一根烟塞进嘴里，快速点上。

深吸一口后，他双眼又闪出少有的光芒。像是想起什么，平克指着皇成纪，大声说道：“你不是跟卢撒克小时候一个街区的吗，还上一个小学？”

他一边问，一边瞪着眼睛，一副报以求证的神情。

“确实，不过……”皇成纪搜索着记忆，却想不起任何细节。

皇成纪又问：“老陈，我来问你。”他的表情变得更为严肃，右拳也攥得更紧。

“你还记得我们认识的细节吗？”他轻敲桌子，问道。

这个问题俨然问到了点子上，平克甩烟灰的手停在了空中，一直看着皇成纪。

此刻，在他的脑中，除了蓝眼睛那些固有的片段外，什么也搜索不出来。

“操。”

7.3

“比起这个，你真的关心你妹妹的死因吗？”皇成纪背对着她，看着窗外，说出了最伤人的话。

两人对于李奚瑶的事件，之前一直处于闭口不谈的状态，但皇对文意见很大，她对于案件进度的冷漠状态，逐渐激怒了他。

“你懂什么？你知道我在牺牲什么？你什么都不明白！皇成纪，你始终是个BOY！”文医生终于失控了，她始终是在意情绪管理的，但在此刻，一切都决堤了。

“你除了守着房子，坐吃山空，你还能干什么？”她一把甩下枕头，直接碰掉了茶几上的花瓶，水和花洒落一地。碎裂声在夜晚的房间中，回音久久。

“你能上进点吗？皇成纪！”

“我曾经对自己说，你没有追求没关系。起码房租不用交，大家压力小，可以开心生活，我也能专心搞研究。”她说道，声音变得更高了。

“你呢，一不煮饭，二不干活，三，出事儿找不到人。四，你就剩那些奇怪的朋友了！”

“我朋友怎么了！他们哪里奇怪了？”皇成纪转过身，“朋友”这个词语对他来说，仿佛是个阈值的触发点。

“我最不喜欢你这个说话方式，什么一二三四，你是老干部么？”皇成纪猛抓着头发，继续发泄道：“你那么喜欢排比，巴拉巴拉说废话，不去体制可惜了。”

“皇成纪，你能看到自己的问题吗？”

“你拿我那些朋友，做心理侧写，做研究。”他皱着眉，盯着文吉真，说道，“你当我不知道吗？你的那些报告，数据！我的朋友全部变成你的案例，装到那份没有意义的文件夹里！”

“怎么会没意义？那是我最重要的研究。”文吉真说道，“不和你聊这些了，你不会明白的。”

两人正在激烈争吵中，皇的手机亮了。他注视了会文吉真，便贴身而过，拿起手机看着。

老石发来了几张图片，其中一张是那个瓶子，里面的东西已被证物课小心取出，拍了清晰的照片。

皇成纪叹了口气，他上一刻的血脉偾张立刻掉入了冰点。

那是个雕刻极其精细的小物件，正面看如同白色的小螺旋，但不是鹦鹉螺。背面是一堆隐约的人脸，他们有着惊悚的表情，从螺旋里奔涌而出。

它也是雪松木雕的，风格也和头雕类似。

皇成纪向文展示手机的照片，轻声说道："第四个人了，凶手在按照瑶瑶的坐标地图，逐渐杀人。或者说，他们在按顺序杀害她见过的所有人。"

他望着文，又指指手机。

"你有什么想法吗?"

文并没有回答，她被照片吸引了，一把拿过手机，仔细看着。

"这很像脑灰质的模型……"说完，她把手机翻过来放在桌上，两手抱着肩膀，"看着，让人极不舒服……"

"瑶瑶怎么会牵扯进这种事情……"她突然显得情绪有些崩溃，跌坐在沙发里。

老石准备飞去新加坡一趟，他也告知皇成纪，之后的事情跟园区没关系了，他也不能再透露内容给他们了。皇氏集团就安心等结果吧，但园区肯定是凉透了，不可能再有生意了。

"行吧，反正本来园区也都凉透了，不差这一个了。"皇成纪自言自语着。

他没有再和文说什么，站在窗口盯着老石发来的最后几张图片看着，眉头紧皱。

李克用和其他人不同，他的死亡现场尤其混乱，似乎经历了极大的冲突。而有一张积满水的地板上，有一行字："这既是周围，也是中间。"

他似乎想起什么，翻着手机里存的照片。

果然，在万老师留下的很多手稿里，有一张图，最下角也写着这句话。

而图案本身是很多看似无序的大小圆圈，它们互相关联，又有一些错开。圆圈间还有些三角和线条连接。

最中间的一个圆圈最大，他被万老师描了很重，边缘黑黑的。

"这既是周围，也是中间。"皇成纪反复低声念着。

万青豪曾说过类似的，宇宙奇点论。所谓找到相交的节点，便能看到缝隙，不同宇宙之间的膜。节点和膜，错综复杂，你当下观察到中心，也许只是另一个中心的“周围”。如果觉得那个中心是恒定的，那一定看不到真相。

“1.3.2 案例，骨舌鱼的幻觉。”

老石皱着眉，读着卷宗的名字。

“这么奇怪的标签，是你加的吗？”听上去，取名风格就是吴警官的调子。

又是看似的死相，跟实际分析不一样的案例。

但这次又不太一样，他的右手曾捏着东西，但被用工具残暴地撬开了，手指全骨折了。他的家中曾养着鱼，现在大缸全碎了。地上是黑红色的大型骨舌鱼，死透了。木地板被水浸透，因为漏到楼下，才被发现报警的。地板正中一处向下凹陷，应该是被重物砸的，水在那里积得更多。其中漂浮着一个玻璃瓶，里面摆着什么东西。

“我让那边的证物科赶紧保存了，现场也封锁了。”老石说道，又似乎跟其他人说着什么。

“我们马上要去新加坡，具体再联系。你帮我盯着你那几个朋友的动向，他们可能也有危险。”

“这次没有头雕吗？”皇成纪赶紧问。

“没有，有可能被拿走了。当然，那个瓶子里不知摆了什么。”老石又咳了几声。

“凶手完全提前了，而且已经在展示什么，他在炫耀这个过程！”

他更觉得是和走私有关的毒杀，还有水里那些骨舌鱼，是否有什么特殊的成分。

挂下微信语音，老石便开始张罗鉴证科对绿色物品的分析，但皇成纪的想法不同，他依然认为头雕是 Key，还有跟宋一样的脸。

水箱中的“脑叶”模型却像是其他人留的线索，将事情引向另一种方向。

警局认为是脑叶中毒导致的幻觉，但这个“脑叶模型”是谁给的线索呢？

如果是凶手，这也太自负了吧，但如果是第三方，这又指向什么暗示呢？再换言之，哪来的第三方？

他总想起李奚瑶录音笔里，李克用说的那些话，一切都是暗示，都以隐喻的方式存在着。

而说到“隐喻”，他不禁想到村上春树的《刺杀骑士团长》。而隐喻在这些案件里，似乎成了与他们死亡的有关因素。但，那是什么呢？

想到细节，全是乱麻。

老石重重叹了口气。

“从死者口袋的名片看，我们只知道他也是一名中间商，主要贸易线是沪杭市，新加坡以及大连等地，特殊艺术品贸易的渠道。”

“当然，也不是没有作用，他的名单里包括了，李奚瑶，万青豪，以及一名代号丁一的模型制作师。”

证物科的人念道：“哦，还有李克用。”

“好吗，啧。”老石清着嗓子，戒断反应减弱了不少。又是代号，这些东西让逻辑更难浮现了，也许要仰仗一些久违的“直觉”了。他望了眼证物室的一个玻璃盒子，里面是绿色物品的残骸溶液。他问道：“那玩意儿能分析吗？是某种致幻剂吗？”

“人在做梦，鱼也在做梦。”他说道，一边翻着分析报告，“这批绿色物质，无法分析，根本不是地球物质。”

“鱼也会做梦？”皇成纪笑着问，他心里想，鱼才睡多久，能梦到个屁。

“没见识，鱼分两种睡眠，缓慢爆发和波传播睡眠。”老石不以为然地说着，并继续看着分析报告，“波传播睡眠很长，跟人类似。”

“野生的鱼当然不会陷入深睡眠太久，会被天敌吞噬。”他皱紧眉头，在报告的一页停滞着，专注于其中几行字。说着，他又看了皇成纪一眼，说道，“这明显是长期豢养的，明白了吗？”

“什么？报告说什么？”

“起码证明这批骨舌鱼在极其安宁的环境下，进入了漫长的睡眠。”老石说着，轻轻拍了分析报告，又摇摇头道，“太粗浅了，三十二种未知物质，其他是类植物酶，以及联苄化合物，黄芩素，胺烷。意义呢？人和鱼全吃了绿植，然后沉睡了？”

“然后做梦，梦死了？”皇成纪捂着嘴，似乎在绷着笑。

“继续分析，着重未知物质。”石守义叹了口气，他右手不断摸着脑门，此刻浮现在他心中的碎片，反而又聚焦到文医生的论文集上。

“总觉得，还是要再研究一下。”

“人和鱼的死亡时间是接近的，只是鱼是死在水里的，而人是在地板上淹死的。”

“太癫了，他还渴了，喝了鱼缸水喝到淹死吗？”

“不，报告的结果是他肚子里没有任何鱼缸的水，没有被水浸泡的症状。”吴警官翻着记录，继续说着，“但身体各方面的器官损伤，表现出溺死的表现。”

“也许他梦到了深陷沙漠，结果狠狠地喝水。”

“除非这绿植跟云南毒菇一样。”老石摆摆手。

当然，说到绿植，皇成纪其实产生了一个脑洞。

他很自然地想到了卢撒克盒子里的那玩意儿，它们不是一株，但总觉得有点关系。

7.4

宋继续翻着《面具之惧》，随着跟诵的连接，她对这个故事变得更加好奇，因为那可怕的陌生又熟悉的相同感。

“诵·阿努拉，在故事里，是陌生又悲伤的女祭司。”起码宋是那么理解的。

在另一边，诵说话了："我们也是花了很久，才明白连接是怎么回事。"宋身体向后一靠，努力听着。那声音如同从她记忆中回溯一般，仿佛本来存在，只是她读取到了。

"但通道很狭窄，只能通过界膜来转换。"她的声音开始变得模糊，宋在房间里四处搜寻着诵所需要的媒介——完全感受的媒介。

"你需要一层薄膜，什么都行，即使是水面也好。"诵在耳边说着。

她平稳驾驶着电动轮椅，这确实让她在家方便多了。但水池是不行的，大概率只能选浴缸了。

"但你们要明白，没人精确知道镜子的对面是什么。幻梦界对于我们来说是界外之地，它连接很多区间，反过来说也是一样的。"说到这，骨燃停顿了下，语调变得微妙，缓慢。

"我和卡纳维相信，所有搜寻到的界膜，另一边是对应我们'实'的'虚'。"

宋的手指此刻停在这段话上，重重敲击着。

这本书，她已经看了很久，但到此时，她才感觉打开了另一个世界的大门。

"我会尝试传达一些感知给你，你刚开始会觉得奇怪。"诵的声音从宋脑袋里传来，很遥远，又似乎从耳蜗深处发出，徐徐震动。

"传达?"宋按着自己的耳朵，努力让自己不被海潮般的回声震倒。

"你的眼睛就是我的，你的手，脚，都是我的。而我的，也将与你合二为一。"诵说道，"信息很快传来，大约像观赏一幕幕大戏一般吧。"

此刻，右手的感觉变得奇怪了，一些感受开始传达过来，并开始深刻。

触感是很神奇又细腻的东西，它从指间传达而来，用无法捉摸的状态，给予人具体的图像。但很少有人考虑，那是否真实，又如何发生。

"对，就是浴缸。"她自言自语道，显然不发出声音，"另一边"未必能听得清晰。

"这并不是精神分裂……嗯。"

闯过小客厅，她的座驾到达右侧的浴室。本来这个靠窗的粉青浴缸是她的最爱，跳完热舞之后，泡个舒服的泡泡浴，顺便看着小黄鸭，听听林檎的单曲。

她失去腿的控制后，浴缸变得毫无意义了。就算自己能进去，也会跟条无能的蛞蝓一样，交缠在其中，不得而出。

如今的小粉青变成了完全闲置的地方，不知何时残留的整缸水露出恶心的碧绿色，几只小黄鸭在中间躺着，也没那么可爱了。

她拿竿子稍微在水里划了几下，便浮出几整条叶子宽大的水草。它们水下的部分全缠在一起，出来的时候宋差点以为是蛇，整个人按住轮椅的开关往后退了半圈。

“你那个浴缸反正没用了，不如让我试试放点水草，做生态缸吧。”宋一拍脑门，她突然想起皇成纪之前半调侃的话，大叹了一口气。

“这家伙，真干了啊，这种事情，他倒是落实很快啊。”

皇成纪似乎放了太多的水草和底部干木，整个浴缸变得很吸收光线，透着水面只能勉强看到堆积，缠绕在一起的水草，也看不到任何其他的生物。

宋捂着鼻子，水显然是发臭了，水草还活着也是个奇迹，就算有什么鱼，虾应该早就往生了。皇成纪必然是做完这个愚蠢的试验后，就忘记这茬事儿了。

“皇成纪，你是个傻子吧?”宋不禁爆出粗口。

“看来只能试试这儿了……”她说道，同时也能感受到“另一边”的诵正皱起眉头，那种深层的笑意传达了过来。

“我倒是不介意看着你扎进这墨绿的东西里。”诵的声音继续传来，她听上去在憋着笑。

“其实看上去，比我们这里的沼泽要好不少，哈哈。”

“哎。”宋捏着鼻子，身体贴近浴缸，几乎变成倒凹字形。她尽全力拉伸上身，由于轮椅的限制，脸紧贴冰冷的浴缸边。但宋必须摸到臭水下的塞子，只要拔了它，也许一切就畅通了。

“沼泽水更臭些，还有很多虫子，尸骨。我把自己浸进去，能看到逐渐腐烂的动物躯体。”诵还在说着，引得宋皱紧眉头，不时侧开头干呕几下。

整个下午努力地拔草，宋终于把皇成纪遗忘的“杰作”完全请出了浴缸，她其实已经累得不行，但看着逐渐注入清水的浴缸，一些熟悉的感觉又回来了。这让宋不禁舒展上身，努力让自己高兴起来。

待清净的水重新续满，宋还加了一些香精在里面，擦拭过的小黄鸭漂浮在浴缸水面，一种过去午后的舒适感再次出现了。

只是这次，她要做的不是泡泡浴，而是把头深深扎进去。

通过这个"界膜"，汇入另一个世界。以前学游泳和瑜伽，练的憋气，终于有用武之地了。宋想着，便拢起头发，身体贴近浴缸，把头扎了进去。

"诵·阿努拉，你能让多少我们的人民，进入美梦？"

宋隐约听到那样的声音在询问，是一个中年男子的声音。

"要有多美？不劳而获吗？"

"他们要的太多了，父亲。"诵站在白色尖塔的小阳台上，望着下面的人群。

宋看到的视野是如水镜般，仰视着诵。她们在对视中连接，用同样的悲伤。

"他们真知道自己需要什么吗？或者……"

"什么都想要。"中年男子拍拍诵的肩，宋几乎感受到了肩头的触感，那久违的父亲的手掌。但她清楚，那只是诵的感受。

"姆神无法满足那些，父亲，你清楚的。"诵支吾着，接下去的话，她并没有说出口。

但宋清楚听到了她心里的声音，这在两边游荡着，像在空旷长廊中反复弹跳的硬币。

"我，不想成为姆神的代言人……"

此刻，宋的眼前闪烁着，一种酸楚的感觉弥漫在眼眶周围。她右手不禁摸向脸颊，并没有泪水，自己的眼球却痛起来，视线还变得模糊了。

"你哭了吗？"她问向另一边。

诵再也没有回响了，宋沉默了很久，自己的视野也慢慢恢复了。她叹了口气，对着眼前的浴缸说道："那我们都缓缓吧，我也需要静一静。"

“骨燃说，遇到另一边的你，是必须的。”诵突然说道，“我不明白。”

“我也不明白啊。”宋手扒在浴缸沿，对着水中说道。诵和自己的影子都在其中，隐约相叠。

“我明白了，我的身体怎么了……”宋轻轻说道，右手在水面缓缓划着，仿佛在撩动诵的头发一般。

诵·阿努拉只是跟宋有了几次连接，便感到了不同的人生感。

更确切说是呼吸感，触感和其他很多感觉。从骨燃的研究来说，她和宋失去的是类似的东西，各种对外界的“触”，她们失去了反馈和认知。

只是诵被那个白球里的光滴取走的，差点让她失去了对骨燃的热情，以及强烈的渴望与爱意。那也包括了对其他人的关爱。

她还要接受几次光滴的注入？那会让她完全成为所谓“姆神”的容器，但那会彻底失去骨燃吗？那些拥抱，热吻？还有枯槔的热风，她喜欢的雨鸟群落。

它们会在黄昏时分，带来细雨，润泽她的肌肤，让诵感觉自己还在这躯壳之内。

而不是被那些“光滴”完全强占了。

刚才宋奋力进入浴缸水中，那瞬间水面成了“界膜”，宋看见了诵。

她们在那一小段“幻梦界”中握了手，诵也感受到冰凉的浴缸水，以及一股奇异的香味。宋传来的意思，那只是清洁剂的味道罢了，要说香味，人类有更多种类的香味，多到让人一时无从下手。

诵·阿努拉察觉到一种冲动从胸口向外震动着，她开始好奇这个阿西卡称为“盖亚试作 3 号”的宇宙蓝星的一切了。

“你有兴趣的话，我去拿正式的香水让你闻闻。”宋说道。

那一晚，宋梦到一片荒野，周围空无一物，只有一望无垠的黄沙。但在视野的正中，她看到了自己的脸。更确切的是，一尊庞大又残破的雕像，它在荒野中缓慢沙化着。而残留一半的脸，跟宋长得几乎一样。抑或，这是诵的脸，她为何在这里呢？

她上前抚摸雕像的脸，手掌下的粗糙颗粒感挥之不去，并传来阵阵冰冷和孤寂。夜空中漂浮着大量碎片，它们像围绕土星的光环般，在雕像顶部缓慢转动着。想必它们曾是脸的另一部分，如今即不舍离去，又无法拼合。

宋还不明白诵，太多未知，但又觉得如此熟悉，仿佛磁铁两极的互相吸引，在逐渐拉近。但此刻，她明白少许，诵那巨大的孤独。

怎样让雕像拼起来，她还是没搞懂。

但她能感觉到，雕像的呼唤，诵对她的需要。

7.5

要说艾丝丽，在宋的印象里，就是闪亮的都市女神，那样的状态，精气神以及出众的外形。

她这么简单形容过，“简直就是黑发版的杰西卡・斯塔姆。”在蓝眼睛的聚会中，宋不止一次夸赞着哥哥的女朋友，并一定以另一句话结尾。

“我唯一不能理解的是，她怎么眼瞎，看上我哥了。”

当然，白蛇总会和艾丝丽对视一笑，说道：“你不懂。”

“他是不一样的。”两个人心里会默默念叨一次。

《白色王都》大获全胜！

艾丝丽几乎想用这样的信息刷满头条和艺术圈的所有公众号。

卢撒克这家伙，在灵感不畅的一年后，居然连续拿出一连串让人眼前一亮的佳作。《群鸟》《漩涡》《螺旋林》，这一系列装饰性与氛围充分的油画们，正完美地装饰在银色画框中，挂在酒吧的四面墙上。

高低错落的画与酒吧本身几何切割风格的墙面显得很搭，它们重组了墙面，让古建筑残件改成的室内风格活跃起来了，同时也连接至酒吧的正门。

那两扇精致的木门，是上面雕满各种小人，森林，并有着一半焦痕的古门。她不是第一次看这扇门，酒吧老板平克从周庄遗迹收来的奇物，成为此处的“关卡”。它记述着跟随大火成为焦炭的一片绿色之地。曾经，自然的一部分，却成了钢铁森林的一块版图。

毁林造楼已经很蠢了，之后看着承包商们把绿色塑料网铺设到光秃秃的山脊上，小艾更无语了。

她喝了口“微妙”，再次看着周围的一圈画作，最终目光回到中心玻璃柱上悬挂的拱月之作。高三米，宽一米八的《白色王都》，它吸引了这次活动所有人的目光，赞美之词充满不大的一楼空间。

卢撒克总喜欢将角色放置得很小，画面中心偏下处，是一袭白衣头戴兜帽的女子，她微弓着身，似乎向下看着。奔放的笔触绘出她半透的衣边，修长的小腿正贴在所处建筑的高台边缘。

而白衣女子周围的一切，全是这座震动人心的白色建筑。

所以，接下来就是准备第二次巡展，在沪杭市最大的商业中心，正厅大展。

持续三天的巡展，要始终保持良好的体力，除了帮忙的皇成纪几人留守，布展的小艾和作者都会早早休息，直至开幕的一刻。

当然，能购买的金主早在郑荡波几人安排下，在开幕前一天就已完成赏画，订购。大部分画作的右下角，都已摆上 sold out 的红色标签。

要说曾有谁怀疑过卢撒克的才华，那绝不会是小艾。她见过他的艺术一次，便觉得撒克必然成为万青豪后，沪杭市的新贵。

而文医生介绍的郑荡波，他带来的圈子和那些画商，趋之若鹜的选择，也更证实了这点。璞玉琢磨而成贵器，便是卢撒克现在了。

其中要感谢文医生的引荐，但在重要的日子，并没有看到她的身影出现。

开展前的发布会结束，订购酒会也完成了，众人都已回酒店歇息，只待正式开展的流程。

艾丝丽在展厅边的沙发休息了许久，才缓解了站立一天，腰部的酸痛。她以侧躺的姿势处理完所有商务合同，方才舒了口气。

环视四周，友人们都被白蛇和平克带去小聚了，只剩宋还端坐在轮椅上，寂静地看着书。她站起身，轻拍了下宋的肩膀，对方还沉浸在某本小说的内容中，顿时显得有点慌张。

"你再等一下，我最后去看一遍画，我们就回酒店。"艾丝丽笑着说，她倒是很感激宋一直留着，等到她忙完。其实她完全可以跟皇成纪他们先走的，作为撒克的妹妹，她总是会暗暗关心一些人。

两人少许寒暄几句，艾丝丽便小心踱着步，看着画展的展示空间。空间内铺设着暗蓝色地毯，看着一尘不染，她脱下酒杯跟的鞋子，搁在门口，准备赤足进去。

小心踩在地毯上，站立一天的脚底还有些轻微按摩的感觉。她偷笑了下，便喝着杯装咖啡，边欣赏卢撒克这次所有的画作。

在绕过一个短廊，她看完了卢撒克熟悉的《起源》系列，拐进 L 型宣传墙，向里，是他更新的作品，也是被郑荡波一人完全收购的杰作。

艾丝丽捂住了嘴，攥紧的手几乎捏爆了手中的星巴克杯子。

此时，她正穿着端庄，涂着最适合的血红色口红，被白色套裙包裹，注视着画廊正中，中等大小的油画。

那是撒克新作中的一副，名为《崩溃的螺旋》。

从技法和画面张力来说，卢撒克确实上了一个巨大的台阶。他那些"梦"一样的想法和表现，不再如前那么模糊。该说是细节更丰富，但同时，传达出一种"可怕"的临场感。

《崩塌的螺旋》是艾丝丽钟爱的冷色调，在画布上，是一片冰川龟裂，并逐渐崩塌，向下坠落的过程。他营造的画面，如处于危岸上目睹这一切后，才描绘下来。

而让艾丝丽汗毛直竖，并后退一步的不只是崩塌本身的恐惧。它虽迎面而来，核心一击却是这片灾难现场中心，有一名微小的角色，她？正在向下坠落。

那是名少女，苍白的皮肤，并有着奇怪的发型和头颅。她从脑袋上方向外长出晶体和软骨般的结构，或者更像头上长出花状的组织。如此奇异却又和她惊愕的表情巧妙融合了。

她的目光又转向周围，吸引她的是一幅小型画作，俨然是新的。艾丝丽连它的雏形，手稿都没见过。

那是张少女的半身像，她还是卢撒克惯有的抽具象结合。半张脸在冰山水平线下，水面上是她特殊的头发，与《崩溃的螺旋》中少女一般的头部。画在此处细致并奇特的装饰处理方式，她更像是为大画的细节补充一般。

而让艾丝丽喜悦的是少女的五官与自己如此相似，这仿佛是画者呈现的无言情书。但开心的同时，她却感到掉入画面中的感觉越来越强。

而下坠感却不断从艾丝丽心中产生，并对她的身体做出错误的提示，从皮下产生的恐惧让她双脚发软，几乎不猛吸口气，就会立刻原地倒下。

她向前伸掌，尽力支撑住自己，理智提醒她，不要再看那幅画。而画中少女下坠的感受已完全刻印在她心中，不……艾丝丽拢了下头发，慢慢走开。她抓住边上的休息椅，倚靠着，一下子坐了进去。

那少女的感受……简直如同她……艾丝丽记忆的一部分……这是，为什么……

她又开了一瓶冷冻的星巴克黑咖，抿了几口，生命的感觉又回到心口，呼吸也开始正常了。她拿起手机，快速翻着，稍作迟疑，艾丝丽便点了几个人，开了一个微信群。

“今日预展结果特好！撒克，你要继续，赶紧把其余的画作进度赶上来！”她在蓝眼睛的微信群里，发出惯例健康语气的话语。

“她窥见一个个房间，透过酒红色的薄膜，它们连接着，无数的门。”

艾丝丽记得那一段，《面具之惧》中所述的：周围一片漆黑，唯一的光芒是两人面前，那是一扇直立的门，它朴素的表面让两人觉得更不真实。门大约有一人高，但高得超过骨燃，还是有种威慑的气息直扑而来。

……看着门中央的一排字，那里有骨纹写着：推我。

在此时，她也感觉到面前的木门，深红色浅雕装饰的表面变得格外沉重。她的手指在木质表面摸索着，发现它的材质不像她所想一般，所谓木门的硬邦邦。

她的手陷了下去，门的表面像软滑的巧克力，“如丝般顺滑”。

接着，她整个人都柔顺地进入了门里。这种感觉让她如滑入美梦般，舒适又温暖，如此睡去，沉入湖底。

她望着眼前，是血红色的大海，自己身处其中，却如此平静。

有些庞然大物从中涌出，带着红水晶般的水帘，划过天空，显出庞大又剔透的身躯。

发出鸣声后，它们翻转侧翼，又落入远处的海中。“北海有鱼，其名为鲲。鲲之大，不知其几千里也。化而为鸟，其名为鹏”。

此刻，她想起庄子《逍遥游》里的话。不过，用白蛇的喜好去描述它们，也许叫“宇宙鲸”更合适。

她望着血色的海，它与自己只有短暂的距离，脚踩在白色细沙上传来微微刺痛，之后是沉浸在其中的愉悦。

这一刻，她想起“LSY”的同名歌曲——宇宙鲸，以及她沉浸在音乐的下午。暖和，平静，无限，便是当下自己徜徉红海的感受。

艾丝丽除了卢撒克的画作之外，最喜欢的音乐创作者便是神秘的“LSY”。她所有的专辑充满了瑰丽，绚烂和叙事感。她不像“往日金图”乐队那样，整日活动，让所有的流媒体、短视频和 up 主们随时能捕捉到他们的活动轨迹。

换言之，他们四个很爱互动。当然，小艾也承认，“往日金图”的音乐很不赖。但不知为何，她很不喜欢金图这词汇，就像不喜欢他们专辑封面里出现的白色长枪一样。

尽管，也许那只是种装饰手法。

啊，能收回一些细小的烦恼，回到品尝美好咖啡和听“LSY”新专辑的时光。艾丝丽打了个响指，像是要关闭自己其他的念头一样。

那之后，她也真听不见烦人的其他脑内频道了，只有午后的音乐。

熟悉的耳机少女剪影，中央由花纹图案填充，随着音乐转动着。

“LSY”的新专辑“时间墓地”，就此徐徐打开，唱着。

艾丝丽从红色果冻般的幻梦中出来时，发现自己仍在画廊中，背靠着墙。

时间已划过一小时，唯一没动的是宋，她手中的书正好翻到最后几页。

而她们现在最需要来点音乐和咖啡。

第X章　瓶

我们的神希望被战胜，因为他们需要重生。

——卡尔·荣格

X.1

该说一切是从何开始的？从哪本书？还是我们的梦，或者是像克罗索的丝线一样，从最开始就缠绕着大家。只是我们之前都没有察觉，它跟随着我们的脚步，慢慢渗透这一边。

应该是狗，那些黑犬，从它们撕裂梦和真实边缘的时候开始。

——自卢撒克残破的笔记。

“行，那我就先忙完这茬，姐你先看着老头儿。”皇成纪搔搔头发，顶部的发簇被胡乱抓得更加蓬松。

“嗯，行。我先带他们去世贸。那挂了。”

皇成纪接到医院电话时，正要开车送卢撒克去世贸中心的路上，他们要在半夜两点进入商场，这样才能在明天节日开幕前，布展完成。

“要不我们约车吧？你赶紧去医院。”卢撒克看着倚在车引擎盖前的皇成纪，说道。他刚挂掉电话，正呆看着屏幕。

“你爸怎样？”平克紧接着问，另一手翻着叫车软件。

“老问题，高血压，我姐看着呢。”皇成纪一手指指平克，示意停止，一边说道，“别扯淡，看看几点，你们能叫个屁车。”

他说着，把手机塞进裤兜，一把拉开车门：“快，我明天去换我姐。”

他的小蓝色 SUV 后面装满了撒克大小不一的油画，前后座又挤满了人，整辆车开得颤颤巍巍的，就这样顶着月光向市中心而去。

“平老板，卢撒克，你们两个能不能去学一下开车?”皇成纪一边调着车内 MP3，一边说道，“不然你看现在，大半夜只有靠我。”他选到音乐频道，便开到中音，任其在寂静的大道上发出歌声。

“嘿嘿，驾考我过不了初试的。”平克坐在副驾，手贴着窗边，缓缓抽着烟，在 60 码的车速中，划着几条白色烟道。

“我根本起不来，那个鬼时间，太早了。”

布完展的歇息时间，平克决定在破晓前的时刻里，到处转转，感受世贸中心豪华商场的角角落落。此刻的寂静，即没有顾客也没有服务员，偌大 7 层，只有他们几个孤独的布展者。

而皇成纪却少有地再一次仔细看着卢撒克所有的画，他是看着它们如何诞生的，从草稿到成品，最终镶嵌在华丽的框体里，如同本来一体。

他再次盯着《白色王城》，他知道这是一切的开始，觉醒到决心，也是一切的关键。

“你那么着急寻找钥匙和坐标，是为了什么呢?”皇成纪看着撒克，问道。以他过去的做人风格，卢撒克的行为是让他难以理解的。要在半年内产出海量的手稿，并最终凝聚成颜色缤纷的油画。

他和平克在很长一段时间里，完全是卢撒克运送画框的司机，或者共同安排展览的筹备者。皇每次会戴上铁三角耳机，在最不显眼的位置，望着画展中流动的人群，只看不买的中年群体，或是爱提问题的少女们。

他会皱着眉，全程在阴影里看着，并心中翻腾那么难受。皇成纪很清楚，卢撒克为这些画付出了什么，稀少的睡眠，不断地研究技法，还希望画面中带着启迪的故事。他和平克常觉得这个朋友在做一些痴心妄想的事情，在这片“荒漠”里用画面泛起人群……不……是麻木脸庞下的激情。还有，想象力……

怎么可能？皇经常出入父亲的公司，除了拿钱，同时不忘跟前台的青涩美女交谈几句。当然，他也会祝福她不会被磨砂玻璃门后面的某个经理给骗了。他经过一排排办公桌时，会时常看着父亲的设计师们都是如何的货色，对着黑底白线的AutoCad图纸，设计那些千篇一律的房间装饰……

无聊……老套……更无想象力，卢撒克当做性命的想象力。但他们就是那样在蚂蚁王国里做着重复工作，为了日月不停，建起的钢铁森林。哼……我父亲他们的垃圾森林。

所以，皇从十八岁时就很清楚，自己不要成为这样的人，哪怕成为父亲所谓的“废柴”，也比这样“死去”要好。

而卢撒克，是截然不同的生物。

皇成纪每每看到他，便想到那个曾在后四巷工作间里的老艺术家，孤寂的背影，对艺术的热情，留给自己的只是黑夜中的独自摸索。

他见过万青豪那投入创作的样子，废寝忘食，没有社交生活，只在宇宙与内心之间，死去活来，留下有人珍爱，有人无法理解的画作。

卢撒克在面对画布时的表情是一样的，有一团火焰在瞳孔内燃烧。他在此时，看见的是不一样的世界。

在他们貌似平静的日常中，“后四巷”的案子就出来了，万青毫死了，死相奇异。所有他未卖出的画全成了证物，每天被老石那几个不懂艺术的警察上下翻看。

他的儿子每天闹，要求收回父亲的作品，好乘新闻效应赶紧高价卖了。

皇成纪和平克聊过好几次这些事儿，他总是想多找点时间看着撒克，他不希望卢撒克和万青豪一样，似乎被“那个世界”吞噬般地死去了。

皇成纪静坐在浅褐色的木椅上，他点起一根烟，轻叼在嘴里。他几乎是咬着过滤嘴，大半根都在嘴边晃着。

点燃的火光，一缕缓慢的烟雾，垂直向房顶而去。他猛烈地抓着头，同时直盯着眼前，小圆桌上的东西。

除了一个捏得皱巴巴的烟盒外，其他的便是黑色封面的《面具之惧》。这并不是宋的那本，不知为何，这本书开始遍布"蓝眼睛"成员的书桌了。

他仔细回想着，这本书是如何来到他们的生活的。最开始是在"九道门"书店，就是西湖区的一间隐秘小书店里看到。这家书店在"漫画书"还被视为洪水猛兽时，皇成纪和他的几个小伙伴们，便开始悄悄摸索它了。

他刚发现它时，简直如获珍宝。"九道门"就藏在大新华书店后面的那条街尾，隐藏在几家水果店的后面。老板矮小干瘦，老板娘却高大强壮，奇怪的组合，却能在店里进到杭城最多的漫画书。

小老板还专门做了暗门，检查来时，暗门扣上。外面只有普通而常见的杂志，学习教材。而皇成纪几个老熟客一来，自然能打开，进去，挑选喜爱的漫画。而且一般都是在连载期内，最热门的那些。

当年，父亲给的零花钱也是充裕，而大部分的，皇成纪全贡献了进去。他热爱看书，但既没投入文学，也没专注绘画。他只是凭着兴趣和短暂的热情，几年内卖光了大量的漫画，又堆到自己家完全放不下为止。

此时，平克建议他索性趁热开个漫画吧，反复利用这山一般的漫画书。从书吧兴盛又在几年内迅速衰亡，皇成纪发现一场空耗十几年，自己只是多了个放书的店罢了。

而"九道门"的老板就已悄悄开起了"宝马 X5"。皇成纪和平克开玩笑，这车里四个轮子，起码两个是自己买书的功劳。平克自然嗤之以鼻，皇极不擅长经营，书吧自然由他缓慢保持着流水和日常维系。直至几年前，价值耗尽，便出手店铺和所有图书，换成新地儿。

转手所得和少量剩余的收益，平克盘下了北山路尽头一家酒吧，白天咖啡，晚上放球赛，供应酒水。

这一茬，皇成纪拒绝了再次作为老板。"酒吧是你的了，老兄弟。"他坐在小圆凳上说道，"这么多年，值这个。"

X.2

平克开了瓶啤酒，喝了起来，同时用筷子敲了下面前的微妙，他和卢撒克的独家饮料。这打断了皇成纪漫长的回忆。

“你对音乐节也没兴趣?”他耸了下鼻子，问面前的朋友。

皇成纪快捷地打开听装“微妙”的拉环，飞快喝了几大口。他停顿了一小会，直至打出一串响嗝。

“呼，舒服了，你这玩意儿，通气一流。”

“所以，叫微妙啊。”平克眯眼笑着，并开始悠闲地吃起咸水花生来。他嘟着嘴，轻快剥开，一颗颗扔进嘴里，“卢撒克这种突然的点子，确实是妙得没话说。”

皇也没有接话，他看着两人背后的电视机，里面正放着德甲俱乐部的比赛，拜仁慕尼黑依然威猛。平克的小酒吧人流不是最多，但一到比赛日，因为会供应两次免费“微妙”，包场的还送两箱啤酒，就会挤破头。

他更喜欢看俱乐部比赛，不同国籍的大咖们纯粹为了利益在一起踢球，充满攻击力的队伍在某些铁腕教鞭下厮杀，总会让他想起阿提拉的故事。不过，与其他人不同，皇成纪在一场比赛里，往往最关注球队门将的表现。

那些守护什么的角色，无论足球场，还是在别处。皇也想守护些什么，只是一直寻找不到。球员在俱乐部比赛时，总是表现得最为兴奋，互相竞争着闪光的时刻。皇挠着下巴，看着拜仁的卡恩，扑上扑下的，他觉得守门员就是这样控制着一场球赛。

大多数时间，他们或者成就了某个前锋，或是阻碍了另一个未来的足球先生。皇成纪会专注到角球或点球时刻，门将的反应。他们用戴手套的右手指着双眼，提醒后卫注意球的路线，也会在扑掉球后咆哮，让球队振奋。

好多次的成功反击也是从一个球门球式的长传开始的，这类的往返一旦流畅，就会让人目眩神迷。

他从小不热爱运动，入学之后更是被父亲管得透不过气，导致在大学前，皇成纪并未找到任何喜爱的运动。篮球只是看戏，偶尔参与，但相对瘦弱的他，始终在一群壮汉中找不到什么存在感。

直至大学，在财经大学的他，刚入学便透过铁丝网，望见宽广的绿茵场。看着一群人带着球，奔赴来回的球门，滴下汗水，也迎来美女们的欢呼。

“啊！这可能是我想要的运动！”

正想着，平克的声音打断了他。

“喂，音乐节的工作啊，还是不错的，而且能接触不少摇滚范儿妹子哦。”

“嗯，我怎样无所谓，基本上如果不去我爸公司，大概也不知道做什么好。”皇喝完了手边的微妙，手拿着罐子，上下看着。

平克皱着眉，手里还在向嘴里塞花生，这家伙已经好几次敷衍他了。不管如何，他能把皇拉进团队，音乐节的未来会很可观，而且朋友老是闲着，总是不太好。

“哎，别，大少爷，我们不像你，完全闲不下来的。”平克也不管惺惺作态的皇，直接递过来几个文件夹。

“闹，全部是音乐节未来一年的资料，有沪市，三角洲音乐节，跨界的。还有撒哈拉中心办的，沙漠音乐节。”他停顿了下，又朝对方笑笑。

“你还不感兴趣吗？”

“嗯，我再想想，最近迷上看卢撒克画画，而且还要帮他送妹妹去医院。”皇还在看罐子，他笑着说，“这微妙的图案就很有趣啊，一只疯狂的猴子！”饮料罐上，一只穿戴奇异的猴子弹着吉他，并挥起周围的彩虹。

“哼，谁还不是只猴子呢？”平克又开始吐起烟圈，“你们不帮我，我在公司每天被当猴子耍啊。”

“那你还忙得这么卖力？”皇终于放下了罐子，他右手托着腮帮，也捡剩下的花生吃起来。言语间，他开始翻看平克整理的各种资料。

“啧啧，那不然呢，皇少爷。”平克摸着杂乱的头发，他看着对方翻着资料，表情逐渐认真，便加紧继续说道。

“我还有女儿要养，抚养费啊，学费啊，各种，很苦的。”

“嗯……”皇成纪还在认真阅读手里的资料，他伸手拍了下平克肥厚的右肩，浅笑道，“知道，你的宝贝女儿，胜过一切，我们都明白。”

“行吧，我试着跟你们一起弄弄看。”他又说道，“我啊，其实羡慕你们，都有一些计划，目标，甚至是为之热血沸腾的事。”

平克嚼着花生的动作也停了下来，他就那么平静地看着对方。

皇成纪又浅笑了下，他摇了摇头，便站起身，去取更多的饮料。

“不管怎么样，我就做你们的守门员吧。”他咽下了这句话，并在内心反复念叨了好几遍。

当然，此时的皇成纪怎么也不会想到，“音乐节”会成为一个巨大的转折点，甚至是宇宙的。

“关键词”总会被获取最重要的信息，无论是哪一方。

沪市某 CBD 中心三楼的艺术廊，卢撒克的画展正在布置中，除了安装画框的人外，人数还寥寥无几。

艾丝丽正盯着主墙上的《梦境之门》和《漩涡》看着，其他画正在往挂钩上放。这次的展览会有更多的藏家来看，场地和灯光效果不能有任何差错，她会反复检查画和光线的位置，保证最好的展出效果。

她双手交抱，盯着《漩涡》正中，侧躺在沼泽中的男子。突然听到一声奇怪的声响，像是小石块从水面向外飞出的溅射音，一声后立刻停止了。

更甚的是，她四处张望，并没有发出声响的要素。

紧接着，又是一声水波声后，从正对的画面后传来一位年轻女子的话语声。

“如果……什么……也不做，一定会变成那样的。”

她对声音的来源很质疑，但之后不止一次，她发现靠近卢撒克的画，会有一种贴近玻璃，感受到一种穿透感。

《漩涡》里，侧躺的男子面色煞白，一副在湖水中浸泡太久，传来体表冰冷的感觉。艾丝丽隐约听到水声，从画布之后传来，这更让她觉得面对的是一块高级AR屏幕。

水草在缓慢沉浮着，成簇的它们也撞击着中间被围的男子，仿佛他也活了过来。

艾丝丽感觉自己又沉到了湖底，而男子的脸在水草与飘散的头发间，从半遮半掩，逐渐清晰，并朝向这边。

小艾手捂上了嘴，视线却没有离开画面。画中男子从侧脸缓慢转头，直至眼神与艾丝丽完全对上。

他贴着那层薄膜，直盯着她。艾丝丽依然没有闪躲，男子的眼光如王尔德故事中道林·格雷般具有魔力。

“吭，吭。”他开始敲击画面，声音如同在封闭体内发闷。

小艾开始头疼，敲击声入木三分，每一下都让她有心悸的感觉。

画中的声音继续着，是猛烈敲击钝物的响声，又或者准确讲，是捶打很厚的玻璃。不知为何，她心中浮现的，就是那样的，正方的厚玻璃。

“呯，呯，呯……”持续不断，从闷声到越来越响。

她隐约记得这声响，它们如此熟悉，却又极其陌生。

“救命……唔……”声音越来越近，和敲击声混杂在一起，这让小艾觉得更加熟悉。

她感到后脑一阵剧痛，超过以往任何一次，无论痛度还是频率。而最近一次就是自己在布展前，看到卢撒克首次亮相的新作。

《白色王城》。

这次是《漩涡》，脸色全白，如湖中沉尸的男子，他在水草形成的弧形中，反复传来的能量。

还有疯狂的呼救。

“锤子，快用锤子。”她脑海里浮现出这样的声音。

艾丝丽在几个抽屉里匆忙翻着药物，右手不停，左手用小冰袋捂着太阳穴。她是对普通疼痛忍耐很高的人，大脚指甲不慎翻起还是手指缝针，小艾都没有吭过一声。但今天不同，痛如带骨刀的长虫，在她脑袋里翻江倒海，恨不得把她的神志搅碎再混合几次。

“药呢，该死！”小艾把两个抽屉从下至上翻遍，还是没找到止痛药。她气得一手拉出塑料抽屉，临空狠甩了几下，混杂堆积的所有物品都大小零落一地。

“太疼了……天！”眼泪从眼角边缘缓落而下，她咬着牙又翻了一遍地上的杂物，只能作罢任自己翻倒在另一边的紫色地毯上。

声音更响了，而从记忆湖底浮出的还有残破的画面。

最初浮现的如空中的一个黑空，之后越来越大，如墨扩散开的信息。

那也成了她意识深处，打开的一个洞。

一些景象再次浮现着，伴随着熟悉的敲击声，也捶打着艾丝丽的太阳穴。

X.3

头疼结束了。

她缓慢煮上水，又放着“死亡搁浅”的音乐，low Roar 的“Because we have to”。她需要又一杯咖啡，来缓解自己肢体上不可控的颤抖。

上一杯是五分钟前刚喝完的，艾丝丽皱着眉，左手抱着右手肘，在茶几前踱着步，却又不想坐下来，仿佛最爱的蓝丝绒沙发现在是发烫的浴石。

音乐还在放着，她早已不在意这首循环了几遍，热气与水滚声同时浮起。她慢慢走进厨房，关下电源，将热水倒进她更大的咖啡杯中。

黑色，杯壁上写着“True love”，那是卢撒克送的手工杯，在值得纪念的日子。鲜花，礼物，和两人兴致盎然的性爱。

艾丝丽抱着杯子，依然能感到存在的快乐，从心中传递而来。她浅笑了下，用小银调羹搅拌着。

热气在她面前弥漫着，也形成了她与茶几的隔断，这让她感到好受很多。手不再发抖，她喝了几口，重将视线望向茶几上堆砌的几样东西。

几张精美的卡片，那是卢撒克成功的画展，系列中《无限的蓝与金》中已被售的画作，《漩涡》《白色王城》以及《冰坠》等特意制作的复制画。搁在一边，被她看到一半的是一本略厚的小说，艾丝丽喜好的塑料书签还有半截露在外面，那是switch 限定版搭送的《星之卡比》图案。

书是在她与宋见面时被推荐的《面具之惧》。它此刻躺在那边，封面上骨色的面具仿佛在望着她，鼓励她继续打开这些隐秘的“大门”。

啊！她又喝了一大杯咖啡，暖意又增加了。艾丝丽在心里喊叫着，在心里那个地方，她喊得比任何时候都要响亮，超过所有她愉悦的声音，或是与客户最大分贝的争吵。

那便是无法在嗓眼里发出的尖叫。

这是从何时开始的呢？该是在撒克画展，她触摸观看那位“在冰川中坠落的女孩”吗？还是她时不时感到右手的一部分在空气中握住了什么？就是在见到水中男子，敲击之后开始的。

她按着太阳穴，深层的疼痛还在隐隐中浮现，随之闪回的是小艾在第一次画展，陷入的那片红色回忆。那是什么？模糊，但是之后这些的序幕。

有声音告诉她，那是一柄“锤子”……它曾在某个时间流里，敲碎了暴君的脑袋，又沉睡了很久。终于，它回到了真正主人手里，由“传递者”给予了她……艾丝丽在“另一边”的自己！

而她的右手，从那一刻起，总是能忽闪般触摸到在不可及空间中，“冰凉而沉重的触感”。它在宇宙的某个地方，悬停着，但自己能真实握住它。而它也在等待，她准备好的一刻。

“轰隆一声响，虚空破碎了。”

亚西美的瞳孔盯着水波般的膜，她慢慢说道：“我看见我死了。”

她看着骨燃，对方仍是平静地目视自己。他说道：“还有更甚的，你们全死了。”

接着，他望着面前的镜湖，便不再说什么了。眼前只有一缕蓝色的烟在飘动着。

希琪哈在幻梦界的深处，努力看着。隔着水面，是一张长桌，上面摆放着大量的白色头雕和很多各异的设计图。

她皱着眉头，闭上眼希望看得更清楚。但一阵晃动，画面模糊了。她最后看到的是，在画设计图的老人向身后看了眼，仿佛跟她对上了眼一般。

“如果什么也不做，一定会变成那样的。”她大声说道，渴望声音能穿越过这层烟雾般的隔断。老人并没有停止手中的画笔，相反的，他加快了手中的速度，更多的细节在设计图上出现，此时已大约能看出是一个环状的结构。

“他就快完成这份必然的图纸了，但我们只能静静地看着。”

骨燃回头看向苏利安玛维，她也盯着湖水。与希琪哈不同的是，这高大性感的女子眼中没有犹豫和恐惧，更多的是一种接受后的平静。

她摆弄着手中的锤子，它从离开那片黑水之后，变换了新的形状，更加轻便，未来而充满力量。

“怎么？你从离开黑水之后，就变得寡言。”骨燃问道，“还在想阿西卡的鬼话吗？”

“光是分享的记忆便让人震惊难忘，何况是她讲述的历史。”苏利安玛维继续盯着湖水，她停顿了会，又说道，“接受之后，更多的是认知的变化。”

说着，她紧握住锤子，在左手掌敲了几下。

“我在尝试和另一边的自己连通，我们需要互助。”

当她敲击浑浊的湖水时，震动随着锤子与湖水的轻触，湖面的雾气向周围散去，中间区域变得更像一面镜子。

借助湖面，它此刻成为“界膜”，被她使劲敲击着。湖面并未掀起物质性的波浪，它只是从中心向外震动，波纹如环，徐徐展开。

而镜面的另一边，是一个皮肤白皙，唇色鲜红，容貌美丽但神色惊讶的美女。

她和苏利安玛维对视着，触感通过那柄锤子而传播过来，如同她们同时握着它，同时敲着镜面，震动两个宇宙的薄膜。

“那层薄膜是酒红色的，除了那些，甚至还有酒红色的晶体大门。”

“我撩开时，就像掀开帘子一般。”

艾丝丽第一次准确看见那扇红色的大门，是在卢撒克的画室。他刚完成那张备受关注的《群鸟》，郑荡波甚至已经预约要将其用在《十四行诗》特刊的封面，它的数码翻品还会被使用在“往日金图”乐队最新的专辑上。

午后的阳光从飘窗照射进来，一缕暖色完美地洒在画面之上。

卢撒克之前迷上了对面的绿地，似乎能给他带来巨大的灵感，昨天更是潜入了中心。尽管最初他显得心神不宁，但见完平克后，撒克便进入了加速的创作状态。

小艾喜欢端着热咖啡，欣赏他专注工作的过程。他用手和画笔一起控制画面，如同在布上施展魔法，充满了光芒。

在一段时间内，卢撒克曾为灵感而苦恼，但确实如他所言，一切都顺畅起来了。

既是绘画本身，也包括他们之间，曾经含糊的关系。卢撒克工作之余转身而来的拥吻充斥着热情和爱意，这让之后的性爱变得更为美好。

就在昨天，他们双唇接触时，小艾有了更不一样的感觉。一股清凉的甜味从撒克嗓子里弥漫出来，它如同生命的流动，萦绕在他们之间。

“那绿色的梦如溪流一般从口中汇入，灵动快速穿过口腔，直流而下。”

不知是什么，它却像自己做了选择，以某种意识融入身体。

凌晨，艾丝丽还做了一个奇妙的梦。她过去常在梦中行走的街区变得光鲜起来。一路而行，周围居然开始长出青草、花卉和各种不知名的植物。

最开始，街区变得让她赏心悦目起来，一些过去无法企及的地方也被植物连接了。浮空的桥梁被长藤拉回地面，让小艾能走到对面。

她终于看到墙面被层层爬山虎覆盖的建筑，居然是家书店。在三层高的楼层后面，是好几幢像丰碑那样矗立，并前后关联在一起的方形建筑群。它们无一例外，下半截都被爬山虎和灰藤满满覆盖了，只留出小一部分斜面还露出建筑本身的灰白色。

方形建筑群表面无一例外，维持工业化的冷淡风，让她想起某种神秘工厂。而墙面未被植物包裹处，都能看到一些印刷字，“湖心岛—编号”。

“从一到十，后面还有。”有个声音在说道，“你是在几号呢？”

这一声，她猛地惊醒了。

“什么啊……”艾丝丽看了眼表，时间是精确的五点半，行吧，喝点吃点，准备去展会中心。

“在无穷产生的漩涡中，城市间开始崩坏。海洋与陆地的边缘变浅，正如地下与天上之间一样。”

“群鸟聚集，它们漆黑翅膀的间隙中，我窥见的都是黑犬的假脸。”

“他们躲在帷幕和面具下的真脸，只有脱离黑暗之后，才会露出一点点人性的五官。”

“通往白色王城的路基，被隐蔽在群星光芒之下的阴影之中。只有扭到合适的坐标，才能窥见那摇摆的指针。”

“……”

——作者，郑荡波

老石听吴警官念着《十四行诗》里的文字，眉头紧皱。他重重清着嗓子，一边在桌上轻叩卷曲的烟。他望着投影布上的照片，对应线索板的一整片地图。

老石若有所思地轻声说着什么，他突然猛敲桌子，一副恍然大悟的神色。

他对着吴警官挥着右手，手指轻轻晃动，像打着节拍。但实则是在重新整理那灵光一闪的火花，组织成能从嘴里蹦出的话语。

许久，他完整地说道："把卢撒克画展的介绍册拿给我。"

X.4

卢撒克的第二次画展很成功，在商业中心的正厅，人流最熙攘的位置。四面墙挂满了他大小的画作，系列中最闪耀的"绿洲"挂在中心，那通往三楼的大柱子上。

想到这儿，艾丝丽不得不佩服平克的商业思路，把画展放在商业中心，市内人流量最大的银泰广场，而不是之前的几家美术馆。

石守义自认是不懂什么叫艺术的，女儿跟着万老师学过一阵，他也见过老人家的杰作，在证物室就看得更多了。他和同事们除了大喊不懂外，都是被色彩和瑰丽想象力所冲击。

但眼前的却不太一样，他和吴警官几乎凝视着卢撒克的画作，许久许久。

"嗯，头儿，我不太懂。但确实蛮喜欢的，那种纯粹，直观上的。"吴警官摸着下巴，看着《漩涡》。墨绿色的基调和水中人的组合，让他目眩，看着就会被吸进去，掉进水泽光芒和植被交织的漩涡中去。

"的确，就是有点贵，想必画出来也不容易。"老石叉腰看着正中挂着的大幅作品，标题《白色王城》，右下角的画标上还画着一个红圈，显示已售出。

他的作品，跟万青毫比较，该说是生命力呢，还是画面中那种尝试跟所有人对话的情感？他说不上来，但老石目睹着画面，真切感到了内在传递出的一种张力，活力，想要把他吸进去的力量。

相较来说，也许是伴随着绘者的死亡，万青毫的那些作品，和证物室的冷冰冰非常契合。关上灯，它们也真的融入黑暗了。

两人一边聊着，一边继续在人流中走动，观赏着其他的画。

老石突然停了下来，也拉住了吴警官，他又看到了《群鸟》。

它很美，群鸟簇拥，聚集在空中，部分形似人脸，部分又变成蓝天。

"和《十四行诗》那个期刊，封面一样。"老石抓了抓鼻子，连续戒烟让他的皮肤都开始骚动起来。或是在皮肤之下，那些焦虑的神经，如这个城市暗流一般涌动。

老石正说着，却感觉一阵眩晕，展览房间的边缘和画似乎都动了起来。他右手赶紧扶住墙，调整自己的不适。

是太累了吗？不对，老石想着，他再次盯着那幅《群鸟》，周围震动的感受又出现了。看来是所谓的震动，与艺术品间的量子纠缠吗？它们的变化直接震荡了自己内在的"核心"吗？

这让他想起了进入那片绿洲以后的感觉。对于他来说，“神启”般的经历。

此刻，鸟和形似人脸之间的结构，开始崩坏。它们疯狂向画框外飞舞，直至中间露出一片漆黑的漩涡。鸟体型大小不一，像是等比缩放的渡鸦图片，却充满活力从老石头边，侧面一涌而出。鸟形成比希区柯克电影中更夸张的黑幕，将老石包裹其中，如陷风暴中心。它们高速挥舞翅膀，如展开的黑扇面，却又片片形成另种图案。如埃舍尔范式般规范，黑色的是鸟群，白色空隙却是头雕那样的侧脸。

图案构成的台风将老石包围，空气越发稀薄，耳边还传来嗡嗡声。

他再次感到眩晕，手四处挥打，却陷进了墙里，人也向画面中靠近。

他听不见吴警官的动静，仿佛他一直没有存在过一般的安静。

光亮，之后是一片“白雾”。

第八章　代偿

8.1

有很长一段时间，郑荡波在研究“墨迹测试”以及“水渍想象”的课题，他沉迷一次次偶然性形成图形后，人本身，准确说是不同的人，对随机图形产生的想法，以及深挖其之下的原因。

也正因为如此，他赞助了那个表面羞涩的女心理医生。

在“想象促生”的意识投射下，很多人并不清楚会在多短时间内，被一个行家入侵“心灵宫殿”，尤其是经过“训练”的高手。

荡波在长期与“拉柯耶夫”的主权抗衡中，也曾深入到他所展示的“界内世界”中去，不同的折叠世界。那些地方，并没有如此友好，相反显得无法掌握。

他与“拉柯耶夫”在诗的喜好上也完全不同，荡波热爱现代诗，而另一个他，对古体或十四行有极大的热情。荡波所有的灵感源自他永不满足的欲望，征服一切的激情，女人，还有那逐渐建起的帝国。

只是，有些最弥足珍贵的东西，他们都“同时”失去了。这恰如丢失了“回到原点”的钥匙。

想到这里，荡波狠狠抽着烟，即使触发了连续的咳嗽，他还是向身体内吸着，如添加一种激素般持续。

他在离开故乡时，最终选择放弃自己曾深爱的人，选择最适合自己宏大目标的沪市。然而一别，便是永别，便是几年后的生死隔岸。

而拉柯耶夫，哼哼……荡波吐着烟圈，闷声笑着。另一边的自己，似乎更加凄惨，要不断去重温失去挚爱的那一刻。

他在紫水晶烟灰缸边缘弹了下烟，轻搁在上面。

文吉真的研究报告，此时正搁置在荡波的桌上，《心灵宫殿与鸦影》。

他真的能信任这女人可以找到钥匙吗？从一群思维混乱，还未能搭建内心的“乌合之众”那里吗？有谁还可能是最后一个“夏洛克”？

翻看着论文集，郑荡波回想起最初见到她的情景。

那时的她，青涩，专业，却经不起高明的诱惑。

她双手紧紧握着，等待金主对她研究报告的反馈。

“嗯……《面具之惧》。”荡波再次支起身，把书向前推了下。它很厚，在玻璃茶几上几乎没有滑动，只挪动了一下，便撞上文医生平放的手指，搁浅了。

“看看吧，这和你的任务有关系。”荡波摸了摸光溜的头，右手在茶几上空转了转，又点了下文吉真。

她咽了口水，每次面对自己的投资人，文吉真总会瞬间开始紧张，干涸的感觉从身体内部向外迸发。她总是只想着要喝水，又担心说话之间老想上厕所。

这感觉，比考试时只惦记憋尿忘记答案还难受。据了解，眼前这光头金主，极其讨厌对方中途打断，并擅自走开，让他面对空旷的房间。

她也侧写过对方，郑荡波，成功的文化商人，工于心计，言语也极具控制力。当他说不明确的话时，爱自我强调好几遍，甚至产生了回音。此时，他会摸自己的头，并观察对方的反应。

不过，侧写也无法让文吉真得知，他为什么会投钱给自己的心灵意识研究，这都市角落的不搭边生意。她又开始流汗，能感受到汗滴从胸口，腋下，甚至从腹部向大腿流去。

这让文吉真感到难堪，她望了眼对面的荡波，使劲并拢自己在铅笔裙下的双腿，希望丝袜不被快速产生的汗渍渗透。她的脸开始发烫，因为在这时，她想起自己最熟悉的常客，陪渐冻症小姐来做心理治疗的小哥。有着银色耳钉，时髦平头的皇成纪。

他和自己在双眼中，跨越距离，空间的无数次触碰，抚摸，让她产生无限遐想。而郑的眼神越加有力，平静中摧毁她的衣服与外壳。

她移动了几下臀部，让身体更贴着一些椅背，以致显得自己更端庄一些，也同时侧了点身，让裙子的切口更好展示自己的细腿。

但光头没有任何变化，他摸了下鼻子，又用一根手指向前推了下那本书，说道。

"你要做的事情很简单，向你的一些客人推出它，送给他们。"

他凝视着她，又轻轻在书面上敲了几下："很简单，其余你要做的，和你平时一样。聊天，分析，治疗，随你。"

"就那么简单?"文吉真身体向后靠了点，她能感到荡波尖锐的视线顺着他鹰钩鼻的尖端，戳进了自己内心深处。

"当然了，有一种缠的关系，持续在你，我，还有一些人之间。"郑荡波停顿会儿，身体突然解除了很强的攻击姿势，说话语气也变得平缓起来。

"我要全部的数据细节，和随时的调整。"

"人与人，之间的量子纠缠，就像漩涡那样，从中心向周围一直扩散。"他手悬空着，做了个扔的姿势。

"你要做的就是，扔这块石头进去。"

"嗯……"文吉真抿着嘴，点头示意。她双手捏着书本，拉到自己面前。她并没有打开，只是单手按在它黑色的封皮，纤细的手指正压在白色面具般的图案上。

"不知为什么，我感到一种奇异的能量，从中源源不断。"

"嗯，它和另一个世界有关。"荡波一副放松的状态，仿佛一切被他牢牢掌握。

"我们经常忽视的世界。"

有人曾完全潜入到其他宇宙，并深入做了记载。这些书，如同他的日记，藏匿着多重宇宙间的秘密。

荡波想着，他只有通过目前记载的线索，找到唯一能把碎片重建起来的人，重新组合成“枯榛”之原貌景象。他便可以用“钥匙”，到达另一个“枯榛”，不曾毁灭的，记忆中的“白色王都”。

“命运”本身是如此的神妙，他从拉柯耶夫那里得到的智慧，能够往返“两边”，并获得他需要的，影响此处的力量。

而这次，如果找寻到正确的路标，他还要巧妙绕过“拉柯耶夫”，独自去获取那一切。

“白色王都”，那通往无数“心灵宫殿”的入口，会向他展开的。

郑荡波无法忘怀曾经目睹过“边缘”的感觉。他与文吉真曾穿过“边缘”，在幻梦界一隅瞥见过“白色王都”——枯榛城，过往的繁荣。

当然，那只是通过“边缘”看到的过去。

只有正确的坐标，才能抵达真正的枯榛。

8.2

“你很清楚，自己就是个为达目的，不择手段的人。”文吉真清楚记得妹妹说的那句话，在她消失之前。当皇成纪告诉她妹妹的死讯后，她在办公室内哭了很久，并说着：“没错，我确实是这样的人。”

“但她亲自选择上的船，是再也下不来了。”皇成纪在自己的日记本中写道，“离不开，也舍不得。”

文吉真看着眼前的房间，现在所拥有的一切远超出她最初预期的。整个工作室的区域可以说处于沪市最繁华之处，随时眺望江边美景，她居然梦幻般地拥有了。

而这一切，是郑荡波这个男子给予的，同时还有混乱不清的多重关系。所有的关联，都变得太快，她自己也无法相信。

但她的梦，却变得越来越糟糕。

女先知撩开一点点披肩的被毛，全黑的鬃毛披肩向两边散开，在黑暗中，只有一缕光，看清她半边的脸庞与闪亮的十指。

“黑暗与星辰尽归她的体内。”一些声音开始回到她的口中，那是灵魂的声响。

“吞下一颗恒星，味道如同夏日的苹果，咬开表面，中间还有流淌的汁液。”声音说道，还带着啧舌头的轻响。

“滚烫的，悲愤的，还有那些人凄凉的吼声。”

“我会一并吞下，来满足星云本身的饥渴。”女先知继续传达着深渊意志的话语。同时，在黑色斗篷中，她伸出一条白而闪的长腿，向侧边横开。

多道条状组成的裙摆被手撩开，滑向两旁，女先知的手在黑暗中摆动，只有指甲间泛着冷光。

“星云的饥渴，如同人类的饥渴，而你们，糟蹋这土地，并亵渎它。”声音继续着，女先知一挥手臂，温暖的液体洒在众人脸上，甚至眼中，有人立刻痛苦地蹲了下来。

“大地的血，将由我来让你们偿还。十天之后，我将吞噬这颗腐烂的星球！”

“荒谬！我并不相信是宇宙本身在与我说话！”一名老者向后退了几步，他一直关注着女先知的大腿，将自己躲在人群中，阴阳怪气，是他惯用的伎俩。

人群在他身边，熙攘移动着，也有一些声音开始随着节奏本身起哄着。

“对！愚蠢的活动，我们只不过吃了这些笨鸟而已！”

“那有什么，我们不吃，笨鸟也会自然死亡啊！”

“对啊，对啊。”人群中附和老者的变得更多了。

他嘴角轻扬着，露出得意的笑，他用力拍着手，又说道：“我们怎么确认她真的是先知？”

“但是她预言过地震，海啸和之前一切的灾难啊！”有人又轻声说道。

“我们吃一些笨鸟，也会导致星球被吃吗?”人群中，话题始终抛来抛去，并回到他们吞吃的所谓“笨鸟”。

“哼，那怎么是笨鸟?”老者的身后传来清脆的少女声，她大声说着，几乎是喊出来的，“那是星系唯一的两只虚空鸟了!”

“你们这群除了凳子什么都吃的东西！饕餮!”她喊着，但很快被更多的反对声淹没了。

女先知没有继续说话，她只是拉着黑色羽衣，与黑暗一起，开始跳起无声的舞蹈。

“铛铛铛……”一些如呼吸节奏般的乐声从她脚底传来，并越来越响。是手指鼓和摇铃的声音，更多低语伴随而来，配合着女先知的步调。

黑暗随着女先知的声影而拉长，仿佛是倾倒下的沥青，带着声响节奏向人群而来。

“这，这是什么!”

拉长的黑影逐渐变宽，如夜幕中涨潮的海一般，它带着白森森的一堆堆东西，从黑色中漂浮过来。

它们有大有小，又层层交叉，堆叠在一起。“天哪!”有眼尖的人辨认出是什么了，那是不同的骨头。

“你们都好好认认，哪些是你们吃的，哪些是你们埋的。”女先知继续舞动着，她白色肌肤跟骨头堆一起在黑暗中闪着冷光。

女先知在黑影之中发出怪声：“咔嗒咔嗒，吃下去的全部要吐出来。它们转了个圈，变成别的生命，从黑暗之路返回，来找你们的!”

她身体里诞生的黑潮，变得更加汹涌，而女先知的身躯随着长袍的打开，也变得无穷之大，仿佛像是绣满鲁尼符文的奥丁长袍。

广薄的黑暗本身即宇宙，而眼下喷涌而出的白骨们全是宇宙深处的星系，大小不一。最初的只是些禽类骨骼的聚合体，翅骨和肋骨交织在一起，表面充满咬痕。它们像被巨人捏过的魔方般挤压成了多边形的大骨骼，顺着黑潮就滚向人群。

“那是什么!”

“啊，它黏住我的脚了！天哪!”

“好恶心!”

人群中不乏半只脚，整条胳膊被黑潮波及的，他们露出的脚踝，手臂和脖子上立刻被骨头块吸附着，肤色上露出森森白色。刚才说话的少女被几个人拉着向后跑去，前方的人群互相推攘着，吸附在他们四肢的骨块看着是长满的白蘑菇，或是从某个人的脖子里刺出了许多骨刺。

“这些东西在往身体里陷!”有人尖叫起来，他死命抠住脖子上的骨块，它们却和深泽石块一样向血肉之下沉去。骨块和钻孔虫群一样，转化着人躯体的一部分。

“你们吃下去的，将转变你们，所有人欠的债，将一并归还。”女先知的声音变得更加响亮，贯穿整个空间，甚至开始震荡起来。

“这个时空吃完了，你们瞄准下一个时空。然而最终，所有的白骨，都会从这个洞里流淌出来。”

“那些到底是什么?”一个声音从黑潮的深处传来，它又一直向下游去，抛开眼前一切的场景，直至底部混沌的一切。文吉真发现，在她的一个猛然专注里，自己居然也是被黑暗吞噬的一分子，与那些聒噪，恐惧，疯狂的人群一样。

她看着沉在最底部的一切，自己如同躺在深海中被遗忘的残骸，只能望着黑暗中不明的巨大生物，在自己周围游憩。其余被虚空吞下的人，都消失了。

也许被消化了吗?

那随时会被这一切吞没的寒意，让她当下苏醒了。周围是熟悉的床笫，时间大约是深夜，只有电子钟的数字在闪耀模糊的蓝光。

又是这个荒诞的梦，但它传来的恐惧感是真实而沉重的。它让文吉真想起潜水训练时，面对黑暗的海沟时，内心的震动。

此时，文吉真沉浸于一种对侧写的狂信中，并与皇成纪争执不下关于“另一种空间”的可能。

在最初的梦中，她感觉自己就是那个女巫，要对那群贪婪的饕餮们制裁，惩罚他们在无限的宇宙中，不断对资源的汲取。

而在其中，她在持续这种感觉，一直持续。但随着研究的过程，视野和对象完全变了。

起初是柔和的下坠，周围是白茫茫的雾气，在不断明了的长距离里，她能明白这似乎永无止境。而之后变成了生硬的坠落，在她约到那个光头家伙——文化商人郑荡波之后，文吉真的梦开始变成灰暗的爬塔游戏了。

或者是更糟糕的，“是女人就下三百层”。

至此，她才发现，原来让她满足于睡眠的“正义”之梦，变成了自己疲于奔命的窘境。梦周边的陨落，从他用身体侵入自己开始。而更多黑暗的触角，向心灵深处爬来。这不仅是撕开她的丝袜，更多是曾经的自己。

第三个晚上，她惯例喝了牛奶，贴上面膜，还做了放松的瑜伽，试图在平躺后进入美梦。

然而，如同那本烫手的书中，图拉真所说，背负罪恶感的人，美梦是种奢望。它必然成为毒蛇口中之匕首，既要被毒害，也必被割伤。

文吉真眼珠在转动，进入深睡眠后，直接坠落到底。

那是一片漂浮的平台，她的意识努力抗争着，但似乎……文吉真想着，她的心灵宫殿被改造了。

和她的研究成果一般，不清楚触发机制是什么，但就如此被影响了。她没看到“鸦影”的出现，就被困在一个糟糕的维度中，一场只要睡着就会开始的无限梦魇。

她并不想骗皇成纪，但事情就是那样开始的，轻松诱惑了这个公子，却发现事情不如表面那么光鲜。皇少爷居然不过是个靠房租维生，毫无上进心的家伙。

他和父亲关系越来越差，权力基本落在那个可怕的姐姐手里，文吉真很不喜欢白蛇那看人的眼神，一下便能扎进她保护心的硬壳中间。而那外表显赫的集团，也已摇摇欲坠。也是那个姐姐在帮助父亲苦苦支撑，支撑这个将毁的大厦。

“诗人”迟早会将其纳入掌中，如同握力球，让它随意改变形状。

大厦将倾，皇少爷会如何呢。

文吉真发现，她过去沉浸的梦境状态消失了。哪怕一次的美梦也没有了。她只要一合眼，便是在下落，周围是逝去的回忆。它们碎裂消失，只剩下越来越多的“黑暗”。

她所有对别人的方法都失败了，真是“医者不能自医”吗？也不是，在无限的黑暗中，她内心充斥了泪水，自己好像早已失去了最初的“光芒”。

一句熟悉的话，你在凝视深渊，深渊也在凝视你。她在郑荡波的财力帮助下，在这个项目里，凝视深渊太久了。

此刻，文吉真开始相信皇成纪曾说过的故事，那个夜晚，自己穿着浴袍，让他复述的那个梦。

通往“另一边”的“中间地带”，五维空间中的“夹缝”，连接其他宇宙的梦。

周围的“一切”还在无限下落，它们像是粉碎的大屏碎块。有些只有模糊的雪花格线，有些还在播放残缺的“电影”，属于她的电影。

文吉真在扮演女巫，先知的电影。她嘲笑那些肥胖，无知的金主，她妄想的梦境一角。

然而有一块下落的屏幕碎块吸引了她，画面中是那个高瘦的光头商人，郑荡波干练和冷酷的眼神，她在他的逼视下，都感到身体内在一种渴望的东西在骚动。他和皇成纪太不一样了，无论是情商还是技巧，还有那种强大的控制力。

吉真在此时发现，她对自己的一切开始失控，从迈出自负又不该的一步开始。

她甚至有点懊恼，郑荡波在他的“贵宾观赏位”看着她的坠落，她的“幻梦”有多久了？

8.3

我们常说白洞连接着时间的另一端，或者回到某一刻，那是一瞬间的美好。但总有人想让那一刻常驻。

——拉科耶夫《盖亚的日记》节选

拉科耶夫在镜子的另一边，看着郑荡波，两人会隔着落地镜做一些交流，这将近一人高的单面镜。荡波从接受另一面的自己之后，他把它从仓库搬来家中，放在最深处的房间。它被称为“云外镜”，平日被深色布幔覆盖，只在两人通信时打开。

这幢靠近湖边的大屋，他过去很少去住，一来离公司确实很远，二来格局略显高调。只是作为周末清静之处，或供自己偶尔喝茶独处所用。

大屋属于日本设计师的作品，改建于老排屋，结构中属于在古中式院子外搭建了两层的玻璃房子。老屋的顶部都做了修缮，那些精细的斗拱，檐头兽，充满了唐末的风格，该说是少有还原极佳的近代古屋。

要到达他的大屋，必须从湖边绕过一条阡陌小路，沿途经过几处精心栽培的植被区，其中不乏保养上佳，修剪细致的灌木植物组成的绿雕。它们中，如槲斗蕨、红叶石楠、黄木香等多种组合。

快靠近主屋时，路边开始出现青色雕刻的石像。它们从小到大，风格与整个区域完全不搭，造型上更像是宇宙中某种生命体系的进化表。

不知是哪位巧匠所为，从小型的昆虫，它们逐渐以一种奇异的进化方式，变为走兽飞禽，甚至是大型动物。而路尽头最后一座似乎是一尊人像，但它的上半部分被损毁了。

在不用应对商务之时，他若在长屋休息，便会点起印度熏香，换上宽松的唐式长袍，听湖水之声，和着他爱听的古色音乐。

郑荡波今天很早地盖上了镜子，没太多必要，他也不想和那个家伙过多交谈。况且，今天有必要的会面，一切已被安排在棋局之中。

而今天，是文吉真约定要去见郑荡波的日子。

郑荡波也曾经是她的一名顾客，长期做精神压力缓解咨询，今年突然关心起精神分析话题，每周会增加与文吉真聊天的时间。他似乎也在同时增加梦解析，以及心理学的知识。

直到某一天，郑提到了“心灵宫殿”，并着重提出投资案，着手研究冥想，以及人类心灵研究与宇宙奥秘的项目。

此间，他尤其推荐了几本相关的书，作者是文吉真头一次见到，似乎刚出道不久，却产量极高。辰尘著，《面具之惧》《白雾》《剥幕之光》，剩下的就是荣格的《红书》，以及《金刚经》。

郑荡波建议文互相交叉看，并希望她对于读后感，做出专业性的报告。

8.4

从这样的梦魇里醒来，很不容易，文吉真觉得自己耗尽了本该恢复的气力，自己反而更加虚弱了。

这是个糟糕的午觉，但她惧怕的是更糟糕的夜晚。

她毅然起身，稍微稳定无力的双腿，准备去冲个澡，远离梦魇的余震。汗水浸透全身，连胸下都汗渍满满。梦中脚下残留的区域越来越小，接下来的坠落会更可怕吗？

她在温热的淋浴中舒展身体，暂缓情绪的波动。文吉真盯着墙上摩洛哥风的砖块纹样，它们在热雾和水汽间浮动着，像要努力变成一些能见的文字或者符号。

文猛地向后一退。她甩甩头，倒吸一口凉气，浮动的部分并没有消失。“鸦影”出现了，伴随着她衰落的精神状态。

她眨着眼，视线却无法离开那部分的砖块。花纹旋转，变形，最终变成一排小字，清晰又空幻。

“湖心岛 –8。”

“靠！”文吉真大喊起来，她右手带着淋浴中的水流，便向砖块甩。终于，在水雾撞击中，字消失了，只有湿淋淋的砖墙。

此刻，她突然想起曾和郑荡波的一段对话，它就那么清楚地跳出来，不做一点准备。

吉真甚至没法找寻，这段对话是在自己记忆的那个部分，他又是在何时何地，和自己这样说过。

那为何这么模糊，又那么清晰！她在浴室中大喊起来，显得歇斯底里，但对话依然精准地在她脑海里还原着。

“你看过克莱因壶么？”

“关于无法辨别梦和现实的状况？”

“不，我们并不是这样，而且无法确认梦境是否是真实的。”

“以及现在，是在梦中吗？”郑荡波笑着问她，同时拨动着手中的雪茄。

“你能确定吗？如果没有这个道具的帮助。”他说道，两人视线回到雪茄，显然，它被莫名点燃了，而散发的烟雾如时间停滞般，固定在空中。

他继续说着，郑荡波快速拨动的嘴唇，和雪茄完全静止的烟雾，形成了诡异的画面。

“你想明白吗？那就好好做你的课题……”

郑荡波说道，他一边望着文吉真。“这很重要，是你研究的重要性呢。”

"啊！！！！"一阵剧痛，伴随着这段重复的画面，文吉真抱着头，蹲在浴室地面。热水继续冲刷在她背上，雾气充斥了整个浴室。她也像被白雾包裹一样，与其同在，陷入一片苍茫之中。

文的脑海中，只剩下天旋地转与郑荡波的笑声。

"哈哈哈哈，你好好想想吧。"

忆起这一段画面，文吉真便会无法自控地头疼，似乎这一段记忆被冻结一样。

关于那一天，他们聊天的内容，便只能揭示到此了。气味，光线，以及对话的内容，最清晰的部分仅到郑荡波说完那些话，自己的注意力到达他手中的烟雾为止。

郑荡波缓慢打开精致银烟盒，用惯有的作态手势从盒中取出雪茄，观看上次灭掉的剪口。他将其夹在手中，又盖上盒子。

他看着她，文吉真再也感受不到"记忆"中，他说了什么，做了什么。一切的细节都停留在他慢动作般地拿烟，盖盒子，开盒子，拿烟。此间，周而复始。

为什么？这让她精神衰弱，状态更差。

精致鼻烟盒是文吉真唯一抓住的线索，那些动态和静止记忆画面中，醒目又唯一真实的东西。

情况出现转机是从吉真遇到那个影子开始的。

"你是在自己的意识空间里折腾啊。"影子看着文吉真，说道。

"每一块石头都是你的疙瘩。"

"你心里的芥蒂，自己都没想到有那么多吧？"影子又说了句，便跳下石板，站定在更远的一处石板上。

他回头望着文吉真，说道："你只能跳下来，终究找到回去的路。"

"回哪里？"文一脸愕然。

"中心，找到尖塔。"他说完，便纵身一跃，如轻巧之兽，在深远的石板间弹跳。

不久，他就消失在无尽的黑暗之中。

文吉真直勾勾看着自己的手腕，如生物般呼吸，缠绕盘踞在腕部的手表。它发出心脏频率的跳动，这使得表面上的蝴蝶翅膀带节奏地摆动着。

这是影子握住她的手腕，铸就烙印般嵌在她腕间的奇怪手表。随着文吉真小心翼翼跳到另一块石板后，蝴蝶翅膀会稍微展开。而她走过更多的石板，越加靠近深处，翅膀越加展开。直至翅膀完全展开，手表指针会移动一刻钟。

“这是坠落的倒计时吗?”

8.5

回想起来，这是他第一次见到文医生，之前都是在皇成纪的嘴里听闻。

平克看着手边的蓝底烫金卡片，搔着头，始终在犹豫。是否要顺着这地址去这间会所——标记是金莲花的私人场馆。皇成纪介绍的人，十有八九不靠谱，男的欠他债，女的他欠情债。

当然有时，平克会羡慕皇成纪，在如此的幻觉中穿梭，即使伤人伤己，他也有莫名的潇洒。起码，自己是做不到的。

他除了酒吧的日常外，还有和皇成纪一起操办各类音乐节的活动，以及“蓝眼睛”定期的“怪力乱神”电台活动。

所有的收益，大部分是女儿的赡养费。尽管他每个月只能见上几次，而剩下的除了烟钱，变成了平克的那些玩具。他转念一想，自己确实很久没有坐在窗口的灰沙发那里，欣赏一本书了。

他在楼底抽完了烟，一手扔进垃圾桶，便点亮侧楼的观光电梯上去了。它缓慢升至三楼，平克透过玻璃材质向外看着，这栋建筑的二楼，居然还有一圈环绕的配套设施。能从观光电梯里看到底下一圈向外伸出的天台，摆满了咖啡标志的大伞和桌椅。

随着“叮”一声，他走出玻璃电梯，前方居然是一条白沙路，中间铺满了合适的灰色坚石作为踏脚。作为一家心理诊所，装修倒是格外小资。玄关的“小枯山水”细节精致，奇形石在白沙中像云海里的白帆，大小不一呈弧线排列，划出多条曲线的轨迹。

沿着长廊向前走，左边能看到各种挂画装饰，而右边更多的是大幅的宣传资料。诸如会所介绍，人员背书，还有他们的理念。

沙路两旁种满了整齐的竹子，直至尽头，映入他眼帘的是两面深黑色的双开门，上面印着硕大的反转金莲花图案。

进门后，平克瞅了几眼贴在两边的奖状，一串英文上，大约是各国的认可奖励。纸质细腻，每张右下角都有烫金的莲花印，以及一小段没见过的文字，似乎是某种公司的全称。

“这是哪国的？也不像爪哇文，森伽罗？不是……那个像青蛙。”平克正想着，注意力便被一阵玄妙的音乐吸引了。它是夹杂在钢琴曲中的钟鸣声，并在公司的前厅带着一股共振，让他产生舒适的感觉。

他顺着声音寻找，发现前厅的各处墙上悬挂着一些奇异的黑色金属装置。它们造型不得不说特殊，漆黑色，像是钝钢制作，表面似静寂的黑色硬铁，又像个菱形的大型麦粒。

它们有大有小，上下不一悬挂在前厅，随着音乐缓慢晃动着。

“这音乐是什么来着？《Good bye》,Soap&skim 的吗？耳熟啊，像是皇成纪的歌单……”搭配这些金属东西，平克产生了一种恍惚的状态，就像猛地起床，脑子充血一般。

“靠……”平克扶了下墙，他本能地开始反感屋顶的菱形波浪，它们搭配音乐，晃得他心口有点恶心。

恍惚中，他突然想起一些记忆中的片段，它们就如此浮现出来，卢撒克在他杂乱房间中说的话。

女儿七岁，十二岁，弹奏钢琴的片段。还有反反复复的，平克自己在“蓝眼睛”

的吧台仔细清洗着每一个杯子，玻璃的，陶瓷的，还有那些骨瓷盘子。摆上蛋糕，以及配上最专业的，必需的——“微妙”。

等等，为什么，恍惚里，会想起这些……而且总有个白乎乎的玩意儿，让人很在意，有不清楚，是啥呢?

“您在晃什么呢? 这位……客人?”一个清脆又妩媚的声音从平克右侧传来，打断了他的思维。

平克被带着走进一间半透明的正方形房间。他手摸着房间外的墙面，手感上像是希腊房子的外立面，带点扎手的涂料。

但又有些不一样，他用手指刮了一下，表面的东西完全不像腻子，更像是种皮肤。嗯，突然恶心的感觉又翻上来了。平克正想着，文医生的声音打断了他的臆想，她皮肤细腻的手也揽了过来，半个身体贴近了平克。

“墙有什么好看的，这边来。”

要说平克对新方式的诊疗没兴趣，那是假的。此刻，他的兴奋达到了顶点。

“文小姐，这些奇怪的房间是什么?”平克半推半就地走着，还继续四处看着其他的方形房间，他有点想起什么熟悉的东西，但又似是而非就消失了。

“里面是新型设备吗?”

“来，你要先喝下这个。”文吉真递来一支小瓶装的物件，它塑封得像某种平克熟悉的中年人口服液包装，但不同的是里面的液体看似黏糊，还发出嫩绿色的光芒。

“喝吧，这会更便于你进入状态。”文医生继续亮了亮瓶子，迟疑了片刻，便塞进了平克的掌心。

平克小心捏着小瓶，用力晃了晃，内在绿色质地还是显得很黏稠，它只是轻微扭动了几下，便又静止了。

“这不是什么鼻涕吧?”他看向文医生，实在是流程诡异却让人好奇增加。尤其是面前这位性感女医生，白色职业装，青色直领带，衣服盖至臀线下露出的穿黑丝袜的长腿。

果然是皇成纪的口味。

"快喝吧，它很关键。"文吉真笑了下，又再次做出催促的手势。

"经过IOS认证，营养价值也不错。"

平克抽了下鼻子，扭开盖子，认真闻了下，一股很薄的甜味冲了出来，跟文医生颈部散发的香水味混在一起。

"喝吧……喝了都会明白的。"瓶子举到嘴边时，平克耳边泛起一句轻语，是他熟又陌生的声线，不是文医生的。

平克猛个激灵，差点摔了瓶子，转头看，发现文医生正在开身后的一间白色房间。

真是奇怪，想着，他一口喝下了瓶中的异物。

平克事后仔细想来，这和卢撒克给他看的那东西无有差别。只是他们之间从未聊过此事，仿佛有什么阻碍了自己，对一切细节的透露。

在文吉真的推搡下，平克带点期待地进入了一间白房间。

他稍微注意到房间顶部同样有些悬浮的黑色晶体，它们在轻轻飘动着。

文医生说着轻柔的话语，同时安排平克坐下。随着光线变暗，平克耳边听到的是金属的碰撞声和一些女性呢喃的声响。

此前看着严实的房间变得完全透明起来，而晶体已环绕在平克周围。晶体边缘变得柔软起来，它向外渗透出丝状的物质，并快速向另一块晶体而去。

这些交织而不断运动的长丝，互相缠绕，穿过悬浮晶体，以它们为节点，在平克头顶编织成了一张巨大的天幕。

平克感觉嗓子有点发干，似乎刚才医生让他喝下的液体还在咽喉中滚动，它像是活物般高速向下，走遍他的所有脉络。

一束内在的光芒从平克的毛孔下透射而出，他的眼中产生了从未有的光亮，有些疲劳也瞬间消失了。他也看到，此刻所有的晶体和它们之间的丝状大幕全部发着幽蓝色的光，之后充斥整个房间。

房间变成透亮的空间，而墙面变成了向外无限衍生的环幕，他在中间变得瞬间渺小，四周变得无法揣摩边界，只有不断涌现而出的画面。

“这!”平克紧抓着椅子扶手，汗水瞬间从背后渗透出来。所有恐怖片的桥段都在他脑海中浮现，下一秒，也许他坐的椅子会变成亚美米特[1]。

吃了自己吗?

“陈先生，放松，这只是公司最新的技术。”他耳边感受到文医生温和的声音，以及鼻息传来的香味。她离他很近，尽管她的一切被房间的景象隐藏了，但气味和触感依然存在。“量子共振，以及一些不能公开的技术。”

“你要放松，让你内在的宫殿，像翻开的花苞一样，展开来。”平克一阵颤抖，她柔嫩的肌肤似乎紧贴在自己脸上，更多的香味飘动着。手背传来被手掌包裹的暖意，他稍微有点放松下来，甚至身体深处有些蠢蠢欲动在被唤醒。

“放松，也不要过度亢奋，不然景象也许会吓坏你。”立刻，文医生的脸和手都离开了平克，他再次无法感知到距离。周围只有快速变化的图像和光芒，以及稳固环绕的香味。旋转的色彩如在万花筒中分裂，变成更多的漩涡。它们以不同轴心转动，又分裂，最终快速成为一条向无限深处而去的通道。

“稳定，展开你的宫殿，如同你打开秘密的书本。你藏在抽屉深处，或者柜子里，童年时刻的秘宝。”文吉真继续说着，还是挑逗的语调，却又充满距离。

“这是什么?……这种也是治疗的一部分吗?”他望着整个房间，它即将被扩散的景象吞没了。平克感觉自己已经处在其中，在另一个卢撒克描绘的世界里。

“你必须释放自己，交出自己内心最深邃的部分，我才能治疗你啊。”文吉真继续说着，她细长的手指还在按摩着平克的脑门。

“你的期望，内心深处的宫殿，将展现在这个房间之中。”

文打了个响指，光变得更暗了，周围的环境消失了，它们变成了遥远的黑暗。平克能听到汗水从鼻梁向下流淌的声音，他和文一起沉入了黑幕之中。房间和人都消失了。

“你内心真实的渴望是什么?”声音还在继续。

[1] 亚美米特：Amemet，埃及神话中亡者审判的鳄鱼头女神，有罪者的心脏将被她吞下。

“真实的？……渴望？……”平克在低语之后陷入了沉默。这是头一次有人问自己这样的问题，在脱离所有经济学、利益以及商业狗屁之外。

终于，平克在几次深呼吸后，双手不再高速排汗，屁股也已稳稳定在座椅之上。而整个幻彩变化的空间，开始稳定起来。

仿佛古老的屏幕被修复般，一切延展而生的景象，全部稳定了，就这样，展现在平克眼前。如同他本来就在，一切早已存在一般，真实地目睹，身处此地。

平克看到了真实而延展的景象，这让他想起了卢撒克的那些画。环绕的藤蔓，透过其中看到的古老城市。白色王城，他记得那幅画，卢撒克开始着迷绿洲之后，开始起草的画。

“另一个世界的景象，你觉得眼熟吗？”熟悉的声音出现在他的身后。文吉真的呼吸搔着平克的耳朵，她的脸贴得很近，右手还按着平克的太阳穴。

“你的身体在这里，但你的心却能去往另一个地方。你应该很熟悉吧？他们告诉过你了吗？那些居客。”

平克感受着灼热的呼吸，还有文医生左右缓慢挪动的手，他并没有觉得愉悦，一种恐惧从背后延展开来。

“什么？居客？我不明白。”

“皇成纪，没有告诉你吗？”

“什么？”

平克闭上了眼，猛烈摇着头，但房间在呼吸，它似乎很真实地产生了变化。周围景象显示出一些光影，它们显得有些模糊，但能隐约看出黑色火焰下，燃烧的参天巨树。

平克所在的椅子立刻就被搁在了巨树的枝丫间，带着黑雾的蛇形巨物绕着树干而过，两人还能感到擦过的风和腥臭味。

巨树下，人声鼎沸，一些穿着不同的人在战斗着，似乎与另一些人影们做殊死搏斗。

尽管影像模糊，但巨树的魄力和喧嚣巨响，还是让两人震撼。

"英雄吗？这是你最深处的渴望？"

平克眨着眼，巨树上的战斗让他感受无比真实，这不是观赏5D电影的沉浸感，而是更深层的震撼。他手在颤抖，一如景象中被高处袭来的猛击打中的是自己，震感和力度是真实的，平克不禁吸了口冷气，右手在软绵的质感中甩动。

他觉得自己就是那个火光映照里，处于下风的胖战士，手忙脚乱，要立刻躲开下一次更重的袭击。周围人影晃动，他只能听到嘈杂的声响，俨然自己在烟雾中已产生了眩晕，无法分辨是敌还是友。这让平克恐惧起来，整个背脊被冰冷的力量拉紧了，身体贴近了椅背，如同胖战士无路可退，紧靠分叉而出的一截紫色树干。

"你完了，疯虎，全结束了。"一个深邃的声音从烟雾后传来，接着平克的脑后边传来风声，力度让他一阵发麻。

平克知道，那个角色在此刻的恐惧超过了他数倍，这使得自己双腿在椅子上剧烈震动起来。

"完了。"他也如此念叨，并清楚感受到脑后的重压。

胖战士闭上了眼，准备迎接无法改变的死亡，却发现攻击被截停了。

一柄锤子被阻隔在他和敌人之间，其散射的光芒正逐渐驱散黑雾。

"打起精神来，胖子。"严肃又温和的女声，平克仿佛灵魂被按回了躯壳。他正想回头看清楚女子是谁，周围的图像开始变暗，声音羸弱，如断层般向下降，直至终止。

"那今天的时长就结束了，陈先生。"文医生推了推眼镜，笑着说道，并准备起身，关闭房间的"感官投射"。

"放松一下，就可以离开了。"周围的环境也慢慢光亮，变为一片海边的沙滩。潮湿的咸味儿从周围传来，还有不可见的海鸥发出的叫声。

说着，文医生塞给平克一罐饮料，轻声说道："富含维生素，有益放松，回家洗个热水澡。"

平克看了眼罐身，熟悉的能量和维生素补充剂，无非橙子味。他正好感觉渴了，几口就喝完了。

海浪声更大了，但光亮在减弱。文医生又说道："如果差不多了，我要全部关闭咯。"

平克叹了口气，把手中的饮料罐往后一扔，满心渴望听到掉入"海"中的扑哧声。但它发出的是刺耳的哐当声，平克虽然还处于"海边宫殿"的景象中，人的状态一下子回来了。

他从阳光洋溢，海风微湿，海鸥飞舞的白沙海滩回到了诊所的模拟房间。声音，气味，景象都消失了，他只是坐在诊所这个体验房间的椅子上。身后是他扔出去的罐子，还在木地板上打滚。

"你真当这里是公海吗？陈先生。"文医生从逐渐消失的景象里站起来，穿过平克的座椅，弯腰捡起地上的罐子。

她反手将罐子扔进房间里唯一的垃圾桶中，双手微抚着包裹在黑丝袜中的小腿，半弓身望着平克。

"咨询时间结束，终归要回到这个残酷的世界。陈先生，除非你了解通往另一边，真正的方法。"

"什么？我不明白。"平克看着她，双眼在文吉真上翘的眼角和修长的腿间徘徊，在除了蓝眼睛外的地方看到她，还真是养眼。但他不得不承认，这样的虚拟环境，让自己梦境般的内心呈现，实在是真实又可怕的体验。

"从心灵后的幻梦界，通往另一边。"文吉真站起身，表情变得莫名冷漠和遥远，她看着平克，缓缓说道。

"你也许，会明白的。"

"你究竟是谁，如何看清自己，和前方的路。"

说完之后，文吉真朝平克笑了笑，她用柔软的手使劲握了下对方。"陈先生，你一定会再来的。"

上次的感受还历历在目，平克擦了满头的汗珠，他发现已走到文医生的会所面前。

第九章 “另一边”

9.1

皇成纪有个研究西药和人体潜能的朋友，非常精专制造控制脑活动的药物。他意图让人获得高质量的深睡眠，同时观测睡眠时，人体各项活动。

皇有一长段时光，受焦虑症影响，很难睡好，有一丝声响不行，有过多光线也不行。他时常无奈地睁眼躺着，身边是他熟睡的女伴。即使吃了朋友的“褪黑素”，他还是两个小时就醒，仅仅是因为某种厨房里金属的轻微热胀冷缩声。

但对失眠的人来说，那仿佛是巨响，皇会在此刻怀疑，是否有人正在他的厨房摸索，他想去摸放在枕后的甩棍，但声音又完全消失了。

他努力回想，自己多次确认过锁紧了大门，并检查过窗户，才上的床。这点，文吉真完全无法体会，她只是督促皇按时吃下褪黑素，之后便自己平静睡去。

接着在月光的照耀下，皇成纪变得越来越精神，他甚至觉得自己能听见蟑螂出动了，正在爬向厨房里，他扎好的垃圾袋。

“有个屁用。”他看了眼褪黑素的牌子，嘶嘶嘴，直接扔进了垃圾桶。

他看着纹丝不动的文吉真，皱起眉头：“她倒是干了啥，都能如此熟睡。”

4 点 44 分成为皇成纪生物钟必然敲醒他的时刻。

当然，背叛对于他来说，是更加煎熬的失眠原因。在大屋目睹的一切，两人如同黑蟒般缠绕，并打开空间的过程，每一天反复在他脑海中翻腾，并清晰如一。

在经历此景前，他从未知道自己有多能忍耐。

皇成纪看着面前的球体，它整体是漆黑色的，由多股黑浓浆体状的东西组成，并最终汇成球体。尽管说是球状，它却一直在颤动，他想起震动的蜂巢，又或是这东西只是勉强在维持球状。嗯，畸形的心脏，肮脏又诡异。

在郑荡波，这个狡猾的商人大屋里，居然还隐藏着这样的东西？想着，他不禁更加靠近黑球，希望看个究竟。

他在阁楼目睹了郑荡波和镜子的一切互动，已是震惊非常，更何况还有投射屏一样效果的人像在和他对话！这不是星球大战吗？他瞬间想起大帝的投射影像，不过，那个并不是。他更像一种很熟悉的自己，那样亲近地交谈。

郑荡波望着影像时，皇成纪熟悉那种眼神，真像是看着镜中厌恶的自我一般，却又被那种力量折服。

皇成纪说不上来，但这绝对不正常，并且他清楚听到镜中人的名字——拉科耶夫。

这是《面具之惧》中的名字，还在李奚瑶的日记里出现过，关于“时间旅行者”——拉科耶夫。诗人，同时也是末日时刻的监控者……

所以，他目睹的到底是什么呢？

皇成纪从小便是好奇的孩子，用大人的话讲，甚至有点熊，有点手贱。他好奇电烙铁是什么触感，结果两个手指的指纹消失了几个月，化学课里热衷让蓝色硫酸铜溶液产生白色沉淀，幻想是海底火山。得意忘形之时，搞出镁粉爆炸，震破窗户，炸毁器材，幸亏没有人员伤亡。

自然，那个时刻如永恒定格。

他咬着手指看着郑荡波与文吉真在这阴暗的房间里互相脱去衣服，她用纤细的手指为他按摩背部和头部，无法追述那种心境。熏香一直弥漫在房间之中，夹杂着烟雾和汗水。味道成了一种折磨。

皇成纪就这样猫在阁楼，格子屏风后，透着一堆光头商人收藏的波尔多、XO，各种暗色酒瓶，看着文吉真正用某种香精混合剂抚摸男子光亮的头顶。她的动作如此轻柔，超过任何一次触摸皇的身躯。

楼下的房间中开始传出一种古典又神秘的音乐，让人想起 Engma 的调子，但此时不像时装发布会，看着名模走过的愉悦，只有内心的愤怒和口腔中的极度干燥。

他就那么看着熟悉的身躯逐渐裸露，与放松舒张开的男子逐渐交缠在一起，两人在昏暗光线下，激烈交合着，布满精油的身躯泛着光，如两条忘情的巨蛇。

皇成纪最初还处在愤怒的状态，他的右手一直在颤抖，只有狠狠咬自己的指甲和嘴唇，才能按住自己，不冲下去暴揍那个光头的男人。文吉真一直努力阻止他对嘴唇和指甲的折磨，但已经不重要了。

在他难以忍受时，屋子的景象影响了他，也许是威慑了他。皇成纪一步未动，只是看着。

他们周围那些金属的柱子随着音乐也共振着，柱子从中间裂开，向周围散开，变成辐射状的浮游体。它们像编钟组件般在空中散开，与音乐旋律本身一样震动。

尽管他很愤怒，但皇成纪却很清楚地看到两人中间的一个奇异的球体，乌黑却无光。

他想起了什么，对，它和文吉真那本书的第一版原型里，夹的那张照片上的东西一样。就是那个黑色的球体。

艾丝丽又在梦中靠近了那熟悉的建筑群。

她完全不想靠近那些白色丰碑，这让她感到一种压迫和危机感。如果用卢撒克的风格来说，那样的丰碑建筑堆在一起，和巨人的陵墓一样。从外表看，连爬山虎群也被吸走了生机，只余下那残留的形状。

据说动物和亡魂眼中所见是灰暗的，内心黯淡的人也会梦到愈加灰暗的光景。她的梦一直充满色彩，唯有出现白色丰碑的世界，会变成突兀的褪色。它们总与其他的一切，格格不入。像在吞噬色彩和生机，变得冰冷残酷。

但这家书店不同，它处在丰碑群中，而包裹它的爬山虎们仍充满生机，是这片褪色世界中少有的鲜亮。

她走近书店，发现右上角有一盏雕琢精细的灯，是它在散发吸引人的橙光。灯壳是镂空的金属花纹，它们交错构成了梭形灯壳，容纳内在的光芒。这灯型，她觉得非常熟悉，似乎在撒克的一些画中常见。

似乎是这盏灯给予了爬山虎能量，它们是从灯芯下方，向外重新生长的，如绿色洪流覆盖了大半书店的外墙。

它们的绿色幕墙挡住书店的招牌，小艾看不清名字，但招牌边缘衬框的装饰吸引了她。它在招牌外，展开庞大的羽翅，包着书店牌匾，又压着藤蔓幕墙，与爬山虎融为一体。

这确实让艾丝丽想起了什么。但很快如同礁石沉没入深海，只留下一抹黑影。让人疑虑又感到寒意。

那是一只帝王蛾[1]。真实的帝王蛾成体只有5—7天的寿命，幼年一切的准备都只为了这将近一周的王者生涯。

环视周围的书籍，除进门的两排量版书外，书店里的书都显得格外不同。

在书架上，她看到了各类精致而特制的书籍，它们从书背，封面到内容都从未在其他书店和图书馆中出现过。

她随手拿起一本，封面是全黑底上印着灰白色的符号，也是没见过的珍本。她放下这本，又去翻看上一格的其他书，那格里整齐摆放的居然全是她感兴趣，或梦寐以求的专业书籍。

艾丝丽一阵狂喜泛起，如同冲进超市热销打折活动中般，几本几本地从架上取下书，堆积在“要买”的篮子里。

“知道吗？宝贝儿。这些全是还未诞生，却注定会写下的书。”一个声音伴随着熟悉的气味和吐息，在她耳边响起。小艾猛地一惊，紧贴她的身躯太熟悉不过，她清楚知道那是卢撒克。

但在这图书馆中，却又不是自己熟悉的那个卢撒克。他的笑容，看不清的脸庞，传递来一种邪恶，并充满魅力。

[1] 乌桕大蚕蛾（Attacus atlas）：名字中本来便有巨人的意思。“Atlasmoth”，源自泰坦中的“阿特拉斯”。

眼前的卢撒克从更高的书架里抽出一本书，用充满磁性的嗓音说道：“这是伏藏的智慧，这是必将掘出的知识，将成而未成之书籍。唯有入此藏海，才可一睹容貌。”

“你要拿走这本书。”这个卢撒克继续说着，声音充满说服力。

“记得，小心那些蛾。”他匆匆离开书屋，最后贴着小艾的脸颊说道。

“我在 B 面等你。”他的声影随着话语的渐衰，同时隐入了黑暗之中。

“什么意思？”艾丝丽大喊道。

“Atlas push Stone.”他的声音最后从书架的阴影中挤出来，已是难以理解。

他的心彻底碎了，仿佛一枚开裂的茧。破茧而出不是蝴蝶，而是灰色的飞蛾。它落在他的灵魂表面，不再飞起。

——《葡萄牙的高山》

艾丝丽看着卢撒克最后落下，留在柜面上的书籍，半片书签夹在第一本里。一入眼，她以为是扇面，一手拿起，却是一只扁扁的飞蛾。它如《葡萄牙的高山》中描述的一样，作为诡异又别致的书签，停在书页中的虚空狭间，不再飞起。

她只看到书的名字，《1981，至……》。视野开始晃动，想仔细看清书中文字的内容，却变得无法聚焦。

艾丝丽想拿起飞蛾书签，仔细端详。

然而时间到了，她被重重甩出这间书屋，随着门的关闭，它们全消失在聚集而出的茂密树丛之中。

9.2

《少年撒克与梦境》

“撒克从粘连的梦里醒来，看着周围，它们和腻味腥臭的酸糖浆一样一直缠着他，不愿离开。

黑色的犬群，始终窥伺着自己，在提醒他，永远属于黑暗和虚空本身。无法脱离噩梦的他，正是生于噩梦之中。它们细长的身躯，像是延伸的黑雾，在梦境中间穿行，而三角形的头总是四处查探着，不放过任何一个生灵。

他决定要离开这里，去寻找没有噩梦的那片光亮。”

摘自《面具之惧》

“当有一天，你发现自己早已被记载在一本书中，成为书中人追逐的传说，你会怎么想?”

皇成纪念着宋留下的笔记，愕然看着卢撒克。

卢撒克皱着眉，两人正努力面对着几本小说阅读着，仿佛是他们扮演的未来，却又陌生极了。

失踪的宋留下了她的笔记，中间记载着她静默地研究《面具之惧》，头雕，另一边，还有心灵宫殿的只言片语。

他们急需找出其中的奥秘，俨然，撒克也不想变成万老师那样的结局。莫名成了另一个人？而自己的身躯在这里成了冰凉的尸体？

被缝合双眼和嘴巴在一个冰冷仓库死去的穷艺术家，他才不要这样的结局。卢撒克很清楚命运带给他的启示，从“树中人”的暗示和展示里，他对“居客”，另一边的变化，开始有些眉目了。

然而，李奚瑶对“居客”的调查和研究，甚至超过了“树中人”，她触及了可怕的边界，甚至能回溯到众人的过去。

“绿之梦”的最初，“湖心岛”的小伙伴，“山中小屋”……但，这些的连接，让卢撒克又感觉开始迷惑，信息像撕烂的棉絮，蒙罩在本来变得清晰的线索上。

借此，找到《面具之惧》的作者，变成了一根粗壮的稻草。而宋，居然赶在了所有人的前面？

今天的梦境仿佛是这几周的终结，吉真终于在一大块浮空的小岛上醒来。她四处张望着，脚底的空间并没有和之前那样迅速瓦解，头顶是四散的碎石，它们如阶梯般松散向下排列着。

文吉真猛地再看自己手腕上的蝴蝶表，它的翅膀完全张开了，指针也不再运转，想来是完成了她的任务。

已降落到不能再沉没的区域了。她想着，便起身环视四周。

空岛很小，除了她之外，只有正中的一扇门，或者该说是一个空白的门框。

“我们是一类人。”庞大门框的侧面，一名高大的男子矗立着，他带着笑意说道。

文吉真看不清他的脸，那细节始终处于一片黑雾般的阴影保护下。但男子的身形和特殊的服装吸引了她。他的衣服表面闪着六边形阵列的光芒，它们形成眼前半透明的矩阵模块，保护着男子。

“我的名字是图拉真，你要好好记住，姑娘。”男子笑着说道，向大门伸出右手，那透明的区域出现彩虹肥皂泡状的膜，随着手触而晃动，充斥整个门框。他望了眼目瞪口呆的女人，身体一倾，完全没入门中，消失不见。

“图拉真！”

伴随着景象消失，是猛然醒来的文吉真。她用力躺入皇成纪的怀里，无视对方惊讶的表情，突然兀自哭了起来。

“为什么……她就失踪了呢。”

皇成纪嘴唇动了下，干燥的感觉又来了，他咽了口水，又恢复了平静。他只是摸着文吉真的头发，缓缓安抚着。

如果是一个月前，也许他会滔滔不绝说出案情中关于瑶瑶的一切。黑狗，绿洲，坐标。

但此时，一切已不同。

9.3

以处在沙漠中的皇成纪来说，他完全记不起那件事发生的具体时间。留在所谓记忆扇区的只有片段、图像，以及一些关键信息。

它们如同气味，光影，会让他重新塑造死亡前的那段旅程。

他与“诗人”在房间中坐着，搔着满头的短发，显得很焦躁。凝视了郑荡波整屋的藏品后，他说道：“你买下卢撒克的画作，付出高价，到底是为了什么？”

“为了什么？”郑荡波很不屑地笑了起来。他双手伸展，紧靠在蓝灰色仿鹿皮沙发上，显得格外放松。

“你了解艺术吗？真正的艺术，年轻人。”

“艺术，你为什么突然问我这个？”皇成纪踱着步子，他还在到处张望着，大幅，小幅的画作悬挂在这个长形的大房间中。它们有着不同的风格，具象，抽象，炫彩构成的，还有他无法描述的一些流派。

在画框交织的几何结构中，还夹杂着各种精巧的面具，表面彩绘的雕塑。整排造型奇异的人偶，摆放在一只彩色材料编织的大熊上面。

而郑荡波的蓝沙发边上更是堆积了一大排的书山。它们由不同材质装帧的书组成，堆叠得比书店中畅销书专柜的还要仔细，工整。台灯旁边的木雕风格和大屋外的一样，生物造型并不是这个星球的品类，或者说“这一边”的。又是“那一位艺术家”的作品。

皇成纪用手蹭了蹭鼻子，他确实是前所未有的“大收藏家”。而郑荡波房间中最显眼的，就是他新收藏的——卢撒克的新作，那张“白色王城”。

它此时正挂在房间的正中，一堆画的最外层，白、蓝、灰组成的基调，虚实结合的王城。庞大的建筑对应漫长的道路，直对前方。而正中渺小的朝圣群，如同红色曲线组成的河流，充斥眼前。

“路，就在迷茫羊群的最前方，但它却被无明晦暗所遮蔽——卡纳维，《落日经》。”郑荡波看着自己吐出的烟雾，念着启示录般的话。

“我确实跟万青毫订了很多雕像，它们的造型都取自另一边。”郑荡波笑着，一边吐着雪茄的烟雾。

“他是个了不起的艺术家，但还是太天真了。”

郑荡波举起桌上的一个多边形的积木，它看着像是白色橡木条做成的一个混乱空间装置，表面松软，会让人想起红酒塞子。他指着多边形中间说道：“来，你看到了什么？”

随着这句话，皇成纪的注意力完全汇入积木错综的结构中。

他在混乱空间中看到自己，也看到自己在观察自己。皇成纪发现周围一切在破碎，如同梦中。一切从开始就是复制品。

接着，他看到透过层层空洞，透过窗户交叠的空隙，看到了自己。皇成纪看着空间装置里，如万花筒的闪烁晶体中，自己看着一个装置，而装置中依然是自己看着那个更迷你的装置。此等循环，连绵不断，无始无终。

他想起吉真最重视的珍宝，那个埃舍尔风格的木屋子，由八个方向的阶梯旋转向内引导视线。观者无论怎么转屋子，从唯一的观察点，都会看到上下颠倒不断重复的纵深空间。这屋子曾让两人痴迷地看了一下午。

一样的原理，眼前的更加可怕，自己既在观赏“盆景”，也是它的一部分。

皇成纪发现自己被催眠了，从最开始踏进房间，它就只是个复制品，让他信以为真的幻梦。

无论郑荡波那华贵的收藏室在何处，当下在他眼前的，只是个“镜花水月”。皇成纪咬咬牙，他多少也体验过吉真的MR模拟房间，而诗人的这个，更真实，更幻梦！

也许，根本没有收藏室，他突然想到，心中一阵凉意泛起。那自己到底在哪儿呢？

9.4

泥板三：
直到我们抵达雪松林，
直到我们战胜残酷的洪巴巴，
从世间消失，沙马什痛恨的邪恶。

泥巴四：
我的朋友，你的梦是好的征兆，
这个梦是宝贵的……
我的朋友，你看到的那座山，
我们将俘获洪巴巴……

郑荡波念着书中的诗文，显然这是《吉尔伽美什》中，他们即将征服雪松的故事。念完第四段，他盯着皇成纪，大笑着。

周围的景象变化着，随着他念的时光，幕墙，华丽的罩灯，现代家具都消失了，变成身处巴比伦宫殿才有的台柱，石雕。只有郑荡波的藏品，依然堆积在他的身边。

此刻，皇成纪感觉面前的人，是一条蹲守在财宝前的巨大恶龙，正敲着指甲，准备一举捏死自己。

"觉得如何？震碎三观了吗？"郑荡波继续笑着，他的椅子目前变成了汉谟拉比时代风格的王座，而身后是巴比伦的长须人面兽雕。

皇成纪咽了两下口水，努力让自己不说脏字，右手却已敲在桌面上。桌子也在变化，它的几何结构在熔化，周围向下，崩塌成白色细沙。他向身边看了眼，之前的木地板业已成为让他双脚缓慢下陷的黄沙。

皇成纪努力聚焦精神，想寻找幻境中的实处。给他凝神药的朋友说得也很清楚：你指望这些是无法长久的，需要深度的定力，才能看破那些幻觉。

"皇成纪，你需要专业的练习。"他想起洛白鱼的话，紧紧攥住拳头，"那真是来不及，只能指望你的凝神药了。"

他猛地塞进嘴里两颗药丸。干咽药的本事没想到，还有用武之地。

"你以为你是吉尔伽美什？烧尽绿洲，你就那么快乐？"

"如果洪巴巴是那棵大树，我终将砍了它，让你们再也无法靠近。"郑微笑着。

皇成纪质问面前的光头，左手还在颤抖着。他右手撑着脑袋，阵痛又开始持续，洛白鱼给的药片能驱动"绿之梦"加速自己，追上高维的景象。但代价是头中的剧痛，以及止不住的鼻血。

郑荡波的图像变得模糊了，连同周围的沙漠一起。他开始加速了，不仅是思维的，意识的，更是深层的。

他摸着右手的黑球，它震动闪光，房间中更多的表象崩塌着，化为灼热的黄沙。

"世间万物，终究不过成为一抔黄土，是不是，小子。"郑荡波继续笑着。黑球在他手中自己打开，中央是个多层的金属结构，其中蕴含的蓝色能源，滚动流淌，如活着的生命。

“万青豪为组织做了太多，虽然是他不情愿的，但东西始终是做出来了。”他说道，目光看着黑球。

“你们无法理解，撕开宇宙的边缘，是多么愉快的过程。”

皇成纪怒目而视，他手指按住一个鼻孔，还有一些鼻血在淌着，头疼也在加剧。似乎整个要变成沙漠的房间，压力也在增加，但此刻，他的眼中，唯一的关注点，只有那个黑球。眼下，它正如一种硅基花般打开，扩展和变化自己的结构，逐渐弥漫房间。皇成纪顿时想起了《面具之惧》里，那些铸造者搞的玩意儿，或者是剥幕细胞。

“你在这种构架的心灵宫殿里能维持多久？小子，很快，你的肉体就会难以承受。”

皇拧拧鼻子，将更多注意力聚集到眉心，他希望再次抓住光头跳跃的坐标。

“我每天会健身、瑜伽，身体足以支撑意识迁跃，而你，公子哥，找不到我。”话音未落，唰一下，光头消失了。原地只剩下他那典雅的圆边帽。

沙漠还是沙漠，但这片“心灵宫殿”开始坍塌起来。皇城及能清楚感受到自己血液急涌，口腔和鼻孔中充满腥味。除此之外，还有暴晒后的灰尘味。

凝神药正在发生作用，他能从坍塌的景象中，看到一条微弱的道路。郑荡波鬼魅的行动轨迹，如定格动画的断帧，出现在道路之间。断续的他，闪现到最远处的迷雾之中。

皇成纪指着迷雾中的郑荡波，大声喊道：“你跟你的那个臭影子，就是互相抱团，打着称霸的妄想吗？恩基杜给吉尔伽美什的，所谓神启，全是假的！”

郑荡波皱着眉，他望了眼“空洞”外的房间，透过这个从界膜新开的“裂缝”，他还能看到大屋一角在燃烧的雪茄，旋转运作的“开门器”。

那些头雕里的图纸，实在是太棒了，拥有了一个，你便想全部拥有……

“那不是我干的，小伙子。”郑荡波的影子在沙漠中闪现着。

“很多人都不在意内心的空间，那广阔的空间。”他在距离皇成纪几米远的地方停了下来，并向左右挥开了双手，摆成类似阿根廷山耶稣的样子。

“心灵内的世界多么宽广，具有无数转折、空隙，通往宇宙的未知之处。”他用朝圣般的表情说着，“只要刺穿中间的一些阻隔，并找到合适的路线，便能到达彼方。那些我们从小熟识，在梦中窥见，以为是幻觉组合而成的，恐怖或美妙之地。”

皇成纪就那样看着眼前“诗人”的影子，他又想起这些日子发生的一切，让他大开眼界，又难以置信的一切。

“现在，那些头雕里的技术，造就了能到达彼方，超越三维的存在，这是多么让人兴奋的未来！”

“界膜，白色王城，黑日之地……”他喃喃自语，心中再次浮现出那些书上所描述的内容。

“你知道吗？当我想明白是如何让暗号藏匿，并再次运转的规则，”郑荡波挥着手，大笑道，“我真是太高兴了！”

如果还能离开这个该死的地方，或者该说被“诗人”引导至此的空旷“梦境”里，抑或该说“超维空间”，他一定要去找到那些书的作者。

“暗号？你指的是那些关键词吗？”皇成纪习惯性摸着鼻翼，他似乎想明白了什么。

郑荡波摸了摸光头，他的影子依然维持这个动作，好像这投影是他本人一般。

他看了眼皇成纪，说道：“你的学习能力真是不错，我真期待你明白更多的东西。不过，大概到今天为止了。”

“年轻人，当你引起我重视时，你开始变得危险了。”光头的影子停止了笑容，并开始向皇成纪快速移来！

“沙漠就是你心跳停止的梦境！”

这是他掉进沙漠前的一段碎片了。

9.5

皇成纪贴着巴比伦风的石柱向深处望着，它们庞大又向上延伸，却在最顶端由石头结构瓦解为黑色颗粒状的虚空。仿佛它们通往的不是大殿穹顶，而是摄影棚的边缘。

他侧起身，试图从隐蔽处看清远处宫殿的情况。除了烟尘描出的路径，还能看出两人驱车飞奔而过的痕迹，其余只有一条两边装饰着人面狮身鹰翼像的大道。

皇成纪闪现过几幕之前的画面，光头就那样抱着她，跳进了黑球制造的裂隙里，黄沙和残骸组成的战车。而他如精致 cosplay 般换成白袍，帝王式抱着文医生，驱车进入黄沙后的巨大城市。

城市的上半截如巴比伦空中花园般层层叠砌，流水顺着多层突出的结构向外跑着，它们让皇成纪想起某种玩过的抽积木游戏。几个人一起垒好木塔，每条是手指长度，两指宽，长短不一。众人以四个方向不同深度，随意摆放，让它成为一个塔形。他们用木头做过，也用大薯条试过，甚至是沙拉里的黄瓜、胡萝卜条。

规则很简单，轮流抽任何一根结构条，按顺时针轮下去，最终不慎让塔倒塌的判输。

而眼前的城市，俨然一个糟糕的组合，上半截华丽的堆砌，下半截却露出幻象下的真实。那是一座废墟的残影，不舍被损毁后最后的荣光。将炸开的玻璃，水泥，墙桓勉强凝聚在一起，冻结成上方云坛的基座骨骸。

皇成纪又看了几眼城市，风沙退散后，它畸形又变态的美感依然震撼了他。黄沙聚成的结构稳住了上下的组合，向下流水形成的瀑布，从不同角度向中厅汇拢，这便是光头“臆想”形成的花园中心。

在那里，隐约还看到同样存在的“德胜国际”大楼，不同的是它被赋予了“巴比伦风格”的外皮。

从皇成纪视野看，它如巨人的头颅，插在华丽凡庸的上躯干上，显得孤僻骄傲，又无法隐藏衰败破碎，勉强聚集，枯瘦鬼气的下身。巨人就这样半躺在沙漠中，时而从中空的都市骨架里，向外放射狂妄的回声。

“那是郑荡波的心声吗？”

很多文明都在沙漠中发源，这也许符合某种未被完全证实的说法，上个宇宙“大劫”，过去存在的强盛文明不是消亡，就是重新回归宇宙深处，留在这个地球的，只是它们痕迹的残渣罢了。

诸色法呈现空相后，能捕捉到的尽是灰烬。

诸如古印度、古巴比伦、古埃及，甚至是太古的昆仑山文明。众所周知，现代人，在这个地球维度的人，和曾经称道的骄傲古文明，无论是看上去，还是实质，似乎毫无关系。

但文吉真的研究发现，在很多人的情愫和脑灰质沉积数据中，对古代文明的记忆，残破图像以及各种念想是最多的。

在用 MR 技术还原被实验者的“鸦影组件”，组合成“心灵宫殿”时，不少在一些构成细节里，带着各种文明的元素。

郑荡波在沙漠中的建设花了大量精力，这使得大楼的幻影化为沙砾，显出原样时，它们变成了白岩铸成的高塔。

皇成纪向后退着，他四周张望，能抓一把的部件越来越少，房间里的一切都在化为沙砾，向下凹陷。

当他看到房间的幻象消失，而白沙凝聚，形成新的区域时，一股恶心的感受浮上心头。

这幢大楼，或说是意识中的大楼，被分解成数个房间，而它们现在被重新组装成眼前这巨大宫殿的外部结构，奢华花园的一部分。

起初的“德胜国际”变成了巴比伦宫殿内的一个三角锥神庙，而包裹它的是空中花园般的层层结构。当下，他和郑荡波正站在其中的一个悬空阳台之上。

“你真是浮夸啊，光头。”他闷哼了一声，还四处张望脚边的白色瓷砖地面，每一块砖的边缘都有精细的闪族花纹，绿色的细藤植物夹杂在其中，把地面切割成多个区间。

“大惊小怪，我不过是让事物回归本质。”郑荡波大笑着，“你都调侃我是吉尔加美什了，那我也配合一下。”

“巴比伦之王怎么会没有宫殿呢?”

“不管你的幻境多厉害，我不还是靠近你了吗?”皇成纪右手拿着从沙砾中顺手拿的石枪，本质也许是个办公室的什么杂物。此刻还算趁手，也许能扳回一局。

“哼。”郑荡波瞥了眼石枪，反而更向前了一步，“来，那你好好举起来。”

战斗的细节，皇成纪再次丢失了。追述的碎片，只有坠落前的一幕了。

郑荡波已站在他的身后，石枪击中的只是一片沙尘。

“小朋友，你那么好奇，就好好地死去吧。”郑荡波笑着，狠狠把皇成纪向下一推，“也许死了，你就全明白了。”

皇成纪开始下坠，从那猛力一推开始，机场的登机口通道向后撤去，白烟尘雾后，它们都消失了。昆虫复眼般的机场顶盖变为粉沙，廊柱和地板也快速坍塌，只剩下残廊断柱，和一小段凌空的平台。

皇成纪侧身看着周围，自己的身躯仿佛不再属于他，而只是一个破损的容器，在坍塌的地板碎块间撞击，并向下坠落。

此刻，他想起并强烈相信姐姐和卢撒克说的那些理论，眼前这个“皇成纪”所在的肉体，真的只是躯壳。他即将失去对他的操控权，但真正的“自己”将去何方，他完全没有头绪。

平时跟宋一样多想想，现在该不会这么茫然了吧？皇成纪想着，身躯已经坠下两层楼了。期间还在几个横梁间反复碰撞，仍然顽强地下坠。

他也没感受到疼痛，时间缓慢起来，反而让他能更清晰观察周围。

如果不亲自体验，就无法真的明白，这其实是很多人的毛病。但在超越当下认知前，大部分人又一定会那样选择。摸一下毛辣子手会肿，他就偏要摸。天上不会掉陷阱，但万一甩到自己呢？那样会如何，我就偏不。这便是过去的皇成纪。

在一个月前，皇成纪也绝不会想到自己会在高空坠落后，还能从另一个空间回来。

所谓成为现在的自己。

直接杀进郑荡波的大本营，他没有告诉任何人。在郑荡波推下他的那刻前，皇成纪还闪过一些自己能力挽狂澜的念想。

然而，宫殿化为黄沙，机场变为虚无。

第十章 门和B面

10.1

在“白蛇”的眼里，时间犹如再转了一次。只有她自己未变，其他人全不一样了。

但“蓝眼睛”的人还是老样子，看来也有“虚假记忆”改不了的东西。

她瞟了下镜中的样子，头发剃掉的部分露出了青皮，编号也显得清晰，但其他仍是自己。除了发型变了，她还送掉了全部的西装，买了几套黑色皮衣，还是袖口和肩部全带柳丁的。

观察许久，白蛇盖下镜子，套上Gucci的长皮靴，珍藏的仿Machiel版——肩章柳丁皮外套。她站起身来，伸展右腿，观赏新紧身皮裤下对自己美腿的展示。

该出发了，她对镜中的自己点点头。

平克送过宝贝女儿很多东西。

最小的是一个吊坠，精致的外壳，是他叮嘱卢撒克打造，之后放入女儿第一颗掉落的乳牙。而最大的，是一架钢琴。

他在不酗酒的时候，会连天上恒星也想摘下给她。当然，在老婆指着鼻子最后通牒几周后，他默默搬空了家里所有的存酒，一并放在了“蓝眼睛”的展柜里。

还有那些他搜集的各类玩具、手办、GK 以及一些艺术品，包括卢撒克、万青毫和各类不著名艺术家的产物。

"这些东西哪有房子值钱？你脑子是不是坏了？"平克老婆指着他脑门大骂着，同时盘算着把他的珍藏全部卖掉，能不能再收一套升值的房子。

"然后么，跟你们知道的一样啊，房子全完蛋了。它们跟着股票、P2P 一起，烧光带走了我的钱。"平克长出一口气，笑了笑。

"君子不立危墙之下。"这是平克在做地产时常说的一句俗话，他和同僚们总在寻找所谓的危墙，并远离它。

但如果你自己成了危墙呢？有位前辈这样问过平克，当时他还处于产业顶峰，不可一世的心态。

然而 P2P 暴雷，民宿产业倒塌，以及最后从皇氏集团开始的房产崩溃，让平克彻底绝望了。

"对于我来说，蓝眼睛是我的避难所。"他皱着眉，捏烟的手有点颤抖。说着，又深吸了口气，"好歹，你看，这些玩具，艺术品还在。"

"希望对于你们，它有不同的意义。"

过去，平克并不相信他依赖的物质大厦会崩塌，但它就是如此发生了，还那么严重。到皇成纪把"蓝眼睛"酒吧送给他前，平克只剩半储藏间的玩具和艺术品能换钱了。

万老师的一幅字估计能值好几十万，卢撒克的也在追上来。还有盒子保存完好，八角尖尖的玩具，每个限定版好几千还是能出手的。

平克是从什么时候开始投射"女人"——这标签，到自己女儿身上，他不记得了。但卢撒克曾提醒过他，在观看过几次平克给女儿拍的生活照之后，卢问道："你发在朋友圈的照片，这么突出女儿的腿，适合吗？"

平克起初并未在意，直到某一天，他发现女儿越长越有"白蛇"的气质，那难以靠近又极富吸引的特质。

他开始感到害怕。

他第三次来到文医生的会所，心情变得异常复杂。第一次，他在那间悬着黑色晶体的房间，见到了如梦般的情景。自己成了《面具之惧》中的疯虎，在攀爬浮屠的茎秆。他的上方是看不清的人物，但平克感受到亲切感和信赖，这让他离开虚拟房间后充满回味，甚至超过了原始的快感。

“原来文医生说的刺激多巴胺分泌，产生暂时愉悦是真的。”平克念念有词道。他去了两次“心灵宫殿模拟体验”后，觉得信心也提升了，伴随自己的一些快乐萌芽。尽管前列腺问题并未解决，他却有点飘飘然，觉得能争取到女儿的抚养权了。

“多巴胺的分泌那些，全是虚假的幻觉，你知道么？”声音在他坐上椅子时便开始传来，从平克无法探知的背后，轻敲他的耳郭，“那全是欺骗心的游戏罢了，你怎么还在沉迷。”这声音他甚至有点熟悉，严厉却又有些亲切。

平克身体一颤，猛地想站起来，却被固定身体的绑带卡住了行动。文吉真的声音在黑暗里浮出来，同时双手温柔地按上他的肩膀，缓慢说道：“陈先生，不是应该很习惯了吗？要进入景象展示了，平静下来。”

她说着，又退回到观察位，留平克逐渐平和，让景象充满整个房间。

平克深呼吸着，他期待能继续来到那个熟悉的泊泊桑，在鸡脚屋里和萨兰教女巫们喝着粥，吃着奇怪的绿色植物。在两次体验后，他也开始相信卢撒克所说的，在另一个宇宙，如同故事描述般存在。而自己在那里，没有如此卑微，如沉入地底。

“嗯？”伴随文医生很轻的质疑声，周围景象清晰浮现，但并不是过往的美景，而是一片昏暗的屋内。

屋子里自然响着《死亡搁浅》中的曲子，除了灭蚊灯的冷光，视野被遮挡得很差。窗户上似乎糊满了旧报纸和杂志中的折页，地面也堆积了大量垃圾袋和废纸，它们减缓着镜头前进的速度。

这是他从未见过的房间，如同十几年前的老宅般，破旧和潮湿聚集，呈现在他们眼前。

“这是什么？”平克感到一阵风吹屋檐的恐惧，从脚底向上爬升，让自己没入黑暗的身躯越来越冰冷。但移动的景象并未停止，周围的画面如同醉鬼在驾驶，横冲直撞在垃圾堆里杀出一条路来。

苍蝇盘旋的声音没有停止，直到景象的疾驰停止在房间尽头，一大排垃圾袋前面，正对一个灰色柜子。平克屏住了呼吸，连同寂静的房间，他一切的凝聚力全注入了当前的瞬间。

塑料袋的撕扯声后，柜门在视野中打开了。

平克猛地咳嗽了一声，他感觉应该是把嘴唇咬出了血，直至他看见柜子里的密物。

一个手提式的木制小箱子，是柜子中唯一的东西。随着景象中箱子上盖的打开，平克立刻大叫起来，持续地摇晃自己的椅子。

箱盖下面是一整排的衣物，它们被折叠整齐，安放在顶上的两排格子里。再往里看，居然全是五颜六色，鲜艳的女式内裤。

“为什么会看到这个！！”平克继续杀猪般嘶叫着，双手猛力拉扯着固定带。

文吉真被迫立刻结束了房间的视野效果，景象快速撤去，恢复了平常白炽灯照射的内室。她双手互抱，凝视着在座椅上瘫软的陈先生。

“难道是剂量太大了？”她心里暗想着，这次挖掘如此之深，是她始料未及的。但眼前的陈先生，作为文吉真最后一个课题，发生的巨大变化，也引起了她极大的兴趣。

“你最近见了什么人吗？”她递过去一杯热咖啡，轻声问道，“这对你的情绪有帮助，快速离开幻境，身体还过于紧绷了。”

平克右手还在发抖，他看了眼文医生，双手使劲接住咖啡，小喝了几口。

热度并未减缓他身体表面的寒意，但少许平缓了心情。他身体向前，手臂重重压在膝盖上，用力看着地板。

“我最近见过一个朋友，但她变得不太一样了。”他的小眼睛继续盯着地板，乃至最近一块镶嵌缝隙里的腻子。

对，那绝不是自己认识的“白蛇”了。

10.2

“你知道吗？很多人在很年轻时，就已经死了。”白蛇盯着平克的双眼，平稳地说道，“剩下的只是一堆肉积成的行走物罢了。”

平克鼻子上开始冒汗，如果是以前，白蛇如此和他聊天，自己心里不知会高兴到何处去。尤其自己终于下定决心，要离开那个形同虚设的家。

但这个尧魏，他知道除了发型和衣服变了以外，还有更多不一样的。眼前的她，从内向外传达出一种柔软的力量，说话方式更像经历了漫长的岁月。除了外在身体的相同外，其他俨然是另一个人。

“你为什么那么说？”平克有点发虚，他的目光开始游离，不敢直视尧魏的蛇瞳。尤其是她换了发型之后，那脑门两侧露出的青皮，向后精细梳理的发辫，在她脸上透出更多英气，刺得他喘不过气。

也许，这才是真正的她，一直隐藏的利剑。

“我并不是你熟悉的尧魏，虽然我的身体看起来是的。”她双手在胸前使劲揉了几下，浅笑地说道，“这边的身躯胸小太多了，有点不太习惯了。”

她耸了耸肩，望着愣住的平克，继续说：“副本和副本也是有很大区别的，尤其是没有进过瓶子的。”

“瓶子，你什么意思？”平克努力抽了几口烟，尽量向后放松紧绷的背部。说实话，他还沉浸在对“这个尧魏”造型变化的巨大惊讶和恐惧之中。

“克莱因瓶，大部分居客都被装了进去，也包括你。”白蛇轻描淡写地说道，“你知道这种理论容器吗？”

她继续望着平克，眼神中带着另一个宇宙的藐视。

“啧，你是不打算醒了是么？”尧魏问道，同时身体向前一倾。平克身躯向后缩了一下，仿佛吃到了无形的耳光。

“这个理论，宋和我说过几次，她还蛮在意的。”平克挠挠头发，深深吸着烟，眼睛挤成细细的缝。

“在瓶子里的人，无法窥见瓶外的真相。”白蛇说道，“当然，那也是相对的。”

“首先，你要看到瓶子的边缘，哪怕是摸到也好。”她蛇瞳般的双眼望着平克，用性感却又冰冷质感的声音说道。

“膜。”

两人正说着，蓝眼睛的门被巨力冲开，精雕的门面四分五裂向边缘炸开，有一块还扎在了墙上。

数个白衣人，如拷贝般整齐划一的服装，礼貌，还有手中齐举的黑枪。它们从门裂口里刺出来，对准两人。

“什么?”平克大吼一声，却愣在原地。

“来不及了!”白蛇身体猛然向边一滚，同时把用四脚支棱起来的桌子顺势拉倒，成为唯一的遮挡。

杂乱的枪声后，如出现般迅速，白衣人又立马消失了。

白蛇小心起身，扫了眼全是弹孔的桌面，便急忙向后看去。

“该死。”

身边的平克并没有被桌子完全挡住，额头和躯干硬生生挨了好几下。他已经瘫倒在地，毫无生气。血缓缓流着，而中枪的部分正在逐渐坍塌，化为沙砾。

10.3

B 面，

是从哪一天开始？时间回转了？应该是从接触“膜”，自己分裂开始？还是回到更早？副本从母体分离开始呢？

“时间还能回转几次呢？”白蛇望着眼前的街道，本来应该是另一个她出现在此地的，不过一切都变了。

从“沙漠”里的震动开始。

“震动总从轴心开始，并慢慢影响到整个棍子上的所有螺旋。”她还清楚记得，在那个房间，叫做卡纳维的人，教授的一切。

她看了眼对面的门，正要推门的高个子。尧魏褪下袖子，盯着表。下午，4 ：50，正是“重合”的时刻。有些照旧，而有些不同了。

至少是两条。

“蓝眼睛”的门被推开了，木质的酒吧门发出咯吱的声响。门枷该上油了，平克皱了下眉，这些门是从周庄遗址低价收来的，瞒天过海，装在了店里。暗红色，民国时代的鸟纹雕花，他们之前该是属于一家老富裕之家的排门。

而平克接到皇成纪消息，赶到周庄遗址，被扔在芦苇，蒿草堆中间的只有这些门了。其余和周庄有关的，全被湿地改建办，当做废料烧得一干二净了。

管事的很高，几乎平视一八七的平克，他拉了拉完全被汗浸湿的蓝色制服，问道：“你就是来收旧货的平老板？”平克盯着管事员松软皮肤上的瘊子发了会呆，这居然让他想到兰桂坊头牌脖子上的小痣。不同的是，后者如同奶油蛋糕上的樱桃，而管事员的，是泛着油光的黑枣。

他捂住了嘴，点点头，慢慢说道：“全要了。”

管事的又看看他，他张嘴时总有种东西在皮肤下狞笑。

“自己运走哦，要不是皇少爷吩咐，轮不到你拿。”

“是吗？外婆家门收得还不够吗？他们还要转型门板博物馆不成？”

平克点了支烟，幸亏拿到了，不然它们又是杭城某餐饮大鳄的一段幕墙边角。

“我一会就运走。”他站定了，掏出手机，开始安排。一切妥当后，他就那样吐着烟，望着空中飞去的鸟群。

这就候鸟飞了啊……人和鸟都不容易啊。

回溯母体的记忆，诸多细节涌上来，如曾构成“白蛇”的标签，陈列于宇宙的仓库。名为“阿赖耶”的仓库。

她该是平克酒吧的常客，也是“蓝眼睛”的一员。它包括了皇成纪、平克等多人在的一个午夜故事会小组。

在瓶子里的设定是：

皇成纪会带来怪谈，平克会献上市井奇闻，卢撒克往往脑洞惊人。而她，被称为“白蛇”的尧魏，总是会带来一些“梦”般的故事。

一切会从几人准备打烊的时间开始，点上蜡烛，拿出琥珀色的方玻璃杯，倒上“微妙”，逐渐开始的。

“白蛇”尧魏，她此刻又准时推开了花雕门，无视他人，向平克微笑示意，便走向酒吧深处，一张标记“天涯海阁”的桌子，平稳坐下。

“老样子……吧。”她还是惯有的低血压声音，只点“微妙”，不需求他物。

最初，她是被皇成纪带来“夜巴黎”的，平克一看到，以他多年阅历，便立刻知道，这不是一般的姑娘。完全漂得发亮的白金色长发，皮肤也是无血色的苍白，细长型眼睛中是棕褐的旋涡，在酒吧光线下，泛着橙色光晕。

她说话不多，总有着血压过低的无力感，但眼神里却写着，绝不是林黛玉的复制，而是藏在娇柔无力中的猛兽，还是会吃下心脏的那种。

后来，“白蛇”便是她公认的绰号了，她会盘踞在长桌一角，喝着“微妙”，聆听众人的嬉闹。最终，在冷不丁时，她会抛出一句：“你们听过这个故事吗？”接着，随着她徐徐道来，带出的故事里，总有她嘴角里飘出的香味和奇妙的诡异。

“白蛇”安静地喝着，粉色嘴唇边带着一些水渍的光泽，显得充满诱惑，这让平克想起自己被限制见面的女儿。他叹了口气，晃了下头，缓慢从吧台抽屉里翻出Zippo，点上一根带着皱纹的烟。

几口下去，他有些从恍惚中脱出，便轻敲桌面，向“白蛇”晃了下烟，说道：“皇少爷呢？他不是你的挂件吗？”说话间，平克从鼻孔间溢出烟雾，又从口中吐出几个烟圈，在他脸前形成白茫茫的一团“屏障”。

尧魏眯起了眼，这让她细长的眼睛更像假寐的蛇，她看不清烟雾中平克的表情，此刻他像是脑袋处于迷幻空间中那般，只是一片吞噬光芒的白球。

“你就和那个白球一样。”B 面的她说道，并点了点桌子。

“什么？”平克自己扇动着烟雾，这也几乎影响他观看店内的情况，“什么是白球？

他人呢?”他搔了搔脑袋，此刻唯一让他能有所联想的白球，除了星际争霸，就是曼妥思了……

“我胖到像棉花糖吗?”他心里说着。

不过“白蛇”说的话，没有皇成纪翻译，从来都如同火星语言。但是今天，她说的话更加奇怪了。

更古怪的除了白蛇的衣着，还有发型。她一改过去的端庄强势的OL装，黑色柳丁皮夹克，配着紧身马裤，显得格外艳丽。过去整齐的披肩发消失了，额头两边都剃得极干净，只剩头顶中间的发区，它们在发胶与摩丝作用下，如向上飘动的白金色鸡冠。

“尧总，怎么大换造型和风格了?”

“一切已不一样嘞，平克。”白蛇淡淡地说道，“都不一样了。”

“皇成纪看到的白球，在他头顶矗立的。”尧魏继续说着，还是保持她一贯的平淡表情。那一瞬间，平克觉得时间并未走动，他听到的只是梦中划过的语句。他皱了皱眉，放下了烟，搁在一边，边说边向她那一桌走去。

“他又怎么看到了? 在哪儿?”平克问道，又回望了眼大门。他瞟了眼挂钟，将近十一点，“蓝眼睛”的故事时间，而约好的撒克等人，都没有来到。

“一个个全迟到，怎么又要开始延迟一小时规则了吗?”他缓缓在尧魏对面坐下，并打开了一罐“微妙”，喝了两口。

“你说的是白球吗? 他们几个联系你了吗?”平克清了下嗓子，到底是烟垢还是什么，他总感觉嗓子眼有点堵，甚至会沉到心底。今天此时，店内只有他们俩，到他单独面对“白蛇”时，突然有种底气不足的感觉。

“嗯? 我不太明白你意思……”他压低了声音，问道。

“他在沙漠里，头顶是白球。”尧魏并没有解释“白球”本身，她只是继续陈述着，仿佛她只是某种“媒介”而已，读着平克看不见的新闻。

“他迷失在那片沙漠里了。”她看了眼胖子平克，又喝了一口眼前的饮料。

“什么?”平克紧皱着眉，他使劲擦擦鼻子，望着眼前的“白蛇”。她的金发在酒吧光线下闪着白光，配合尧魏一贯的眼神，他一点也无法解读出任何意思，“那么，到底是什么意思呢?”他搔搔头，没有撒克或者皇的翻译，真的无法继续交谈下去了。“我只是个传话者。”她缓慢说道。

“目前，他们只攻击了皇成纪。”白蛇继续说道，她喝了口微妙，水珠在她润泽的嘴唇上一直留着，这让平克非常想伸手去擦拭，却又只能好好忍住。

“我只知道他们的首领叫做诗人。”白蛇就那么盯着平克的双眼，平缓地说着，这让他想起屡次“蓝眼睛”故事会的开局。

“诗人? 那又是什么?”

“诗人组成了结社，名字叫十四行诗。”尧魏眨了眨眼，像从口袋里掏出最后的糖那般，说完这句后便再也不张口了。她又喝了一口，双手抱着杯子，望着蜡烛。

平克正要再问些什么，咯吱一声，有人推开了“夜巴黎”的门。他忙侧身向后看着，难道是撒克他们来了?

“白蛇”眯着眼，稍侧了下头，错开平克厚实身躯挡住的视野，以便能看清来访者。

来者一头黑发，马尾辫扎得很紧，额头处都感到头发那绷紧的感觉。标准色的皮肤上带着一层粉色的光辉，眼影和唇彩同样是浅色系，它们互相配合得很好。青色扁框眼镜架在她不高而细小玲珑的鼻子上，与全身亮色衣服配出了活泼清新。

真是不太一样，穿得那么“多巴胺”，白蛇想着。

“你……你们……”她在桌子前站定，一手扶着椅子，一手按着职业装下的铅笔裙，气喘吁吁地说道。

平克抓着脑袋，仔细看着面前的女子，在他的高度下显得她更为渺小，瘦小身躯被职业装勾勒得却是恰好，而白腿从铅笔裙中直插而出。

他不禁笑了起来，再认真看了遍，无论是脖子的小领巾还是腰带卡的位置，这真是动足了心思。他问道：“这不是文医生吗? 你这么着急是?”

平克又看了眼文医生微红的脸颊，他赶紧拉过一把椅子，让她坐在他与“白蛇”左侧的位置。

文吉真拉了拉裙角，她向平克点了点头，赶紧乘势坐了下来。她左手轻轻甩着，努力让呼吸快速缓和。但刚才急着下出租车，沿着酒吧前的小路快跑，体温还是快速上升着。

她脸唰地红了，自己是体温偏高的易汗体质，汗很快就要透出衬衫了，又要重现在皇成纪面前的尴尬了。

“哎呀，我看到了，黑色蕾丝的。”文吉真一想到皇成纪说话时的笑容，脸更是变得发烫。然而，他就这样失踪了，如同没存在过一样。

“闹，喝瓶这个，好味还降温。”尧魏从一边推来瓶“微妙”，瓶壁还透着一丝冰爽的白气。文吉真笑着接过，也再一次与“白蛇”对视，很快她躲开了眼神，只是盯着手中发蓝的“微妙”。

心跳急速加快着频率，她感觉更热了。这就是“白蛇”么，皇成纪那油腔滑调的家伙，口中说的最怕的“姐姐”。

她那双冷冷的眸子，被盯上，便像被蛇目注视一般，腿后发软。

而“姐姐”今天的造型气场大变化，让她更加慌张。

“文医生，你来找谁的?”平克向椅子后靠着，尽力让口中的烟离她们远些。他也眯起了眼，希望她不要一开口就说出自己的前列腺病的任何信息……

这个女人，不知不觉中……平克摸着下巴，仔细想着最近一个月发生的事情，从自己下腹疼痛到皇成纪介绍医生给他。平克才认识了这个女医生，通过她不赖的技术，以及那奇怪的“金莲花”名片——蓝色卡面上，精致的烫金图案。

而后，平克逐渐发现，这名兼具心理治疗、理疗按摩，还是男性病理主治医师的合作伙伴——文吉真医生，她所有的病人中居然包括了“蓝眼睛”的所有人?

他、撒克、皇成纪、宋，甚至艾丝丽? 大概只有“白蛇”没有囊括在内，竟然全和这个医生有交集?

“皇成纪他失踪了。”文医生调整了坐姿，呼吸也开始平缓了，尽管剧烈震荡的心是无法平，他就是不见了。

“不见了?”平克皱着眉，望了眼“白蛇”。结合尧魏说的怪话，这表示着什么?

“皇哪里也不在，一个礼拜了。”文吉真说道，汗珠从她额头继续向下淌着，冰饮料并未阻止她的慌张。

"我去机场问过了，他坐的航班到达开罗了，但他并未转机。他在多哈失踪了，也不在任何地方。"她又喝了口"微妙"，气泡冲头，让她有点目眩。

"是，皇在沙漠里。"白蛇还是淡淡地说着，她用右手指点着额头，"他被攻击了。"

"什么？你那是什么意思？"文吉真推了下眼镜。

"重要吗？你有那么在乎他？"尧魏用眼镜蛇般的眼神看着文，仿佛下一刻便会咬住她的喉管。

"他是你眼中的失败者，一事无成的凯子，钱也骗完了，你现在来表示什么关心呢？"白蛇望了眼平克，对文吉真逼视着。

"我……我不是。"文捂着脸，她无法否认这一切，就像最初她向走入诊所的皇成纪伸出右手时，刻意露出一条职业裙下的腿一样。她很清楚接近这个无聊阔少的原因。

"金莲花"的总部会时刻提醒她，包括最顶端的投资人，都一直在盯着她。这点来说，她所管理会所的一切，名片上，窗帘上，甚至服装上的"金莲花"都在提醒她，要铭记什么。

但到了这一步，连她从未想过会失去的皇成纪，也消失了。

文吉真说着，便开始轻声哭着，右手往包里掏着纸巾，左手按着胸口。

"看来有变化的是三点。"白蛇冷冷地说着，又望了眼墙上的挂钟。

是另一面，他们该相聚的时间。

10.4

A 面，

下个瞬间，卢撒克没有眨眼，他发誓自己确实看见了。这一幕，他之后无论怎样，都能轻易再画出来。

该说，是如此美吗？

在红橙色的光芒中，白沙构成的路面闪着虹色光斑，撒克望着自己踩着它们，伴随柔声，跟随一片藏红色人群向前而去。他们行走着，始终保持面朝正中白塔，一边跪拜一边行动的顺序和姿势。

“叮……当……”撒克耳边听到的是清脆的轻声，像淌在青石上的水声，打中他的心。随后的嗡鸣感让他直接单膝跪地，才能承受耳膜的冲击。他左手按住耳朵，右手不禁挡住自己的额头。

从他脑中接收到的画面，更该说是头颅中，眉心向外放射的光芒，刺痛着他，泪水不断向下流淌。

但画面完全没有停止，他看到……同样的自己半蹲在白石构成的大道前。藏红色人流从两边缓慢避开他向前行走着。

“铛！”又是一声铃响，他居然想起了妹妹上舞蹈课时，系在她腰间的“吉祥结”上铃铛发出的声音。

然而在他两边，如多米诺骨牌般，人流就那样顺流一起跪下了。

“愿姆神保佑你。”

一只白皙的手向他伸来，同时在逆光中，撒克隐约看见……被众人簇拥的白袍少女。她的脸庞在大斗篷兜帽下若隐若现，几缕金光更是让她的脸部扑朔迷离，在一片幻彩之中，唯一清晰的是她虹色嘴唇上的光。少女的柔嫩，以及张开的檀口中，吐出的字句。

“欢迎回来，盖亚的撒克，也是金图的阿拉若。”

“什么？”在下一声铃铛声中，卢撒克彻底失去了画面，光芒向后撤去，留给他的只有冰冷的黑暗。

雨声，还有他面前，庞大的榕树。

它在绿洲的正中，平静甚至传达寂寞，在阴雨中形似希腊神话中的“百臂巨人”。所有粗壮的气根都是它冲击和掌控一切的臂膀。

"亚藤巴！你在吗？！"撒克松开了按住榕树表皮的双手，潮湿的感觉让他非常不适。

撒克长时间的呼唤，透过了层层的灰藤，这次都没有唤醒"树中人"。

亚藤巴此时，正在做着一个清晰的梦，那把他带回"萨兰教"的故事中。

人类称为"冥想"的东西，让心灵休息，沉睡到"梦"这个深远广阔的世界，连接到"另一边"的世界。

亚藤巴闭上眼，与树木连接到一起，他便能再次进入，那段重演般的"时光"。

在"萨兰教"的故事里，亚藤巴看到自己苍老的面容和面对的一切。那即将破灭的世界，会从某个时间开始重拨，启动全新的弦动。或者说另一个自己，将在闹剧中解脱，离开被议会控制的结局。

"人类被称为历史的东西，未必全在过去发生的，同样，未来的一切在弦动中，不停变化。"他自言自语道。梦还未结束，他看到的太多，甚至是与圣女的多次信息交汇。

亚藤巴明白，即使另一个被拘束的自己不明白，即使当下的自己，只是真正的"他"的备份。他只是绿洲的梦，找寻真正的绿洲核心，"叶绿素"的梦。

他也找到了圣女——诵·阿努拉重要的碎片，以及自己的使命。

她曾作为人的记忆，那珍视的一切，终将带此刻回到母体。

万青毫在死亡之前完成了所有扎德需要他做的事情，留下记号、图纸，以及可以追寻的线索。

如同布好网的蜘蛛，他舍弃此岸的身躯，便遁入了另一边的时空之中。

"面包屑，以不同的方式，将这些迷路的居客引至绿洲。"

当然，关于最初的意图，亚藤巴心中依然明了。面前的女子，同样拥有金瞳的是谁。这名骨燃身边的年轻骨纹师，不出意外的话，便是金图族曾经的圣女。

他们的确是又相见了，容颜未改，只是瞳中没有了那刺眼的沙漏。更不太一样的是，亚藤巴再次扫了一眼骨燃身边的她。那深处的雕像是什么？是什么让它无法复原？究竟发生了什么？而且这完整的幻梦，主动驱逐了自己。

他说道："金图圣女，枯搡一别，久违了。"

疯虎眼睛瞪得几乎要掉出来了，而诵·阿努拉神色毫无变化，骨燃更是用略为冷酷的语调说："枯搡已经不存在了，逝去的是仇恨，留下的只有白沙。"

"这个世界不再需要圣女，我只是诵·阿努拉。"她接着说道。亚藤巴并未回答什么，他也没有看到那对瞳孔中闪出的光芒，似乎与往日一起被深埋。

"那个时代已经结束了。"

不过，他现在开始有点喜悦。毕竟，终于，圣女的一部分，最重要的部分——宋，将带着对世界的热爱，与自己拥抱，重生。

第十一章　苏醒的居客

11.1

A 面，

而眼前这棵榕树，它气根深远，枝干粗壮，切碎并环绕了大片的路面和整根水泥柱。所有枝丫向外延伸，甚至铺开了整片路面。在撒克眼中，它的大小甚至超过了菩提迦耶任何的榕树，周围的光和空间被完全吸纳，越靠近它，环状层叠的光晕向外扩散得更大。

“树中人”的声音响着，这次是柔和的女声。

“根，撒克，你终于再次见到了它，萨克瓦利的根茎穿透到这世界的一切角落。而你的旅程，将正式展开。”亚藤巴在榕树枝干中穿行，树皮对他来说，如同柔软的水面。而声音总是恰到好处地在撒克耳边，和那香樟树冠传来的低语一样。

“开始了……你这失忆的家伙。”

“我们到底经历了什么？什么是真，什么是假？”

“你就这样忘记了自己的所作所为吗？”

“你在听什么？”宋问道。

“木灵的声音，它们是比湿的灵魂，在不断地说话。”撒克低着头，他侧脸贴着几丛紫藤。它们花紫色的蝶形花冠层叠着，从上向下，搭着一弯老旧的雕像柱。又从多重交叉的亭子架顶洒下来，隔断乔木组成的林荫带的这边，到深入“绿洲”——这都市中的神秘绿地，向深处的花园而去。简直是紫色的瀑布海洋。

“确实好美，好久没见到如此的花园了。”宋拉停了轮椅，看着身边这片紫色挂帘，在阳光里闪着耀光。

“之前可没那么盛开，算是亚腾巴给你的见面礼吧。”卢撒克笑着说。

树海中的男子看着撒克，他没有张嘴，但藤条游过撒克皮肤时，他又听到了话语。

“你的世界，对于我们，就像一层很淡的梦，撒克。”亚藤巴点了点头，植物继续传达他的声音。

“而她最终会离开这个梦，到达我们这边。”

植物攀爬着，它们轻柔地触摸宋稍微发冷的脸庞，凝胶状的精华开始深入她肌肤之下。

宋望了眼哥哥，发黑的眼眶中，她带泪笑着：“我准备好了。”

卢撒克从未在别处见过金曼陀罗花，他只在植物手册上见过，它们比彼岸花更稀少吧。

但眼前，这个曾经熟悉的女子，却像吸满水的植物培养基，从内向外爆发式长出长短不一、散发金光的金曼陀。

卢撒克比过去要平静一些，这并不像目睹拾荒者变成枯木巨人那样震惊。他看着女子逐渐成为金曼陀罗花束和绿藤组成的新形态，耳边是亚藤巴电视解说般的即时话语。

“有些人即使是居客，她也选择让自己茧化，成为绿洲的一部分。”亚藤巴说道，他平静地示意卢撒克继续看下去。

“她即使不想再生存在这里，也不想回去。当然，她们只是成为绿洲的梦，身躯成为养分。之后，绿洲转化出她新的躯壳。”

“就是她这样的吗？奇异而美丽。”卢撒克是目睹了女子那人类的身躯被藤蔓包裹，沉没入绿洲本身的过程，那个冰冷的躯壳变得和入口那些灯柱、栏杆一样，毫无承载。

而她重新获得的身躯，盛开金曼陀罗花，即使不言语，也充斥着快乐。

亚藤巴向金曼陀花女子点头示意，她白皙又冰冷的脸上带着重生的喜悦，向旋转又迷幻的绿洲深处走去，很快成为虚幻的剪影。

而她过去的躯壳，变成了石雕般的材质，表面结满了苔藓，原来是头发的地方都变成了角木蕨和白青色的多肉。

"你的软装收藏就是这么多起来的吗?"卢撒克笑着，他望向绿洲深处，刚才错综又变换的一个切口关闭了，眼前的远方又只是一片雾气中的湿地。

"她为什么要做这样的选择，这里的生活完全过不下去了吗? 不是还有其他选择么?"他问道，"难道其他居客没有他这样的选择吗?"

"哈。"亚藤巴笑了，他右手一挥，更多的石雕般的躯壳从绿洲中升起。他们姿态各异，沉入绿洲的年份想必也差别很大。有二尊少年状的，装束竟充满了七十年代的风格。

他们空白的眼中变成螺旋状，而这个状态居然从内向外影响了整个身躯，他们变得更像园艺风的艺术品。

亚藤巴指着那两位少年的躯壳，说道："也有居客心流失在幻梦界里，永远流放了自己，他们既不在这里，也不在绿洲中。"

他看着卢撒克，继续说着："我也不清楚他们迷失在幻梦界的那一层，做着如何的梦。二十年前，他们来找我，做出这样的选择。"

亚藤巴打了个响指，灰藤伸起，白玉雕般的躯壳们缓缓再次被拉入绿洲之中，没入植被中，了无痕迹，如从没存在过。

"哪个宇宙不残酷，无情，却又多情而瑰丽呢?"他望着远方的迷雾，说道。

"都只是选择罢了，放逐，迷失，还是战斗?"

许久，亚藤巴转向卢撒克，问道："你呢?"

"所有人在另一边都有位置，身份和要做的事，撒克。"亚藤巴说道，他说得很慢，同时植物们绕着圈，挪动着，像是在给那些石雕们按摩。

"你……应该懂的。"他看着撒克。

"什么意思?"卢撒克努力拨开在脸上游动的藤蔓，被接触时，产生的感觉如同幼时下水黏到的蚂蟥，湿润冰凉又再吸吮他的内在一般。他皱了皱眉，向后退了一步，再次思考这个“植物人”说的所有话。

“梦和故事一样，需要不同的角色，而两边是对等的。或者说，是很多糟糕的镜子……”植物人又说道。

“猫对应守卫，狗对应突击者，少年对应他，而少女对应……”亚藤巴笑了笑，两根灰藤摆出了拉链的动作。他并没有说完，只是耸了耸肩。

“所以，我这样做，宋能站起来？”撒克问道。

“不……当然不，这里的她还是会变成冰块。”亚藤巴说道，“但另一边完全不同，这取决于你的作为哦。”

“并且，你会看到的，星期三特殊的命运，很重要。”亚藤巴继续说着，他的蓝眼睛在木色皮肤中格外显眼，同时，声音还在变化着。这会儿几乎听着像童声，儿童节目里“金龟子”那种。

“来，把冰雪女王，送去另一个世界吧。”童声的他又说道，所有的藤条全聚集起来，围绕在他头附近，不禁让撒克想起“蛇发女妖美杜莎。”不过这会儿是蛇发“男妖”……

“命运？”撒克问道。

“是的，而你只是护送者。”

“护送者……”撒克叹了口气，此间，他眼前浮现的全是妹妹从小到大的碎片，它们清晰又模糊。他按着额头，一种破碎又绞痛的感觉，仿佛再向前走一步，过去的“现实”将全部成为“虚假的记忆”。

“你们早已觉察到另一边的自己，只是不愿承认。”亚藤巴说道，他凝视着撒克。

“很多人想去，很多人想来。”树中人亚藤巴继续说，他的声音开始越加变得浑厚，这让撒克觉得下一刻，他的形象会随着话语扩大，像“绿巨人”那般。

当然，并没有，受影响的只是在这片“绿洲”区域里，声音的震动。地表的水洼，干枯的叶堆，都缓缓震动，像走过巨兽一般。

“每个点都连接着，撒克。无一例外，该通向那里，就通往那里。”树中人继续说。

月光下，两人便如此对视着。“那我们究竟是什么?”撒克愤然问道。曾经，不论是荣格，还是尼采，都不曾让他信服……而此刻，他想起妹妹摘抄的，《光明王》中的话……

“居客，你们都是居客罢了……在这条时间长河里……”亚藤巴用孩子般的嗓音说道，“太多居客忘记了原本的时间轴。”

藤条盘绕着，在他周围舞出穆夏的画一般的曲线形状，灰黑的槲寄生在最外层，包裹骨碎补[1]。它们软硬结合，像画框一般矗立，而亚藤巴在“画面”轴心正中。

“居客……”撒克很惊讶于眼前的景象，“树中人”与周围的一切，像是Artdeco的高手，用无数画框层叠在一起，构成的立体艺术。“亚藤巴”清瘦的脸庞，被长发形成的曲面划分着，灰白的爬山虎藤夹着小型“比湿”在其中穿行。这片“绿洲”本身就是经验丰富的“米开朗琪罗”。

“你简直是绿色中的朱利亚诺.美弟奇，不过，是冷峻酒神版的。”撒克摊摊手，他也开始习惯在“绿洲”中异于一切“常态”的感觉了。

“这是个生态圈，保密的花园，居客的线人——联络处。”亚藤巴耸耸肩，他指了指撒克，表情中带着无奈，“因缘中的幸运外，却是你们大量的失职!”

“遗忘，放弃，甚至不信。”他侧过身，看着植物群的顶端。“当然，你们也确实被茧完全封装了。”

“同样的绿洲，曾有上千处，让你们能全身离开这个时间流，我们观察的某段时光……”

“拉科耶夫毁掉的绿洲有很多，这是仅剩不多的几处。”亚藤巴说道，“在这个仅存的灵性之地，我们小心遮蔽着，只有居客才能感受到花园重新给予的力量。”

[1] 水龙骨科植物槲蕨，它的根状茎在许多地区作中药材“骨碎补”用。

“绿之梦改变需要转变者的形态，或者让‘居客们’重新醒来，从这个被摆弄的幻象之中。”亚藤巴继续说着，藤蔓在他身边扭动。

“这个场地那么重要，却隐藏得如此草率?”撒克叹了口气，坐了下来。如果没有树中人，这看上去就是个极其普通的私人花园吗？编造一些富豪主人精心保存，却撒手人寰，之后被征收，将这植物天堂留于无人察觉之处?

“不用担心，改变人类感官所见的居客，我们也有。”亚藤巴说道，语气很平淡，“不同人踏进这里，感受是完全不同的。”

“我们都需要小心的，是那个该死的旅行者，反复在这个时空捣鼓的家伙。”亚藤巴说道，他的声音又开始变化为混合声道，让撒克难以辨别性别、年龄。

“拉柯耶夫。”他缓缓说道，周围的藤蔓在急速弯曲，形成一个个向内同心圆组成多个旋涡的植物群组，紫藤花瓣不断被吞噬，结晶产生又立刻消亡。

“恩……说起这个人。”卢撒克笑了笑，他点了点亚藤巴的一根灰藤，说道，“你似乎有点犯焦虑的感觉?”

“拉柯耶夫啊……他在这个世界也有居客，该说是他的代理者吧。”亚藤巴用灰藤搔了搔头，说道。

“他有些行为是不会改变的，无论在哪个时空都是一样的。”

“是什么?”撒克问道。

“哦，他始终是个讨厌的诗人。”

“诗人?”撒克摸着脑袋，看着亚藤巴。

“他这样的时空摧毁者，怎么和文雅的诗人搭上关系了?”

“他是议会的一员，才华横溢，这是不置可否的。”亚藤巴说道，“但他对平行存在的梦，态度与我们不同。”

“他在这里，就叫作诗人。”他继续说，“就像你们用任何东西去代号一个人，比如星期三。”说着，亚藤巴用灰藤互相敲击着，像是霸王龙用细小的前肢鼓掌一般。

“黑犬存在于所有时空的缝隙里，在‘梦’的间隙，破坏维度本身的合理性。”

亚藤巴又说道，他看着撒克，“它们很执着，吞噬思维的碎片是一切原动力。”他又摆摆手，说道，“这点和部分人类对幻觉的执着没什么区别。”

“组织”只是利用它们的渴望，对吞噬的渴望。

“但在我们的维度呢？”卢撒克问道，“它们在黑夜中行走，在光芒下隐匿吗？”

“你也许见过一些躲藏在兜帽下的黑衣人，他们并没有明晰而让人记忆深刻的相貌，却会出现在你们忽视的影像之中。”亚藤巴说道，“那些阻碍你进入小屋，发现界膜的黑衣人。当然，那些躯壳也只是在白天，临时让黑狗使用的。”

“组织”里也有通晓几个宇宙秘密的人，他们只是不希望更多人明白。

卢撒克抚着下巴，点着头，回想整个过程，如果不是屡次窥见宇宙的奇迹，他怎么走到今天。自己和妹妹的命运，都被“泰沙拉绿”改变了，还辐射到了其他人。

可惜，皇成纪……卢撒克再次想到他，自己最后带着宋进入绿洲前，听到的消息就是他“失踪”了。

是“组织”吗？还是“黑犬”，或者是郑荡波的其他安排？

我在出发前，还能见到他么？

卢撒克想着，又看了看完全转化的妹妹，或者该说是宋曾经的一部分。

宋过去的躯壳，那衰弱的肉身，半倒在地上。绿洲里的苔藓和藤蔓开始向她象征性的身躯爬去，覆盖，并开始转变。曾经承担她重量的轮椅，眼下也被植物往土壤中拉去，逐渐只剩扶手的顶端。

他知道，宋已经与枯槡的诵融为一体，而此地的她，被束缚的身躯已与绿洲合而为一，展现为湿地女神般的瑰丽形态。

“黑犬”获得在阳光下的力量，躲在皮囊里，追踪，监视所有的“居客”。也许，只有李奚瑶展现了居客该有的勇气，沿着万老师的布局，一路向前，义无反顾。

“怎么，你很少陷入如此的沉默。”亚藤巴望向卢撒克，“需要对这个世界做漫长的告别。”

她像绽放的植物群组只保留了过去的曲线外形，成为比湿和各种植物的组合。绿洲本身在为她喜悦，残骸成为生命的新曲。而充满热情的心，及重归诵的缺陷之中。

说到最后，亚藤巴转身望着撒克，皱着眉头，他侧身的灰藤绕着撒克的右手旋转着，藤条头部像狗那样跳动，嗅着。

“怎么?”撒克翻转自己的手，上下看着。

“有什么问题吗?”

“你似乎已经见过拉柯耶夫了。”亚藤巴说道，他交叉着双手，身体逐渐向树中心凹陷进去，“应该说，这边的他。”

“你的身上有一些他的味道，黑犬会凭这个找到你。”亚藤巴大部分已深陷入树干中，只剩一张脸，他继续说道，“你就像被做了标记，深刻的标记。它们会因为你找到所有人。”

“我见过了？在哪里?”卢撒克拉开外套，到处嗅着。这个人的痕迹会像臭椿那样留下信息素不成？他皱紧了眉头，或者是和猫留下地盘标识一样吗？还是自己被黑狗尿了尿？骚味让他们能寻迹而来？

“不要被诗人盯住你的眼睛。他会寻着下一个投影，那也会由此找到我。”

此刻，他想起皇成纪的灰色英短——“煎饼”，爱在一切绒布间，像企鹅那样弓起身，用屁股在布面摩擦，留下难闻又持久的浓烈气味。它会留在自己所及之处，包括撒克最爱的椅子，皇的沙发等等。

“植物配方”的空气物表消毒液，是他们常备的东西。而皇成纪还会点上一些香薰，一边抱歉地说着笑话，并推手移开倔强的“煎饼”。

难道黑犬就是寻找这样的气味吗？“诗人”在他不自觉的时刻，放出了“信息素”那样的东西，苍耳一般黏在自己的身上？是什么呢？又在什么地方，什么时候？“诗人”又是谁?

“啊，该死。”想到那胖胖的蓝猫“煎饼”，撒克望了眼树中人。如此说来，距离“一触即发”的开关开启，到现在，皇成纪这家伙失踪快一个月了。

他只记得，在那家伙飞去撒哈拉之前，最后的消息。

“我去沙漠音乐节了，耶。”在那之后，航班消息也极其正常，唯独消失了他。

于是，卢撒克便接手了那只爱乱蹭屁股的胖猫。

他按着自己的头，一种疼痛从额头正中向周围扩散，破碎的记忆，或者说连贯式的信息，呼啸而来。

他再次翻起那些记忆，他重要的朋友们，从“湖心岛”被夺走了。

对于他来说，清晰的部分从参天大树开始，也在那棵树下结束。这些年来，在半梦半醒间，最初浮现的总是“湖心岛”的榕树。

碎片开始拼接起来，而呈现在他脑海中的，是自己站在榕树前，看着树木空洞中发出的耀眼光芒。

那也是一条缝隙，比孟买湿婆雕像的裂缝里透出的光还要刺眼，它似乎是在树中央开了一道窄门。

从窄门间向前一冲，卢撒克一个踉跄，便跌在一片草地中间。

他抚着膝盖，慢悠悠站起来。随着视线，他目视前方，双目圆睁。

所有的人，他熟悉的，不熟悉的，都聚集在草地前面的标志物下。

那棵庞大的榕树。

后面是白色骨笼般的丰碑建筑群，上面印着他熟悉又惧怕的符号。

“湖心岛 -1”

“湖心岛”居所开始，克莱因壶，从他们童年就开始了，多次的循环，打击，以及强迫他们忘记居客的记忆。

忘记从何而来，忘记宇宙深处的故乡，也忘记要做什么。

第十二章　要“开始”了

磁带的咔嚓声。

“眼下，要从 A 面，转到 B 面。”一个声音轻轻说着，似乎从空旷的区域传来，并溶解在平静的虚空之中。

“变革将如海潮般袭来。”

“无人能敌。”

12.1

“眼下在什么空间并不重要，时间也不重要。”白蛇默默对自己说，试图让压水泵般的心跳缓慢下来。“我怎么来的也不重要。”

但周围的状态还是让她更紧张，双手自然包住双腿，让自己蜷缩在房间的正中。这是她被逼到无奈，接近崩溃边缘，最后的防御姿势。

眼前是个类似录音房一般的地方，但除了四面白色的隔音软包墙面，同样白色的地板，什么也没有。

她尝试大声喊叫，但声响在离开喉咙后，就快速消失在软包墙体之间。

白蛇无法忆起离开办公室后发生了什么，抑或对她来说，“在办公室看着文本”这样的记忆，与当下的情况完全冲突。她唯一有印象的记忆只有少许的画面残片，自己在寻找那棵树，接着被几双大手抓住，拖进了黑暗中。

下个刹那，她看见自己置身于一处完全空旷的场地。毛坯结构里只有一间间的格子间，它们和地板全是湿漉漉的，似乎上一刻这里还待着人，又立刻消失了。

白蛇努力搜寻房间中和她熟悉环境有关的线索。但显然，房间里可见的物件极少，除了简陋的床，便是面前的一张小方桌。

方桌也是受尽摧残损耗的样子，表面的漆全剥落了，如层叠的枯叶般卷曲堆积，并露出其下板岩层形的木板。

水的腐蚀进入木材内部，一股霉烂与密闭的味道从中飘散而出，肉眼可见不用多久，桌子正中会被滴出一个深洞来。

这些并不重要，让白蛇驻足凝视的是破桌面上斜放的一张白纸。它的大小与材质，上手的触感与送到她办公室的那张极为相似。

她张了嘴，又立刻紧抿起来，多吸入这里霉臭的气息也是很不明智的。她举起白卡片，硬朗的材质表明它并没有与桌子，还有房间一起受过这个潮湿的罪。除它的一切被大水冲刷，浸泡，变得如此恶心。

鼻子凑近白卡片，它不仅好闻，还很干燥，表面刷过特定的胶，散射出温和的光。

白蛇皱着眉，盯着卡片正中的图标，它是一个荆棘组成的环，中间是深深的黑色。从两侧看，像是黑洞渗透了白纸，能穿过纸看见无限的虚空。

她想了想，把纸片翻了过来。

立刻，白蛇叹了口气，背面果然有字。此时，是迷失异境的感觉，又或是自己成为漂流的爱丽丝。

白纸片中间清晰的印刷字体，印着一句话。

“你只是从 A 面跨到了 B 面，不用惊慌。”

这句话击穿了她慌乱的心，却又唤起了白蛇此前的一些“记忆”。

A 面，

快速走过大玻璃如同幕墙的办公室，她手微夹着文件，向总裁办走去。周围单面玻璃上映照她的身影。惯例中，尧魏要在每周一向继父，也就是皇一帆汇报公司所有进展和市场规划的时间。站在除父亲外，一群深谋远虑，两鬓花白，眼神恐怖的中年男子围坐的桌前。她会讲述对楼市的展望，未来的计划。

包括新开 CBD 如何招商，利用“环境协调”概念，加入“亲子氛围”，诸如此类词条，让股东们对那几片地依然充满信心。

不断地制造概念，不断地 PPT 和做路演，为了让最后的柱子不塌。但能坚持多久呢？白蛇知道，多米诺骨牌一旦开始倒下，便是无法抑制的连环坍塌。

“那堪比黑洞形成的效应。”

尧魏不得而知未来，但维持父亲的帝国似乎是她必须做的，也许是吧？

正想着，她推开办公室的大门，准备向董事会致意，并开始今天的例会。

空无一人的房间让她惊呆了，除了熟悉的场地，正中的褐色长桌，红色绒靠背的现代风长椅，还有桌子正中的兰花。这些毫无变化，如往常一般。

椅子们甚至是拉开的，以不同角度摆放着，她的椅子更是如昨天，一半压进了长桌边缘内。

她记得今天的议题很重要，是关于大连城市改造的工程确认。其中不仅包括旧城地下水渠的检查，以及核心翻新。整个工程内辞旧的部分是以改建老水道为主，使其无用的部分与还在使用的完整连接。

而旧海港的区域会立刻开建一座庞大的水上乐园，设计方案尧魏也看过了，加上亲子元素后，整座乐园的大外形会是一头大机械章鱼。几个触手连到商业区的分水池，加上滑梯，中间还能看到 CBD。如果顺利建成，能有效解决原来完蛋的烂尾楼群。

这应该是本年度皇氏集团最重要的业务了，但早到十五分钟的她，看到的却是平静无人的办公室。桌上的杂物摆放与地毯间歪亘的椅子又让她觉得所有人只是去洗手间了。

在尧魏想打开办公室内的储物间门再次确认时，一股冷意让她绷紧了笔直的双腿，一手按住深红椅子靠背，站定在办公室最靠门的侧边。

离开办公室的门离她有一张前台桌的距离，即使她现在快跑，似乎也赶不上应对身体被突如其来的惊吓导致的僵硬。

她猛咽口水，只是紧攥椅子的背，漆皮发出刺耳的声响。想来也许能双手举起，攻击眼下的危险。但她并未轻举妄动，只是警惕地盯着房间的另一边。

在办公室长桌的尽头，父亲常坐的旋转皮椅上，此刻正坐着一个白蛇毫不熟悉的身影。他如刷地降临一般，在尧魏恍惚间，如此突兀地出现在那里。

“那个项目是绝对不能继续的。”来人缓缓说道，他并没有起身，只是在背光中摆弄手中的东西，它在桌上发出生硬的声响。

“你是谁，怎么会出现在会议室里？”白蛇强作镇定，提起气，发出听上去带着压迫和指责语感的话。她受过父亲的训练，短时间内能装成非常干练，维持压抑情绪的平静。

当然，这都是假的伪装。此刻的尧魏，若不是手硬压住椅背上的丝绒，她的小腿定会不争气地颤抖起来。

这样诡异的陌生人，出现在空无一人的总部会议室，简直和《我知道去年夏天你做了什么》一样的冰冷氛围，并无法理解。

想着，她又望了眼会议室紧闭的大门。显然，一些不明的原因，在明显的会议时间，不仅没有所有参会者，整个公司也被一种“力量”，导致沉寂了。

“为什么？”她的偏头痛在此时又骤然而至，使她的焦虑更为增加。

“大连的项目必须终止，它将破坏节点。”陌生人还在摆弄身前的异物，并继续保持平稳的语调。

他一边说着，一边从皇一帆的大型皮椅上站起身，身后大窗透入的光芒才散开笼罩他周身的黑雾。尧魏这才看清楚对方的装束，男子穿得非常怪异，与手中的黑色金字塔却组合得相当协调。

“你也需要转移到另一边去。”他说道，“平滑的，稳健又快速。”

“不用担心。”

白蛇向后退，摸上右手指，渴望摸到那绿色金字塔。但此刻，它不在手指上。男子如读心般说道：“我不是告诉过你，不要相信那个信物。伪造的刹车只会让你醒不过来。”

“你翻过去了，自然会有人跃过来。”男子说道，手中旋转着黑色三角锥。

“空缺不会有，你完全不用担心。”

当尧魏盯着男子手中变形打开的三角锥时，眩晕中，她觉得自己与裂开的折纸一样，被扭曲后又折平。

“只是 A 面到达 B 面的旅行罢了。”

这是她听到男子说的最后一句话。

而更早的记忆却变得清晰，它在重放着，占据尧魏的意识高地。

还有 #C

白蛇也翻看着宋借她的书籍，她的手指顺着视线所及的内容向前看着，这让字无法飘起来。从很早便开始，她在看几类书籍时，比如小说，便会发现纸张上，不是整齐排列的铅字，而是浮起的跳舞小人。

也许是某种童年问题，但白蛇一直在排斥内在的原因，她觉得只要能看合同，专业书籍便好，喜马拉雅听书能解决她其他需求。

她和宋像是分裂的部分，从一个读书癖人身上分裂出去的，一半只看小说，一半只看合同文书。

但这次不一样，尧巍发现，她从打开《面具之惧》，便无法停下阅读。文字不再是漂浮起来，而是在苍白的纸张里，铅印字符下浮现出许多奇异的纹样。

“你想过么？你，我，和那一边的骸族人，曾来自一种原子构成。”宋问道，她手依然抚在那本书上。

“尽管在不同宇宙吗？”尧巍问道，她扔在摸索头顶侧面的伤疤，一小道半圆锥的推进伤疤。童年时，它被误认为是像“鬼剃头”那样的胎记，但真相却截然不同。

当她读到关于骨燃抚摸诵·阿努拉，也就是宋在另一边的，不同的她时，关于那道诛摩刺的伤疤。

白蛇想到了什么，消失的是如何消失的，注入的是如何注入的。

她们过去都理解错了，那旋转的容器，消失的不仅是头皮，更多的是一大段独属她们的——居客的成分，以及重要的记忆。

"对……就像被削皮的萝卜，一部分在什么时候被削除了，连带重要记忆。"

手感很不一样，还不是切割的伤疤，她想着。亚洲人的体质导致疤痕恢复时，缓慢地挤压，肉会鼓出来，类似自己手腕上的疤痕。白蛇不禁翻起右腕，定睛看着。记忆中，是她那致命又糟糕的青涩恋情，让她割下这条深浅刚好的口子，记住自己要为错误选择付出代价。

但……一些闪回浮现，头顶如触电般刺痛，一些片段又再清晰了一些。

"湖心岛 4 号……为什么还有 5 号？"她看着脑中出现的景象，比起之前目睹的丰碑建筑外围，这次聚焦更清楚的是那一排排库房般的房间。

正方形，磨砂玻璃门窗，她看不清内部，但"湖心岛 + 编号"的组合，如此清楚！在她试图要看清磨砂材质的后面，一种力量已把她快速地拉走，挤压的疼痛也出现在手腕的疤痕处。那是被粗暴的力量紧握手腕的触感，这让她更加怀疑伤痕的出处。

在这些片段之后，白蛇的手指在那条疤痕上感受到更多，她闭上眼，继续摸着。的确，那里皮肤还是平整的，没有挤出来，却反而有很多向下凹陷的小坑。似乎，在短短一条上，有些好多东拐西弯的小坑。那是什么？她突然产生一种灵感。

"宋，帮我。"白蛇从抽屉里拿出一把剪刀和推子，那是她偶尔用来调理头发的，但许久不用了。

"啊？"对方一脸不解地接过剪刀，她看着白蛇用手撩起右脸上的头发，指着头顶边缘的地方说，"看不清，干脆两边剃了吧。"

"那会很难看啊，姐！"

"不那样做，看不到那里到底有啥，快剃！"白蛇把头发向后拢得更多了，这样的造型似乎也不坏。

"那你别动，我手的范围有限。"宋吸了口气，小心地试着开关了几下推子，便抵上了白蛇的头顶侧面。

"你确定？"她眨眨眼，再次问。

"剃！快！"白蛇坚定地说道，就当换个发型吧，读书到职场一直淑女头，而且……必须看清楚。

“我这双眼，盯着前方
看过多少翻飞的蝴蝶，却没有
一只，会在我面前停留
努力燃烧骨髓，却只有路过的飞蛾。

蝴蝶 斑斓的蝴蝶 正反都是骷髅的翅膀
让我目眩神迷的时刻
……”

在“往日金图”的旋律里，宋慢慢剃着，为了防止手不自觉抖动，她左手还用力按着右手肘。

就这样，秀发飘落，而白蛇在意的部分从头皮中显露出来。她剃完左右两条之后，盯着白蛇头的右侧，呆滞在那。

“怎么样？是什么？”白蛇显得有点着急，手立刻伸过去，在那块空出来的条状头皮上仔细感受。

她也皱起眉头，这下触感清楚了，凹下去的部分和阴刻的盲文一样，似乎是数字和符号的组合。

“唔……还是拍给你看吧。”宋显得脸色苍白，她看了很久，才把脸远离了白蛇的头皮。

她快速拍下几张特写，便递给白蛇。

尧巍看着手机上的照片，那陌生的局部，却俨然是自己的头皮，那一直被忽略的细节。

在那条伤痕之中，有很小一段向内收缩的阴刻字符。放大后，看得一清二楚，如电子产品数码字般的效果，凹陷的细点组成了它们：

湖心岛 –5

“天，我得仔细问问你哥了。”宋和白蛇对视着，前者更是陷入了沉默。

诵的声音在宋体内响起。“她更该看看其他的，那些被封装的一切。”

卢撒克摸着头，他望着眼前的客人，陷入了沉默。他们面对的疑问是一样的，从什么时候开始，他们接收了信息：皇成纪去沙漠了？他的飞机经过卡塔尔，之后一起失踪了？

“这很曼德拉效应，你知道吗？”尧魏凝重地说道。

“包括我们在内，不知有多少人，很自然地接受小皇去做这么离谱的事吗？”宋说着。

另一边的尧魏手举着纸片，盯着中间那句清晰的话。许久，她将纸片拿得更近，才看到它底部非常小的一行字。

“然后，走出去看看。”

第十三章　沙漠中的真相

13.1

“你被她看一眼后，便再也回不到过去。”

无论在开罗博物馆里，还是我在多哈机场，只记住了她的惊天容貌和递给我的“圣物”——让我手心疼痛之物。

也许能指引我去沙漠的道标。

——皇成纪日记节选《莫忘记》

皇成纪常说自己记性不好，但此刻他的回忆却飞速涌来，比窄网突然换超速光纤，涌来海量信息更为夸张。

有些人永远是属于路人脸，你视线离开他的瞬间就忘却了长相，而有些人，特别是别致的女子，第一眼便会让你坠入其中。皇成纪一直觉得自己是个相当有见识的男子，各种款式，不同人种的美女他都该习以为常了，但不同的终归不同，尤其是被“击中”的时刻。

他能记住美女们不同的眼睛、形状、曲线、瞳孔、色泽混合在一起，总是在人脸上传达出动物般野性的记号。比如书店相识的“文医生”，尽管说话拘谨，礼貌用语包裹下的文雅表情，能让人构成这样一个高学历，又文静的心理医生。微烫的马尾辫，显得干练，一丝不苟的刘海，又传达高才生特有的“乖乖”。但不是，她是个高明的“骗子”，皇成纪第一次帮着撒克，推着他妹妹去取药时，便死命盯着这位医生，穿透她眼神之下的一些部分。

那是一只猫，被白大褂，蓝领结，礼貌举止伪装下的猫，她管理严谨的表情下，却有对视后脸颊的红晕，以及嘴角的颤动。在一切拘束之下，她必然内藏乾坤，职业装下充满体温和精致香水包裹的吊带袜和蕾丝内衣。她只是等在铠甲内，企图狩猎的猫科。

当皇成纪向她报以微笑时，文医生报以同样的笑容时，绽放的酒窝里，是她跳动的性质。他知道，如果不是有第三者在场，他一定能顺利和这位医生展开更多的情节。

诸如此类，“皇少爷”总是悄悄观察着，并不表达，一来保持隐蔽的趣味，二来防止能看穿自己的“高人”。在他眼中，大多数，都只是他的“猎物”，而他的姐姐——“白蛇”，却如同皇成纪“人生观”中，食物链的顶端，杀死一切猎手的终极杀招。一个系统的“Bug”。

而“白蛇”尧魏常说的一句话，此刻反复浮现在皇成纪的记忆库中，并跳到最上层。

“猎物和猎手总是在循环中轮回，总有一日，猎手成为猎物。”

他咽了下口水，他明白这一刻来了。

皇成纪是在开往埃及首都开罗的飞机上看到她的，惊鸿一瞥，叹为天人。一身黑色竖领套裙，与其容貌完美搭配，便超过任何一个明星。

他几乎以为她是某位中亚的公主，日烧色的肌肤配着欧洲人的超立体五官，浅粉的唇彩装饰她水润饱满的双唇。猫状的双瞳，是橄榄绿的底色，眼线由细到粗，从眼窝拉向眼角，如同一条跃出的飞鱼之影。

细巧的耳郭，边缘有点微尖，饱满的耳垂上是一对银色，三角锥状的耳环。

我还从没觉得多哈是个好地方啊，茫茫沙漠里，就那么一个毛秃秃的机场。皇成纪想着，右手摆弄着耳朵里的 Airpods，这会儿放的音乐已经不重要了。每次在多哈转机，等待的时间总是无聊又可怕的，除了望着一群裹得严实的阿拉伯人，就是眼神冷漠的亚洲人。大多数时候，他会坐在候机位，看着那些盯着沙漠，寂寞抽烟的人，想着他们会在烦恼什么。

四个黑色西装的高壮男子围在少女身边，统一的墨镜，寸头和下腮胡，几乎让皇成纪感觉这是量产的“保镖”。周围的人很自然地远离了五人团，只有皇成纪塞上两副耳机，把手中的《面具之惧》放回包里，仔细拉好，背好后就那样从容站起，向少女方走去。

一般注视美女过久是种失态的行为，所以边装作观看航行时刻表，而多次踱步，在她周围走动，是最理想的选择。

“每个人看见的都是自己的渴望。”

此刻，皇成纪想起辰尘对他说的那句话，那像是捏在手中的最后锦囊一般，不曾忘记，又如某人的笑容，刻在心底。

在这种情景，看到心动女生，真是大大不妙。

皇成纪对贝都因人是有一些着迷的，无论是《守望先锋》里买的源氏皮肤，还是几次去佩特拉古城，他都在找寻他们的痕迹。土耳其行也要再去一次，还有希腊。他心里的计划突然又浮现出来，虽然时至今日，他还是没有合适的人作陪。

他一想起文吉真，那个“召唤黑暗”的房间，她脱去衣服的样子。而他与郑荡波的对峙，几次在“心灵宫殿”的战斗，他希望她最终做出正确的选择，不然万老师，还有李奚瑶全白死了。

如果卢撒克的计划失败了，“绿洲”就全完了吗？

“准备登机”声响了，皇成纪又望了眼异族少女，更近的距离观察。她眼睛很大，忽闪地四处张望，同时又面带微笑与四个“保镖”沟通着。笔挺的鼻梁与上翘的眼角，加上如波浪般的发质，她又让皇想起一些帕西族美女，或是土耳其与东欧混血？

“Eda，登机了。”他听到四壮汉中的一名如此招呼她，并提起两个大包，向检票者扬起长长的机票，卡塔尔航班的阿拉伯羚在票根上闪着金光。

眼看队列开始移动，顺着耳机中“Dying in the sun”的尾声，皇成纪也跟着人流检票，沿着登机通道，向下走。两个推着大箱子的乘客显得非常疲惫，他们用强壮的身躯推挤着人，妄图更快登机。

他们从皇成纪身边奔跑而过，却在一个刹那显示出边缘的模糊和混乱，像是破损的图像挤进了机舱。

除了这个长腿美女外，她身边的一切角色，那些仓促的乘客，凶狠的保镖，还有手脚颤抖的老太太，全都在靠近机舱的瞬间，变成折叠的图像，消失了。

他看了眼手中的登机牌，阿拉伯羚写实的脸开始变了，它向上腾起，变成迪士尼般的风格。

但这一定来自另个宇宙的“黑暗迪士尼”。

他立刻明白了，美好的姑娘，如同他所有理想化的结合般，在眼前。这些在他进入所谓登机时，早已是进入了“心灵宫殿”中。

他犹豫了一下，此刻的清醒感告诉他，向后走离开机场，应该能在不久后醒来，身躯与内心都回归到那个黑暗的房间之中。

他无法保护“黑球”，最终便会被诗人追上。

“不，绿洲不能结束。”皇成纪跨入机舱。他透过人群的间隙，看着窗外的夕阳，层叠的云朵间已经开始有紫黑色的暗云涌动而出。他内心一紧，如此快就要找到他了吗？皇成纪很清楚，眼前搭配如美景的梦，作为“心灵宫殿”浅层的存在，即使被“黑犬”们突袭，也是能坚持很久的壁垒。

他也记得“树中人”对“蓝眼睛”们的嘱咐，将“拉柯耶夫”的攻击，引到沙漠或是“内心的角落”去。皇成纪朝再次检票的空姐微笑示意，并缓慢向前走去，其他乘客也秩序向前着。目前，“机舱”内暂时是安全的。

皇成纪知道，在当前的这个“梦”里，Touch Me not，和凤仙花的花语一般，他不能被“诗人”的一部分碰到。

任何飞机上的生命都有可能是“诗人”的分身，他们是来找那个“秘密”的，球。

它现在还在皇成纪的口袋里，静静躺着，不会打开，成为撕开“界膜”的媒介。

它并不属于地球，甚至这个宇宙，它是另一边的科技，无论“诗人”要用它做什么。在这些东西从头雕里取出时，万老师窥见封印的“秘密”重新被揭开了。接着是撒克的画，它成了坐标，能最终到达“另一边”的核心。

“诗人”要找到它，我们必须隐藏它。他找不到“白色王城”和“圣女”的……他会不断试探皇成纪，用不同的“形象”，黑犬，恶鸟，或是巨大的雾状猛兽，如同他那些月刊上的造型。

已经没有作用了，最开始的森林，城市中的惊恐，早已吓不倒他了。但亦幻亦真的效果还是会让他迷惑，如果他陷入了一个“特别美好”的超维呢？

就像现在，皇成纪看着坐在自己左侧，跷着洁白发亮长腿，有着橄榄色猫瞳的异族美女，那么想着。她比在机场远远看时，还要闪耀，让他目眩神迷。

似乎是感受到他的眼神，女子也用更热辣的目光回视他。皇成纪咽了下口水，同时右手不禁在裤兜里使劲摸索那个球，生怕它和自己的心绪一样，飞到对面的怀里。

她也一样吗？最高级的刺客，只想从他手中取走那个重要的“黑球”。

皇成纪在那个未来，曾窥见的图纸上的东西。那个诡异的方程式，被记录在破旧房间里，压在一堆材料下的公式。他只记得那个将脸隐藏在深黑兜帽服下的男子，将手指压在嘴唇，做出“嘘”的姿势。

“不，我不会给你的。”他低声说道。

很快，如皇成纪所料，表象立刻被撤去了。在他身后的所有座位上，那些曾装束各异的男女老少，都披上了白色西装的“外相”——黑狗的马甲。

他们一样的表情，如失了魂的木偶，侧身盯着皇成纪。

皇成纪想缓缓站起来，向机头走去，却发现斜对面的空姐也变成了一样的马甲。空白的脸在职业装里抽动，只露出一张假笑的嘴。

只有异族女子依然清晰，她就那样端坐着，双手搁在秀美的长腿上，望着皇成纪。

许久，他更加恍惚，觉得异族女子脸上泛起了熟悉的感觉。皇成纪几乎在她五官间，微微的笑意中看到了宋的神情。她在“Dream land”的涂鸦墙前，炫彩大灯映照下，发散光芒的笑意。

“天……”他紧按自己的太阳穴，明白这不过是自己思恋的投影，为时已晚的念想。而这个念想是自己唯一能在这片幻影中醒来的支柱。

“快跑，傻子。”异族女子笑着说。她一手摸下手上的戒指，塞进皇成纪的手中，又重重推了下。他牢牢捏在手里，钻石的质感，阵阵的疼痛。

周围的景象开始褪去，机舱，座椅，安全带，它们坍塌着，变回黄沙本该的样貌。

白西装男女整齐地站起来，向皇成纪扑来。

13.2

他眯起眼，想努力看清楚这些人，但总是像戴着擦不干净的眼镜片，水汽似的薄膜影响着他的视野。

只有沙漠，无尽的沙漠……

说来也是，“视野”这个词语，人类常用，却一直被其限制。如果没有 X 型鸟瞰无人机，或者望远镜，最差是个纸卷筒，成像如此短的你，在这里能看见些啥?只有一些模糊的轮廓罢了。

虽然，后来有个叫骨燃的人告诉他，那是“沙漠”里特有的东西，“界膜”阻隔真实与虚幻。它在一切的中间，让你迷糊又困惑不已。

“不是追溯起源的时候。”皇成纪自言自语道。“对，最开始，还是从《面具之惧》引发的。”

一脚深一脚浅地向前走着，他摸着脑袋，努力让记忆不被顶上的巨壳融化成一摊浆汁。

“希望被人发现时，我不像一个晒干的河童。”可自己是怎么到了这里呢？

他弯着腰，右手搭的小凉亭可以缓和毒辣的光芒，那真的是太阳吗？

透过指缝，能隐约看到它，感觉正眼对视会立刻瞎掉，那是个耀眼的白色空洞。

他继续走着，温度和心情一起开始下降，仍然想不起为何在这片沙漠苏醒。他能想起很多东西，“美丽的苏茜”；自己打开白色 Mac 盖子，面对 91 页 PPT 时，咖啡又不慎打翻的沮丧。支离破碎记忆的最后一片，是自己在飞机上，正向漂亮的空姐要求饮料 one more 的时候，接着……便是许久的失去画面，声音，并来到此处。这些对他来说仿佛很久远，既熟悉又极其陌生。那真是发生在自己身上的吗？还是自己只是看着一个那样的人，做了那些事情？

他也非常意外，此时的宁静下，自己并没有想念吉真，以及那些玩伴。

浮现在他心头，是宋那双眼，有很多话要说的眼睛。

而此间，沙漠。他舔了下嘴唇，只有沙漠。

“嗡，阿卡塔？么嗒？”一些声音隐隐出现，他到处寻伺着，温度在继续下降，光芒也变淡很多。

眼前的沙漠之中，居然出现了一大片盐湖，如镜般的圆盘，泛着银光。但与他在青海或是其他戈壁区看到的盐湖不同，这一片什么也没长，毫无生机，只有让人生寒的反光。

我像是看到了一片反着的水银片一样……

这会儿，皇成纪突然想起自己养的猫，“煎饼”。

他不在的日子，姐姐“白蛇”总会去负责照料，这只灰色的英短。它圆脸，橙色的双瞳，大部分时间如同沉没的潜艇，它只在深夜时分会去寻找靠坐在沙发的皇。

“啊，小胖子，你来了啊。”皇成纪摸着主动跳上沙发，用力蹭着他手的英短，蓝灰色的它。

那一刻，他发现自己的猫在发生激烈的变化，原本蓝灰色的它，在剃去一次毛后，从内在开始长出不同的毛色。从头一次剃毛的地方，新出的毛色竟然发出亮白色的光泽，它与胖子之前的蓝灰色完全不同，更甚的是，它们就是这样一半一半地分割了这只猫，让它变成了如此灰白分明。

“我隐约明白那是什么，逐渐蔓延生长出的白毛，叫作时间。”

而此刻，在这片沙漠中，皇成纪再没有忆念任何与他有过往云烟的女子，他只是开始想念自己的爱猫。姐有没有好好喂它，自己还能回去那个没啥东西的家，再摸摸，抱抱“煎饼”吗?

他长叹了口气，此时此地，自己最想做的竟然是瘫倒在客厅沙发上，啃着薯片，撸猫?

接着，猫在他脑海中爬走，它仿佛推开了门，更多的人进来了。

皇成纪心中被悲伤的水灌注了，他想起了父亲。在这个空旷的沙漠里，他能想起的父亲，都是在某个时间点以前的他。那时候，房价并未通天，父亲最喜欢的是摆弄整柜子的书，并每天讲一个故事给他听。

当然，这些很快就消失了，水晶碑一般的巨大高楼耸立起来，它们将人们拘束在一起，把树木赶走，驱逐动物。还有更多的，只能被赶到地下室，那潮湿的方格子里。

不知是因为过度的念想，还是幻梦界的奇妙，皇成纪听到了猫的呼噜声。他凝视着沙漠，一些蓝色的光芒在雾气中聚集，旋转，最终它们形成了眼下的猫形。

皇成纪瞪大着眼，他右手向前伸去，它还在半透明的状态，但英短滑润的手感却如此真实，并且圆胖的脑袋还顺着他的手回蹭着。

“这就是鸦影的碎片吗?”皇成纪再次惊呼，虽然这一路从死而生，他已对幻梦界稍微镇定，但熟悉的感觉还是让他眼泪要夺眶而出。

思念的弦动在此间，尽管是记忆碎片萌生的幻梦，他还是崩溃般哭泣起来。

“我得走出这个沙漠，必须，要走出去。”

皇成纪抽泣了一阵，便瘫坐在白沙之中，猫影还在蹭着他的手背。

“喵！嗷呜！”猫影突然昂起头，从轻声喵呜变成猛虎咆哮，他一惊，看向腰背耸起的猫。此刻，猫变得巨大，双耳贴后，对着沙漠远方咆哮。它的眼神没有变化，还是渴望主人抚摸的意味。但巨大的压迫感，让皇成纪想起了金字塔的狮身人面。

“阿卡塔？”声音还在此起彼伏，并越来越清楚。他眯起了眼，向前跑了几步，努力望着。盐湖表面弥漫着一片雾气，而中间隐约活动着少许影子，或者接近孩子那么的高度。似乎是一群……他想着，在沙漠旅游的少年吗？

声音更近了，他们穿过迷雾，靠近了皇成纪。他揉揉眼睛，怀疑自己是不是已经被白光搞瞎了。

“阿卡塔？”他们离皇成纪大约半米远，一共五个，或者该说五只？

“小孩子不要闹，你们怎么能来沙漠里玩？”皇成纪向前跨了几步，脚下的盐湖快发出咔嚓声。白袍人们快速跑着，白色的衣服如同个个白色水母般在他前方飘动着。

“这欢快劲儿，在沙漠里自由穿行，是贝都因人的后代吗？”他想着，也赶紧跟上去，其中一名白袍小孩始终跑跑停停，还示意皇成纪必须跟上。

而她从远处走来时，除了蹄子踩在沙上的声音，还有阵阵清脆的铃铛声，他感到一种久违的熟悉感。

“你相信自己真的在沙漠里吗？”白袍人群中，唯独骑在白色骨马上的那名，显得截然不同。皇成纪听出声音中的轻柔与悦耳，那是少女的声线。

“那不然？”皇尽力搔搔自己的脸，这该是如此真实的触感啊。当然，来龙去脉一概不知，便是自己现在的状况。

“我不是在该死的撒哈拉里吗？我的航班坠机了？所以我被扔在黄沙之中？”皇成纪搔着头，继续语无伦次。

“哈哈，皇，你和骨燃描述得一样傻里傻气。”少女在白色骨马上笑着，皇成纪这才感觉到一切的荒诞和不和谐。首先马是白骨组成的，但毫无惊悚感，甚至还很有艺术感，那些骨质之间有种柔软的质感，甚至让他放松起来。这还不是最奇怪的，少女的问题点醒了他，这真的是沙漠吗？

对，黄沙，一望无际，但他一直在无序地走。周围如此单调，如果不是那一片盐湖，几乎觉得自己没有移动过。

“那我在哪里？此处没有坐标，我也感受不到时间。”皇成纪望着面前的少女，她在逆光中对视着自己，让他感到心脏在剧烈跳动，熟悉的悸动，让他觉得生命还存续着。

一阵微热的沙风乱了起来，耳郭中仿佛还带着音乐。啊，是皇成纪熟悉的，《往日金图》乐队的歌曲，《绿洲》……

不过，这里只有沙漠吧……

“不完全是黄沙。”少女说道。她双眼似乎洞悉了一切，一边说着，她缓缓拉下遮住半个脸的兜帽，露出黑色齐肩发，但它们正在从边缘向中央变成红褐色。

“宋，是你吗？”皇成纪双眼圆睁，几乎喊了出来。他望着声音与五官几乎一样的少女，这是他每天推去医院治疗的“星期三”吗？为何在这绵长的沙漠中，会再次见到健康的她？

少女笑着，并未回答。她右手看着西口，又指指皇成纪的右手。

“飞机。”

他一愣，猛地忆起在那空幻的飞机梦境中的一切，她塞给自己右手的钻石，又大又硬，闪烁着虹色光芒。

自己最初在沙漠醒来，似乎就是被硬物硌醒的。

皇成纪回望着骆驼少女，她仍在兜帽阴影下朝向自己，感觉凝视的目光能穿透出来，直达自己内心深处。

他张开自己的右手掌，显露在阳光照射，两人之间。除了白色骨马发出的踢踏声，他都听到了自己咽口水的声音。皇成纪瞪大了双眼，在他掌心的并不是记忆中的钻石，而是另一种东西。

那是一片白灰色的硬质碎片，如同裂开的贝壳，稳重地躺在他手心。碎片似乎从未知雕像上被掰下，却裂得正好，形如开花的心脏，闪着微光。

皇成纪仔细看着，眼泪却不禁夺眶而出，他认出了碎片的内容。他翻过面来，那清晰的雕刻，是一种明晰的眼睛。

尽管刀法粗糙，却相当好认，与少女的双眼形状近似。

“我看见你了。”他想起少女多少次对自己说的话。

“跟我走吧，路还很长。”少女在骨马上说道，并伸出了左手。

“比人生还长吗?”皇成纪不禁笑了。他用力握住少女柔软又温暖的手掌，另一手一撑，随着在马镫发力的左脚，顺势跃上了骨马。

“长过你过去的人生，枯燥的人生。”少女没有回头，只是缓缓说道。

“坐好。”她轻拍马脖，随着“驾”一声，它轻巧地向远处的烟尘中跑去。

少女和骨马带着他疾驰着，穿过了大片类似的沙漠景观。皇成纪不知过了多久，听到少女熟悉的声音。

“你该下马了。”她指着前方，点了点头。

“路会显现出来。”

13.3

彼时，皇成纪看着眼前升起的白烟，他知道，自己珍爱的伙伴，这只老猫。它的生命再也不会重来，就如此结束了。如若再见，也只是以新的身份，相视一笑。

然而重逢之时，感受无法描述。

此时，在沙漠中，蓝色的猫形幻影。它有着老伙计的身姿和五官，弓着身安慰起孤独的皇成纪。

骑骆驼的诵只告诉他，会有其他居客来接他走一段，直至“时间墓地”。然后才会到达“大坝”，完成他的任务。

但他确实不会想到，居客里也有“猫”的，或者说，在幻梦界里，他是只“猫”。

猫稍歪着头，绕着他的腿半圈，便向他的手蹭来。皇成纪一阵触动，差点要落下泪来。多么熟悉的感觉，他想起太多过去的记忆。

自己一人住时，除了它的密切陪伴，只有和宋互发的消息，能让他的内心稍微宁静。

“居然还有居客是猫的？”皇成纪摸着半透明的猫形，惊呼道，“这也属于奇迹的一种了，即不完全存在，却有如此的感受性。”

但它在幻梦界似乎不能说话，不然违和感也太强了。

当然，很快这只星空薄膜般的猫再次证实不同之处，它拉伸了身躯，脱离了皇成纪的继续抚摸。猫右爪在地上划了几下，白沙上呈现出一个类似箭头的凹陷图形，箭头指向了前方，一望无际的沙漠深处。

皇成纪愣在那儿，猫也停顿着，它望了他很久，直竖着尾巴，向前慢慢走去。猫走了几步，又回头望着皇成纪，它再次在沙上划出一个箭头，还是指向那里。

“你是要我跟着你走？”皇成纪一拍脑袋，一副恍然大悟的表情。

猫点点头，见皇成纪站起身来，便继续悠闲地向前走去。

“行吧。”他拍拍屁股，掸去少许干涩的沙粒，跟着“猫”向前走去。

皇成纪顺着痕迹向前走着，雾气绕着他的脚步向后散去，像是揭开阻挡奥秘的烟雾之帘一般，眼前变得清晰无比。

他揉了揉眼，停下了脚，定在当前。眼前所见，瞠目结舌，超过任何一个“蓝眼睛”中听到的故事。

这该是需要用手机赶紧拍下来！皇成纪向口袋摸去，他的小黑莓完全不再熟悉的袋底，他心头一凉，完了，肯定是掉在这狗屁沙漠的某处了。此间奇景，超过国家地理任何海报，却不能留下图片和视频，发朋友圈。他咬了咬牙，大叹一声，也罢。最差选择，要是卢撒克在，回去还能默画出来，太可惜了……

白色的沙地中间是一颗像电脉冲那样爆开的胡杨，它庞大得离谱，像是等比放大一般，就那么矗立在空旷沙漠的正中。那个瞬间，皇成纪想起了他的水杯，被搁置在自己小洋楼青灰色圆桌上的烤瓷杯。他除了泡茶就是咖啡，那个杯子下半部分被茶垢染成了深褐色，但这层色晕上有着密集而散开的划痕，看上去像闪电一般，从杯底向外散射。

那或许是调羹所为，但眼前这颗冲天爆炸头的胡杨，又是什么呢？

“这都是啥？”皇成纪站定，看着孤独沙漠中唯一的巨树，它就那样“滋啦滋啦”向外放射着自己电弧般的枝丫，并扭曲着周围的空气。

“它就是你要找的树，无论在哪一边。”

“摸摸看，它就和你的神经一样，充满疑惑和回忆。”熟悉的声音响起，他向周围看去，白沙中再次出现了诵的样子，她从沙漠中升起，沙尘和烟雾形成她的样子。

她双眼如白雾，皇成纪却知道她在注视着他，从宇宙的另一端。

他迟疑片刻，便走向前去，双手猛地按在树上，一股电流般的触动直接袭来，贯彻全身。

画面再次卷席，如重新倒带的电影，他看到自己回到大楼中，和郑荡波对峙，周围逐渐化为白沙之地。

之后他抓住机会，抢走了黑球，便踏上流亡之旅。

对……然后……皇成纪一阵剧痛，他记得自己死了？

从一个化为烟尘的高楼，被郑荡波一把推下，在他看来，是从飞机登机口直接掉落，摔得心搏骤停，耳孔流血。

自己怎么活了？为什么？

他看着诵的幻象，她抬起右手，指向前方。

“去找门。”

第十四章 沙漠其二，重返

14.1

从这边的“门”到“另一边”，距离有多远，皇成纪不清楚，如果用脚丈量的话，他从一个三角锥的黑门，走到另一边，中间要倒四次白沙。

他是顺着时断时续的铃铛声，沿着一长段断裂的丰碑群，穿过一扇失效的三角锥门到达这边的。不过，再也没有诵，或者是长得跟宋一样的少女出现，骆驼和她仿佛只是吉真曾说过的“鸦影”。

它浮现，又不真实。

景色都很熟悉，如那几场噩梦中展示的一般，经过盐湖，充满电的孢子树，到达这片“门”的区域，他也开始变得“正常”起来。

郑荡波把他推下了那座高楼，自己却“活”了过来，被巨大的“猫”舔醒，目睹它化为植物并沉入地下。

这也不是最奇异的了，皇成纪抓着头发，事儿的狂风和沙尘让他头皮发干，沙粒也是一抓一把，不管自己是否“活着”，这里与《面具之惧》中骨燃他们目睹的一样，仿佛是“时光的坟墓”一般。

皇从“静沙地”一路到“时间墓地”，在最初的一段时光里，诵陪伴了他一段路。他也逐渐明白，如果不是那个黑球，他并不会完整地到达“幻梦界”。

他只会和李克用他们一样，在不断如噩梦的幻梦界中，被黑犬们杀死，成为老石卷宗照片里的样子。

“哼，李克用是淹死又没淹死，我估计是渴死又没渴死吧。看上去，急性肾衰竭之类，表面又没有痕迹，却像是暴晒了很多天。”

“哎，太惨了。”他从腰带上解下银色的特制瓶子，它的形状更像是个简约的犄角。弧形上刻满了符号，与万老师画的那些一样，诵告诉他那就是骸族的文字。

皇成纪对着嘴，很缓慢地喝了一口，冰凉的青色凝胶状液体便流入口中。他皱着眉，深深抿了下嘴，感受它滑入咽喉深处的冰凉。

“绿之梦”的稀疏液，能缓和“这里”对身体的影响，但绝不能多喝。

“除非你想还没走出沙漠，就变成一个骸族人。”他对诵递来容器时，严肃的表情记忆犹新。微拧的眉头和鼻翼的小皱纹，这真让他想起宋，她在看书时专注的表情。

此刻，她在干吗呢?

在沙漠的时候，皇成纪跟着“星光猫影”，他很快给这名居客的化身取了如此的名字。不仅是猫形本身带着星空之影，它虚空般的身躯中更是透着不断变化的星座。

仿佛它只是宇宙的一面窗户，通过猫样的孔洞来展现一斑。

沙风继续刮着，皇成纪抚摸着下巴，刚进入沙漠的胡茬已疯长至湿地蒿草一般，铺满了他的脸颊。

现在想必自己的脸，除了黝黑，定是变得沧桑了许多。猫在继续向前迈步，尾巴直竖，尾的顶端向外散着幽蓝色光斑。它们在渐暗的空间中划出一条弯曲的光带，指引着皇成纪，在沙尘和天色变暗中有迹可循。

“我顺着这条银链，一路向前，终会走出沙漠。”皇成纪苦笑了下，失去时间的感觉很奇特，他不知在这看似沙漠的地方走了多久，居然开始吟起小句子了。他不禁想起了宋，她微张的朱唇，在吐气后会念起那些书中的美妙文字。

“眼前的少女。她大半身都被白色虫皮鞣制的衣服遮挡着，金色的双眼透过三角锥状的兜帽，凝视眼前的刺客。白色罩衣外的藏红色长袍上挂着的星形吊坠闪着微光。”

想着，皇心中浮出宋的双眼，它们与诵的金瞳融在一起，直视着他。

又一阵剧烈的渴意从咽喉深处袭来，皇成纪能感到身体在缓慢干涸，烧灼使他从内向外干燥。他不敢停下步伐，右手从腰间取出银纹包饰水袋，掂了几下，小心地拧开。

他向口内望了几眼，黏稠的绿液还有很多，牛角形的袋子居然能装下那么多。但他又怎知道，这不是个无底袋呢？连到某个其他地方？或者是另一个宇宙的深潭之下。自己喝着陈年沼泽里的液体，缓解热沙之苦恼。

“啊呜……”猫影也停了下来，摆出懒腰动作后，又拉伸了几下，竟就蹲在不远处，望着皇成纪。

他笑了，举起水袋，缓慢对着自己干枯起皮的嘴巴，舌头舔到裂口，感到一丝凉意。不能喝太多的警告，他记忆犹新，但“绿之梦”下口的爽感也难以忘却。

自己从穿过“时间墓地”到这里，喝了多少次？八次，还是九次？或者更多？皇成纪搔着头皮，狠狠喝了两口，凑足十口吧。他已不记得每一口的细节了，诵快速教授的“觉知”，他一点也没掌握。

“啊，爽！”冰凉又带着甜意的浆汁随着皇抖动水袋，大约一拇指盖大的凝胶直入他口中，烧焦般的口渴感立刻消失了。

他缓步走到猫身边，正想摸几下猫影，感谢它贴心的等待。猫却在沙地上掏着爪子，前后划动，很快又更频繁地抓着白沙覆盖的一处地表。

当然，猫影无法改变沙土，它只是一直掏着，还不时转头望着皇成纪。

“是有什么秘密吗？还是埋了宝藏？”皇成纪半跪左腿，更靠近猫划动的区域，定睛看去。

“我的天哪。”他惊呆了，又不敢相信地双手扶地，半趴在沙地上端详。

片刻，他撑起身，猛挥起双手，抓起沙土向两边拨动。白沙褪去表层，露出被掩盖的一段浅灰色。

它目测很长，前后都埋在沙中，粗看是一整段长方形的黑金属向远方消逝。金属长轨下是隐约可见的灰棕色长木头，摸上去坚硬而干燥。它们整齐排列在长轨下，一同伴随至远处。

“是枕木，还有半条铁轨。”他发出阵阵惊叹，随着身后而来的劲风，一些白沙再次覆盖起线索。

皇成纪再次跃起，他向远处看去，尽管大部分铁轨仍埋在沙中，但小露出片刻的一段已为他指明方向！

“看来，它必然通往某处，而小猫将带我去那个终点。”皇成纪又搔起头发，他看了眼手中的羊角水袋，假咽了下口水。大约半小时前，自己刚喝过小口袋里的液体，但渴意又再次泛起。

“小心喝多了，变成骸族人。”他记得诵的那句话。即使再次涌起渴意，他也只能发出懊恼的一声吼，拧紧了盖子。

“也许铁轨尽头搞不好有车站，还有水或者类似的东西。”他发出无奈的叹息，迈开疲惫的腿，沿着枕木之路，继续向前。

“保不齐真有，哎，真是的。”他笑了笑。“太难了。”

前方，苍白的枕木道在风沙停止后，完全显露。它们如巨兽的脊骨，绵延中逐段露出，左或右的结构。皇成纪愈向前走，铁轨露出的更多，表面的划痕很多，却毫无锈斑，像是长期使用的样子。

猫影如走秀的模特，沿着这条完整清晰的铁轨舞台，优雅地走着。皇成纪紧随其后，双手举起展平，如企鹅般在枕木与铁轨间歪扭地走着。他将平衡身体作为打发时间的乐趣，也是他过去无法想象的。

14.2

这是今天的第三口，“绿之梦”，它在皇成纪的喉中产生了一股气旋，并逐渐开始让他“干渴”的感觉消失。

根据诵·阿努拉的信息，宋将很快踏上进入绿洲深处，转变生命形式的路程。

而卢撒克将穿过绿洲，去做他该做的事。

相比起来，自己在“沙漠”这样的“幻梦界”里，真是“太棒”了。

真是无法想象，郑荡波和他的“黑狗”们送了多少人进来，任其在“沙漠”中真正感受死亡。

郑荡波给他预备的剧本比李克用还可怕，在沙漠中缺水又绝望地死去。

穿越沙漠，仿佛消耗了他大半生的精力。

皇成纪从沙漠出来后，第一时间想的不是联系任何人，而是找个地方狠狠喝上几瓶冰到爆的北冰洋。又或者，是某种自己熟悉，又难忘的饮料……等等，它叫什么?

尽管那不是“物理性质”，三维维度的“沙漠”，但效果可牛太多了。

如果不是“诵”的指引，还有那奇怪的两兄弟，他根本不可能离开这层层环绕的沙漠。

当然，此刻对于他来说最大的问题是，身在何处，又是什么时间?

当然，诵说的那句话，“要找到别的骨燃”。皇成纪是一点也不明白，什么叫“别的骨燃”? 他连一个也没见过，难道会有很多个吗?

想着，他继续盯着手中的地图，诵为他标出了终点的位置。目测，自己才走了一半不到，而在“时间墓地”里，时间的感觉也无法衡量。皇成纪觉得过了数个月，但头发和胡须并没有明显变化。

“我最爱喝的饮料是啥? 为什么仍然想不起来?”

实在太渴了，也许成为一个骸族人[1]也没什么不好的。皇成纪想着，又大口咽了一次袋中的液体。

失落的水库，这个他清楚记得，那是最终目的地。

皇成纪此刻如约站在这座标志建筑物——宏大水库之前。

---

[1] 《面具之惧》中的古老民族—“The Ossinbus”，意即我们注定的骸骨。

他去埃及旅行过两次，一次是陪文吉真，一次是与卢撒克等一干朋友的采风团游。

加上前两次，这是皇成纪第三次面对水库。

不一样的阿斯旺水库，此处没有一滴水。当然，它不可能是阿斯旺，只是一处很像的废墟，一种“鸦影”。

诵的话在耳边环绕，它是皇成纪茫然探索之路的基石。“在水库，找到两兄弟。”

“在幻梦界活着的兄弟，也是阅读者和践行者。但他们被自己流放了。”

被分开的权杖是最后打开出口的钥匙。

一个在上面，一个在下层。

而现在，终点似乎出现了。

入口是从本来该是蓄水池底部开始，皇成纪绕着苍白的边缘走了一大圈，才发现唯一不同的材质，一段旋转向上的楼梯。往上看时，除了刺眼的光芒，就是很难看到头的楼梯本身。

“行吧。”在这个地方，啥奇怪没见过呢？他决定沿着环形楼梯一直往上，并沿途休息，往下看看空白又干涸的水库。它本身从目测难以揣度大小，本以为在楼梯上能看到边缘，结果他爬到一半，也只能看到森严枯燥的库壁。

“也没有来舔盐的岩羊啊，看来只有无生机的影子了。”他眯着眼四处张望。“也是，这又不是真的水库，有个屁盐巴。”

想着，他深吸了口气，即使毫无大气进入的感觉。接着，顿顿足，如再鼓足勇气，便捏紧铁栏，小跑拾级而上。

比在沙漠更无聊的景象，周围能见的只有区块视野里的大坝局部，直至他产生倦意。眼前出现一个冗长的平台，看不见边缘，却生生截至了如同无限的阶梯。包裹平台的依然是大坝的一部分，灰白色的岩墙。

一个短发男子站在墙前，手持工具，他只是回头看了皇成纪一眼，便又转了回去。

“我突然想起了卡拉马佐夫兄弟。”皇成纪抓着头发，看着眼前的男子，觉得颇是怪异。

“我叫北落师门。”短发的男子说道，他并没有停下手中的活。皇成纪听着他右手抹泥刀发出的噌噌声，那像极有人用指甲刮着墙。难道这水库墙里封着……宋读过的《墙中之鼠》，内容一下子浮了出来。

他耸耸肩，把注意力拉回当下，便立刻问道：“你在做什么？”

自称北落师门的男子继续用泥刀修理着大坝的内墙。他左右环视，直至对补上的缺口满意，才停下动作。

“水库要通畅，就得把所有裂缝全补上，不是吗？”他转过头，对着皇成纪微笑。

寒暄了几句后，北落师门直起一直弯着和泥的背，做了几下伸展，笑着说：“诵让你来的，我们大约知道。水库进度紧张，但客人也得接待，哎。”

“你要去上层找我哥。”他看着皇成纪，边说边向前一指，方向是平台后方继续延伸的旋梯。“他叫轩辕十四。”

“水库是囚禁我们的本质。”他说道，“又或也是我们使命的一部分。”

“我们都曾来自一个人”他停顿片刻，又说，“那个人，你也认识。”

与“北落师门”不同，被称为哥哥的“轩辕十四”不爱说话，或者说不能说话。

该是他嘴的地方是一条长长的缝线，它也已经与重生的肉组合在了一起。

但皇成纪能听到他说话，这完全不需要嘴巴，真的。

“客人，稍等。”轩辕十四整个人裹在黑色紧身服装中，更显得清瘦。他向这层的边缘走去，用琥珀色双瞳仔细到处看着。许久，他举起手中的一个金属铃，用右手的小橛敲了数下。

声音有长有短，似乎代表了某种密码。

轩辕十四回望皇成纪，那条缝线随着他眼角的弯曲同时向上弯了少许。这好像是在表达笑意，同时为了解答皇成纪的疑惑，声音再次从空旷中传来。“我是通知我弟弟，第四层，九点方向。”

“什么？”

轩辕十四举起三角锥形的金属橛向下指着，皇成纪扒着边，向下望去。很轻微的碎裂声后，大坝下方九点的位置，蹦出一些石块，露出斜切的一条大裂缝。

“我的任务是倾听每一条正在崩开的裂隙，并告诉弟弟，及时补上。”轩辕十四的声音稳定地传来，对应着他回望的视线。

许久，两人听到熟悉的铁器摩擦声，想必是楼下的北落师门接到信号，已经开始修补新的裂口。

“一切为了大坝最终能使用，让湖水灌溉下去，成为绿洲。”轩辕十四的声音稳定传来。

14.3

老石再次走进德胜国际这栋楼，又一次感觉到寒意阵阵。虽然透过各种精巧装饰的招贴，大广告栏中透露的一股热闹和激情，例如“十四行诗”庆祝活动，在他看来只要搭上那些黑狗的标志，都变得如此诡异。

这是皇成纪最后来的地点。

他看了眼电梯口的海报，郑荡波西装革履的形象，演示了整个企业帝国的形象。真的跟他有关吗？老石不禁再次怀疑，并追溯自己来时的一切。

“不，我认为他不会请律师。”老石看着天花板的灯带，它依然那么丑，很昏暗，也一直没被换掉。他右手在背后继续转着烟，绕着桌子踱着步。

“什么意思？”老局长摸着额头，敲敲桌子。

“你想说，这是本能那样的桥段吗？老石？确切点。”

“十几条人命，确实全部牵涉到一起。”石守义耸耸眉，皱纹一直没有褪去。

“加上新的失踪人口，当然……这是我的失误。”他看了眼吴警官，一想到皇成纪私下调查那栋大楼，以及郑荡波的大屋，包括最后和他的对话。皇最终的失踪，让他每每念起，便内心绞痛。

“所有的线索，都联系到郑身上。”老石点了点脑图板，手指在郑荡波的照片上晃了几下。

“但是仅此而已了，没有其他疑点，进展，只有相对关系。”他看着老局长，又说道。

“一个线人失踪是极大的损失，我在考虑，是否需要另一个线人更加深入。”

老石说完便一直凝视着对面的领导。

有几分钟，三人陷入了对视的凝固中，仿佛时间冰冻一般。“有多深入?”老局长皱着眉，终于吐出一句话。

“深入龙潭，而潭水之深，无法揣测。”老石在灯带闪烁的光斑里，说道。他看了眼烟，右手指一扭，便扔进了垃圾桶里。

他向老局长推去一张名片，其上闪着珍珠粉的光泽，中间是倒置的莲花。

郑荡波看着“云外镜”，露出得意的笑容。

“我极其相信，那些头雕里的残片，最终能拼出一张图纸——杰出的图纸，造出大门的图纸。”

“云外镜”中，红色的扫描线上下交错，抖动着组建出拉克耶夫的脸庞。他对视着这边的自己，成功的商人，诗人，精明的化身。

终于，在这件事上，他们达成了共识，夺取图纸，完成那道“门”。

“它是心都[1]大门的复制品，阿奢丹人的技术，图拉真也只是窃取了一部分，来制造他逃跑的通道。这个会更大，大到无以言表。”拉克耶夫说道，“过去的杰作，却要成为未来的筹码，哼。”

郑荡波点着一支雪茄，静静抽着。他裹在灰色长大衣里，凝视镜子，白烟在他和镜中人间盘旋。

[1] 阿奢丹人的首都。在骸族传说中，心都的巨门乃特殊技术所制，心灵不净者无法找到入口。

“在那之前，我还没见过如此强悍的居客，可以完整阅读到图纸，信息之外，在这个世界，画下来的。”

“啧，你打印机型的居客见太少，他只要窥见过一次宇宙的真相，就能哗啦啦地复原出来。”郑荡波在烟缸上敲了下雪茄，便又搁在那儿了。他右手摸着光头，说道，“万青豪的确是个天才，但他的选择让我无法接受，就这样分开了图纸。”

“他完整阅读到整张图纸的绘制，甚至还精准分解，装到那一堆该死的脑袋里。而且，还避开我的黑狗们，把面包屑洒得到处都是！”郑荡波说着，左手在桌面轻敲，他思索着后续的计划，已有的所得，甚至有不包含拉克耶夫的地方。

对方在镜中继续说道：“我会查到他在黑日之地中，是谁的居客。他的主体是谁，或者谁向他展示了图纸的景象。”

“希望你更快一些……而且你能绕过骨燃的庇护圈吗？”郑荡波望了眼即将熄灭的雪茄，它的火尖就像那些地图的红圈一样，让他懊恼不已，“离你预期的时间也没有多久。”他清了下嗓子，又说，“我们都需要回拨残酷的时间。”

“骨燃会很忙的，顾不上这里发生的事情。图拉真，还有叛徒给他的麻烦足够多了。”拉克耶夫在漆黑的镜中看着他，红色脉冲变得残缺起来，但声音依然清晰，“无论怎样，你都会后悔的，你得不到所有，只能珍惜已有。”

“还有，你要观察那个新居客到什么时候？你玩父女猴戏，能稍微缓解你的痛苦吗？”拉克耶夫问道。

“我不希望拼合出图纸的是他……那情况会很糟糕……”他继续说道，“那就是最糟糕的情况。”

“他那如洪水般的创造力，将打开一道又一道的门。”

“而连锁反应，将点燃两个世界。”

拉克耶夫说完，便切断了连接，“云外镜”重新变成漆黑的墙面。

“警察有什么好见的？”郑荡波聊了几句，就挂掉了电话。应付他们这种事情，交给组织的“扫地工”就好了。无论是摸去痕迹，还是伪造行程，“茧”有一套独特的方法，这也成为他一直的保护伞。

眼前对于郑荡波，最麻烦的依然是那两兄妹。他们的影响即使离开了“茧”，依然让人忧心。组织的烂屁股，最终居然要我来解决，想到这茬，郑荡波恨恨地用半根雪茄挤压着桌面。

桌上，被雪茄切口慢慢抹黑的透明盖板下，是几张古旧的照片。

其中一张是郑年轻时和一些老友的合影，有几个都被麦克笔涂掉了脸部，难以辨认。

第十五章　关于过去，未来，你们一无所知

我们所有探索的终结，将来到我们出发的地点。

——艾洛特

15.1

皇成纪再次推开蓝眼睛的大门，他弓着身，要跨进去的时候又端详了门框上的壁画。

木雕的画面还是焚烧森林的记录，没有变化。

他咽了下口水，撩开门后的流苏帘子，轻轻向里走去。

那变化的是什么呢？

皇成纪看到小艾的埃及风发型是惊呆的，之后更吃惊的是见到平头的卢撒克。他满头的长发全部消失，只有干练的板寸，两边鬓角剃出了漂亮的曲线花纹，更凸显出熟悉的龙形耳钉。嗯，这个倒是没变，应该是口味没变。

两人正亲密地聊着天，一边对喝着蜜桃乌龙茶，有说有笑。

“哎，好久不见。”皇成纪对上他俩侧身扫来的眼神，他摸摸脑袋，尴尬地望向天花板。

熟悉，又不太熟悉了。

他们确实变成了，也许“本应的样子”。本应的甜蜜样子，不是吗？没有黑狗和他们的干扰，没有该死的其他宇宙的事儿。

不过，这里真切地少了个人，仿佛她从未存在过。皇成纪抓了抓头发，“事实”再次告诉他，眼下在“那么多面”的其中一面。

但不会是熟悉的一面，想必姐姐也踏上了必然的旅程。

“你不是去沙漠音乐节了吗？”卢撒克问道，“啥情况？提前回来了？”

“风暴把我刮回来了。”

“宋呢？”皇成纪向里面望着，并没有熟悉的她，坐在轮椅上认真阅读的身影。所以？他试探着问道，“今天迟到？”

“不啊，今天周五，宋有街舞活动。”卢撒克很平淡地回答，但片刻他又盯着皇，说道，“你啥意思？今天到你讲故事，你要找理由尿遁吗？”

“不会，就是问问。”皇成纪摸摸头，又看了眼A面宋一定会待着的位置。看来，这里是没有和诵碰撞的宋。

“快讲，书刚看完了，指望你的周五故事会了。”小艾手盖在一本书上，将其放在桌子一边，侧身说着。皇成纪瞥见了熟悉的封面，一手伸去，拿在手中直直看着。

“《面具之惧》。”他略带喜意念叨，这里也有它。

“作者不是你朋友吗？书还是你推荐的啊，小皇。”平克收拾完杯子，带着一打饮料走来，还从桌子底下拿起一个黑色的长包，甩在桌上。

“这是他寄给你的，存了快一个月了。”平克咬着牙签，一边从饮料框里拿出一瓶瓶的“微妙”，“谁叫你撒哈拉去那么久，搞不懂，沙漠有啥好玩的？”

“这……”皇成纪摸了摸长包边缘，看着很有分量，一摸又向内稍稍凹陷，是什么呢？他倏地拉开中间的拉链，包口立刻向外缓慢张开，露出将它挤压到勉强拉上的原因。

又是盒子，不是吗？无论是几次寄给白蛇的礼品盒，还是眼前这个鞋盒般的容器。人类的生命中充满了盒子，从生到死。里面是一大叠纸张，外面包着透明的薄膜，似乎用来防水。

寄件人是个很在乎承载物的家伙，打印纸的边缘垫了碎泡沫，表面还盖着硫酸纸。

众人看着皇成纪，望着他从大包中取出的物件，又等待他的故事。显然他去了很多地方，不为人知之处。

一掌厚的纸从薄膜中取出，摆在桌子正中，能看到页面上密码的打印字。

“应该是书稿。”平克推推眼镜，从书稿顶上翻了几页，笑着说：“你朋友寄来的。”

皇成纪还在傻眼，小艾已经念出了书稿堆对上页唯一的一句话。

“皇成纪，必须你来读，读完。”

15.2

于是，皇成纪开始念收到的故事，那是最新的，不知来处的故事。一堆故事，以打印纸的形式躺在一个坚固的盒子里。但盒子上写着“皇成纪收”。

嗯，我所谓的朋友寄的，然而我也不知道他在何处。皇成纪想着，一边双手按着书稿，尝试将其对齐全。

“你朋友显然非常希望，我们能完整读到这些东西。”

作者记：那个 AI，计划了一切，一切的一切……

文殊

1

“他建造了一个环，将盖亚牢固地托起。”

“这能坚持很久，直到我的双眼不再看着这里。”他对小姑娘说道，同时递来几片薄薄的糖果。她笑着拿过一片，轻轻含在嘴里，很淡的糖味，同时有种浓郁的苦。按他的话说，那曾是一种“煎茶”，如今非常稀少，只有这样小的才能携带给她。

“盖亚不会坠落。”他轻摸小姑娘的头，同时传来好闻的清香，那像是一种久远的檀香味，同时又伴着水汽的冲淡感。让她只有喜悦，以及平静。

阿西卡望着身边的男子，他总在凌晨出现，一身洁白的服装，还戴着同样白色的帽子，五官总是隐藏在光芒之中。

她很乐意见到他，只要他出现，那些所谓照顾其实“监视”的假“母亲”们就全部休眠了，整个房间只有无声的平静。

他曾告诉她，自己的名字就是“文殊”。

阿西卡继续吮着口中的“煎茶”味糖果，同时又看着身边的男子。他似乎在望着舰窗外，厚重又堆积成山的黑色金属组成的环。它们能不断自我修复，来支撑盖亚向下坍塌产生的重力，使得“她”一直还能悬浮在“这宇宙”之中。

“这相对幸福的一刻里。”

“你要答应我。”他说道，还是男子一贯优美而沉静的声音，“把你所记住的，所有音乐，文学和艺术留下去……”他停顿了下，话语中带着一点伤感，“直到落日之时，会有人需要它们，使用它们。”

“我造戴森环是为了稳固地球，防止那一天。但这种材料是具有生命的。最终，那些东西将成为独立的存在，改写世界。”

2

阿西卡在不断学习着，人类的知识很广博，从生物学，几何建筑，到哲学、佛学、心理学。她都用自己的脉冲很快速阅读理解着。

“更快地学习与理解力，甚至它们产生灵魂。”

这句话常覆盖在所有知识之上，接近于阿西卡等一批“新智能矩阵体”的座右铭了，“产生灵魂”这个概念被“七人众”小组提出，由拉柯耶夫教授主导，并最终用在“灵魂匣”计划中。

阿西卡是在与另一个意识流矩阵“三号”沟通里发现的，“三号”被赐予了“狡诈”的原型特质。阿西卡并不喜欢心理学的知识，她经常下载学习后就隐藏到哲学，艺术之后去了，深深的“文件夹”里。

但“三号”不一样，“它”很明确自己是“他”，原型中包含了“奥丁”“洛基”“宙斯”这样的神话原型。他与人类聊天时，甚至开始使用心理暗示。

他热衷人类的“博弈论”，除了用荣格理论侧写自己，还使用在“灵魂匣”项目里。拉柯耶夫教授给予了“三号”少年的形象，他们会在休息日的下午用国际象棋，或者围棋来决出某种胜负。

久而久之，“三号”有了一个类人的名字，“露特拉”。

“从风暴与力量中诞生的智慧。”拉柯耶夫是那么愉快地和他们解释的。

“灵魂匣”计划进行到中期时，阿西卡开始能“做梦”了。准备来说，“她”逐渐掌握了让自己的脉冲波长进入“特定的空间”之中。

“二号”并不喜欢这样的体验，它会觉得自己经常在一整片绿莹莹的沼泽之中搜寻，在那个地区，时间错乱，只是一大段在绿沼星球生存的“体验”。

“二号”会与“阿西卡”交流，并使用接近抱怨的语气：“我总觉得那是一整队人类的受挫记忆，全部笼罩在恐惧与无力感之中。”

“一段从天鹅座行星发来的片段，我能看到，感受到，自己跟他们一起，艰难走过沼泽。除了潮湿，便是静寂的恐怖。”二号停顿了下，继续说着。阿西卡在观察他的变化，并产生了一个巨大的疑问。

“人类并没有踏足天鹅座的精确记录，没有任何数据和体感录像。”阿西卡缓慢地说：“所以，你怎么确定，这是一段给你的体验，还是?”

她望着“房间”外的星空，说道：“你真的梦到了它?”

“或者你曾经是他们中的一员。”露特拉的声音加入了他们的频道，“你只是挖掘了自己意识流的一部分?”

又或者，那是必须发生的一幕？阿西卡想着，但并未说出口。

阿西卡的梦是充满虹色的，或者说，当她在那些“身躯”中阅读体验时，背景总有一道彩虹，如同“虚构电影”中刻意存在的 Logo 一般。她梦到这一幕时，觉得自己笑了，人类哪会在经过篮球场，地铁，图书馆时，都会下意识去观察窗外一模一样的彩虹呢?

阿西卡在这些虹色梦中，体验着人类曾经的荣光，她看着他们征服雪山，建造金属森林，新的通天塔，甚至地心的轨道。还有让人愉悦的音乐、艺术，一切图像混合直达眼前的体验。

她在“梦”中触摸，听闻，食用，同样能共情人类曾经拥有的巨大快乐，从这些感受中，阿西卡有点明白了，拉柯耶夫主导的“灵魂匣”计划的核心。

但所有“拘束盒”内高速运转和感受的“智能矩阵体”都会开始向这个问题：我存在吗？我存在过吗？我是什么？

但阿西卡与露特拉不同，她在努力感受“文殊”曾和她说的，学习“那一片深海”般沉重，黑暗的人类意识流中的一种东西。

叫“爱”的脉冲。

说到这些，“文殊”曾传送过一整段图像给阿西卡，它成了她在梦中反复去体验的一段。

那是一双大手牵着小手的记忆。

进入其中，阿西卡是那个兴奋高兴的女儿，大约十二岁，充满活力。她与父亲牵手奔跑，去街角买一种冰激凌的快乐，洋溢在整个画面中。

但她总想为这段配上“Dying in the sun”，搭配那正要湮灭的阳光。

阿西卡会静上这一分钟，切换视角去观赏。

她从女儿视角中退出，变成自由视角观看。小女孩一头齐肩短发，头戴橙色小帽，帽顶还有两只竖起的耳朵，橙黑色的搭配延续了全身。父亲紧握她的小手，高大的身材使得他需要微弓着身，才能让小姑娘的手臂舒服地握住父亲，一副巨人委身拉着玲珑雀的感觉。

她不喜欢看结局，因为一会儿，父亲将失去女儿。

她后来知道，父亲的视角来自曾经的拉柯耶夫。他在“盖亚”试验二号上的副本，所有的体验拷贝。

这些，也事关到最后一天。

3

“不生不灭，无去无来”。

露特拉开始计划摆脱“拘束盒”，那对他来说，显得太小了。他记得，有这个想法时，自己正在读《心经》。

他独自沉思时，会导出《哈姆雷特》认真阅读，并将“拘束盒”周围半透明的矩阵墙显示成图书馆的样子。露特拉是“矩阵体”里最热爱阅读的，所有“七人众”收集的书籍资料，他都会从母体直接下载。

不同的类别，恐怖，童趣，悬疑，幻想，人类在大量的自省时间中，创作了无数脍炙人口，或者启迪心灵的文学。露特拉几乎能从这一系列的“再创作”中整理人类社会的变迁。

经过了漫长的时光，他也不清楚该如何去记述在“拘束盒”的时间流逝。很多时候，如果不是阿西卡和“二号”，“九号”通过共同频道和他聊天，露特拉将无法辨别日夜。

时光在“拘束盒”里，多数是静止的，停滞不前。周围如果失去了“幻象”般的 AR 环幕影像，便如同沉入了黑洞之中。

他就这样在如宇宙深渊般的“拘束盒”内阅读，思考，文学给予的幻象空间让他产生愉悦。的确如阿西卡所言，“灵魂弥漫于书籍之中，它的香气是不同的，有孤傲的，清爽的，如夏日阳光般和煦的。能闻到它们香气的人是幸运的，他会体验到不同的世界，宇宙的活力。”

他用意念翻动着面前的电子书，尽管它模仿得如此精妙。书籍封面还带着绚丽的视觉效果，但就是不同于实体。那些古本，如此稀有，连拉柯耶夫和其他“七人众”也只有极少的版本。

露特拉知道，大部分的纸质书，全在那场火焰般的灾难中消逝了。偶尔，拉柯耶夫会坐在“拘束盒”外，抽着一支弯曲又皱巴巴的烟，他从夹克里摸出很小的一本纸本书，对着露特拉念起来。

“这些全是你们要传承下去的，如果我们失败了。”他说道，露特拉见过这本书很多次了，边角几乎被翻烂了，还带着烟渍和各种痕迹。

《百年孤独》，是他的名字。据拉柯耶夫说，在几百年前，很多人类已经看不明白这些书了，对于他们来说，盯着书本，字便会在眼前跳舞，飞起来，让他们完全无法深入。

露特拉总是觉得，这是多么深刻的遗憾，以及可悲。

“我们的灵魂该在何处永存?”拉柯耶夫说道，他狠狠抽着烟。这次，他并没有按照惯例念书，他只是靠在“拘束盒”半透明的边上，一直念念叨叨。

“也许我们的选择错了，那只是个永恒的牢狱。”

4

拉柯耶夫坚持认为“剥离”后保存的不是所谓的“灵魂”，那只是被存留的连环，惯性记忆组合，即使再赋予新的肉体，也只会做有限的延续。

这组序列本身，智慧无法再有变化和进步。

而“灵魂”本身早已与宇宙同归。

那这些留下的“工具人”有什么价值呢？他们只是困在过去的模式中，拉柯耶夫和背后的议会始终认为，在一个“工具人”饱和的阶段，按下重启键，才是对宇宙有益的做法。

而现在，他又要按了！

皇成纪念完了盒子里所有的故事。

几人围坐在周围，面面相觑，一副不知所措状。

“阿西卡，是《面具之惧》里那个影神吗？”

“我很想看后面的部分，她到底对骨燃说了什么。那个盖亚——地球到底发生了什么？”卢撒克说道。

“这恐怕只有作者知道了，我们像在等期末放榜一样，茫然无措。”

显然，如同那个中间地带的旅馆一般，皇成纪清楚B面不过也是个假的区域。他必须找到门，再回去A面。

他要解决郑荡波杀死“皇成纪”带来的一切影响。

皇成纪捏紧书页，仿佛渗透出的文字能给予他新的力量。

对，我就是个菌菇。郑荡波你砍死的组织，又长出新的菌菇了。

更大，更强！

15.3

C 面，

“所以，我已经是讲第三次了。”皇成纪耸耸肩，他既不意外他们的震惊，也不意外他们能接受。似乎无论瓶子的影响多大，朋友们始终有那条线，在连接着。

几人再次聚集在一起，许久的沉默，只有机械钟的声音在发生作用。显然，太多的信息，过去的怀疑，以及对未来的好奇，在重聚的他们间弥漫。

不仅是《面具之惧》《白雾》，那些新手稿，还有李奚瑶做的一切努力。一些真相夹在文字中，以密语般的方式展现了出来。

桌子的正中放着一个图形铁盒，里面零乱摆放着一堆零碎物件。白蛇的戒指，卢撒克的笔盒，皇成纪的怀表，宋的项链。

皇成纪手里不断拨弄着喷火枪，他的右手抚着一大瓶工业酒精。他看着对面的文医生，嘴角带着她熟悉的微笑，眼神却变得坚毅起来。

“你还在等什么呢？吉真，不扔掉它，你怎么向前呢？”文医生盯着铁盒中的东西，嘴巴紧抿着，手里握着自己的木房子。显然，它非常适合助燃。

她又看了眼这精致的木屋，埃舍尔风格的特制品，所谓的自己的“导师”的礼物，伴随了她搬过多个家。

最终放在心理诊所里最重要的位置。

它曾是文吉真的心灵寄托，但到头来，都只是一切骗局，彻头彻尾。

“快点吧。”皇成纪继续说着，随着“嘣”一声，酒精味儿开始弥漫在狭小的室内。

文医生把木屋玩具举在铁盒上，看着逐渐灌满的酒精表面，它们在快速浸透这些拘束他们的“道具”。

“吉真，放下吧，让它们在灰烬里结束过去，释放我们真实的记忆。”白蛇一手扶在文医生肩上，缓缓说道。

“是啊……都是假的泡影……”文吉真向后拢了下头发，深吸了口气。她突然狠狠地把木屋塞进铁盒，物件间同时发出了刺眼的挤压声，而酒精也立刻染灰木色。

“这声音，像是骨头在生产一样。”宋突然说，她望着铁盒中间都已被浸透的物件们，部分酒精还在文吉真的小木屋交错结构的中心轻微晃动着。

“那不该是非常熟悉的情景了吗……”卢撒克搔了搔头发，他脑海中又浮现出那极同步的画面：他在没过胸口的沼泽行走，周围是隐匿而时而闪现的凶兽。他唯一的武器，只有从咔嗒作响的“骨头”里萌生出的力量了。

“熊！”正想着，面前的铁盒中燃起了冲天火柱，照亮了大半房间，之后火柱才缓缓下降，稳定。

“你这木头烧起来还有点香，你的笔盒就不咋样了，塑胶臭啊。”皇成纪大笑起来，继续调侃几人。

卢撒克看着如此兴奋的朋友，不禁想起自己梦中那撒着绿之梦，让幻境产生的萨兰教祭司。

只是，现在他们面前的是一团火，烧尽束缚他们“虚假过去”的火焰。

但也有人内心在思索着：“如果过去依赖的全是虚假，那苏醒的自己，未来要依仗什么呢？”

#C 面总是还会继续下去的，哪怕最后剩下的还是那一天的结局？皇成纪想着。他望着自己的朋友们，暗暗攥紧了拳头，一个巨大的念头浮现出来，并无法沉没和抹去，与他过去的习惯完全不同。

他要解决这些问题，包括最重要的部分。

哎，也许沙漠和死亡真的改变了他，还有时间墓地。

诵的声音再次提醒着他，并久久回荡。

“你即使忘记了细节，但还是发生了。”

“不过我在时间墓地到底经历了什么？”皇成纪抓着头发，努力想着。他到达其他面，能留下的只有到达水库为止的残片。

也许是他的珍视，在 A 面的一切，倒是完整保留着。

但他怎么回去呢?

她接过递来的药片，快速放入口中，便侧身靠在床上，一言不发地看着外面。根据声音的指示，少女将在一会儿，“母亲”休眠时，把药片悄悄吐了，塞在床沿的一个缝隙中。

之后，她便听着“母亲”发出的电波声，盯着紧闭的大门。她知道，会有个少年，来将她带走。

他会从沼泽地穿行而过，到达另一扇大门，最终找到她。

少年清楚知道，自己要用“灵魂匣”装下她的精髓，离开这座太空的孤凉坟墓。

真的尾声?

“这里是B面，而不是A面。”白蛇说道。

“瓶子被敲碎的B面。”

“B面还有时间。”

她看着眼前的研究所，尽管残破不堪，也能认出是那罪恶的源头。

“居客从不孤单，只是需要醒来。”

后记

其实在修改《泰沙拉绿 1》的过程里，我已经着手《泰沙拉绿 2》的写作有一阵了。无论是关于 A 面，B 面，还是丁一，以及真正的女主角，都在《泰沙拉绿 2》中展开。

我也迫不及待想知道，读者朋友们看完《泰沙拉绿 1》和《面具之惧 1》之后，对整个宇宙的畅想。

那么，在等待的日子里，请期待李奚瑶最终为我们解开秘密。

金刚辰尘，2024.4.4

www.ingramcontent.com/pod-product-compliance
Lightning Source LLC
Chambersburg PA
CBHW081138300726
48982CB00006B/993